BIBLIOTHÈQUE CONTEMPORAINE

JULES CLARETIE

LE ROMAN DES SOLDATS

PARIS

MICHEL LÉVY FRÈRES, ÉDITEURS

RUE AUBER, 3, PLACE DE L'OPÉRA

LIBRAIRIE NOUVELLE

BOULEVARD DES ITALIENS, 15, AU COIN DE LA RUE DE GRAMMONT

1872

LE

ROMAN DES SOLDATS

MICHEL LÉVY FRÈRES, ÉDITEURS

DU MÊME AUTEUR

MADELEINE BERTIN

2e édition — un volume gr. in-18

Clichy. — Imp. PAUL DUPONT et Cie, rue du Bac-d'Asnières, 12.

LE ROMAN
DES SOLDATS

PAR

JULES CLARETIE

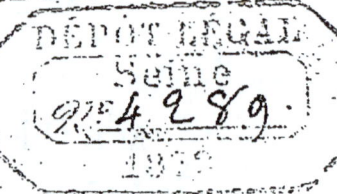

PARIS

MICHEL LÉVY FRÈRES, ÉDITEURS

RUE AUBER, 3, PLACE DE L'OPÉRA

LIBRAIRIE NOUVELLE

BOULEVARD DES ITALIENS, 15, AU COIN DE LA RUE DE GRAMMONT

1872

Droits de reproduction et de traduction réservés

A

L'ARMÉE DE LA REVANCHE

PRÉFACE

I

On trouvera, dans ce livre, quatre épisodes de l'histoire moderne de l'armée française. 1792, 1815, 1830 et 1870 sont des dates qui expriment à la fois toutes les gloires, toutes les douleurs, tous les héroïsmes de nos soldats. Tour à tour vainqueurs ou vaincus, selon que la fortune se montre à la hauteur de leur courage, ces soldats nous présentent toujours des exemples de dévouement au devoir et de fidélité à la patrie. Ils nous enseignent aussi, par leurs revers, à ne jamais nous endormir dans une apparente félicité, à ne jamais sacrifier aux dieux énervants et à demeurer toujours, nations et individus, sur le qui-vive, prêts à ce que l'Anglais Darwin appelle la lutte pour la vie et à ce que nous nommerons, nous, le sacrifice pour l'idée.

Il était aisé de voir, dans les derniers temps de

l'empire, que la vie facile, amollie, débilitante du césarisme de décadence avait pénétré dans la caserne et dans les camps. Châlons ressemblait bien plutôt à une cantine immense qu'à un lieu d'exercices militaires et il en était partout ainsi. Les officiers fréquentaient plutôt les cafés-concerts où des divas de rencontre hurlaient les chansons à la mode, que les cabinets de lecture où l'on se tient au courant des publications nouvelles. En ce sens, le livre célèbre du général Trochu sur l'*Armée française* était, non pas un pamphlet, non pas un tableau poussé au noir et trop sévère, mais une véritable enquête attristante dans ses résultats. Le relâchement de la discipline, le dégoût du devoir, l'amour excessif du bien-être faisaient de l'armée impériale une troupe de prétoriens comparable aux luxueuses armées des satrapes d'Asie. Elle aussi, loin d'aimer à se dévouer, comme ses aînées, ne demandait qu'à jouir, comme le reste de la nation. Le général Lamarque, à la tribune de la Restauration, avait prédit ce que deviennent les peuples qui laissent leurs armées tomber ainsi dans cet amollissement funeste : « Lorsque Périclès, disait-il, fit
» succéder dans Athènes le luxe à la gloire des ar-
» mes, la peine de mort attendait le citoyen impru-
» dent qui aurait osé proposer d'appliquer à la guerre
» les fonds destinés au théâtre... Et Philippe accomplit
» ce qu'avaient vainement tenté Darius et Xercès ; et
» Chéronée punit cruellement un peuple qui avait des
» orateurs et n'avait plus de soldats... Vainqueurs

» des Grecs, les Macédoniens furent soumis à un peu-
» ple chez qui l'art de la guerre était encore le seul
» en honneur. Les trésors entassés à Pella ne sauvè-
» rent pas Persée; le fer à demi brut du soldat romain
» brisa les armes dorées de la légion Agema et rompit
» la phalange au bouclier d'argent. »

Ne semble-t-il pas que cette vieille histoire soit aussi
l'histoire d'hier? Nous nous étions endormis sur des
lauriers desséchés et respirant, comme un opium, la
fumée d'une gloire passée, nous laissions grandir à
nos côtés un peuple, non pas belliqueux comme nous,
mais militaire et discipliné, qui, éperonné et casqué
comme au moyen âge, apprenait à durcir ses muscles,
tandis que nous ne savions plus que titiller et agacer
nos nerfs. Rendons-nous, il est vrai, cette justice, que
nous faisions bon marché de la gloire des armes et
que nous en étions arrivés à ce degré de philosophie
qui fait qu'on méprise la force, qu'on dédaigne la brutalité. Que si nous avions mis, au-dessus de ces vertus
du plus fort, les vertus du plus digne, la réflexion, la
pensée, le travail, nous eussions remplacé une vigueur
par une autre, la vigueur du bras par celle du cerveau, et nous aurions été différents de nos aînés,
mais toujours dignes d'eux. On sait malheureusement
qu'il n'en était pas ainsi. L'empire n'avait développé
que les appétits, les désirs, les ambitions ardentes
comme une inextinguible soif. Il en résulta une faiblesse singulière dans la nation, un affaissement de
ce qu'on pourrait appeler les sentiments cardinaux de

toute société, le patriotisme, la foi civique, l'énergie personnelle, l'initiative, et l'honneur individuel d'où naît l'honneur national. De là vint la défaite, la plus inattendue, la plus cruelle qu'ait subie une nation.

Et il arriva cette chose étrange que le vaincu devait nécessairement être écrasé, ses vices et sa désorganisation intérieure combattant contre lui, tandis que le vainqueur, matériellement plus fort, n'était cependant pas moralement digne de la victoire. En effet, il arrivait avec les idées sinistres d'un autre temps, l'idée de conquête, de violence, les mœurs farouches du moyen âge, le pillage organisé, l'incendie scientifiquement pratiqué, la ruse mise au service de la force; il avait la prétention de combattre le césarisme et il pratiquait, dans toute leur horreur, les mœurs césariennes. Que dis-je? Après la victoire, il se donnait aussitôt un César, comme s'il voulait se parer de ce manteau impérial, tunique de Nessus qui avait consumé, rongé, le corps du vaincu. Oui, si la France avait, par son abdication, préparé et comme voté sa défaite, l'Allemagne, par sa brutalité hideuse, était indigne de sa victoire. Elle a doublement étonné l'Europe : et par son triomphe et par son hypocrisie. Le jour où cette nation pieuse et savante a proclamé la toute-puissance de la force, elle a signé son renoncement au rang de nation éclairée, et elle a introduit, par la voix de son ministre souverain, une théorie, une idée barbare faite pour légitimer tous les excès, préparer tous les carnages et épouvanter la conscience moderne.

II

L'idée effroyable que *la force prime le droit* a déjà produit son effet dans le monde. Il n'y a pas si longtemps, on parlait d'un congrès, d'un désarmement général, comme d'une chose qui, malgré son improbabilité, était possible pourtant et consolante par sa possibilité même. Aujourd'hui, l'idée de désarmement a disparu en fumée. A quoi songe-t-on ? A s'armer. L'Europe, du Nord au Midi, de l'Est à l'Ouest, retentit du fracas des armes. Au temps de Tamerlan, où les armées étaient des foules innombrables, on ne vit jamais tant de soldats armés.

Un journal autrichien les dénombrait naguère. Total formidable. La Russie peut mettre actuellement sur pied 1,306,000 hommes, et la Prusse 1,150,000. La première de ces puissances a 300,000 chevaux et 2,080 pièces d'artillerie ; la seconde 200,000 chevaux et 2,000 pièces de canon. L'Autriche compte 900,000 hommes, et la France 515,000. La Turquie et l'Italie viennent après ces deux pays ; l'une et l'autre peuvent disposer de 500,000 hommes environ en temps de guerre. La dernière puissance militaire en Europe, c'est la Grande-Bretagne, qui a un effectif de 400,000 hommes. Les forces militaires dans les autres pays sont réparties comme suit : La Belgique a

145,000 hommes, la Hollande 35,000, la Suisse 160,000, la Roumanie 106,000, la Servie 107,000, la Grèce 125,000, La Norvége 22,000, la Suède 39,500, le Danemark 31,900, l'Espagne 124,000, le Portugal 64,000.

Tous ces chiffres réunis donnent un total de 5,160,000 hommes pour l'Europe.

Quelles masses humaines ! et que produirait pour l'humanité, l'amélioration sociale, le bonheur de tous, l'accumulation de ces forces cérébrales et musculaires ainsi dépensées à perfectionner des mitrailleuses et à manier le fer ! Je ne parle pas de la fortune jetée à ce gouffre. Avec la valeur numéraire de ces armements on pourrait élever, et de beaucoup, la somme d'instruction, d'intelligence humaine. Ce qui produirait la civilisation sert à solder la barbarie. Malthus disait que la guerre, cette saignée, est utile à l'humanité. N'en croyons rien. Gémissons sur la nécessité qui nous contraint à demeurer sur nos gardes, comme un voyageur qui passe la nuit, la main sur son arme, près d'un compagnon de voyage suspect, dans une auberge mal famée ; et, pour faire respecter notre droit, réclamer notre indépendance, restons debout, l'arme au pied. Mais aussi de quel mépris et de quelles malédictions poursuivrons-nous ces *deux ou trois bipèdes couronnés*, comme les appelle P. L. Courier, qui forcent l'humanité à se déchirer les entrailles et les hommes à s'entretuer !

Oui, puisque *la force prime le droit*, il nous faut

des soldats, ou plutôt il faut que la nation tout entière soit un soldat. L'armée permanente n'a pu sauver ou seulement défendre la patrie, appelons-en à l'armée nationale. Que le service militaire soit obligatoire pour tous, comme l'instruction. Que la patrie puisse à la fois trouver dans chacun de ses enfants un cerveau éclairé et un bras solide. Que tous sachent et comprendre un livre et manier un fusil. A Dieu ne plaise que j'aie pour les soldats d'hier une parole d'amertume. Je les ai vus, ces braves, combattre et mourir, défendre les hauteurs de Spickeren, les chemins de Reichshoffen ou les bois de Sedan. Je les ai vus tomber. Je les ai vus, plein d'espoir avant le combat, pleins d'étonnement après la défaite, stupéfaits de battre en retraite, et se demandant si vraiment ils n'avaient pas fait leur devoir ? Le devoir, ô combattants de Forbach et de Bazeilles, cuirassiers de Frœschwiller, tirailleurs de Wissembourg, le devoir, vous l'aviez fait. Vous aviez le courage et l'audace, vous saviez braver la mort en riant. « Il rit et mourut ! » C'est l'épitaphe d'un héros grec, et ce pourrait être celle de chacun de vous. Dormez en paix, ô morts de Gravelotte, de Rézonville et d'Amanvilliers, soldats de Metz et de Sedan, dormez dans cette terre d'Alsace et de Lorraine que vous avez bien défendue. Ce n'est pas moi qui, ayant vu de près votre agonie sans plainte, vous reprocherai vos combats sans victoire. Mais il faut, après vous, une armée, non pas plus courageuse, mais plus instruite, et qui à votre intrépidité joigne la science et à votre audace la réflexion. Il faut une armée digne de vous par le mépris de la mort, supérieure à vous par la science de la vie. Vous étiez des soldats, et, en dépit de vos défaites, vous étiez des soldats superbes que le danger de la patrie avait réveillés de leur torpeur et fait rougir de leur abdication. Il nous faut maintenant des citoyens transformés en combattants qui sachent obéir.

Lorsque la patrie tout entière sera appelée sous les drapeaux et payera, et non point en argent, l'impôt du sang, croyez-vous que l'armée nouvelle ne sera pas plus vigoureuse et plus redoutable ? Je ne parle pas seulement du nombre des soldats, mais de leur valeur morale. Plus de soldats par métier ou par spéculation ; plus de remplaçants, plus de *vendus*. La nation armée. L'obligation pour tout Français de défendre la France envahie. L'idée de devoir retrouvant sa place dans les âmes et le feu sacré du patriotisme embrasant le sang de toutes les veines. Voilà l'armée que nous aura donné le malheur, l'armée dont les désastres de 1806 dotèrent la Prusse, la véritable armée d'un peuple qui ne veut point conquérir, mais qui veut se défendre.

De telles armées ne datent point d'hier.

III

En Grèce, tous les citoyens étaient soldats. De seize à quarante ans, l'Athénien combattait. Le Spartiate demeurait vingt ans de plus sous les armes : il se reposait à soixante ans. Dure condition, mais qui n'empêchait point la vie sociale : chacun de ces soldats, en effet, était et redevenait, après le combat, un citoyen. Sophocle retournait à son théâtre après avoir commandé comme stratège. Cynégire, le héros de Marathon, frère d'Eschyle, n'était point soldat de profession. Tous ces grands hommes de l'antiquité, qui, pour ainsi dire, ont illuminé l'histoire, tenaient le stylet de l'écrivain et le glaive du guerrier. Un jour, dans un combat, Xénophon allait périr. Un autre soldat, qui se nommait Socrate, lui sauva la vie. La guerre terminée, Xénophon retournait à son histoire et le philosophe à ses disciples. Tous combattaient pour l'idée de devoir et pour la patrie.

Les Cariens seuls, en Grèce, s'enrôlaient pour la solde. Aussi bien, ce nom de Carien devint-il une injure. Le Carien, ce fut vraiment le soldat ; « l'homme soldé, le soldat, corps séparé de la nation, martyr féroce et humble, » a dit Alfred de Vigny, qui ajoute, en parlant de ces pauvres gens, pris par le sort ou par la misère :

« Il est convenu que ceux qui meurent sous l'uniforme n'ont ni père, ni mère, ni femme, ni amie à faire mourir dans les larmes : c'est du sang anonyme. »

Ce sang anonyme, les soldats martyrs de la vieille Rome le versèrent à flots. Ils n'étaient pas des citoyens, comme ceux de Grèce, mais plutôt des dupes héroïques à qui, pour prix de leurs sacrifices, la Cité ne gardait

que l'abandon et l'oubli. Tite-Live a dramatisé l'histoire de ce soldat qui, après avoir risqué tant de fois
sa vie, ne reçoit que l'injure et la honte en récompense
de ses hauts faits. Ces soldats murmuraient tous que
« après avoir combattu au dehors pour la liberté, pour
l'État, ils ne trouvaient au dedans qu'oppression et servitude : leur indépendance était moins exposée au milieu des ennemis, pendant la guerre, qu'au milieu de
leurs concitoyens, pendant la paix. »

    « Le mécontentement, ajoute l'historien romain,
» croissait assez de lui-même lorsque le spectacle de la
» misère d'un de ces malheureux embrasa les âmes.
» Un vieillard, dont tout faisait ressortir le dénûment,
» se jette dans le Forum. Ses vêtements, souillés et
» en lambeaux, le rendaient moins hideux que sa
» pâleur, que la maigreur de son corps exténué, une
» longue barbe, des cheveux emmêlés, l'air farouche,
» l'œil hagard. Et pourtant, on le reconnaissait encore.
» On disait qu'il avait été centurion. On s'attendrissait
» sur son destin; on citait les récompenses que lui avait
» values son courage. Lui-même montrait sur sa poi-
» trine des cicatrices, fières marques de ses hauts
» faits dans tant de combats. Alors de tous côtés on
» lui demande pourquoi ces haillons, pourquoi cet
» extérieur sordide ? Et lui, s'adressant à la foule aussi
» pressée qu'un jour d'assemblée du peuple, il dit que
» servant dans la guerre contre les Sabins, l'ennemi
» a ravagé son champ, incendié sa maison, pillé son
» bien, enlevé ses bestiaux ; pour payer le tribut, il a

» dû emprunter, et ses dettes, grossies par l'usure, l'ont

» d'abord dépouillé du champ paternel, puis des dé-

» bris de sa fortune ; enfin cette plaie rongeante a

» gagné sa personne et, livré à son créancier, il a

» trouvé en lui non pas un maître, mais un geôlier,

» non pas même un geôlier, mais un bourreau ! Et le

» vieillard découvre ses épaules déchirées encore et

» saignantes des coups de fouet. »

Alors à ce discours succèdent les cris de la multi-
tude émue et courroucée et le tumulte de l'émeute.
Rome s'arma pour effacer de l'usage cette horrible loi
contre les débiteurs qui permettait aux créanciers, s'ils
étaient plusieurs, de vendre le débiteur à l'étranger,
au delà du Tibre ou de *couper le corps* du malheureux.

Et voilà les soldats romains des premiers temps de
la république ! voilà les héros, les martyrs qui, de la
pointe de leur épée, fondaient la grandeur romaine et
préparaient, les pauvres fous ! la colossale puissance des
empereurs ! Soldats invaincus, presque invincibles, et
qui pourtant eux aussi, stupéfaits et ne pouvant croire
à leur honte imméritée, courbèrent le front sous les
rires des femmes samnites, et passèrent, pâles et à demi
brisés, sous les fourches caudines, semblables à ces
héros d'Afrique et de Crimée que des sentinelles prussiennes après Sedan, tenaient au bout de leur fusil,
parqués comme un bétail dans une île de la
Meuse !

IV

Avant comme après les fourches caudines, l'armée
romaine était pourtant vigoureuse et solide. Elle ne per-
dit de valeur que lorsqu'elle se vit livrée aux conspi-
rateurs et aux intrigants. Alors chacun en fit sa propre
chose et son instrument de règne ou de coup d'État.
« Sylla, dit Salluste, pour s'attacher l'armée, l'avait
laissée vivre dans la mollesse et le relâchement. Sous
l'influence d'un climat doux et voluptueux (l'Asie), la
mâle rudesse du soldat s'était promptement énervée.
C'est là que, pour la première fois, on vit une armée
romaine prendre l'habitude du plaisir physique et de
la boisson. » L'ivresse, cette ivresse hideuse et débilitante, qui s'infiltrait aussi dans notre armée, vers la
fin de l'empire, et qui fut le fléau des bataillons fédérés
(l'alcool refroidissant le sang, donnant une excitation
factice, et rendant les blessures reçues plus dangereuses),
l'ivresse régna dans les armées romaines. Avec les empereurs, ce ne fut pas seulement l'ivresse, mais la dé-
bauche. Diodore de Sicile nous a laissé le tableau de la
corruption de ces soldats à qui il fallait pour se désal-
térer du vin de Falerne et de Chio, et qui, amollis,
incapables des antiques vertus, allaient s'embourber
avec Varus dans les marais de Germanie, ou attendaient chez eux l'invasion terrible et déshonorante des
barbares.

V

La chute de Rome entraîne la fin des armées régu-
lières. Les batailles sont, dès lors, livrées par des bandes
plus ou moins nombreuses obéissant à des chefs redou-
tables ou stupides. Jusqu'au moyen âge, les généraux
tiennent de près ou de loin à Attila. La figure méditative
de Marc-Aurèle, le guerrier pensif, se détache seule, pâle
et fière, avec celle de Constantin peut-être, du fond té-
nébreux du monde romain à son déclin. Le soldat disparaît. Il se montrera plus tard, au moyen âge, sous
des pseudonymes divers, tous fort peu aimables, routiers, malandrins, soudoyers, bandits, brabançons, co-
tereaux ou tard-venus, presque tous Allemands à la
solde de qui paye, se mêlant aux miliciens des communes et, dit la *Chronique de Saint-Denis,* ardant les
églises et tourmentant les bonnes âmes, d'ailleurs brigands, pillards, voleurs, larrons, infâmes, dissolus et
excommuniés ; le chroniqueur n'oublie pas un de leurs
titres. Duguesclin en délivra la France en entraînant
vers l'Espagne ces aventuriers et ces ribauds.

Au moyen âge se place le type populaire, assez peu
héroïque, que les chansons du temps gouaillent sous
le nom de *franc-archer.* Nos soldats de Jemmapes et
de Wagram ont eu là des aïeux assez peu présenta-
bles. Il faut lire dans le *Monologue du franc-archer,*

les secrètes pensées de ces rôdeurs de champ de bataille, assez semblables à ces méchants soldats dont parle Tavannes et qui se *coulent le long des escadrons* pour éviter le danger et ne trouver que le profit.

Le franc-archer, dont on attribue le *Monologue* à Villon, et qui fit « rage avec la Hire, » devenu vieux sous le harnois après avoir été « mignon comme cet enfant-cy, » dévalise les fermes et s'occupe surtout de donner l'assaut au poulailler où a chanté le coq dont il veut tordre le cou :

> Or, çà, çà, par où assauldray-je
> Ce cocq que j'ay ouy chanter ?

Le héros est un pauvre sire : il le dit tout net, il ne craint que les *dangiers*.

> Je crains *tout*, cher Abner, et n'ai point d'autre crainte.

Il fait partie de cette milice des francs-archers que harles VII avait créée et dont la poltronnerie égaya toute une époque, emplit toutes les facéties de nos pères. Ces francs-archers étaient, eux aussi, à la solde des communes et devaient au roi le service féodal. Supprimés en 1480, ils furent remplacés par des Suisses. Le franc-archer de Villon raconte les exploits de toute la bande à la fois, en donnant le secret de son humeur personnelle :

Je ne craignoye que les dangiers,
Moy ; je n'avoye paour d'aultre chose.
Et quand la bataille fut close
D'artillerie grosse et gresle,
Vous eussiez ouy, pesle-mesle :
Tip, tap, sip, sap, à la barrière,
Aux esles, devant et derrière.

VI

Le xvie siècle, le commencement du xviie ne nous
offrent point le spectacle d'armées françaises combattant pour le pays. Ce sont des étrangers, houzards,
suisses, lansquenets, croates, reitres, estradiots, qui
servent le roi, tandis que les miliciens, selon le vent,
crient: Vive le roi! Vive la ligue! oubliant de crier : Vive
la France ! Après Louis XIII, au temps de la Fronde,
même désordre, et peut-être désordre plus grand. Le
soldat alors, c'est le soudard raccolé parmi les ivrognes
au quai de la Ferraille, et dont Montesquieu pourra
dire plus tard : « Les soldats sont la plus vile partie de
la nation. » Il faut ouvrir les mémoires du temps pour
se faire une idée des maux que ces misérables infligent
à la patrie qu'ils prétendent servir. Mais non ! L'idée
de patrie ne naîtra qu'avec la Révolution. Les soldats
du maréchal La Ferté pillent Marly, où on les canton-
nait. La maraude est officielle. A Saint-Quentin, la
garnison prévient les magistrats de la cité qu'elle « va

se mettre à piller les meilleures boutiques de la place
et même le marché, quand il se tiendra. » A Arnay-le-
Duc, en Bourgogne, les soldats démolissent les maisons
pour se chauffer. Le duc de Lorraine avait écrit sur
ses étendards : *Frappe fort, prends tout, ne rends rien.*
C'est lui qui disait gaiement, à la grande joie de
Mlle de Montpensier, de Mme de Guémenée et de
Mme de Chevreuse : « Mon armée est la providence
» des vieilles femmes ; un jour mes soldats trouvent
» dans un couvent deux vieilles religieuses qui n'é-
» taient pas bonnes à autre chose, ils en font du bouil-
» lon. [1] »

Conduits par de tels chefs, les soldats pillent, volent,
saccagent, tuent, enfument les paysans, qui se cachent
d'eux, dans les grottes ; pendent les prêtres, brûlent
avec des charbons ardents appliqués sous la plante des
pieds, comme le feront plus tard les chauffeurs, ceux
qui refusent de dire où l'argent est caché ; ils empalent
les hommes, écartèlent les femmes : c'est une frénésie
de meurtre. Les exploits des routiers, des *grandes
compagnies* de Duguesclin, sont dépassés par ces infamies. « Quiconque, dit M. Michelet, a aux côtés un
» pied de fer, est roi et fait tout ce qu'il veut. » Au
soudard, tout est permis.

Louvois, sinistre et dur, mit de l'ordre à cette ri-
paille sanglante. Il appesantit sur les régiments sa main

---

1. Consultez encore Mme de Sévigné sur la conduite des
soldats en Bretagne, à une date un peu éloignée de la Fronde.
Guy Patin porte le même témoignage.

de fer. Bientôt l'armée devient cette armée admirable qui étonne les contemporains « par la violente et ra-
» pide manière avec laquelle ils attaquent présente-
» ment les places, *si bien qu'on conviendra qu'il est*
» *naturellement impossible que les Français ne pren-*
» *nent toutes les places qu'ils attaqueront.* [1] »

Louvois, il est vrai, fait payer cher à la France les réformes militaires qu'il lui apporte, et il la condamne à la guerre continuelle. « On est travaillé ici du *mal*
» *de la paix*, » écrit-il pendant la campagne de Hollande.

La France veut la paix, le ministre veut la guerre. Donc, un coup d'éperon à la courageuse cavale, qui n'a jamais refusé de se jeter dans la mêlée, jusqu'au jour où, les flancs labourés par tant de cavaliers, elle s'est sentie déchirée jusqu'au poitrail.

VII

Sous Louis XIV, les paysans tirent au sort pour la première fois. La conscription est mise en pratique.

[1]. *L'Europe esclave si l'Angleterre ne rompt ses fers.* — A Cologne, chez Jean l'Ingénu, à la *Vérité!* M. DC. LXXVII. Dans cette curieuse petite brochure qui donne bien l'idée de la toute-puissance de Louis XIV, il est dit aussi « *que les armées allemandes sont celles de toute l'Europe qui entraînent le*

On n'estime guère alors les soldats amenés ainsi au
régiment malgré eux, les petits laboureurs regrettant
leurs champs, leurs fermes. On en fait des miliciens,
des gardes de poternes ou des garde-côtes. Mais, avant
d'en arriver là, que de troubles et de luttes ! Au moment du tirage au sort, les jeunes gens jouent du bâton
ou du couteau, se révoltent, assomment les sergents.
On pend les réfractaires, on les envoie ramer aux ga-
lères. Mais il est proverbial alors que les conscrits
font de mauvais soldats, et les officiers n'estiment que
les engagés volontaires. « Seul, cette mauvaise tête,
» ce mauvais sujet était un brave [1]. »

Les maréchaux de Louis XV succèdent aux généraux de Louis XIV, les faquins aux héros, Soubise à
Catinat, *le père la Pensée*. Après Turenne, on n'avait
eu que sa monnaie, mais elle valait quelque chose
encore. La monnaie de Maurice de Saxe n'est que du
billon, des liards usés. Quelle chute ! Quel spectacle !
Les maréchaux de France, poudrés, fardés, combattaient
comme les Pompéiens de Pharsale, qui fuyaient devant
les javelots prêts à leur blesser le visage. La France
est livrée à des officiers de boudoir. « Dans la campagne
de 1757, en Saxe, les généraux alliés, commandés
par Soubise, étaient réunis dans Gotha, ville fortifiée,

*plus de bagage, de femmes, d'embarras et de bouches inu-
tiles.* (p. 5.) » Comme tout change ! Ainsi en 1677, c'était la
France qui avait ses mousquetaires et l'Allemagne ses *impedi-
menta* !

1. Paul Lacombe, *Encyclopédie générale*.

avec 8,000 hommes de toutes armes. Seidlitz, général prussien, tenta de les déloger avec 1,500 chevaux
qu'il déploya en courant sur la place. Soubise était sur
le point de se mettre à table lorsqu'il reçut la nouvelle
de ce coup de main. Il se crut attaqué par toute l'armée prussienne, et prit la fuite avec ses soldats ; les
autres généraux l'ayant imité, Seidlitz s'empara de la
ville et d'un grand nombre de secrétaires, valets de
chambres, cuisiniers, comédiens, coiffeurs, marchands
de nouveautés, singes et perroquets, qui suivaient l'é-
tat-major français. Il prit aussi les bagages, où l'on
trouva des caisses entières d'eau de lavande, de par-
fums, de blanc, de rouge, de manchettes et de para-
sols [1]. »

Ne retrouve-t-on pas là ces maréchaux du second
empire, ces généraux qui, à Metz, encombraient les
hôtels de leurs voitures, de leurs équipages, de leurs
caisses de champagne et dont les Prussiens, après la
bataille, se disputaient, non pas les cartes géographi-
ques ou les lunettes d'approche, mais les képis dorés,
les épées à poignée de nacre et les moules à pâtisserie ?

Ces camps de généraux de Louis XV, semblables à
des coulisses de théâtre, qu'ils ressemblent peu aux
bivouacs pauvres et rudes des soldats de la République !
Là, rien de superflu, et pas même le nécessaire toujours. On se contenterait, si on le trouvait, du brouet

_____

1. Tempelhof, cité par M. Villiaumé, dans l'*Esprit de la
Guerre* (Liv. III. De la politique militaire, page 151).

spartiate. On campe dans la boue, on fait contre mauvais temps bonne figure et bon cœur. Discipline abso-
lue. « Il est défendu, écrit Championnet, sous peine de
destitution, de souffrir aucune femme à l'armée.[1] » Ce
n'avait pas toujours été ainsi. Des femmes, mères,
sœurs, fiancées, maîtresses, ou coureuses d'aventures
simplement, avaient d'abord suivi les volontaires.
Elles énervaient ces combattants, leur ôtaient le courage viril. Avec elles le désordre était au camp, et pis
que cela. Les volontaires, a-t-on dit, faisaient aussi des
houzardailles. Les comités vinrent, comme Louvois,
mettre le holà dans les armées. Le soldat se sentit non-
seulement troupier, mais citoyen, défenseur de la patrie. On lui apprit les mots de devoir, obéissance,
vertu militaire, abnégation, patience; et avec de tels
mots, on lui apprit en même temps la victoire. L'ennemi était en France, il sut l'en chasser. La patrie réveillée retrouva sa foi dans ses destins au bruit vainqueur du canon de Valmy. Les Prussiens, la tête basse,
regagnaient leurs bois d'Allemagne. La *Marseillaise*
passait, et les accents du cuivre précipitaient les bataillons à l'assaut des batteries.

Mais qu'on ne s'imagine pas que les armées aient
été créées en un jour et par la grâce du dévouement à
la patrie. Non, il avait fallu la pensée, la réflexion, l'organisation vigoureuse et sûre. On ne décrète pas seulement la victoire, on l'assure en la préparant. Des

1. Lettre de Championnet. — Armée de Sambre-et-Meuse,
10 fructidor an II.

publicistes ont, avec raison, réduit aux proportions de
l'histoire la légende des volontaires, et on a montré que
les armées républicaines étaient nées en quelque sorte
de l'*amalgame* des jeunes troupes volontaires avec
les anciens soldats de la royauté, en un mot du mélange des *habits blancs* et des *habits bleus*.

Il y avait, au début, une certaine rivalité entre les
deux troupes. Les habits blancs, soldats de Louis XVI,
appelaient les habits bleus des *soldats de faïence*; ils
s'appelaient, eux, régiments blancs, les *soldats de porcelaine*. Pourquoi ? Parce que la porcelaine va au feu,
et que la fayence n'y va pas.

Mais les habits bleus, les soldats de faïence, devaient montrer qu'ils y allaient aussi, et le mélange,
l'amalgame des deux troupes devint peu à peu ces
habits bleus légendaires que célébra Béranger. Il
n'en est pas moins vrai que si les volontaires n'avaient
point, comme les vieilles troupes, la discipline, le
sang-froid, l'habitude du terrain et du coup de feu, ils
apportèrent aux vieux régiments royaux leur flamme,
leur jeunesse ardente et leur foi dans la patrie. Ils
furent, et rendirent les anciens, patriotes. Les déserteurs, fort nombreux dans les armées royales, devinrent rares dans les armées républicaines. Jadis le soldat
allait à qui le payait, le *soldait*, passant d'un camp à
l'autre, sans remords et sans rougeur. Les soldats de
Mayence, de Sambre-et-Meuse ou du Rhin combattaient,
au contraire, non pour la solde, mais pour l'honneur du
drapeau et la liberté du pays. Ils avaient dans le cœur

et sur les lèvres ce mot d'ordre nouveau, inconnu aux soldats de Turenne ou de Mélac, et qui était *la patrie*.

VIII

Tels chefs, au surplus, tels soldats. Rappelez-vous Hoche conjurant son armée de vaincre au plus vite l'ennemi pour retrouver plus promptement la paix du foyer et le baiser de la famille. Voilà qui pouvait former des hommes. « La paix aussi a son héroïsme », disait Moncey, ce Moncey qui s'écriait, dans une proclamation à l'armée des Pyrénées-Orientales :

« Le peuple français ne demande pas seulement des victoires qui le fassent redouter, il veut encore des actions qui le fassent aimer. Respectez donc les biens, les familles, les lois des populations conquises. »

Comparez maintenant de telles paroles aux discours de Bonaparte à ses soldats. Lorsqu'il les conduit en Italie, c'est l'appât du lucre, de la jouissance, de la richesse qu'il fait luire à leurs yeux, et non pas l'accent du devoir qu'il leur fait entendre. Sa proclamation tant admirée se réduit à peu près à ceci : « Vous êtes pauvres, demi-nus, ce pays est très-beau, opulent, allez, prenez et pillez ! » C'est à l'instinct fauve qu'il s'adresse. On croirait entendre un pirate exciter ses forbans avant le branle-bas de combat. C'est que Bonaparte était né conquérant, et le roi Frédéric de

Prusse, qui était du métier, nous a appris ce qu'il faut attendre des conquérants !

« La valeur et l'adresse, dit le grand Frédéric dans son *Anti-Machiavel*, se trouvent également chez les voleurs de grands chemins et chez les héros ; la différence qui existe entre eux, c'est que le conquérant est un voleur illustre, et que le voleur ordinaire est un faquin obscur ; l'un reçoit des lauriers pour prix de ses violences et l'autre la corde. »

Napoléon eut les lauriers. Ses soldats donnèrent leur sang, et, sacrifiés à cet autre Moloch, ils prirent d'assaut l'Europe pour arriver à perdre la France. Énergiques, indomptables, mais dévoués à un homme plutôt qu'au pays, ils finirent par le dernier carré, dénoûment épique d'un drame de vingt ans, qui tint le monde effaré et tremblant. Puis le soldat fut oublié, plus que cela, outragé ; le héros devint le brigand de la Loire. La légende impériale n'eut pas de plus fervents apôtres que ces martyrs de l'empire, demeurés sans pain, sans état, sans solde, sans famille après tant de luttes et de campagnes. D'autres, il est vrai, fidèles à la liberté qu'avait étouffée l'empereur, devenaient des tribuns éloquents, après avoir été des soldats admirables. Foy, Lamarque, Sébastiani, entraient à la Chambre, Fabvier combattait en Grèce, Alard aux Indes, et tous, ceux-ci par l'épée, ceux-là par la parole, tenaient à refaire la France libre et respectée.

Aussi bien, l'armée peu à peu se reforme, reprend

corps, s'instruit et résistant à l'esprit clérical du temps, va fort bien, quoi qu'en dise Béranger, se faire tuer sans billet de confession. L'Afrique, sous Louis Philippe, nous donne bientôt une armée compacte, un noyau admirable de combattants. Les exploits de nos soldats d'Algérie méritaient un historien, et ils l'ont trouvé dans l'auteur des *Campagnes de l'Armée d'Afrique*. Ce furent de rudes soldats, et si les chefs, dans ces guerres de buissons et de broussailles, s'habituèrent à ne concevoir la tactique que d'une certaine façon et oublièrent d'étudier la *grande guerre*, les soldats, accoutumés à braver le péril à toute heure de jour et de nuit, s'y retrempèrent et devinrent cette armée superbe, résolue, invincible, qui prit Sébastopol après un siége formidable, et enleva la Lombardie au pas de course.

IX

Cette armée d'Afrique montra toute sa puissance, toute sa cohésion en Crimée. Certes elle valait alors bien mieux que ces généraux du 2 décembre qui la commandaient. Les héros du boulevard Montmartre, Saint-Arnaud, Forey, etc., entraînaient au combat les anciens de Tlemcen, du col de Mouzaïa, de Zaatcha. L'armée d'Afrique fit des prodiges. Un jour, à Traktir, Pélissier apprenant que l'armée russe veut faire une

sortie, met comme en rideau 6,000 hommes, en leur
donnant ordre de tenir jusqu'à ce que, par un mouvement tournant, il eût enveloppé avec toute sa cavalerie et deux corps d'armée les Russes, qu'il eût alors
décimés et écrasés. Le plan de Pélissier ne réussit pas.
Pourquoi ? Parce que les 6,000 hommes placés sur la
hauteur, et qui devaient seulement résister, forcèrent
les Russes à reculer, et, trop peu nombreux pour les
poursuivre, furent cependant assez vigoureux pour les
battre. En Crimée combattaient les zouaves, les vrais
chacals d'Afrique, ceux dont le brave général Cler,
ex-colonel du 2e zouaves, a raconté les exploits.
Intrépides soldats, qui, après avoir vaincu les Autrichiens en Italie, allèrent se perdre dans la fournaise mexicaine. Depuis, les zouaves n'ont plus été ce que furent
ces anciens. Le type du *chacal* s'était perdu dans les
Terres-Chaudes.

> Il vaut ce que valaient nos pères,

disait de lui la chanson. Ceux des *vieux Africains* qui
avaient survécu aux dernières campagnes (ils étaient
rares) sont allés mourir, en un jour de défaite, dans
les vignes de Wissembourg ou sur le coteau de Frœschwiller. Mais dès longtemps l'armée d'Afrique
n'existait plus.

Le 2 Décembre avait creusé un fossé entre l'armée et la nation. Cette fois, les soldats, au lieu de
défendre la loi, l'avaient attaquée, prise d'assaut et
fusillée. Espinasse avait fait de l'armée une insurgée

en la menant à l'attaque du café Tortoni et des magasins Sallandrouze. On ne l'oubliait pas. Pour se l'attacher à jamais, cette armée, l'empire développait en
elle les instincts aux dépens de l'idée du devoir. Il lui
donna de beaux costumes et ne lui demanda pas
beaucoup de travail.

Jamais une armée ne goûta mieux à la fois le double
plaisir des chamarrures et de la flânerie. Elle devait
savoir ce que coûte une telle abdication, et l'Allemand
le lui fit durement sentir. Elle expia cruellement, en quelques mois, sa torpeur de dix-huit années. Aussi bien,
on peut dire que la puissance qui recula devant l'Allemagne, ce ne fut point « cette puissante France, la
France brave, fougueuse, impétueuse, mais, comme
dit l'historien anglais Kinglake, cette chose passagère
qu'on appelle la France impériale [1]. »

Ceci soit dit pour les officiers. Quant aux soldats,
amis du bon cigare et de la bonne chère, eux aussi
avaient abdiqué. La démocratie ultra-radicale a dû,
depuis Wissembourg, se repentir, il est vrai, d'avoir
désappris aux soldats l'idée de discipline et de devoir.
Ce fut, l'expérience nous l'a prouvé, une détestable campagne que celle qu'on entreprit ainsi autour des casernes, campagne que le parti bonapartiste voudrait
aujourd'hui mener à son profit. Il faut laisser à
l'homme, et au soldat en particulier, un peu de cette
naïveté qui fait l'héroïsme. Certes, l'honnêteté, l'attachement au devoir n'est trop souvent qu'une duperie en

1. *L'Invasion de la Crimée*, par A. W. Kinglake.

ce bas monde. Raison de plus pour être dupe jusqu'au
dévouement et au sacrifice et pour ne pas ôter à
l'homme qui va risquer sa vie l'illusion qui lui rend
son dévouement plus doux, son sacrifice plus léger ou
qui fait son héroïsme plus admirable et plus sûr.

On voit que je ne dissimule pas une des principales
fautes du parti démocratique. Il est temps que chaque
parti, pour mieux s'amender, fasse sa confession générale. Celle du parti républicain sera encore la moins
longue. Sur ce chapitre de l'armée, l'empire est toujours le grand coupable.

L'armée, en effet, avait été depuis longtemps dé-
sorganisée par la formation de la garde impériale qui
enlevait à chaque régiment son élite et comme
sa fleur. Les officiers, préparés pour la plupart à
Saint-Cyr par les établissements religieux, étaient
assez ignorants. Je laisse d'ailleurs aux écrivains spé-
ciaux le soin d'indiquer les vices d'une organisation
militaire qu'il faut en hâte corriger. Les généraux ont,
il faut l'avouer, versé assez d'encre là-dessus pour
qu'après tant de théories diverses on passe enfin à la
pratique. Je veux seulement indiquer quels étaient, au
point de vue moral, les défauts de l'armée impériale.

Le général Faidherbe les a d'ailleurs résumés en
quelques lignes :

« Mauvais serviteurs, dit-il dans son travail sur
» l'armée, mauvais serviteurs étaient ces officiers
» subalternes, se levant à dix heures pour aller à la
» pension, et qui, après avoir fait plus ou moins exac-

» tement leur service, passaient leurs loisirs au café
» ou à lire les turpitudes de la littérature parisienne,
» au lieu de s'instruire en géographie, en histoire, de
» se tenir au courant, par la lecture de bons ouvrages
» et de revues sérieuses, des questions militaires ou
» politiques du moment.

» Mauvais serviteurs, ces officiers supérieurs ou
» généraux habitués à la mollesse, et qui, devant
» l'ennemi, quittaient leurs troupes pour aller s'éta-
» blir confortablement dans quelque château, au lieu
» d'aller étudier le terrain, de se montrer à leurs sol-
» dats et de se rentre compte par eux-mêmes de leurs
» besoins.

» Mauvais officiers, ceux qui, par suite de liberti-
» nage, sont, dès l'âge de quarante ans, incapables de
» rester douze heures à cheval, de supporter les fati-
» gues et privations de la guerre et se trouvent indis-
» ponibles au moment où l'on a besoin d'eux.

» Tout cela demande une réforme. Il faut que les
» officiers de toute arme et de tout grade deviennent
» plus studieux, aient des habitudes plus viriles ; que
» les officiers généraux vivent plus au milieu des trou-
» pes et moins dans les salons et les boudoirs[1]. »

Tous les généraux, il faut le reconnaître, n'étaient
pas des généraux de boudoir. Mais ils étaient des généraux de razzias d'Afrique ou du Mexique, ce qui était

---

1. Général Faidherbe, *Bases d'un projet de réorganisation
d'une armée nationale* (1871, page 5).

tout aussi fatal au destin de l'armée. Braves comme l'épée, ils étaient ignorants comme elle.

Le maréchal Lefebvre, celui qui, devant un homme parlant de ses *ancêtres*, disait fièrement : « Je suis un ancêtre, » recevait un jour à Paris, dans son hôtel, un de ses amis d'enfance qui se récriait sans cesse sur la beauté des salons, le luxe des meubles, et répétait : « Ah ! vous avez eu de la chance ! — *Técitément*, dit le maréchal avec son accent allemand, *che* vois que tu es *chaloux* de ce que je possède. Eh bien, viens dans ma cour, *che* vais te tirer vingt coups de fusil à trente pas, et si *che* ne te tue pas, tout est à toi... Tu ne veux pas ? Eh bien, sache, b..... de jaloux, qu'on m'en a tiré plus de mille, et de bien plus près, avant que *che* ne sois arrivé où *che* suis[1] ! »

C'est fort bien et réellement beau. Mais tout l'art de la guerre ne consiste pas à recevoir des coups de fusil. Un écrivain allemand disait fort justement que nos généraux se battaient avec la bravoure et l'inhabileté des chefs kabyles. Les officiers prussiens, qui font la guerre en lunettes, tacticiens et mathématiciens, leur sont en cela supérieurs. Ils profitent de tout, du vent, du soleil et de la fange, comme disait Tavannes. Ils ont un art singulier pour se défiler derrière les arbres, les replis de terrain ou pour se tapir dans les trous. C'est qu'un général doit tout connaître et n'être pas seulement un intrépide comme le maréchal Lefebvre, mais un homme de réflexion, prudent comme ce duc

---

1. *L'Armée française*, par Joachim Ambert.

d'Albe qui disait d'un capitaine livrant un combat hasardeux : « Il joue un royaume contre une casaque d'or, » tirant parti de tout et faisant entrer en ligne de compte la saison, le terrain, le moral même et ce que le maréchal de Saxe appelait si bien le *cœur humain*.

Mais en leur parlant « du cœur humain » on eût bien étonné les officiers que raille le général Faidherbe.

X

Ainsi, il est temps de se mettre à l'œuvre et de refaire une organisation militaire à la patrie. Les désastres de 1870 pouvaient nous priver à jamais de toute ressource militaire. Il a fallu deux cents ans à l'Espagne pour reformer cette admirable infanterie que Bossuet compare à des tours, mais à des tours qui sauraient réparer leurs brèches, et que Condé anéantit, en un jour, à Rocroy. L'infanterie espagnole, jadis épouvante du monde, disparut dès lors pour ne plus jouer de rôle qu'au Maroc, en 1860. Mais, Dieu merci ! la France est plus vivace, et d'ailleurs, les éléments constitutifs d'une armée nouvelle, nous les avons. L'armée de Metz, que Bazaine voulut conserver à l'empire et qui ne veut servir que la France, l'armée de Metz est presque intacte. Elle sera comme le ferment de l'armée nouvelle, et de la sorte les cadres sont tout formés avec les combattants de la Loire et de l'Est, les

mobiles déjà exercés et les contingents futurs. A l'œuvre! Et donnons à la nation une armée nationale. « Bien
organisés, dit La Noue, les Français ne le cèdent à
aucun peuple, mais ne l'étant point, ils font peu souvent de choses mémorables. » — « Notre nation, disait
à son tour Catinat, croit toujours une affaire achevée
dès qu'elle est heureusement commencée. Sa prospérité cesse par défaut de précaution, et, une fois dans
le péril, elle y demeure longtemps sans chercher à
s'en tirer. » Raison de plus pour l'éperonner et lui
montrer le double devoir : l'instruction d'un côté, et
la dette à la patrie de l'autre.

La Chambre française qui votera ces deux lois :
l'instruction gratuite et obligatoire et le service militaire obligatoire pour tous les citoyens, aura bien
mérité de la patrie. Peut-être l'aura-t-elle tirée de sa
décadence passagère et sauvée pour jamais. Par là,
elle aura fait faire un pas, et le plus grand, à cette
question morale qui prime, pour certains esprits, la
question sociale et la question politique elle-même.

Des mœurs! Des caractères! Des hommes! Voilà ce
qu'il nous faut en effet pour sauver la patrie, pour garder
intacte cette noble France, cette France aimée, malheureuse, trahie, détroussée par les coupe-jarrets et
les conquérants, et toujours riche, rayonnante et
belle! — Des caractères, encore une fois! Des caractères et des mœurs! — Or, l'instruction obligatoire,
comme le service des armes, peut nous donner tout cela.

Je me rappelle qu'au début de ma vie littéraire, il

y a onze ans, plein d'hésitations et de troubles, j'avais demandé conseil à un maître, l'auteur de *Servitude et grandeur militaires*, et Alfred de Vigny m'écrivait en ce temps-là : « Je vous conseille de faire tous vos » efforts pour vaincre votre excès de timidité. C'est » en quoi, peut-être, l'éducation de l'armée est bonne » aux jeunes gens de votre âge. Elle enseigne à en- » trer plus fièrement dans la vie. » J'eus alors, il m'en souvient, la tentation de suivre le conseil d'Alfred de Vigny, et je regrette quelquefois de ne l'avoir pas fait. Mais non, sous l'empire, l'armée n'était pas une école de devoir : on n'y pouvait gagner que les vices de la caserne et du désœuvrement. Lorsqu'il fut question d'incorporer deux générations dans la garde mobile, que de gens firent la grimace! Ils ont dû en éprouver ensuite quelque remords. Depuis, le douloureux ha- sard a voulu que chacun de nous endossât, pour quel- ques mois, la vareuse du garde national ; mais cette courte expérience ne m'a servi qu'à davantage admirer les vertus solides du soldat, l'abnégation, le dévoue- ment, la discipline et le sacrifice. Beaucoup de gardes nationaux, quoi qu'on en ait dit, avaient au cœur de ces vertus-là! On ne les a pas utilisées, et ils n'ont du militarisme pris que les vices des armées impériales, l'ébriété, le mépris du chef et l'indiscipline. Mais leur bravoure partout où on les a lancés, à Choisy- le-Roi ou à Buzenval, a prouvé qu'il y avait en eux des combattants pareils à ceux des grands jours, des combattants et des patriotes.

L'amalgame nouveau de ces soldats citoyens et des soldats anciens produirait peut-être une armée pareille à cette armée républicaine qui prenait des flottes à coups de sabre sur le Zuyderzée gelé.

XI.

Quant au rôle politique du soldat, qui le lui tracerait ? Il est écrit dans sa conscience. Ne servir que son pays, c'est le mot d'ordre. Après le 18 brumaire, le Sénat nomma la Tour-d'Auvergne, le grenadier, pour représenter au Corps législatif le département du Finistère, et les consuls lui offrirent le grade de général en chef ; il refusa tout. « Mon poste est aux armées, dit-il. Je ne sais ni faire ni appliquer les lois, je ne sais que les défendre. »

Que nos généraux méditent ces paroles. Elles leur dictent le devoir.

Servir la patrie et la féconder par sa sueur après l'avoir défendue avec son sang, le vieux Bugeaud, *le père* Bugeaud, n'assignait pas d'autre rôle au soldat. Je trouve dans le livre d'un homme qui a vu de près ce laboureur périgourdin devenu maréchal, un trait qui peint le soldat tout entier et le fait aimer :

« Un jour, visitant un de ces camps situés dans des » lieux éloignés où nous ne pensions guère, en 1841,

» nous établir sitôt, le commandant, voulant lui mé-
» nager une surprise agréable, le conduisit, sans le
» prévenir, devant un champ que ses soldats avaient
» défriché. C'était une luzerne magnifique et qui, par
» sa hauteur et son épaisseur, témoignait également
» de l'excellence de la culture et de la qualité du sol.
» Le maréchal lui-même, quoique grand agronome,
» ayant fait des merveilles en ce genre dans son Pé-
» rigord qui en est enrichi, n'avait rien vu de si beau.
» Il regarda les agriculteurs avec une émotion silen-
» cieuse, qui les paya bien de leurs peines ; puis, enfin,
» détachant son ceinturon et donnant son épée à
» tenir, il se coucha tout de son long sur cette lu-
» zerne, l'embrassant de ses deux bras, comme pour
» remercier d'un saint et reconnaissant baiser la terre
» nourricière, qui ne refuse pas ses trésors à la sueur
» des hommes [1]. »

Et c'est ainsi que je rêve le soldat, demeurant
paysan, ouvrier, artisan ou artiste, tissant la soie,
cardant la laine, tournant le bois, peignant la toile,
composant un livre ou faisant pousser la luzerne, puis,
au cri de la patrie outragée, quittant l'outil, la charrue ou la plume, et disant : Mère, je suis là !

Une nation travaillant en paix, mais debout, sur
le qui-vive et prête à chasser tout voleur de nuit,
voilà ce qu'il faut être.

1. Louis Veuillot, *La guerre et l'homme de guerre*, où l'auteur professe, entre parenthèses, que la guerre est d'essence di-
vine. Doctrine inhumaine renouvelée de Joseph de Maistre.

« On ne peut trop hâter, a dit Alfred de Vigny, l'époque où les armées seront identifiées à la nation, si elle doit acheminer au temps où les armées et la guerre ne seront plus, et où le globe ne portera plus qu'une nation unanime enfin sur ses formes sociales. » Certes, et ce temps nous l'appelons de tous nos vœux. Plus de frontières, soit ! à la condition que l'étranger respecte cette démarcation fictive tracée entre lui et nous et n'entre point sur notre sol, comme un larron ! Paix éternelle, à coup sûr ! mais à la condition que nous serons en paix chez nous et qu'on ne viendra pas piller nos maisons et coucher des cadavres français sur une terre française !

Oui, par-dessus toute chose, nous aimons la paix. Nous la regardons comme un des rayons de l'idéal humain. Nous l'aimons de toute la haine que nous portons à la stupidité de la violence, à la brutalité de la force, à la férocité du fait. N'avons-nous pas rêvé, nous aussi, la fraternité des peuples devenus solidaires, non-seulement par les intérêts mais par les aspirations et les idées ? N'avons-nous pas vu dans cette Allemagne la grande initiatrice de la critique humaine, et ne l'avons-nous pas, comme tant d'autres, appelée d'un nom qui nous était cher ? O patrie de Luther et de Schiller, *Germania, Germania mater*, tu n'étais donc que la marâtre, et toute ta science ne devait te servir qu'à mieux essayer d'égorger cette France qui t'avait enseigné la liberté ?

Nous ne haïssions pas, — c'était le songe de notre jeunesse, — ces idées de communauté de vie et de bonheur, et voilà que l'Allemagne nous a maintenant condamnés à haïr. Nous souhaitions l'éternelle paix, et il nous faut maintenant veiller, l'idée de guerre au cœur, le *qui-vive !* dans l'oreille et le doigt sur la froide détente du fusil. Il nous faut demeurer ainsi jusqu'à ce que la justice ait reçu réparation, et jusqu'à ce que des populations arrachées à nous comme des troupeaux dans une razzia aient le droit de mourir sous le drapeau à l'ombre duquel elles étaient nées. Et si, par une évolution morale ou par une révolution intérieure, l'aigle de Prusse ne lâche point sa proie, si la force devient droit, si l'arbre sanglant porte ses fruits, si l'iniquité passagère devient durable, si l'impossible est le maître, alors il faut que la nation pacifique de France en appelle une fois encore à la destinée des batailles. Dégrisée de la gloire, elle a soif de son indépendance nationale, et ceux qui croyaient trouver dans le rapt une sécurité trompeuse et la paix n'y auront trouvé qu'une trêve plus ou moins longue et une halte dans la vengeance.

Je la voudrais longue d'ailleurs, cette trêve. Je voudrais que la France, ayant le droit, eût la patience. L'Alsace et la Lorraine, quoi qu'on dise, sauront attendre. Jamais, je dis *jamais*, elles ne seront prussiennes. Tant qu'il y aura, dans les fermes et les villages, un ancien soldat de nos armées, un cavalier d'Afrique ou un artilleur de Crimée, pour raconter tout bas, au coin du feu, l'hiver, sur le pas des portes, l'été, devant

les houblonnières, pour dire et redire aux enfants la
légende du drapeau français et les victoires des soldats de France, ou plutôt, tant qu'il y aura un Prussien insolent et roide pour commander d'un ton rogue
aux Lorrains annexés, aux Alsaciens prussianisés ; tant
que ce spectacle s'étalera devant la statue de Kléber,
à Strasbourg, et devant celle de Fabert, à Metz, il y
aura, là-bas, dans les âmes, quelque chose de ce res-
souvenir puissant qu'on a des années d'enfance où l'on
était si heureux, et les yeux s'empliront de larmes à
ces souvenirs, comme à l'écho d'une chanson du pays
entendue par hasard, sur une terre étrangère.

XII

Notre livre, écrit en partie avant la guerre de 1870-
1871, a été achevé après l'invasion. Je crois qu'il a
conservé cependant son unité première. Il est tout entier
tracé dans l'amour de la liberté et la haine de la violence. Le volontaire, le grognard, le soldat, l'invalide
y figurent tour à tour : le volontaire, soldat de l'idée,
le grognard, oublieux de la patrie et serviteur d'un
homme. Partout on retrouvera l'horreur de la guerre.
Dans le *soldat*, j'ai montré la guerre civile, la guerre
fratricide, dans un épisode cruel. Il est des insurrec-
tions où les victimes sont des martyrs, il en est d'au-

tres où, même en les plaignant, on ne peut les absou-
dre. Le soldat au 2 Décembre égorgeait le droit, il le
défendait après le 18 Mars. Les faubouriens qui tombaient sur les barricades de Décembre furent des héros,
ceux qui combattirent sur les barricades de Mai furent
tout au moins des dupes. L'insurrection de Lyon,
dont j'ai conté un des épisodes, eut ses victimes inex-
piables. Et voilà ce que produisent ces terribles com-
motions, ces volcaniques éruptions des guerres civiles !

Enfin, après avoir montré dans l'invalide le lendemain de la victoire et le couchant de la gloire, j'ai
voulu soulever un coin du voile qui nous cache le lendemain. Et c'est en pensant au dernier épisode de mon
livre, où le lecteur retrouvera l'horreur de l'oppression et l'amour de la patrie, que je dédie ces récits
à l'armée de la nation, à l'armée de la revanche !

JULES CLARETIE.

15 septembre 1871.

LE ROMAN

DES SOLDATS

LE VOLONTAIRE

— 1792 —

I

Au mois de mars 1793, les troupes de l'armée de Custine, casernées dans Mayence, qu'elles avaient arraché à l'ennemi, reçurent du général en chef l'ordre de sortir de la ville et de se replier sur les Vosges. Au besoin, Custine voulait s'enfermer dans Strasbourg pour y résister à l'armée prussienne qui venait de passer le Rhin et s'avançait, disait-on, formidable. Quelques bataillons de volontaires, renforcés d'artillerie, avaient déjà quitté la place, et campés en hâte sous Mayence, attendaient le jour avant de se

remettre en marche, tandis que les Prussiens, au lieu
de leur livrer passage pour les entourer et les écraser
ensuite, se préparaient simplement à leur barrer le
chemin.

Le camp dormait. On distinguait, dans la nuit, les
grands plis droits des tentes grises. Les canons sur
leurs affûts allongeaient leurs gueules puissantes. Un
rayon indécis parfois venait frapper les cuivres et l'on
apercevait vaguement des reflets jaunes. Sur le ciel
les caissons se découpaient nettement, et l'on eût dit,
à voir les rayons immobiles et noirs des grandes
roues, d'immenses toiles d'araignées suspendues là-bas
et guettant. Point de bruit, un calme mystérieux et
inquiétant : ces bataillons, couchés pêle-mêle sur la
terre et sous les arbres, semblaient retenir leur souffle
et se dissimuler. Des lumières adoucies, trouant d'un
reflet livide la toile verdie, comme une tache d'huile
sur un papier brouillard, révélaient seules qu'il y avait,
par là, sous les tentes, des êtres vivants. Les sentinelles marchaient d'un pas assoupi le long des batteries. On voyait aller et venir, sans presque l'entendre,
quelque artilleur, son arme entre ses bras croisés, son
sabre battant son mollet gauche. Il baissait la tête et
songeait, ou dormait, tout en marchant. Une paillette
égarée, un reflet douteux venait s'accrocher parfois au
brillant de ses armes. C'était tout. Et près de là, noires
et comme attentives, une file de voitures d'ambulance,
avec les trousses en bataille sans doute, les bistouris
aiguisés pour ouvrir les chairs, et les bêches et

les pioches, toutes prêtes pour enterrer les morts.

Étendus au hasard, jetés pour ainsi dire à terre, quelques soldats, encore éveillés, parlaient tout bas, couchés sur le sol, avec une pierre pour oreiller. D'autres, accroupis autour des feux, dormaient, leur fusil entre les jambes, leur tricorne enfoncé sur les yeux, dans l'attitude de momies mexicaines. Des officiers passaient, enveloppés dans leurs grands manteaux et frappant du pied pour se réchauffer. Seul, assis contre un arbre, à deux pas des voitures d'ambulance, un jeune homme, le regard fixe et comme perdu dans la nuit, songeait. C'était un volontaire, arrivé de Paris depuis fort peu de jours, le citoyen Michel Verdure, un mois auparavant homme de loi, avocat, et maintenant soldat au service de la patrie.

Il n'avait pas vingt-cinq ans. De grands cheveux noirs tombaient sur le collet de son uniforme; un visage maigre, intelligent et fier, de grands yeux embrasés d'enthousiasme et point de barbe. Il ressemblait à un Saint-Just brun. Michel avait là-bas, à Paris, dans cet autre terrible et bouillant champ de bataille, un vieux père, ex-greffier au Châtelet, et qui, timide, facilement effrayé, royaliste d'ailleurs par reconnaissance et par habitude, avait poussé les hauts cris lorsque la fièvre révolutionnaire, cette irrésistible fièvre, s'était emparée de son fils.

C'était peut-être à lui que songeait le volontaire. Il avait pleuré, le vieillard, lorsqu'un matin de février, sous la neige, avec d'autres jeunes gens des faubourgs,

Michel était parti, chantant la *Marseillaise*. C'était
une carrière brisée. Le bonhomme maintenant reste-
rait seul et n'aurait d'autre but à Paris que d'aller, sur
une tombe du cimetière des Enfants-Rouges, conver-
ser (comme si elle entendait encore) avec la « mère du
petit, » avec la morte. Peut-être, dans sa rêverie, Michel voyait-il le logis de la rue des Vieilles-Haudriettes, où il avait grandi, où ce vieillard était resté.

Ou plutôt il songeait aux combats du lendemain, à
cette retraite devant les Prussiens, à cette marche en
arrière, au territoire de la République envahi peut-être
bientôt une seconde fois. Tout ce qu'il y avait alors
d'angoisse et de résolution, de tristesse et d'espoir
dans cette France assiégée, se trouvait dans cette âme
de jeune homme et dans ce cœur épris de sacrifice.

Michel ne s'endormit qu'au matin. Un roulement de
tambour le réveilla brusquement. Il fallait se mettre
en route. Les bataillons de volontaires se formèrent,
avec leurs équipements bizarres, les uns coiffés d'un
tricorne roussi, d'où pendait une crinière chauve, les
autres avec un mouchoir enroulé autour du front,
guêtrés, leurs culottes jaunies ou des pantalons rayés,
frangés au bas et troués aux genoux, plusieurs avec
un casque de rencontre, revêtus encore de la carmagnole, la plupart sordides, couverts de la poussière de
là route ou de la boue du campement, bronzés, noir-
cis, mais un rayonnement dans le regard, et la flamme
dans leurs mouvements.

La petite troupe se mit en marche dans le brouillard

du matin. On traversait des prés couverts d'une rosée froide. Les vieux riaient de la fatigue des nouveaux ou des précautions qu'ils prenaient pour ne point mouiller leurs chaussures crevées. Parfois une voix s'élevait qui marquait le pas avec le *Chant du Départ;* une plaisanterie partait, fusée qui allumait et faisait, de rangs en rangs, crépiter le rire. Des volontaires soufflaient dans leurs doigts et se plaignaient de l'onglée. A quoi, d'une voix rude, il s'en trouvait qui répliquaient : — « Ça se plaint! Ça a froid! Aristocrates! » — ou : « Fillettes! »

Tout à coup, quelques grenadiers, marchant en éclaireurs, se replièrent sur les bataillons. Ils venaient d'apercevoir les Prussiens, postés dans un petit bois ; les soldats de Sa Majesté attendaient au passage les soldats de la République. Les officiers commandèrent halte, et le bataillon de Michel, qui marchait en avant, se mit en devoir d'engager le combat. On entendait çà et là le bruit sec des fusils et des chiens qu'on armait.

— Eh bien, muscadin, dit un soldat à Michel d'une voix rude, voilà le moment !

— Ne crains rien, citoyen, ça ira, répondit le jeune homme avec un sourire.

Michel se retourna entendant, derrière lui, le galop d'un cheval. C'était le citoyen Rewbell, commissaire de la Convention, qui accourait, suivi d'aides de camp.

— Eh! que me dit-on? Qu'y a-t-il? demanda le

3.

commissaire d'un ton bref lorsqu'il eut rejoint ce bataillon d'avant-garde. On a vu l'ennemi?

— Il est à portée de canon, citoyen commissaire, répondit un des éclaireurs.

Et, comme si les Prussiens eussent voulu souligner ces paroles, un boulet, à quelques pas de Rewbell, passa avec un ronflement de toupie, et s'en alla briser le tronc d'un noyer tout près de là. Le cheval du conventionnel s'était cabré en hennissant; mais Rewbell, le maintenant d'une main ferme, se tourna du côté des volontaires et leur dit :

— Citoyens, nous avons devant nous toute l'armée prussienne sans doute, et nous sommes peu nombreux. Il s'agit de passer sur le corps de ces gens-là ou de mourir. Vous avez devant vous des esclaves, et vous êtes des hommes libres. En avant !

— Vive la République ! répondit le bataillon tout entier.

Michel se sentait au cœur un besoin de combat, un appétit de lutte. Les nerfs surexcités par l'insomnie, les yeux fiévreux, il planta son tricorne sur sa baïonnette : « En avant ! » s'écria-t-il en élevant en l'air son fusil. Le bataillon courait déjà du côté des Prussiens.

Au bout d'un moment, on aperçut, à l'entrée d'un bois, l'ennemi, attentif et muet. Les volontaires voulaient l'aborder à la baïonnette, lorsque la voix forte du commandant cria : « Halte ! » Les Prussiens avaient sur ce point concentré leur artillerie. Le ba-

taillon, courant de ce côté, eût été broyé et haché.
Michel entendit bientôt les boulets gronder, et ressentit cette impression de chaleur, se trouva dans
cette atmosphère d'un brun-rouge dont parle Goëthe.
La terre tremblait ; on distinguait, à travers le ronflement du canon, le sifflement des balles. Les volontaires, écrasés, se replièrent dans un chemin creux,
tandis que l'artillerie, sous le feu des Prussiens, venait
se mettre en ligne.

Michel éprouvait comme des envies de crier, de
bondir, de courir aux Prussiens et de lutter corps à
corps. Il regardait, autour de lui, les visages. Quelquesuns étaient pâles, tous étaient décidés. Il y avait beaucoup de blessés. Un jeune homme, la poitrine trouée,
regardait couler son sang.

Le canon français maintenant répondait au canon
prussien. Ce duel se prolongea pendant de longues
heures. Les boulets tombaient, s'enfonçaient dans la
terre, couvraient de boue les artilleurs de la tête aux
pieds ou les coupaient en deux.

— Est-ce que nous resterons là longtemps ? demanda Michel.

— En avant ! dit un vieux soldat d'une voix rude.

Le commandant leva son sabre en l'air, les tambours, — des tapins de quinze ans, — battaient la
charge, et, avec de grands cris, le bataillon courut aux
Prussiens. Une décharge terrible les attendait. Il y eut
dans cette foule comme le remous des épis de blé
sous le vent : la troupe ondula. Michel vit tomber

à ses côtés des compagnons qui tout à l'heure lui parlaient. Frappés par devant ils s'aplatissaient sur le nez. Les corps, tombant sur la terre, rendaient un son mat.

— En avant ! répéta le commandant.

La charge battait toujours. Michel s'élança; mais brusquement, il lui sembla qu'il venait de recevoir un coup de canne. Étourdi, il s'arrêta, balbutia quelques mots indistincts, tourna sur lui-même et tomba à son tour.

Sa dernière pensée fut une pensée de rage :

— Les Prussiens nous écrasent !

La canonnade avait duré longtemps, et c'était vers le soir que Michel avait été blessé.

Il faisait nuit lorsqu'il reprit connaissance. Michel regarda autour de lui, cherchant à s'orienter, à deviner où il se trouvait et en quelles mains. Était-il encore parmi des Français ? L'ennemi, maître de la position, ne l'avait-il pas fait prisonnier ? Il se rappelait la fusillade terrible, les boulets qui fauchaient le bataillon. Il glissait sur la terre, qu'une petite pluie fine, tombée après le combat, avait faite humide. Le ciel était noir, gros de nuages. Michel ne pouvait qu'indistinctement apercevoir, dans cette ombre, des formes vagues, étendues çà et là, des silhouettes d'arbres aux branches à peine feuillées, et, — comme grandie par la nuit; — à quelques pas une charrette embourbée, brisée sans doute, et qui lui sembla énorme. Il essaya de se soulever. Il éprouvait dans la tête comme un

grand vide. Avec un effort il se mit sur ses genoux :
son œil s'habituait à ces ténèbres. Il vit maintenant
que les formes étendues étaient des blessés ou des cadavres. Au loin, pas une sentinelle, aucun bruit. On les
avait tous abandonnés.

— Allons, se dit Michel, je ne suis pas prisonnier.

Il se sentait affaibli ; son sang avait dû abondamment
couler. Il voulait se relever pourtant. Mayence, après
tout, n'était pas loin ; en suivant le cours du Rhin, il y
arriverait bientôt, peut-être avant le jour. On avait
dû se battre près de Laubenheim. Mais s'il se trom-
pait ? S'il allait se jeter dans les avant-postes prussiens ?
Et puis aurait-il la force de se traîner jusque-là ! Il
s'était levé, et, comme il sentait sa tête tournoyer encore, il s'appuyait maintenant contre un arbre. Il lui
sembla bientôt qu'il entendait, à quelques pas de lui,
murmurer, avec des gémissements, des paroles françaises.

— Qui est là ? dit Michel. Êtes-vous blessé ?

On ne répondit pas. Michel eut cette idée, que les
mots confus qu'il venait d'entendre sortaient d'une
bouche d'agonisant.

— Pauvre diable ! songeait-il. Mourir là !

Michel s'était approché, titubant, de cet endroit d'où
venaient les plaintes. Il éprouvait un soulagement
extrême, il sentait littéralement la vie lui revenir
peu à peu. Il regardait les morts étendus, assez nombreux, et dans cette nuit sans étoiles, il eût reconnu
les Prussiens et les Français à leur taille, ceux-ci plus

petits et plus maigres. A deux pas de la charrette, il s'arrêta.

— A moi ! lui dit en français une voix faible, la voix de tout à l'heure.

Il s'avança, saisit au hasard une main qu'on lui tendait, et qui se crispa en se cramponnant à la sienne.

— Vous êtes Français, n'est-ce pas ?

— Oui. Et vous ?

— Moi aussi.

— Où êtes-vous blessé ?

— Là, au côté... Une balle...

— Pouvez-vous marcher ?

— J'essayerai !

Michel s'était penché sur le blessé, et, l'aidant à se relever, le tenait sous les bras en lui disant :

— Courage ! un effort !

— Tudieu ! fit l'autre, ce n'est pas facile ! Là, merci, monsieur...

Ce mot de *monsieur* fit légèrement tressaillir le volontaire : c'était un ennemi assurément qu'il secourait là. Un Français l'eût appelé *citoyen*.

— Allons, dit-il, vous ne pouvez pas regagner Mayence avec moi.

— Pourquoi ? fit le blessé...

— Les vôtres vont peut-être revenir. Demeurez là. A Mayence, vous seriez prisonnier !

— Eh ! vertubleu, et que m'importe à moi ? Votre bras, je vous prie. Ouf ! j'aime mieux être prisonnier avec des compatriotes que libre avec des Prussiens.

C'était un de ces émigrés qui combattaient aux côtés du roi de Prusse et qui l'avaient accompagné en Champagne, sur cette route de Paris, où Sa Majesté stupéfaite avait rencontré le canon de Kellerman et les combattants de Valmy. Un émigré! Michel, quelques heures auparavant, lui eût jeté le nom de traître au visage : il lui servait maintenant d'appui, le soutenait et le guidait comme un enfant. Mieux que lui l'émigré connaissait le pays ; on s'était battu à quelques minutes de Weissenau, où l'on pouvait chercher asile. C'eût été peine perdue. Les habitants avaient fui et mieux valait encore aller droit à Mayence.

L'émigré avait sur lui une gourde emplie de kirsch, dont ils burent, l'un et l'autre, pour se donner des forces. Le petit jour venait. Cette lueur blafarde du matin montait lentement, et, du côté du Rhin, venait un brouillard froid. Michel et ce blessé étaient peut-être les seuls êtres vivants qu'on eût laissés sur ce champ de combat. D'un pas lourd, hésitant parfois, ils marchaient sous cette lumière douteuse. Vingt fois Michel se sentit près de s'arrêter ou de s'évanouir. Ses pieds se collaient à la terre, ses oreilles bourdonnaient ; une terrible angoisse le prenait à la gorge. Il lui semblait que s'il tombait là, il y mourrait. Son compagnon, horriblement pâle, s'appuyait sur lui et ne parlait pas. Tout à coup, le malheureux s'arrêta net, et d'une voix brisée : — C'est assez, dit-il à Michel. Il poussa un grand soupir et s'affaissa sur le sol. Michel le crut mort, et lui mit la main sur le cœur.

— Oh ! fit le blessé doucement, il bat encore. C'est tout à l'heure qu'il ne battra plus. Allons, tout est dit. Votre nom, au moins, monsieur, que je sache pendant cette dernière minute à qui je dois...

— Michel Verdure, citoyen.

Au mot de citoyen un triste sourire illumina ce visage livide de moribond.

— Citoyen ! murmura l'émigré... un grand et beau mot !.. Vous êtes volontaire, vous, vous vous battez pour votre foi. Moi, je meurs niaisement, et pourquoi ? Savez-vous pourquoi ? J'ai émigré parce que le décret de 1790 exigeait que tout le Royal-Comtois renonçât à porter ses cheveux en catogan et prît la queue nattée comme tout le monde. Que le diable emporte le décret ! J'aurais servi la République, moi aussi, sans cette maudite... mode... mais les cheveux nattés, fi ! c'est trop laid !... Bon pour des goujats.... Près d'Amiens, il y a trois ans, nous nous sommes battus pour nos coiffures contre le régiment d'Anjou-Infanterie, qui a adopté la mode nouvelle. Bah ! on se fait tuer pour pis que cela... Je veux porter mes cheveux à ma guise.... c'est bien le moins...

Il essayait de sourire et de railler, et ses yeux, dont les prunelles s'élargissaient, regardaient à l'horizon, dans l'aurore, les tours des églises de Mayence, le clocher et la coupole du Dom, qui se détachaient sur le ciel gris. Un coup de vent apportait de ce côté les appels de la diane.

— La diane? fit l'émigré en tressaillant. Allons, debout, je veux mourir debout! Soutenez-moi, dit-il à Michel.

Le volontaire le prit dans ses bras.

— A la bonne heure, fit le mourant. C'est bien. Si vous venez rechercher mon corps de ce côté, dit-il, souvenez-vous que je veux qu'on m'enterre avec cette coiffure-là. Les émigrés de Coblentz portent la cocarde blanche, les émigrés d'Angleterre portent la cocarde noire. Moi, ma foi, moi... je veux... Tenez, mettez la cocarde tricolore à mon cadavre... Après tout, les couleurs en sont plus charmantes... Mais surtout laissez-lui le catogan. Ah!.. au fait... Je m'appelle... vous en souviendrez-vous? le citoyen Robert de Piennes... Je dis citoyen, vous entendez? Citoyen comme vous! Pourquoi pas? Je vous ai bien embarrassé jusqu'ici. Oui... mais voilà votre fardeau qui s'en va! Merci! Après cela la vie n'est point si chose précieuse. Et surtout battez les Prussiens!

Il tomba sur le revers d'un fossé. Michel le regarda un moment, se pencha sur lui, le secoua, lui versa sur les lèvres les dernières gouttes de kirsch pour le rappeler à la vie. Le cœur ne battait plus.

— C'est fini, dit le volontaire.

Il regarda autour de lui pour chercher du secours, pour appeler un aide. Personne. Le jour était venu, mais dans les champs déserts les paysans effrayés n'allaient plus à l'ouvrage. Michel donna un dernier regard à M. de Piennes. Il lui sembla qu'un sourire d'ironique et fière résolution relevait la lèvre de ce mort, dont on apercevait les dents blanches et serrées.

— Il est mort en citoyen, songeait-il, et si on trouve ici son cadavre, on l'enterrera comme celui d'un suspect.

Michel eût arraché la cocarde de son tricorne pour l'attacher à la poitrine de M. de Piennes. Mais, blessé à la tête, il avait pour toute coiffure son mouchoir noué autour de son front. Il allait s'éloigner lorsqu'il se rappela qu'il avait gardé sur lui sa carte du Club des Cordeliers, et, la tirant de sa poche, il raya son nom d'un coup de crayon et écrivit :

« Celui-ci s'appelle Robert de Piennes, mort citoyen de la République française une et indivisible. »

— C'est bien cela qu'il a voulu, songeait Michel.

Il mit le papier entre les doigts crispés du mort et s'éloigna, regardant toujours, avec anxiété, si l'émigré ne remuait pas.

II

Le Dom de Mayence était encore loin. Le volontaire, épuisé, les yeux sur ce clocher où flottait indistinct un drapeau tricolore, se hâtait, comme un coureur hors d'haleine qui va tomber, mais du moins en arrivant au but. Il était, lui semblait-il, plus vaillant et plus fort tout à l'heure, lorsqu'il lui fallait soutenir ce blessé. Sa tête, peu à peu, semblait s'être alourdie. Ses jambes, affaiblies, pliaient.

— Je ne veux pourtant pas mourir là, disait tout haut Michel Verdure...

Il avançait, marchait, redoublait d'efforts. Parfois aussi il s'arrêtait : il croyait entendre des voix, des bruits confus, des roulements de caissons. Sa blessure lui donnait comme le délire. Tout, au contraire, était calme dans ces champs où courait la séve, où s'ouvraient les premières feuilles. Dans les profondeurs de ces plaines, à l'horizon, derrière ces murailles, là-bas, sur l'autre rive du Rhin, qui eût deviné deux armées prêtes à s'entr'égorger? Il y avait dans l'air comme des chants d'oiseaux ou des bourdonnements d'insectes.

Exténué, Michel avançait toujours, mais le Dom paraissait s'éloigner. La route était plus longue qu'il n'avait cru. Ces bruits de clairon, apportés par le vent du matin, l'avaient abusé. Il se trouva soudain pris d'une lassitude immense. A quoi bon marcher? Pourquoi ne pas tomber là, comme l'autre, et comme tant d'autres de ses compagnons? Si les hussards de Cassel venaient de ce côté au fourrage, ils le traîneraient, le rapporteraient en croupe à Mayence. C'était le seul espoir. Quant à avancer maintenant, impossible. Michel éprouvait dans la tête des douleurs horribles. La fièvre lui revenait. Il se laissa aller à terre avec un soupir profond, murmura encore un de ces magiques mots qui couraient alors sur les lèvres des mourants et s'évanouit.

Ce ne fut pas un hussard de Cassel, mais un jeune homme de Mayence, Otto Schwartzen, qui trouva Michel Verdure étendu sur le chemin. Otto, ce matin-là, était allé, herborisant, du côté de Laubenheim. Il aperçut ce corps sanglant et s'assura qu'il respirait encore: il donna les premiers soins au blessé, et avertit les avant-postes français qu'un volontaire moribond avait besoin de secours. Des hommes d'ambulance rapportaient Michel sur les brancards déjà tachés de tant de sang, lorsqu'à la porte du grand hôpital, un chirurgien fit des difficultés pour recevoir le moribond.

— Nous sommes encombrés ; les salles sont empestées de malades. Emportez ce nouveau venu au Dom ou logez les blessés chez les habitants. Que diable! ils doivent bien nous aider un peu, je pense!

— Citoyen, dit Otto qui avait suivi, vous avez raison. Il fit un signe aux soldats, leur dit : Venez, et les conduisit, tout près de là, à l'angle de la place Gutemberg, devant une petite maison dont il ouvrit la porte, en appelant : — Magdet !

Une vieille femme mit soudain la tête à la fenêtre, glissant un regard dans la rue avec un air effrayé :

— C'est moi, Magdet, dit Otto, et je vous amène un blessé.

La vieille femme descendit en hâte.

— Prévenez mademoiselle de Smeyer, fit le jeune homme. Mon logis est trop étroit pour servir d'ambulance, et je sais que le dévouement et la charité d'Élisabeth sont tout acquis à un citoyen du monde et à un Français !

Michel Verdure avait repris connaissance en route, mais pour s'évanouir de nouveau. Il revint à lui, couché dans un lit auquel rapidement Magdet mit les draps les plus beaux, et, en rouvrant les yeux, il éprouva comme une sensation de bien-être. Il avait encore devant lui ce paysage indécis d'un matin de printemps frileux : la longue route solitaire ; Mayence, au fond, but désiré qu'on n'atteindrait pas. Et voilà qu'il se retrouvait dans une chambre allemande, où tout luisait de propreté, — ce sourire des choses, — où les grandes armoires de chêne reflétaient le soleil de la rue, où le tic-tac d'un de ces coucous de la Forêt-Noire semblait avoir bercé son sommeil. Et tout cela était gai et sentait bon.

Il laissa échapper un soupir satisfait, le soupir enfantin des souffrants, et comme si c'eût été une plainte, à ce bruit il vit entrer doucement un jeune homme, grand, blond et maigre, puis une jeune fille qui vint à son chevet, et d'une voix douce, sans accent germanique, lui demanda :

— Souffrez-vous, monsieur ?

— Moi ? fit Michel sans répondre.

Et il la regardait. Sa taille était svelte, élancée, prise dans un de ces caracos du temps, qui sculptait sa poitrine et la rendait plus charmante. De longs cheveux noirs roulaient aux deux côtés de son visage, d'une

blancheur lactée. Elle ouvrait sur le blessé de grands
yeux aux prunelles brunes et pleines d'une bonté
fière.

— Mais où suis-je donc ? demanda Michel. Pourquoi
ne suis-je pas à l'hôpital ?

— Les Français ont été repoussés par les troupes
allemandes et se sont repliés sur Mayence. Vous êtes
chez mademoiselle de Smeyer, citoyen, répondit le
jeune homme, chez de bons patriotes allemands, qui
veulent, comme vous, la liberté universelle et rêvent
la grande concorde humaine !

Otto Schwartzen avait parlé avec une énergie singulière, de la voix altière d'un tribun. De toutes ces
paroles vibrantes et généreuses, Michel n'avait pourtant retenu qu'un mot : mademoiselle de Smeyer.
« Mademoiselle ? » Il la regardait toujours de son regard fiévreux, et Élisabeth, sans baisser les yeux, répondait à ce regard étonné par un sourire qui voulait
dire :

— Soyez sûr que nous vous sauverons !

La blessure de Michel n'était pas grave. Elle lui
donnait pourtant assez souvent des accès de fièvre. Il
s'agitait alors, voulait partir, s'élançait hors du lit, où
Otto le maintenait doucement ; puis revenu à lui, se
retrouvant dans ce milieu calme et sain, dans des draps
embaumés, avec mademoiselle de Smeyer à ses côtés,
qui veillait et le regardait de ses yeux profonds, il éprouvait bientôt une sensation pénétrante, il se sentait comme
rafraîchi, baigné d'une atmosphère nouvelle. Une se-

maine auparavant, il courait les champs, couchant au
hasard des marches, et maintenant, dans cette hospita-
lière maison, il croyait retrouver le toit maternel, la noire
et chère maison de la rue des Vieilles-Haudriettes.

— Comment vous trouvez-vous ? demandait bien
souvent la vieille Magdet avec sa voix basse ; et il semblait à Michel retrouver dans ce timbre caressant et
un peu cassé, comme un accent de la mère restée là-
bas, à Paris.

— Savez-vous, à quoi je pense, mademoiselle? dit-il
un matin à mademoiselle de Smeyer, je pense à ces malheureux soldats qui n'ont pas eu la bonne fortune d'être
blessés comme moi. Je vois bien qu'à la guerre les plus
chanceux sont précisément ceux-là que n'épargnent
point les balles.

Peu à peu, Michel reprenait des forces, il sentait,
pour ainsi dire, sa blessure s'effacer. Il se levait, il regardait, par la fenêtre, les patrouilles défiler, il écoutait tonner le canon. Il avait hâte de retourner à son
poste.

—Non, vous êtes trop faible encore, disait Otto
Schwartzen.

Michel s'inquiétait avant tout des travaux du siége ;
il fallait qu'Otto lui apportât chaque soir les nouvelles
de la journée, chaque matin les nouvelles de la nuit.
C'était là le vrai remède. Les coups de feu semblaient
répondre par un douloureux écho dans la poitrine du
blessé, et son pouls, alors que le bruit de la fusillade
éclatait, battait plus fort et plus vite.

— Vous aimez donc bien la guerre? lui demanda un
jour Otto Schwartzen d'une voix lente.

— Je la hais, dit Michel, mais j'aime la République.
Nous autres, Français, nous ne combattons, à cette
heure, que pour la paix générale et l'affranchissement
du monde. Aussi notre cause est-elle invincible.

— Vous avez raison, répliqua Otto. Cette boucherie
peut devenir sainte à son heure. Mais maudits soient
tous ceux qui la rendent nécessaire!

Ils se connaissaient maintenant l'un l'autre. Otto
Schwartzen était le fiancé d'Élisabeth. Orphelins tous
deux, elle ruinée, lui pauvre, et forcé d'élever un frère
plus jeune que lui, qui grandissait sous ses yeux, ils
étaient entrés dans la vie, unis déjà par une communauté de malheur. Ensemble ils avaient grandi; à
quelques années de distance, ils s'étaient trouvés iso-
lés et sans parents. Le vieux Schwartzen, maître de
chapelle de l'Électeur, avait mis tout ce qu'il possédait, toutes ses ressources et tous ses espoirs, la réalité et le rêve, — sur la tête de son fils aîné. « Je fais
pour toi tout ce que je puis, Otto, tu feras pour Franz
ce que tu pourras. » Franz, le dernier né d'une union
sainte, avait coûté la vie à sa mère. Quand le père
Schwartzen mourut, l'enfant avait cinq ans. Otto, son
aîné, était déjà docteur. Il avait marqué son passage
dans les Universités par des succès vaillants. Ardent,
généreux, l'âme embrasée de ce feu sacré qui venait
de France, il portait en lui toute la flamme de ce grand
siècle calomnié, le siècle qui a fait le plus pour l'hu-

manité et le droit, le siècle de Diderot et de Voltaire. Peu ambitieux, d'ailleurs, au lieu de porter à Berlin sa science et de chercher une vaste scène pour ses désirs, il rentra en sa maison natale, à Mayence, où il s'enferma avec ses livres, dans le vieux logis où il était né, à l'ombre de l'ancien château électoral.

Il y avait longtemps déjà qu'il n'était revenu là ! Il était demeuré, le front penché sur les livres, à Heidelberg, à Bonn, à Gœttingue. La science avait pâli son jeune visage, maigre et fier, encadré de longs cheveux blonds, qu'il rejetait en arrière de chaque côté des tempes, et qui lui donnaient je ne sais quoi d'inspiré et de fier. Il s'était transformé, il avait grandi ; mais ici tout était à sa place comme jadis, et il s'assit, avec une respectueuse émotion, dans le fauteuil où jadis s'asseyait son père. Il voulait garder le petit Franz avec lui, l'élever, l'instruire et en faire un homme.

A Mayence, il n'avait laissé d'autre souvenir que celui d'une petite fille qu'on asseyait autrefois à ses côtés, en leur faisant jouer du clavecin, dans le salon d'un pauvre gentilhomme dont son père, l'humble musicien, était l'ami. Il la retrouva, charmante, mélancoliquement souriante, orpheline comme lui ; elle lui tendit la main, ils causèrent du passé, ils remontèrent doucement vers ces souvenirs baignés de brume bleue de l'enfance. Ils se rappelaient que leurs pères, en riant, disaient jadis qu'ils les marieraient. Et la vieille nourrice d'Élisabeth, Magdet, hochant la tête, répétait : « Ne rions pas. Les paroles des morts sont sacrées. Oui, vous êtes fiancés dès longtemps, et le bonheur est fait pour vous. »

Le bonheur! Ils n'avaient guère connu, ces deux enfants, que la détresse. Leur sympathie venait peut-être de la fraternité de leurs souffrances.

— Vous rappelez-vous, disait-il souvent à Élisabeth, les soirs d'hiver, quand M. de Smeyer, prenant son violon, jouait avec mon père cette musique qu'il avait composée? Nous écoutions, nous applaudissions. Ah! ces vieux airs, je les sais toujours. Et quand je me les chante à moi-même, mes yeux tout à coup deviennent troubles, et je me mettrais à pleurer.

— N'était-ce pas cela? répondait alors Élisabeth.

Et sur le clavecin elle retrouvait les airs de l'enfance, tandis qu'Otto, tout ému, la regardait et revoyait, en la regardant, tout son passé évanoui!

Ainsi la calme idylle de leurs honnêtes amours était comme trempée de larmes. Ils se sentaient unis par ces liens d'autrefois. Ils s'étaient fiancés l'un à l'autre. Ils s'aimaient d'une affection douce, d'une fraternelle tendresse. Michel Verdure savait tout cela. Dans les causeries qu'avait fait naître cette intimité entre le blessé et le garde-malade, le volontaire s'était livré, on s'était confié à lui. Et Michel avait répondu à ces confidences d'un calme et touchant roman par sa propre histoire, bruyante, toute d'orages et de traverses.

— Vous avez vécu ici, dans ces maisons paisibles, laissant le murmure du Rhin bercer vos rêveries. Moi, j'ai grandi dans la lutte, dans l'atmosphère de salpêtre

des dernières années de la monarchie. Je n'ai souffert
ni la misère ni la faim. La bonne vieille mère veillait
à tout, et trempait la soupe chaque soir. Elle se sai-
gnait, elle aussi, pour faire de son fils un savant. Je
ne devins pas savant, mais de bonne heure, sur les
bancs d'étude, j'appris ce que signifiaient les mots
liberté et justice. J'allais aux représentations du *Mariage de Figaro*, applaudissant à tous les soufflets que
le laquais donnait à la noblesse, et que les nobles,
dans la salle, recevaient sur les deux joues en riant.
J'avais vingt ans quand on prit la Bastille. J'y étais.
J'ai porté sur mes épaules les prisonniers, à barbe
blanche, éblouis par la lumière et tordus par la prison.
J'ai senti mon cœur s'épanouir avec la Révolution,
j'ai grandi avec elle. Tous les hommes qui l'ont servie,
quelles que soient leurs nuances, je les ai aimés, depuis
Mirabeau jusqu'à Barnave. Que de beaux spectacles!
Quelles journées de fièvre! J'ai traîné la brouette en
chantant le jour de la Fédération! J'ai eu sur la tête ce
coup de soleil réchauffant d'une lumière nouvelle.
Chère France! Je suis fier d'être ton fils. Mon pays,
il a brisé les abus, jeté bas les préjugés, donné son
cœur, donné le sang de ses veines pour la liberté du
monde! La délivrance de notre patrie, c'est l'affranchissement de la vôtre. Liberté, le beau mot! la grande
chose! Et quand nous la proclamions d'une voix si
haute que l'univers entier allait l'entendre, les rois
ameutés se jettent sur cette terre libre pour la dépecer
comme des chiens à la curée! Alors, un appel déchi-

rant est sorti de toutes les poitrines, le drapeau noir a flotté sur l'Hôtel-de-Ville, le canon d'alarme a jeté sur le Pont-Neuf son qui-vive héroïque ; d'une frontière à l'autre ont retenti les mêmes cris : *La patrie est en danger !* J'ai jeté le costume d'avocat, laissé les livres et les plumes, envoyé les paperasses au vent de la Seine, et, le fusil au poing, la baïonnette en avant, je me suis jeté sur les soldats du despotisme, en soldat volontaire, avec la tyrannie devant moi et le droit derrière moi, qui, sous les balles, les boulets et les biscaïens, me poussait par les épaules !

En parlant, Michel avait comme une fièvre qui semblait inquiéter Élisabeth. Elle attachait sur lui de grands yeux étonnés et interrogateurs. Elle tremblait que la blessure du convalescent ne se rouvrît. Elle demeurait, comme fascinée, ses grands yeux sur le jeune homme exalté, et qui parlait alors comme du haut de la tribune des Jacobins. Elle laissait ses doigts s'arrêter sur les linges qu'elle cousait pour les blessés ou sur la charpie, et, muette, elle contemplait Michel, dont le regard jetait des flammes.

Alors Otto se levait tout droit, redressait sa haute taille maigre, et levant ses grands bras :

— Voilà pourquoi, disait-il d'un geste inspiré et avec un enthousiasme un peu mystique, je l'aime cette France, qui porte dans son sein la destinée de la liberté. Soldat de Dieu, dit Shakspeare, elle est surtout le soldat des peuples. Citoyen, vous ne savez donc pas que nos entrailles ont tressailli à la nouvelle de votre délivrance? Le pont-levis brisé de la Bastille faisait tomber toutes les chaînes. Les nations sont solidaires. Vos armées de liberté sèment dans nos villages les idées de liberté, qui germeront demain. Mon Allemagne! Teutonia! Teutonia! tu ne sens donc point passer sur tes forêts le vent de liberté qui vient de France? Tu as beau envoyer contre ces combattants du droit tes légions énormes et tes grenadiers, la force vient du point où souffle l'esprit. Prussiens, Autrichiens, armée du prince royal, armée de Condé, ces volontaires auront raison de vous, car ils s'appellent le dévouement, la liberté, le patriotisme et le droit.

— Eh! vive la République! citoyen, concluait Michel, quand Otto, recueilli, éloquent à la façon germanique d'Anacharsis Clootz ou d'Adam Lux, s'était tu. Nous sommes du même avis. Donnons-nous la main

Que de fois, après ces causeries, seule en sa chambre, Élisabeth avait-elle tout bas, avec une sorte de terreur vague, répété les paroles ardentes du soldat! Que de fois aussi Michel, avant de s'endormir, avait-il revu le regard clair de Lisbeth, — Lisbeth, comme l'appelait Otto Schwartzen, — attaché sur le sien!

Une fois guéri, il voulut sortir, reprendre aussitôt son service. Son bataillon venait, quelques jours auparavant, d'enlever Sainte-Croix aux Autrichiens. Il ramenait des prisonniers en ville, de grands cuirassiers lourds, tandis que l'église et le bourg en flammes, incendiés par nos grenadiers, brûlaient à l'horizon. On

4.

fit bon accueil à Michel, qui apparaissait comme un revenant.

— Hé ! muscadin, dit Brutus Toussaint, patriote enragé, qui regardait assez souvent d'un œil railleur les mains blanches de Michel, — nous ne sommes donc pas tout à fait mort ?

— Pas tout à fait, citoyen. Il me reste encore à brûler plus d'une cartouche au service de la République.

Michel croyait, d'ailleurs, en marchant par les rues de Mayence, se trouver dans une autre ville.

Le blocus, que les ennemis resserraient, s'abattait là comme une épidémie. La famine avait pris cette ville assiégée à la gorge. Les soldats, déguenillés, couraient les rues, cherchant leur nourriture au coin des bornes, aux angles des maisons, dans les détritus, comme les pourceaux. On les voyait, maigres, pâles, la barbe et les cheveux longs, couverts de poussière, les souliers percés, les uniformes en lambeaux, faire, la nuit, la chasse aux rats, et se donner ce régal de manger l'animal cuit à la hâte en l'assaisonnant de poudre. Michel parcourait, le cœur attristé, ces carrefours, qui sentaient la maladie, la faim, la mort. De vieilles femmes étaient là, accroupies, regardant la terre d'un œil fixe ; des mères présentaient aux soldats de petits enfants, qui demandaient du pain. Des spéculateurs (il s'en trouve partout et toujours) avaient établi, dans des maisons aux toits enfoncés par les bombes, des débits de viande où l'on dépeçait et vendait de la chair de cheval. Le tarif, écrit à la main, en

langues allemande et française, sur une vieille enseigne
écornée par les balles, se balançait au vent en grin-
çant. Les soldats s'assemblaient parfois devant ces
boucheries d'espèce nouvelle et protestaient :

— Comment ! disaient-ils, un chat, six francs ? Quarante-cinq sols la livre de cheval ? On rançonne les
défenseurs de la patrie ! les trafiquants se glissent
partout ! Voulez-vous leur faire concurrence, citoyens ?
Allons au Rhin ! Le fleuve roule des chevaux morts.
Harponnons-les au passage, sous les biscaïens allemands, et moquons-nous des fournisseurs !

En rentrant au logis de mademoiselle de Smeyer,
d'où il n'était pas encore sorti, Michel se laissa tomber
brisé, écœuré, sur un escabeau.

— Les misérables ! dit-il. Voilà la guerre ! Allemands,
ils font mourir de faim les Allemands pour arriver jusqu'aux Français ! C'est horrible !

— N'est-ce pas ? disait Lisbeth….. en le regardant
attendrie.

Otto prêtait l'oreille à la canonnade, qui, mena-
çante, éternelle, venait du côté du Rhin.

— Un jour se lèvera, fit-il, où l'homme n'aura plus
d'autres armes que le scalpel et la charrue !

— Qu'il se lève demain ! répondit Michel.

III

Le volontaire redevint bientôt soldat.

Ces nuits de juin, tièdes et étoilées, Michel les passait bien souvent dans la redoute du Rhin, en sentinelle, ou, veillant, absorbé par ce grand spectacle du
vaste fleuve qui se déroulait sous les murs croulants
de Mayence, par tous ces bruits de la nuit, appels de
sentinelles, mugissements indistincts, plaintes qui tra-
versaient l'ombre, coups de canon qui faisaient vibrer
l'air, boulets qui passaient en sifflant, lugubres hurlements de chiens, murmures prolongés de ces sombres
veillées, qui ressemblaient à des veillées de morts.

Il s'inquiétait bien peu, le vieux Rhin, de ces combats qui ensanglantaient ses rives. Il coulait, large,
profond, superbe, avec de grandes nappes de lumière,
des paillettes, des plaques luisantes. Les clartés de la
lune donnaient au fleuve une mystérieuse et sinistre
allure. Parfois, on apercevait, çà et là, quelque objet
indistinct que roulaient les flots, cadavres d'hommes
ou de chevaux, débris de fermes incendiées, bateaux
courant à la dérive. Michel, les yeux fixes, regardait
tout cela, pendant que des bruits de sabres, des clique-
tis d'éperons, les murmures sourds de la nuit berçaient son rêve.

Il éprouvait, comme tous les assiégés rejetés sans

secours dans Mayence, la nostalgie du pays. Que fai-
sait-on à Paris? Que devenait la Révolution? Que disait
l'Assemblée? Que faisaient aussi la vieille mère, les
amis qu'on avait quittés? Que de craintes, de terreurs,
quelles angoisses! Un matin, passant sous la grande
porte, Michel entendit un grand bruit de voix; des
soldats couraient, se groupaient, se pressaient autour
d'un jeune homme, un Parisien, qui venait de ramas-
ser, près d'une batterie, un journal venu, sans aucun
doute, du camp prussien, et que le vent ou le hasard
avait apporté par là.

— Un journal! Des nouvelles! Il y a des nouvelles!
criaient les soldats.

On se précipitait vers le jeune homme qui agitait
triomphalement le journal au-dessus des têtes avides.
Des nouvelles de France! Il y eut dans toute cette
foule hâve et souffrante un rayonnant éclair de joie.
Les yeux brillaient, les pieds trépignaient d'impatience.
On allait enfin savoir ce qui se passait à Paris. Michel
lui-même se sentait légèrement oppressé, et il regardait ce morceau de papier jaune que tenait le soldat,
avec cette expression hésitante d'un homme qui relit
l'adresse d'une lettre importante avant de l'ouvrir. Que
contenait-il, ce journal, et qu'allait-il apprendre à ces
pauvres gens traqués, séparés des leurs, massés sur
une rive du Rhin et sous les boulets ennemis?

— Silence! hurlait cette foule.

— Lis, Scevola!

— Lis donc!

Scevola avait jeté les yeux sur le journal, et toussant, donnant du ton à sa voix, et prenant la pose d'un homme qui se sent écouté :

— *Gazette nationale* ou *Moniteur universel*, dit-il, n° 172, vendredi 21 juin 1793, l'an II de la République française.

— Eh ! passe donc le titre, clampin, dit Brutus Toussaint de sa voix rude.

— Ne faut-il pas tout lire, pour tout connaître ? *Politique... Nouvelles de Paris...* Écoutez-moi ça : « Le général Dumouriez a balayé la Convention comme le vent chasse les feuilles mortes... »

— Comment ? s'écria, en jurant, Brutus Toussaint qui s'était approché.

Les auditeurs se regardaient les uns les autres. Le pauvre Scevola était devenu tout pâle, et maintenant sa main tremblait.

— Y a-t-il cela ? Qu'est-ce donc que ce sacré papier ? répétait Brutus.

Michel se croyait le jouet d'une hallucination. On entend ainsi, dans les rêves, bourdonner des paroles qui vous vont droit au cœur et le brûlent. Il regardait Scevola qui jetait sur le *Moniteur* des yeux effrayés, et promenait ensuite ses prunelles à demi égarées sur la foule.

— Faut-il continuer, citoyens ? demanda le Parisien... savez-vous que c'est affreux, ce journal-là ? La Convention dissoute ! Dumouriez maître de Paris ! Le petit Capet proclamé roi sous le nom de Louis XVII et ré-

gnant avec une régence ! Tout cela est imprimé. Lisez !

Il montrait le *Moniteur* aux soldats qui se pen-
chaient sur le feuillet, et tâchaient, ceux-là mêmes qui
ne savaient pas lire, d'en déchiffrer les caractères.

— Mille millions de tonnerres ! répétait Brutus en
serrant les poings, est-ce que c'est possible, ces choses-là ? est-ce qu'ils se sont laissés, tous les bons, les
Danton, les Billaud, les Romme et les autres, jeter à
la porte comme des enfants ? Comment ! La République est finie ! Dumouriez a pris Paris ! Les Prussiens
y sont peut-être ! Les Prussiens !

— Voyez, voyez, disait Scevola en agitant le journal. Les étrangers sont entrés par le faubourg du Temple ! Mon faubourg, à moi, mon pauvre faubourg !

Les exclamations, les cris d'étonnement ou de
fureur, partaient du groupe comme par explosion. On
entendait, au loin, le canon de la redoute des Clubistes, qui répondait par ses grondements à l'attaque de
la troisième parallèle prussienne. Michel avait envie
de courir au feu, de se jeter, comme un fou, au-devant
des balles et de mourir sous le drapeau républicain,
puisque la République était morte. Il lui montait au
cerveau comme une fièvre. Son sang battait. Tout à
coup, écartant la foule brusquement, il se jeta sur le
papier que Scevola tenait encore, le lui arracha des
mains et, le regardant avec rage :

— Voulez-vous que je vous dise ? s'écria-t-il. Ce
papier ment ! Tout ce qu'on a imprimé ici est faux. Je

n'ai point de preuves, mais j'en suis sûr. Est-ce que la Convention peut périr ainsi et terminer son œuvre par la honte? La Convention chassée par Dumouriez, citoyens, cela est faux, je jure que cela est faux !

— C'est imprimé, répétait le malheureux Scevola avec désespoir.

— Regardez ce papier, continuait Michel. D'où vient-il? Qui nous l'envoie? Des émigrés, peut-être, des traîtres. Il nous dit que Paris appartient à la réaction. Si cela était, mes amis, il commencerait par déclarer que tous les citoyens dévoués ont été tués par les houzards de Dumouriez ou les grenadiers du roi de Prusse sur leurs bancs, comme les sénateurs romains sur leurs chaises curales. Où parle-t-on de la mort d'Hérault, de la mort de Desmoulins, de la mort de Cambon? Je vous dis que ce journal en a menti. La Convention n'est pas morte! Vive la Convention!

— Vive la Convention ! répondit une voix forte, et les soldats aperçurent Merlin de Thionville arrêté auprès de Kléber.

La haute taille du soldat alsacien se dressait à côté de Merlin, dont la stature était pourtant superbe. Kléber, la tête nue, la poudre et la poussière dans ses cheveux crépus, se tenait à un ou deux pas en arrière de Merlin qui, le visage échauffé, ruisselant sous son chapeau de représentant, bossué et rougi au feu, le cou découvert, l'écharpe en lambeaux, le sabre tordu, s'avança vers Michel et lui tendit la main :

— C'est bien, citoyen, dit-il. Et voilà qui est parler

en homme ! Ces numéros de journaux qu'on sème dans Mayence pour nous arracher l'espoir, pour mettre dans nos rangs la confusion, — comme si la garnison de Mayence, comme si les soldats de la République pouvaient faiblir, — ils sont imprimés à Francfort par des mains françaises. C'est je ne sais quel rebut de faiseurs de libelles qui les fabriquent. (Il avait pris le faux *Moniteur* et le mettait en pièces.) Les Prussiens les répandent parmi nous. Leurs soldats d'avant-postes nous les jettent comme des bombes plus terribles que les autres. Citoyens, prenez les lambeaux de ces mensonges de traîtres et renvoyez-les à l'ennemi en en faisant des cartouches.

— Vive la Convention ! répétèrent les soldats, et ce cri vibrant partit comme un bouquet d'artifice.

Ils se partageaient déjà les fragments du journal, et Merlin, tirant de sa poitrine un papier déchiré :

— Sais-tu lire, citoyen ? dit-il à Michel.

— Le muscadin sait même le latin, répondit Brutus.

— Lis, ajouta le conventionnel.

C'était le n° 255 du journal d'Hébert : « La grande » joie du père Duchesne de voir la Constitution ac- » ceptée par tous les citoyens de Paris, ses avis à » tous les sans-culottes des départements, dont on » veut nous faire peur, d'arriver promptement au mi- » lieu de nous, pour nous en *donner* ensemble des » piles éternelles de réjouissance de ce que la Ré- » publique est sauvée, malgré les Brissotins, les Ro-

» landins, les Buzotins et tous ceux qu'a soudoyés
» l'Angleterre pour nous mettre à chien et à chat les
» uns contre les autres, et nous détruire par le pil-
» lage, la guerre civile et la famine. »

— Vous l'entendez, citoyens ? dit Merlin de Thionville, lorsque Michel eut achevé. La Constitution est
acceptée. Paris est libre. Dumouriez, traître envers la
patrie, sera puni comme un traître. La Convention
est toujours digne de la France, et nous, ses soldats
et ses enfants, nous devons nous montrer toujours,
comme nous le sommes, dignes de la Convention et
de la patrie !

— Vive Merlin! dit Scevola, qui répétait : Le faubourg
est libre. Ils n'ont pas mis les pieds dans le faubourg
du Temple. Vive Merlin !

— Allons donc ! fit le commissaire... Vive la Répu-
publique !

Il se retourna vers Kléber.

— Ces *Brissiens*, disait le général entre les dents
avec son accent d'Alsace, ce n'est *bas* assez de lutter
avec le fer et le feu, il faut encore qu'ils s'arment du
mensonche !

— Les républicains se moquent de leurs fausses
Gazettes nationales de Francfort comme de leur
artillerie, répondit Merlin en souriant. Allons, viens!

Les soldats les suivirent un moment de leurs acclamations. Brutus Toussaint s'était approché de Michel,
et lui tendant la main : — Muscadin, lui dit-il, décidément tu es un homme !

— J'ai foi, voilà tout. Crois-tu que la République peut finir ainsi?

— Et si elle finissait comme ça?

— Nous nous ferions encore tuer pour elle, voilà tout.

— C'est juste.

Il y avait, dans cette ville de Mayence, un coin où Michel Verdure était sûr de retrouver un peu de joie. C'était la maison de mademoiselle de Smeyer. Lorsque Otto n'était pas au club, Michel le rencontrait là, lisant tout haut quelque maître livre, tandis que la vieille Magdet écoutait et disait à Lisbeth :

— Je ne comprends point.

Peu à peu Michel en était venu à considérer ce logis comme le sien. Il s'était senti invinciblement attiré vers cet enthousiaste Otto Schwartzen, dont le mysticisme même avait un charme. Il s'était habitué à causer avec mademoiselle de Smeyer, à se confier à elle, à se livrer, à se laisser aller à ce courant harmonieux des petits secrets qui vous entraîne et vous enivre en vous berçant.

Michel était maintenant comme pénétré d'un sentiment nouveau. Il n'avait jamais aimé. Sa jeunesse active s'était dépensée dans les premières luttes de l'aurore révolutionnaire : le jour, aux assemblées tumultueuses du Palais-Royal, écoutant pérorer l'énorme marquis de Saint-Huruge; le soir, aux Jacobins, devant la tribune où montait quelque orateur superbe. Le temps manquait pour les idylles. Toute son énergie,

Michel l'avait vouée au triomphe des idées naissantes.
Il rêvait bien, comme tant d'autres, le foyer heureux,
la compagne aimée, les enfants se roulant, joyeux,
sur les tapis. Mais la grande famille, la patrie, ne lui
laissait point le loisir de songer à la petite. Chacun
alors remettait le bonheur possible à plus tard.

Il avait ainsi passé, ce Michel, de l'orageuse atmosphère de la rue à l'atmosphère de salpêtre des camps.
Il avait marché gaiement, la pluie dans le visage, la
boue aux pieds, l'enthousiasme au cœur. Puis, comme
si tout cela eût été un rêve, il s'était éveillé justement
au coin de ce foyer souhaité; son premier regard
avait rencontré le sourire de cette compagne idéale à
laquelle il songeait parfois. Il avait éprouvé cette sensation de l'homme qui sort d'une étuve et qu'on transporte, en le soignant, dans un air plus doux, pénétrant
et sain. Il avait éprouvé l'envie de faire halte ici,
après tant de traverses et d'orages. Cette salle lam-
brissée de chêne, ces vieux meubles tarotés de vers,
ce coucou qui poussait son cri aigu à toute heure nouvelle, ces vieilles gravures encadrées çà et là, cette
maison aux escaliers de bois, tout cela pour lui c'était
le paradis, un eldorado allemand où l'on eût été si
bien pour se reposer, pour demeurer, pour aimer!

Il aimait vraiment cette Élisabeth, blonde, douce,
et d'une grâce honnête et charmante. Il l'avait aimée
d'abord par reconnaissance, mais la reconnaissance
mène loin. Il avait passé tant d'heures à ses côtés, de
ces heures où les convalescents se sentent [revivre,

aspirent avec volupté l'air qui leur semble meilleur, et de leurs pieds mal affermis encore reprennent, avec des naïvetés d'enfants, possession de la terre qui les enivre ! Il confondait cette figure de jeune fille avec les impressions de reconnaissance qu'il avait éprouvées. C'était elle, lui semblait-il, qui lui avait rendu la vie.

Pour elle, elle ne l'aimait pas encore. Mais elle aussi se sentait troublée par cette affection qu'elle devinait, — car les femmes, comme certaines gens découvrent les sources, découvrent l'amour où personne ne le soupçonnerait. Fiancée à Otto Schwartzeu, elle se rappelait les promesses anciennes, elle aimait toujours et d'une affection vraie cet apôtre de liberté qui lui inspirait à la fois de l'admiration et du respect. Elle songeait pourtant, elle aussi, à cet étranger d'hier qui s'était maintenant emparé de ses préoccupations et dont le souvenir ne la quittait plus. Elle lui savait peut-être gré des soins qu'elle lui avait donnés. Pourquoi non ? La femme est reconnaissante du dévouement qu'on lui donne l'occasion de montrer.

Michel ne devinait pas tout ce que mademoiselle de Smeyer se cachait encore à elle-même. Lorsqu'il la voyait sourire à Otto, il lui prenait des accès de jalousie, des mouvements de colère qui se fondaient en envie de pleurer. « Après tout, se disait-il, elle l'aime. » Il eût voulu fuir Mayence pour ne plus la revoir, il se jurait de ne plus remettre les pieds dans cette maison où il entrait joyeux, d'où il ressortait troublé, inquiet, et dès le soir même il y retournait avec des battements de cœur.

Il n'avait d'ailleurs jamais laissé échapper un mot qui pût faire soupçonner qu'il aimait celle que tout bas il appelait — comme Otto la nommait tout haut — Lisbeth.

Un soir, ils parlaient de l'avenir l'un et l'autre, et ils étaient seuls.

Elle dit doucement :

— Je suis triste, monsieur Verdure. J'ai vu tout à l'heure une mère dont un boulet a tué le fils. Les pauvres mères ! La guerre est faite contre elles. Si j'avais un enfant...

Elle sourit tristement :

— Mais j'en ai un, le petit orphelin, le cher petit Franz...

— Franz ?

— Le frère de mon fiancé. Un beau-frère, qui sera et qui est mon enfant.

Michel eût préféré qu'on lui plongeât un couteau dans le cœur. Il prit son chapeau brusquement.

— Vous partez ?

— Oui. On se bat. Je vais me battre.

Il avait eu l'envie de dire :

— Je vais me faire tuer.

On se battait en effet, — ou plutôt on allait repousser un assaut.

C'était le 6 juillet. On savait depuis la veille que les Prussiens voulaient décidément enlever la redoute des

Clubistes. Merlin était accouru, haranguant les artilleurs, pointant lui-même les canons. Le bataillon des
volontaires, que Michel venait de rejoindre, l'arme au
pied, attendait. Brutus Toussaint mâchonnait sa moustache, tandis que Michel songeait à ces dernière paro-
res d'Élisabeth et sentait ses yeux s'emplir de larmes.
« *Mon fiancé !* » Ce doux mot lui semblait atroce,
cruel comme une ironie. Il avait envie de se jeter au-
devant des balles. Que lui importait de vivre? Elle ne
pouvait être à lui. Elle appartenait à Otto, ce vaillant
et fier Otto, qui l'aimait, lui aussi, et de toute son
âme.

Merlin parcourait les rangs et soufflait l'enthousiasme. C'était bien là celui que les Allemands appelaient le *Démon du feu.* Il semblait, dans l'atmosphère
de la bataille, être dans son élément.

Les Prussiens avaient cessé de bombarder la redoute.
Il s'était fait de ce côté ce silence solennellement mor-
tel qui précède l'assaut. L'ennemi devait suivre sans
doute le sillon de sa troisième parallèle, se découvrir
tout à coup et bondir sur la redoute, à l'arme blanche.
Fusils chargés, mèche allumée, on l'attendait. Lorsque
le premier bataillon se montra, la grande voix de
Merlin donna le signal : ce fut un carnage fou. La mitraille fit reculer le flot des Prussiens, qui se refor-
mèrent bientôt, sous le feu des volontaires, et roulè-
rent tumultueusement jusqu'aux canons, en escaladant
les fascines.

Les volontaires s'étaient déjà précipités, la baïonnette

en avant. Michel, avec son appétit d'héroïsme, s'enfonçait dans le bataillon prussien, tête basse, comme
un taureau qui lutte, et frappait en aveugle, dans la
poussière et le bruit. L'attaque des Prussiens était
manquée. Ils se retiraient déjà, pêle-mêle, dans leurs
fossés, et se massaient pour une nouvelle attaque.
Mais les canonniers de Merlin les délogèrent bien vite.
On les apercevait courant et s'abritant derrière les ouvrages en terre.

— Vive la France! dit une voix claire derrière
Michel. La redoute nous reste!...

En se retournant, le volontaire aperçut une figure
pâle et maigre, mais souriante, qu'il reconnut aussitôt.
C'était l'émigré de Piennes, ce compagnon [de route
abandonné, laissé pour mort quelques semaines auparavant au revers d'un fossé.

— Vous, vivant?

— Et bon vivant, de par Dieu! Je vous retrouve
donc? Je vous cherchais partout.

M. de Piennes, vêtu tant bien que mal d'un uniforme
semi-militaire, défroque de quelque pauvre diable, ôta
son chapeau et montra à Michel une cocarde tricolore
qu'il y avait attachée.

— Voici ma cocarde, citoyen, vous aviez raison,
c'est la bonne!

Et se retournant, il montra à Michel sa nuque
rasée.

— Voyez-vous cela? fit-il. Adieu le catogan! Il
était dit que je mourrais sans le catogan du Royal-

Comtois. C'est un hussard prussien, au pré de Plomb, qui me l'a coupé d'un coup de sabre. Peste! ces messieurs me le payeront. Ils me l'ont payé, ajouta M. de Piennes en montrant son fusil.

En ce moment Merlin arrivait, suivi d'Aubert-Dubayet et de Kléber :

— Il nous faut dix hommes de bonne volonté, dit-il. Les Prussiens ont établi tout près de nous deux pièces d'artillerie qui balayent notre mur principal. Il faut les chasser ou se faire tuer. Allons, citoyens, à l'œuvre et *ça ira !*

Une trentaine d'hommes sortirent des rangs.

— Dix hommes seulement, dit Aubert-Dubayet.

— *Tix*, fit Kléber.

Les trente hommes demeuraient immobiles.

— Eh bien, dit Merlin en désignant les plus rapprochés de lui, je prends au hasard.

Il mit la main sur l'épaule de M. de Piennes.

— Toi d'abord.

— Merci, citoyen commissaire. Tu vas voir comment se comportent les ci-devant.

— Toi, ensuite.

C'était Michel.

Quand il en eut désigné dix, ils partirent. Brutus Toussaint marchait en tête. On se glissa le long de la muraille, se laissant couler par la brèche, et, une fois hors des murs, en courant, les dix volontaires abordèrent les Prussiens à la baïonnette. Ils étaient tout près des canons lorsque la batterie fit feu.

5.

— A terre ! dit Brutus.

Le petit groupe héroïque se jeta à plat ventre, puis, se relevant, poussa un grand cri et se précipita sur les canons. Les artilleurs furent tués sur leurs pièces. Michel avait bondi le premier, avec une sorte de rage.

— Bravo, citoyen, lui dit M. de Piennes qui enclouait un canon, vous êtes un Achille. Mais on eût juré que vous cherchiez à vous faire tuer...

— Qui sait ? dit Michel...

Il se sentait décidément envahi par une torpeur singulière; son amour grandissait, remplissait son cœur, l'absorbait. Il était maintenant sombre, presque désespéré, héroïque, d'ailleurs, et, après cette journée où il avait vu la mort en face, allant demander un sourire à mademoiselle de Smeyer. Elle l'accueillit avec sa bonté charmante, sans se trahir, et pourtant laissant échapper son secret dans chacun de ces gestes, de ces regards que Michel ne savait pas comprendre.

Un soir, Michel se tenait à la fenêtre, regardant la nuit, tandis que silencieusement Élisabeth, les yeux sur un livre, semblait lire et ne lisait pas.

Cette nuit d'été, chaude, à la fois splendide et sinistre, Michel la trouvait atrocement douloureuse et se demandait si elle ne finirait pas. Quand on souffre, on voudrait hâter la marche du temps. Être à demain, c'est le vœu de tous les misérables. Or, demain, pour Michel et pour l'armée, c'était l'anniversaire de la Fédération, le 14 juillet, le jour patriotique et sacré.

Il se revoyait, le fusil au poing, courant à la Bastille qu'il fallait prendre, et, plus tard, brouettant au Champ de Mars, avec des femmes en robes rayées, des jeunes filles en robes blanches à rubans tricolores, la terre des fossés, et travaillant à l'autel de la Patrie. Que de souvenirs dans une date ! Et quatre ans déjà écoulés depuis ces premières et chères fièvres ! Ces éblouissements du passé lui faisaient oublier le présent, mais peu à peu sa pensée revenait à Mayence et se retournait vers Élisabeth, vers Otto, vers cette femme qu'il ne pouvait s'empêcher d'aimer, vers ce rival qu'il ne pouvait point haïr.

— Ah ! la mort, encore une fois, la mort glorieuse, en plein jour, sous une balle ennemie !

Et Michel écoutait le bruit incessant du canon, il regardait dans l'air les sillons que décrivaient les bombes, clartés fugitives qui rayaient de leur lueur le ciel plein de scintillements d'étoiles.

Il n'entendit pas le bruissement de la robe d'Élisabeth ; il n'entendit point le pas de la jeune fille qui s'approchait de lui. Il se retourna vivement avec un sourire étonné, lorsque mademoiselle de Smeyer lui posa la main sur l'épaule en lui disant :

— A quoi songez-vous, Michel ?

— A vous, répondit-il simplement.

Ces mots avaient, pour ainsi dire, jailli de ses lèvres : Élisabeth rougit, et tous deux, à cette fenêtre, demeurèrent un moment sans parler.

— Oui, reprit enfin Michel, je songeais à vous,

mademoiselle, et en y songeant je voyais passer devant moi, ironiques et railleurs, tous mes rêves d'un jour, tous mes fantômes heureux, fustigés, chassés d'un mot... Ah! je suis malheureux et je souffre bien!

— Croyez-vous souffrir seul, Michel? dit-elle avec une lenteur musicale : la douleur est le sort commun. Il faut nous y résigner et faire notre devoir.

— C'est vrai, dit-il avec une certaine fièvre. Et puis, après tout, ceux-là seuls sont malheureux qui le veulent bien, qui rêvent, se forgent un avenir impossible et demandent à la vie ce qu'elle ne peut donner. La vie est un sacrifice, elle n'est pas une joie. Tant pis pour ceux qui, comme moi, comme tant d'autres fous, réclament en égoïstes...

Il s'arrêta, regarda Élisabeth, dont les grands yeux bleus, honnêtes et doux se levaient sur les siens.

— Et que réclamiez-vous, Michel? dit-elle.

— Moi?... Je... Et pourquoi ne vous le dirais-je pas? Car enfin, cette affection est sacrée et de celles qu'on peut proclamer. Je vous aime, mademoiselle. (Élisabeth ne fit pas un mouvement et le regardait toujours.) Oui, je vous aime, et du fond de l'âme. Je vous aime, à ne plus songer, quand je pense à vous, à cette République pour laquelle je veux mourir. Je vous aime, encore une fois, en insensé, car que puis-je espérer? Vous êtes fiancé à un autre. Que puis-je demander et attendre?

— Mon affection, dit-elle lentement, mon amour de sœur et mon amitié. Je vous parlais de devoir, Michel;

mon devoir, c'est le bonheur d'Otto et de cet enfant qui n'a plus de mère. Le rêve, — le rêve, mon ami, c'était—... Mais laissons cela. Ne parlons plus de cela...

— Comment? s'écria Michel éperdu. Qu'avez-vous dit? Non, je suis fou, n'est-ce pas?

Élisabeth tenait à la main un de ces bouquets de myosotis qui fleurissent aux bords des ruisseaux. Elle le tendit à Michel.

— Tenez, dit-elle, je vous ai dérobé un jour, — et vous ne l'avez jamais su, — un petit ruban tricolore que vous aviez laissé tomber ici. Je vous donne ces fleurs en échange. Ce sont de pauvres petites fleurs bleues, dit-elle. Selon une de nos légendes, une jeune fille qui se noyait, notre Ophélie à nous, en jeta quelques-unes à son amant en lui disant : Wergiss-mein-nicht. C'est le nom de la fleur. En allemand cela veut dire : *Ne m'oubliez pas!*

— Ah! Lisbeth, Lisbeth, s'écria Michel en tombant à genoux, vous êtes bonne et je puis mourir !

Les obus passaient sur le ciel d'été, le canon jetait au loin son mugissement rauque. Et Michel, devant l'horizon plein d'étoiles, les lèvres sur ces fleurs qu'on lui donnait, demeurait prosterné.

Otto entra. Il vit le volontaire encore à genoux et Lisbeth qui le regardait.

— Citoyen, dit-il à voix haute, l'hôtel de ville est en flammes, on appelle tous les soldats à l'incendie. Debout!

Élisabeth s'était avancée vers Otto :

— Otto, dit-elle avec une dignité fière, en montrant Michel, celui-ci est mon frère !

Pâle, Michel alla droit vers Otto :

— Adieu, dit-il.

— Je savais que vous l'aimiez depuis longtemps, répondit tout bas Otto en rejetant en arrière ses longs cheveux blonds. Pourquoi adieu ?

Il ajouta de sa voix harmonieuse et mélancolique :

— Vous pouvez l'aimer. Elle ne sera ni à vous, ni à moi. Le sort n'est jamais si clément que cela !

IV

Michel sortit à la fois heureux et navré. Elle l'aimait, il n'y avait entre elle et lui d'autre obstacle que le devoir. Elle eût pu devenir sa femme sans Otto. Il en était comme enivré et puis, en y songeant, tant d'obstacles à cet amour, un fossé si profond ! il reculait. Pas une pensée de haine ne lui vint d'ailleurs contre ce rival dont la grandeur d'âme s'imposait. Michel entendait encore cette voix douce, triste, irrésistible. Il se fût dévoué pour lui, il admirait ce jeune homme à figure de femme qui portait en son cœur l'énergie du lion. L'incendie était étouffé.

Le volontaire rentra à la caserne et trouva Scevola essayant une jupe de femme, tandis que Brutus Tous-

saint, dans un coin, étudiait un rôle. Les troupiers
devaient jouer le lendemain, à l'occasion de la fête de
la Fédération, le *Siége de Lille*, l'opéra qu'on avait tant
applaudi, à Paris, rue Favart, et la *Caverne*, du
citoyen Lesueur. Brutus Toussaint s'était chargé de
chanter pendant un intermède la *Chanson du salpêtre*.

— Débuts du citoyen Toussaint, dit-il à Michel.
Écoute-moi ça, muscadin.

Et d'une voix de basse-taille il entonna le refrain
populaire qui sentait la poudre :

> Lave la terre en un tonneau,
> En faisant évaporer l'eau
> Bientôt le nitre va paraître!
> Pour visiter Pitt en bateau
> Il ne nous faut que du salpêtre!

Michel s'étendit sur le lit de camp, tenant encore
dans sa main brûlante le bouquet de myosotis.

Le lendemain était un dimanche. Les deux armées
avaient conclu pour quelques heures un armistice. Il
y avait fête sur les deux rives du Rhin : les greniers
donnaient leur représentation et la mort faisait relâche.
Tandis que Scévola, costumé en déesse de la Liberté,
récitait des vers de Marie-Joseph Chénier, les alliés,
Autrichiens et Prussiens, tiraient des coups de canon
pour célébrer la prise de Condé.

— Canons sans boulets, disaient nos soldats, poudre
aux moineaux!

Et ils chantaient.

Michel, seul, parmi la population de Mayence, qui respirait pendant cet entr'acte du terrible drame du siége, parcourait les rues en regardant, en rêvant. Cette nuit même le bombardement recommença avec une furie plus intense. Les couvents incendiés, les magasins de poudre sautant en l'air, le bruit des écroulements de cheminées, des bris de portes faisait un infernal vacarme. Les bombes tombèrent comme grêle pendant les jours qui suivirent.

La ville tout entière était écrasée; les murs croulaient. La coupole byzantine du Dom, criblée de boulets, semblait près de s'affaisser. Les murailles de grès rouge des monuments, noircies par la fumée de l'incendie, éventrées par les obus, se dressaient avec des attitudes lugubres. A chaque pas, la flamme et les boulets avaient laissé leurs traces. Les soldats riaient, — rire éternel de notre race, — en comparant Mayence à *une écumoire*. On voyait errer à travers ces ruines des ombres hâves, de pauvres diables qui cherchaient du pain. Le soir, des maisons désolées sortaient souvent, comme une protestation ironique, des bruits de fête joyeuse. C'étaient les Français qui organisaient des bals et narguaient la famine avec des entrechats.

Merlin de Thionville, dans le palais du gouverneur, invitait à ses réceptions la bourgeoisie de la ville. Une fusillade interrompait la danse. La musique était ponctuée par les coups sourds du canon. Peu importe. On dansait, et le conventionnel ouvrait le bal dans son costume de commissaire déchiqueté par les baïonnettes autrichiennes.

Pour la disette, on s'en moquait. Les rats payaient les frais de la guerre. On parlait beaucoup du succulent dîner qu'avait offert à son état-major le général Aubert-Dubayet : un chat rôti servi au milieu de douze souris farcies de poudre. Les grenadiers criaient au gourmet.

Malgré tant de malheurs, ils savaient rire encore.

Lorsque l'arrivée des Français avait été annoncée à Mayence, la plupart des familles, entassant à la hâte leurs tableaux, leurs meubles précieux, leurs papiers dans les berlines, avaient pris la fuite aussitôt. Le gouverneur, un des premiers, réunissant ses titres, bourrant ses malles, transi de peur, était parti, laissant la population un peu effrayée. il avait emmené ses gens et jusqu'à son chien, qui trottait derrière la voiture. Le soir, dans les rues, on s'entretenait avec stupeur de ce départ soudain, qui présageait tant de malheurs. Si le gouverneur fuyait ainsi, quels désordres les Français allaient-ils donc commettre dans Mayence ? Et voilà qu'on vit arriver, passant le pont, entrant bravement par la porte de la ville, triomphant, rassuré, le chien du gouverneur, qui abandonnait son maître fugitif pour rester à son poste. Le palais du gouverneur était désert, mais la niche du chien du gouverneur n'était plus vide. — « C'est bon signe, » dirent les commères mayençaises !

Les Français, en arrivant, avaient adopté le chien,

le baptisant *Brunswick*. On lui faisait faire l'exercice. Brutus Toussaint lui apprenait la manœuvre.

—Saute pour la République, *Brunswick*, disait Scevola.

Le chien du gouverneur sautait pour la République.

— Un grognement pour Pitt et Cobourg, *Brunswick!*

Le chien grognait contre Pitt et Cobourg.

Et les pauvres diables, sans pain, trouvaient toujours çà et là quelques miettes pour *Brunswick*.

Tant de misère ne pouvait pourtant durer. Après avoir tout épuisé, munitions, armes, dernières ressources, Merlin se décida à traiter. Michel errait autour de la cathédrale, un matin, lorsque Brutus lui dit avec un juron :

— Tonnerre ! c'est vexant, citoyen, nous déguerpissons ! Dorénavant on va manger à son aise, à ce qu'il paraît. Comme si un sans-culotte avait besoin de dîner autrement qu'en se serrant le ventre ! On capitule, c'est dit. Moi, j'aurais préféré crever de faim et crever ici.

— Es-tu sûr qu'on capitule?

—Entre là, dit Brutus, en désignant la cathédrale.

Michel entra dans l'église. Les hussards s'occupaient à enlever les maigres restes de fourrage qui avaient un moment caché les tombes des électeurs et les statues des évêques de Mayence. La vieille église, le Dom, était dans un piteux état. Les bombes avaient pénétré dans le chœur, éclaté parmi ces marbres écornés. Les vitraux brisés des chapelles gardaient encore la trace du foin. Les soldats s'étaient exercés à faire, au charbon, des moustaches aux figures des saints ; d'autres avaient cassé le nez des statues de ces terribles évêques de Mayence, qui, de leur crosse et de leur épée, faisaient trembler sur leurs trônes les empereurs d'Allemagne.

Au-dessous des inscriptions latines, les hussards avaient tracé leurs devises : « *A Clémentine pour la vie. — Vive la nation! — A bas l'abbé Maury!* »

— Est-ce que nous quittons la ville, citoyen ? demanda Michel au brigadier qui surveillait ce déménagement.

— Dans deux jours, dit-on. Ces préparatifs sentent le boute-selle. Oh! le siége est fini !

— Les volontaires sont-ils prévenus ?

— Non, mais la division Kléber fait ses sacs.

On partait. Il fallait quitter Mayence, quitter cette maison où mademoiselle de Smeyer demeurait. Michel se sentait le cœur serré. Il voulut aller droit à Élisabeth, lui dire une dernière fois qu'il l'aimait et s'éloigner. Mais non ; il fallait voir avant elle Otto. C'était l'heure du club et jour de séance. Pour trouver Schwartzen, il y alla.

La salle était pleine déjà, et, sous un drapeau tricolore dont les plis embrassaient un buste en plâtre de Brutus, se dressait la tribune vide encore. Les clubistes attendaient, assis sur des gradins. Il se faisait un silence tragique, et tandis qu'un amer souci plissait tous ces fronts, une résignation stoïque animait tous ces regards. Michel s'assit entre deux jeunes gens qui causaient de la capitulation prochaine. La nouvelle en était décidément officielle.

— Les Français partis, disait l'un, le roi de Prusse voudra venger sur nous l'affront fait à ses armes. C'est notre arrêt de mort.

— Nous mourrons, répondit l'autre.

Le président du club expliquait déjà à l'assemblée la situation de Mayence. L'héroïque garnison ne pouvait plus lutter. Point de fourrages, l'incendie avait tout détruit. Plus de nourriture, on avait abattu et mangé les chevaux inutiles. Les hôpitaux encombrés de malades, et point de remèdes. Des décoctions au lieu de bouillon. La misère, la maladie, la mort par la faim. Dans tout Mayence, avait dit et répété Merlin, pas une place large comme un chapeau où un homme pût être en sûreté pendant une heure. Il fallait céder. On avait cédé. Le roi de Prusse laissait librement partir cette garnison de héros, et avec eux tous ceux des patriotes mayençais qui voudraient suivre l'armée française.

— On les échangera, ajouta le président, contre ceux des otages allemands que la République française retient prisonniers à Nancy. Et il nous faut, citoyens, remercier ici le représentant de la Convention, qui a refusé de laisser aux haines et aux vengeances de la réaction ceux d'entre nous qui ont embrassé le parti de la liberté.

— Vive Merlin ! dit le voisin de Michel avec un grand cri.

Un jeune homme s'était levé, demandant la parole, et Michel le vit monter d'un pas lent et ferme les degrés de la tribune. C'était Otto.

— Citoyens, dit-il, vous avez entendu, vous avez compris le sens de la capitulation. Les Français ont défendu nos droits et sauvegardé notre liberté. Nous pouvons les suivre et marcher avec eux, aller en France. Rien ne nous arrête. Les grenadiers du roi de Prusse nous laisseront passer. Voilà notre droit. Voulez-vous que je vous dise quel est votre devoir ?

— Oui ! oui ! s'écrièrent plusieurs voix.

— Votre devoir est de rester sur la terre allemande, votre devoir est de ne pas quitter Mayence. Nous pouvons parler sous ce drapeau français, dont les trois couleurs disent liberté, égalité et fraternité, mais nous ne pouvons pas combattre. Allemands, nous pouvons réclamer la liberté de nos frères et du monde, nous ne pouvons pas lutter contre nos compatriotes, même dans les rangs de nos libérateurs. Suivre l'armée de la Convention, ce serait déserter la patrie. Notre place, citoyens, est sur cette terre de Germanie, qui sera libre un jour, — peut-être parce que nous l'arroserons de notre sang aujourd'hui.

— Vive l'Allemagne !

— Vive la liberté ! répondit Otto.

Michel se sentait électrisé, entraîné, il eût voulu aller droit à son rival et l'embrasser.

— Oui ! continuait le jeune homme, la liberté ne demande pas seulement des héros, elle réclame des martyrs. Nous serons ces martyrs-là. Nous serons ceux dont on répétera les noms plus tard pour dire dévouement et sacrifice à la patrie. Nous serons ces ambitieux qui veulent baptiser de leur sang les nations régénérées. Pour moi, je le jure, au nom de notre chère Allemagne, je ne quitterai point Mayence, et j'attendrai, calme, résolu, heureux et fier, l'arrivée de nos bourreaux.

Une immense acclamation retentit. D'un seul mouvement, tout ce club se leva, répétant, la main étendue, le serment de mourir sur la terre allemande. Les cœurs battaient, les voix étaient énergiques et assurées. Michel seul, les larmes aux yeux, se sentait ému.

Quand Otto descendit de la tribune, la première main qu'il rencontra fut celle de Michel.

Ils revenaient tous deux par les rues désertes, silencieux, lorsque Otto dit lentement :

— Avant de partir, citoyen, venez me voir chez moi. Je veux vous demander quelque chose, un service.

— Nous partons bientôt, peut-être. Demain, je serai chez vous. Salut et fraternité.

— Fraternité, dit Otto Schwartzen en appuyant sur le mot.

Le lendemain, 24 juillet, les premières troupes devaient déjà quitter Mayence. Les alliés avaient pris possession, dans la nuit, des ouvrages avancés.

Le défilé commença à midi, sous le soleil de juillet qui incendiait les édifices, couvrait le large Rhin d'étincelles et de rayons, et dorait les hauts édifices de Mayence où les bombes et les boulets avaient marqué

leurs trous à côté des dentelures gothiques. La chaussée
entière était envahie par le peuple, par les curieux,
par la foule, toujours âpre à tout spectacle comme à
toute curée. Otto, seul, et sorti tout exprès pour voir
ce spectacle, de loin, les bras croisés et l'attitude sombre, contemplait cet amas de gens se pressant pour
voir partir l'ennemi et lui jeter des malédictions ou des
menaces. L'immense murmure sourd de cette ville en
mouvement, le mugissement qui s'échappe de la foule
comme de la mer, l'attristait, et pourtant l'électrisait
comme un premier grondement d'orage :

— Eh bien ! soit, pensait-il, acclamez le retour de
ces troupes du roi qui traînent après elles le despotisme et la féodalité. Je mourrai pour affirmer la grande
liberté que ces Français, les ennemis, emportent enve-
loppée dans leurs drapeaux en haillons.

Il demeurait là, lorsque tout à coup il se fit un grand
remous dans tout ce monde. Des milliers de têtes se
tournaient d'un même côté et un piétinement de chevaux, un bruit d'acier annonçaient un escadron en marche. C'étaient des cavaliers prussiens, sabre en main,
qui ouvraient le défilé. Le soleil pailletait leurs cuirasses
et y allumait un feu comme un foyer d'incendie. Les
armes embrasées ressemblaient à des lignes d'acier en
fusion. « Vive le roi ! » criait la foule, « Vivent les cuirassiers ! » Noirs de poudre, en guenilles, les habits
déchirés, héroïquement hideux, marchant allégrement,
le front haut, fiers de leurs loques, les troupiers français suivaient, regardant la haie de curieux avec l'air

ironique du Gaulois que rien n'effraye. Otto voyait se
dérouler, au-dessus des têtes, les baïonnettes étince-
lantes balancées par la marche, elles semblaient un
fleuve de fer.

Otto, levant les yeux, remarquait à l'une des fenêtres de la maison de la chaussée, un homme à visage de
demi-dieu, le front immense, un regard d'aigle sous
d'épais sourcils, je ne sais quoi d'olympien et d'impo-
sant dans sa beauté superbe, et qui, avec le calme
dédaigneux de l'artiste qui observe, regardait tout cela
passer avec une altière majesté.

Les Français défilaient. Le flot poussait les grenadiers après les volontaires, tous maigres et farouches,
marchant au pas, marchant en rang, avec cette idée
de faire mâle figure devant toute insulte. Les uns, les
cheveux longs, ressemblaient à des paysans bretons ;
les autres, rasés tant bien que mal, les cheveux coupés au hasard, à coups de sabre, avaient l'air de forçats.
Un tambour-major, splendide en ses haillons, jetait en
l'air sa canne, dont une balle avait bosselé le cuivre.
Les curieux, saisis, émus peut-être, n'injuriaient pas.
On eût dit qu'ils admiraient.

— Les chasseurs ! les chasseurs ! s'écria-t-on.

Les chasseurs à cheval débouchaient, mettant au
pas leur montures, superbes de tenue et silencieux.
On se rappelait ce qu'ils avaient fait une nuit, lorsque
bon nombre de femmes et d'enfants de Mayence,
fuyant la famine, s'étaient réfugiés au camp du roi de
Prusse. Le roi prussien les avait chassés, eux, des

Allemands, à coup de canon, et les hussards français, accourant, avaient ramené à Mayence les femmes et les enfants en croupe sur leurs selles.

Peu s'en fallait qu'un grand cri ne sortît de cette foule venue pour maudire : « Vivent les chasseurs de Cassel ! »

Tout à coup, la musique des cavaliers attaqua bravement et brusquement la *Marseillaise*. Ce fut comme un coup de tonnerre. Un frisson électrique parcourut toute la chaussée ; Otto sentit vibrer en lui toutes les cordes du vrai patriotisme, de l'héroïsme et du sacrifice. Il fit quelques pas en avant, écarta des curieux, et, comme transporté, il s'écria, levant les bras, jetant aux chasseurs comme un dernier adieu :

> Allons, enfants de la patrie,
> Le jour de gloire est arrivé !

La foule oscilla, et autour du jeune homme éclata aussitôt en menaces. On repoussa Otto, qui semblait ne pas voir et ne pas entendre.

— C'est un clubiste ! dit quelqu'un. — Je l'ai vu au club, je l'ai écouté. — C'est Otto Schwartzen ! Un buveur de sang ! — A mort ! — Otto Schwartzen, à mort !

— Allons donc, s'écria Otto, dont l'œil flamboya, tuez-moi, puisque la liberté est morte !

Il croisa les bras, levant ses yeux bleus vers ce ciel de juillet et attendit. « A mort ! à mort ! » Les foules

6

sont lâches. Elles ont en elles de la bête fauve ; dès qu'une goutte de sang est versée, elles mordent et déchirent, mais elles hésitent devant le premier coup. Un homme à cheval se détacha d'un escadron de cavaliers qui passait, et poussant la tête de sa monture vers le groupe qui entourait Otto :

— Arrière, dit-il en se penchant (il portait un uniforme de conventionnel), et son sabre battait sur ses bottes déchirées). Je représente ici la République française, une et indivisible. Tout citoyen qu'on attaquera pour avoir aimé la liberté sera vengé, sachez-le bien, par les enfants de la liberté. Que pas un de vous ne touche à un cheveu de ce jeune homme !

— C'est un clubiste ! A bas les clubistes ! A mort les Français !

Le cavalier se redressa, promena sur la foule un de ces regards dominateurs qui font reculer les masses, et cria fièrement :

— Je suis Merlin de Thionville ! Est-ce que vous croyez que c'est la dernière fois que vos soldats vont nous revoir ? Nous les retrouverons, et Mayence aussi. Soyez prudents !

Il fit signe à des officiers prussiens qu'il apercevait dans la foule :

— La promesse de votre roi est formelle. Nul ne sera inquiété ! Vous ferez respecter cette convention, j'espère !

On s'était écarté déjà et Otto était libre. Il voulait remercier Merlin, mais le conventionnel avait déjà rejoint le groupe à cheval de commissaires français et disparaissait, aux côtés de Rebwell, leurs plumes roussies par la pluie et la poudre rayonnant encore avec leurs trois couleurs.

Otto s'éloignait, poursuivi par quelques clameurs et abattu comme tout homme qui voit s'écrouler son rêve, lorsqu'il se trouva face à face avec l'homme qu'il avait tout à l'heure aperçu à la fenêtre.

— Vous êtes perdu, lui dit ce spectateur à l'air froid. Voulez-vous que je vous obtienne un sauf-conduit du roi de Prusse?

Otto regarda cet inconnu, dont l'œil était à la fois sévère et attendri.

— Je ne vous connais pas, murmura-t-il, citoyen.

— Vous me connaissez, fit l'autre. Moi aussi je sais votre nom. On m'a rapporté les folles paroles que vous avez prononcées dans les clubs; certes, vous êtes fou, vous et vos pareils, mais un fou en liberté parle sagement et la sagesse est muette quand elle est esclave. Je comprends aussi votre enthousiasme pour la Révolution de France. Sous le canon de Valmy, pendant que les boulets de Kellermann couvraient de boue nos soldats décontenancés, j'ai bien vu que là et en ce jour commençait une grande époque historique. Mais il faut être prudent en notre monde, et ne s'émouvoir qu'à de certaines heures. L'art, — quel que soit un métier, et je ne connais point le vôtre, il peut devenir un art, — l'art est un calmant qui vous consolera de la politique. Schiller se consume à lutter contre des abus;

j'ai ramassé des cailloux et fait des expériences phy-
siques pendant des batailles. Un conseil, citoyen clubiste. Quittez Mayence, oubliez ces accès de fièvre, et
si dans le refuge que vous choisissez vous avez besoin
de Goëthe, je suis là !

— Merci, répondit Otto, fou je suis et fou je resterai,
citoyen. Ma place est à Mayence et peu m'importe que
ce soit une tombe. Adieu !

Il prit le détour d'une rue et Goëthe le suivit des
yeux longuement, comme un homme qui observe et
qui n'oubliera plus.

Rentré chez lui, Otto y trouva Michel Verdure qui
l'attendait. Il lui raconta cette scène.

— Les hommes, dit-il, sont une triste espèce !
Pour les aimer il ne faut considérer que l'humanité.

— Mais, dit Michel, vous devez bien voir quel sort
vous attend. Pourquoi demeurer ? Malgré votre noble
langage de l'autre soir, pourquoi vous exposer à une
mort certaine ?

— Mon ami, dit Otto avec une résignation stoïque,
il m'est indifférent de vivre ou de mourir. Je puis tomber aujourd'hui, les idées que j'ai défendu triom-
pheront demain. C'est l'important. Je le vois bien que
nous sommes condamnés, les clameurs de mort se sont
déjà fait entendre. La meute des réacteurs est entrée à Mayence avec les Prussiens. Des bourgeois
paisibles, de braves gens aveuglés par la peur mena-
cent d'assommer tous les clubistes. Je serai peut-être

arrêté cette nuit. J'en suis heureux. A toute cause, je vous le répète, il faut des martyrs.

— Vous avez raison, fit Michel lentement.

— Je ne regrette, reprit le jeune homme, qu'Élisabeth au monde, elle et ce pauvre enfant, mon frère. Élisabeth ! je l'aimais et l'aime bien. Je l'aime plus que vous, Michel. Elle a été toute ma vie. Vous, entraîné dans l'aventure, avec cette vie de soldat qui vous attend, vous l'oublierez. Moi, je veux partir en me répétant qu'elle aimera le petit comme je les eusse aimés l'un et l'autre. Laissez-la-moi, Michel. Lisbeth sera la mère de Gretchen. Elle ne peut être la femme de personne.

— Je n'oublierai point mademoiselle de Smeyer, répondit Michel d'une voix brisée, j'emporterai partout, — et ce sera bien loin, — votre souvenir à vous deux.

Otto lui tendit la main.

— C'est l'égoïsme du mourant, dit-il. Avec son nom sur mes lèvres, l'appelant toujours ma fiancée, je tomberai mieux, j'en suis sûr.

— Nom de fiancée, nom de sœur, répondit Michel, nous l'aimons comme elle mérite d'être aimée.

Il mit sa main dans la main d'Otto.

— Vous avez la fièvre, Michel. Vous souffrez ?

— C'est mon état de souffrir, dit le volontaire.

Ils demeurèrent encore ainsi, l'un devant l'autre, debout. Tout à coup on entendit dans la rue un peloton de soldats qui défilaient en chantant un refrain de caserne et, changeant de ton, Otto dit en montrant

6.

par la fenêtre les maisons effondrées de Mayence :

— Voilà pourtant ce qui nous a rapprochés l'un de l'autre, cette horrible chose : la guerre. Maudits soient ceux qui nous condamnent à ces crimes! Michel, je vous ai aimé parce que vous étiez le soldat de la liberté, le citoyen armé pour l'affranchissement de sa patrie et le volontaire du droit. Mais j'ai peur en entendant vos grenadiers fredonner ces chansons de soudards. Votre humeur française est belliqueuse, et je tremble qu'après les guerres de justice, quelque général vainqueur, votre Dumouriez ou votre Moreau, n'entreprenne les guerres odieuses, pseudonymes du crime, guerres entreprises pour galonner les habits de grenadiers ou donner une plus haute paye aux officiers. Pourquoi avez-vous enfoncé les bataillons des soldats du roi de Prusse? C'est qu'avec vous marche l'idée. L'idée contre l'obéissance passive, la foi contre la solde, l'idéal humain contre l'abdication de l'individu, voilà les véritables forces. Citoyen armé, je vous ai tendu la main; soldat marchant au pas sous un caporal, je vous eusse haï.

— Ne craignez rien, dit Michel. Nous avons des généraux qui ne font la guerre que pour arriver à la paix... Hoche appelle ses soldats *mes camarades*, et leur dit : Battons l'ennemi pour retrouver plus vite notre foyer vide. La France a pris les armes pour se défendre, elle ne les gardera point.

— Je le souhaite, fit le jeune homme.

Pendant qu'ils parlaient, la porte de la chambre s'était ouverte doucement, et un enfant de dix ans, blond, le visage déjà sérieux, s'était glissé derrière Otto, et lorsqu'il eut fini :

— Mon bon frère, dit-il en tendant son front où frisaient ses cheveux bouclés, pourquoi ne m'as-tu pas embrassé aujourd'hui ? Est-ce que tu es fâché ?

— Cher enfant ! répondit-il.

Il l'attira à lui, l'embrassa à plusieurs reprises, et le montrant à Michel :

— Voilà le fils de Lisbeth, dit-il avec mélancolie.

L'enfant regardait, sans comprendre, avec un air triste.

— Elle l'élèvera, elle en fera un homme. Mon cher et pauvre petit Franz !

Sans dire un mot, Michel reprit la main d'Otto.

— Vous avez raison, dit-il tout bas, étouffant un sanglot qui lui montait à la gorge.

Otto lui tendait les bras ; il s'y précipita. Lorsqu'ils se furent un moment embrassés :

— Eh bien ! dit Michel, je n'aurai point le courage de la revoir. Dites-lui que je l'aimais et que je ne l'oublierai jamais. Oh ! jamais !

Il sortit. La nuit venait. Il boucla son sac, mit le bouquet de myosotis qu'elle lui avait donné jadis dans les feuillets de son *Montaigne*, et dit à Toussaint :

— Quand partons-nous ?

— Demain, à l'aube.

Michel prit un feuillet de papier et écrivit d'une main ferme :

« Je vous aimais, Élisabeth. Mais celui qui est digne de votre amour, c'est celui que vous épouserez. Aimez-le. C'est l'âme d'homme et de républicain la plus haute qu'ait rencontrée celui qui signe

» Votre frère. »

Il pria Scevola de porter le billet à la maison Smeyer.

Le lendemain, comme le tambour battait la diane, en descendant dans la cour de la caserne, sac au dos, guêtré, prêt à partir, Michel Verdure aperçut avant tous Otto qui venait à lui.

— Lisez, dit le jeune homme, en lui tendant un billet.

Le volontaire déploya le papier d'une main fiévreuse.

« Adieu, disait mademoiselle de Smeyer. Je suis fiancée à Otto Schwartzen qui s'est lui-même fiancé à la mort. S'il n'est plus là pour élever le petit Franz, je resterai, portant son deuil, en apprenant à l'enfant qui grandira le nom du patriote mort pour son pays, et aussi, Michel, celui du fier soldat qui s'est assis à notre foyer et qui pour toujours y a laissé son souvenir.

— Ah ! dit Otto, en voyant l'émotion de Michel, nous avons raison de l'aimer. Celle-là est une femme.

— Adieu, mon frère ! dit le volontaire.

Le tambour battait.

— Adieu, dit Otto. Moi ici, vous là-bas, nous combattrons avec le même nom sur les lèvres. Allez combattre. Moi je vais mourir.

— Vive la République ! s'écria Michel avec une sorte d'ivresse et pour secouer sa douleur.

— Vive, répondit Otto, la liberté du monde !

Le bataillon se mit en marche. Scevola sifflait le *Ça ira*. Brutus Toussaint jetait aux Autrichiens qu'il rencontrait dans les rues des menaces terribles. M. de Piennes, qui suivait, embrassait pour la dernière fois, tout en marquant le pas, des Mayençaises. Les fillettes riaient et se laissaient faire.

Le bataillon devait passer justement devant la maison d'Élisabeth.

Michel se rappelait ce jour où on l'avait apporté là, mourant. Que de temps passé ! Quelles longues heures ! Et voilà que tout allait finir et que tout s'effaçait. Il lui semblait qu'il avait fait un rêve et que rien n'était arrivé.

Ses yeux se levaient pourtant vers les fenêtres closes avec une avidité tremblante, une anxiété et comme une ardente prière.

Quand il passa, il vit une main qui tremblait, tenant un bouquet de myosotis noué d'un ruban tricolore ; — le ruban qu'elle avait ramassé.

Le bataillon tourna l'angle de la rue. Tout disparut. Adieu, fantômes !...

M. de Piennes maintenant chantait aussi le *Ça ira*, et l'on apercevait, sur le pont du Rhin, les soldats qui fièrement défilaient, tête droite devant l'ennemi.

L'armée de Mayence alla se fondre en Vendée. Elle
entra, baïonnettes en avant, dans ces buissons, dans
ces genêts, dont chacun cachait un ennemi. Elle poussa
devant elle les bandes terribles de l'armée royale.
Dans ces mêlées atroces où Bourbotte et Kléber écrasaient les Vendéens, les intrépides Mayençais marchaient en avant, donnant leur vie, donnant leur
sang.

Leurs rangs s'éclaircissaient d'ailleurs. Les blancs
achevaient l'œuvre des grenadiers prussiens, des hussards saxons et de la famine. Pas un ne murmurait.

Dans les haltes, dans les marches, Michel songeait
à cette idylle allemande, à ce songe entrevu au bord
du Rhin et disparu soudain. La fin avait été tragique.
Un mot d'Élisabeth avait tout appris à ce volontaire
errant, condamné à la guerre civile après avoir souhaité
la paix universelle :

« Otto a été fusillé. Je suis veuve. Il me reste le petit
Franz. Oubliez-moi. »

L'oublier ! Michel n'oubliait pas. Il mêlait ce doux
souvenir de femme à son ardent amour de la patrie.

Il le gardait, ce débris de tendresse unique, comme
un secret amer, savouré en silence, et plus cher, et plus
puissant, plus profond par son amertume même. Le
volontaire avait juré de mourir avec les fleurs fanées et
la fière cocarde au chapeau.

Une nuit, posté dans une petite maison incendiée à
demi et dont les quatre murs écroulés offraient à peine
un abri contre la pluie, Michel Verdure veillait, tandis

que M. de Piennes, accoudé à une fenêtre sans carreaux, regardait la nuit. Les soldats jouaient autour d'une chandelle de résine avec un vieux jeu de cartes crasseux. Michel pensait aux absents, songeant aux morts. M. de Piennes, dans la nuit noire, pluvieuse, malsaine, regardait la sentinelle (c'était Brutus Toussaint) piétiner dans la boue. Scevola fredonnait gaiement sur l'air : *Adieu donc, dame Françoise*, la ronde patriotique de l'almanach du père Gérard :

Jadis sur de vieilles vitres
Un noble fondait ses droits.
Un caillou casse les titres,
Voilà le noble aux abois.
Aussi sur de vieilles vitres
Pourquoi donc fonder ses droits?

M. de Piennes se retourna.

— Brr, dit-il. La vérité est que rien ne me semble plus désagréable qu'une fenêtre brisée par un temps de bise. Eh bien! citoyen Verdure, nous voilà rêveur comme sir Hamlet! A bas les Anglais donc! Pas de spleen. Voyez ce beau ciel de France, noir comme l'encre ; y a-t-il rien de plus gai au monde, je vous prie?

Michel parut secouer sa torpeur, il releva la tête.

— Vous avez raison, haut le front ! Nous avons besoin de toute notre décision !

— Bah ! parce que ces paysans croient nous tenir et nous donneront l'assaut demain? Peste soit de leurs faulx, je m'en moque comme d'un rhume. Laissez le jour se lever.

— Ils nous attaqueront cette nuit.

— Oui-dà ! Tant mieux. Je n'ai pas sommeil. Une bataille est un remède certain contre l'insomnie !

Il se fit un silence. Scevola continuait sa chanson :

> Un comte avait sa noblesse
> Bien roulée en parchemin ;
> Un maudit rat, pièce à pièce,
> A rongé tout le vélin !

M. de Piennes se mit à rire.

— Au refrain ! dit-il. Et ce refrain il l'entonna gaiement :

> Pourquoi diable sa noblesse
> Est-elle de parchemin ?

En ce moment la voix de Brutus Toussaint demandait au dehors :

— Qui vive ?

— Alerte, dit Michel.

— Qui vive ? répéta la sentinelle.

On entendit, dans la nuit, un double coup de feu retentissant. Tout le monde fut sur pied. Les soldats prenaient leurs fusils, se jetaient hors de leurs masures, interrogeaient la nuit.

— Les brigands sont là, dit Brutus à Michel d'une voix rauque, haletante, là... là...

Il indiquait dans l'ombre un point invisible.

— Qu'est-ce que tu as ? Est-ce que tu es blessé ? demanda Michel frappé du son de voix de Brutus.

— Ce que j'ai ?.. Mon compte est réglé. Une balle dans le ventre. Ils ont tiré les premiers. Canaille, va ! Vive la République !

Il tomba sur les deux genoux, dans la boue.

Michel, dont les yeux s'habituaient à l'obscurité, regardait une masse noire devant lui, une chênaie où devaient être tapis les *blancs*.

— Attendons !

Le petit détachement, les armes prêtes, se massait et se tenait coude à coude pour former un point plus petit sur ce coin de terre où le sol lui-même était ennemi.

— Qu'ils attaquent au moins de suite, disait M. de Piennes. L'attente impatiente.

On eût dit que ces paroles, murmurées tout bas, étaient un signal. Cette nuit opaque fut rayée d'une dizaine de coups de feu. Le groupe de volontaires oscilla, on entendit des soupirs dans la nuit. Michel sentit glisser sur son épaule la tête de Scevola qui s'appuyait sur lui et une liqueur chaude lui tomba dans le cou, — du sang, le sang de son voisin.

— Feu ! cria-t-il. Ah ! tonnerre !

Il était fou de rage. Le détachement avait déjà riposté. Le bruit sourd des corps qui tombent, le grincement d'armes qu'on recharge, les plaintes de blessés qu'on ne voit pas, se croisaient dans cette ombre.

— Dans la masure, dit Michel ; ils sont nombreux, défendons-nous dans la masure !

— Impossible de marcher, fit M. de Piennes. J'ai la cuisse brisée.

Au même moment, comme une tribu de Mohicans qui eût bondi sur l'ennemi, les chouans se précipitaient sur les soldats, la baïonnette au bout du fusil et poussant des cris terribles. Les volontaires se sentaient entourés, cernés, sûrs d'être égorgés. Ils se battaient dans la nuit, corps à corps. Les armes, les couteaux, s'enfonçaient dans les poitrines. On se prenait à la gorge. On se traînait en hurlant dans la boue et dans le sang. Michel frappait, de son sabre, au hasard, en criant. Il se sentit tout à coup blessé à la jambe et poussa une plainte horrible. On lui sciait la jambe avec une serpe. Il s'affaissa ; on se précipita sur lui. Des ongles s'enfonçaient dans son visage. On le garrottait. Il voyait vaguement s'agiter dans l'ombre des silhouettes tragiques, des démons armés.

— Mais tuez-moi donc, disait-il.

La lutte continuait, — vingt hommes contre cinq cents peut-être. On emporta Michel Verdure dans la petite ferme où les républicains devaient passer la nuit. Les chouans avaient allumé dans les restes de la haute cheminée un grand feu clair qui incendiait ces murailles d'un reflet rouge. Autour du feu, accroupis et joyeux, leur croix au chapeau, leur signe de ralliement sur leurs vestes, les chouans riaient. Michel regarda.

M. de Piennes, le front en sang, les jambes dans le feu, se retourna vers lui et eut la force de plier son visage à un sourire contracté, sinistre, d'une gaieté affreuse. On lui brûlait les pieds, on le *chauffait*.

— Les lâches ! ah ! les lâches ! s'écria Michel.

— Laissez donc, laissez donc, citoyen, murmura M. de Piennes d'une voix faible, ces messieurs s'amusent.

— Ah ! misérables, on vous fusillera ! dit Michel.

— Patience, répondit un des chefs, taillé en boucher, — Barbotin ou Six-Sous, — nous vous en ferons bien voir de plus belles !

— Et il ne crie pas ! fit un autre en mettant son poing fermé sous le nez de M. de Piennes.

— J'ai l'humeur taciturne, répondit le marquis souriant toujours.

Il regarda encore Michel :

— Est-ce que le cœur vous en dit, citoyen ?... Ah ! sur l'honneur, je n'ai jamais compris comme aujourd'hui l'histoire de Guatimozin !

Puis, tout à coup, grimaçant malgré son courage, il poussa un grand soupir et s'évanouit.

— A celui-ci, dit le chef en montrant Michel.

— Vive la patrie ! dit le volontaire. Vive la République !

On prit Michel, garrotté, à bras le corps et on lui mit les pieds dans le brasier. Il poussa un cri perçant, un cri sinistre, aigu, atroce. D'un mouvement terrible, il se dégagea des mains qui le tenaient, il brisa ses liens, il bondit comme un fou, la douleur doublant ses forces, et il se précipita sur la baïonnette d'un chouan. L'arme lui entra dans le cœur.

Il lui vint aux lèvres une mousse rouge, et, les bras étendus, il tomba à côté du brasier.

— C'est de l'ouvrage de moins, fit un chouan.

— Soyons humains, répondit le chef. Cet autre-là peut respirer encore !

Et appuyant un pistolet sur la tempe de M. de Piennes, il lui fit sauter la cervelle.

LES GROGNARDS

— 1815 —

I

On les appelait à L.., où ils vivaient presque côte à côte, les *inséparables*. Ils avaient fait ensemble toutes les campagnes des dernières années de l'Empire, et le hasard voulait que ces amis de régiment fussent demeurés des compagnons de vieillesse. Ils avaient le même âge, et supportaient le poids de la même destinée. Anciens soldats, après avoir arpenté l'Europe au galop de leur cheval, ils ruminaient, devenus inutiles et oubliés, leurs souvenirs de gloire.

On se les montrait, le dimanche, au Champ de Juillet, lorsqu'ils faisaient, bras dessus, bras dessous, leur promenade habituelle. Boutonnés jusqu'au menton, droits et fermes sur leurs jarrets, un large ruban rouge à la boutonnière, ils passaient, frisant leur moustache grise, saluant les hommes du bout du doigt rapidement porté au chapeau et d'un air de bien- veillance un peu rogue : le salut du héros à la foule. Quant aux femmes, ils clignaient de l'œil, et plissaient galamment la paupière : le salut du troubadour à la beauté.

C'était vers le milieu du règne de Louis-Philippe. Les deux amis inclinaient légèrement l'un et l'autre vers la soixantaine. Mais ils portaient leurs années d'une façon bien différente, et Lazare Fissou pouvait passer pour beaucoup moins âgé que son compagnon. Lazare Fissou, ex-lieutenant au 19e régiment de chas- seurs à cheval, colonel Vincent, était mieux conservé que le gros Taverjon, son compère, sous-lieutenant au même régiment. Haut de taille, les muscles d'acier, osseux, trempé, bronzé, il se donnait cinquante ans à peine lorsqu'il voulait se mettre en frais de coquet- terie ; et on le trouvait même assez généreux. L'âge avait respecté ce maigre et fier débris de la grande tourmente, et ce visage légèrement émacié, ces grosses moustaches coupant en deux une physionomie hau- taine, incendiée par des yeux d'un noir terrible et brillant, ces sourcils qui se fronçaient, ces lèvres d'où sortaient, tonnants comme en plein orage, les jurons énergiques, ce front poli, jauni, cette tête aux cheveux drus, taillés en brosse au ras du crâne, et qui laissaient apercevoir sur le cuir chevelu la cicatrice blanche d'un coup de sabre : tout cela composait un personnage assez rébarbatif en apparence, mais fort doux en réa-

lité sous cette écorce dure. Sous la carapace du soudard, il y avait un cœur de brave homme.

Lazare Fissou avait depuis longtemps quitté le service. Mis, en 1845, à la demi-solde, convertie trois
ans plus tard en traitement de réforme, il s'était, après
avoir donné son sang au pays, risqué sa vie, mené la
rude existence de soldat, trouvé, un beau matin, réduit aux 575 francs que lui accordait, par an, le gouvernement nouveau. Aucune autre ressource, plus de
famille. Pour parent unique, un enfant qu'en mourant
lui laissait sa sœur, veuve et pauvre. Sans état, sans
grande connaissance de la vie, à quarante ans, il fallait se créer une existence nouvelle, et, puisque le
petit n'avait plus à compter sur personne, faire de Martial Huguenin un homme, s'il se pouvait.

— Bast, après tout, disait Lazare, je suis moins
malheureux que bien d'autres! Quinze écus par mois,
c'est quelque chose. Nous autres officiers, nous avons
du pain cuit. Il peut être sec, il peut être dur, mais il
se mange. L'essentiel est de ne pas crever de faim.
Mais quand je songe à un tas de pauvres diables,
partis simples soldats comme moi, et demeurés après
tant de campagnes avec l'épaulette de laine, et qui
crient famine avec leurs boyaux vides, ça me fait
monter les sueurs au front. Avoir tant fait de choses,
tiré des coups de fusil, fourré des baïonnettes dans le
ventre aux gens, pataugé dans toutes les boues et les
neiges de la chrétienté, noirci ses lèvres à la cartouche et brûlé ses yeux au feu du canon, pour finir

par traîner la savate dans les villages, c'est dur. Et les autres pauvres diables qui, pour ne pas mendier, ont cassé des cailloux sur les grandes routes, nous valaient bien, nous qui avons eu de l'avancement. Fichu métier !

Le père Fissou — comme on disait — avait souvent de ces raisonnements-là. L'état militaire ne l'avait point totalement abruti, la poudre ne l'avait point à jamais grisé ! Il le prouva bien au lendemain des Cent-Jours, lorsqu'il n'hésita pas à prendre un état, et, pour gagner de l'argent au neveu, s'établit aubergiste sur la route de Paris, et, sans plus se soucier de ses épaulettes, servit la pratique, et la servit bien.

L'auberge était bien fréquentée. Les voyageurs de commerce, les jurés venus des environs pour les assises, les membres des conseils généraux y descendaient habituellement. Lazare Fissou traitait ses clients en amis plutôt qu'en pratiques. Il dînait à la table d'hôte, qu'il présidait lui-même, chaque soir faisait la partie de cartes ou de billard avec les amateurs, et, au moment du départ, offrait invariablement à chacun un grand verre de cognac. C'était la rasade de l'étrier, une façon d'escompte accordée au voyageur qui réglait sa note, ou plutôt une manière de lui prouver que son hôte était son égal.

Nul, au surplus, ne se fût avisé de contester ce titre au « père Fissou, » comme on l'appelait. Lazare était à la fois estimé et aimé : estimé pour sa bravoure brutale, aimé pour sa bonté brusque et mâle. Il savait d'ailleurs se faire respecter. Un jour, un voyageur, à table, un passant à allures bizarres, chevalier d'industrie ou d'aventure, ayant pris le dé de la conversation pour conter comment, à la Moskowa, il avait pris, lui, ex-grenadier de la garde, un drapeau à l'ennemi, Fissou, qui l'écoutait, le regarda de ses yeux noirs. L'autre continuait, accumulant les détails, multipliant les petits faits, se taillant à coups de mensonges un rôle excessif dans la bataille. La table tout entière se taisait ; les fourchettes et les couteaux étaient retombés inactifs sur la nappe, ou s'appuyaient au rebord des assiettes. Seul, Fissou, du bout de son couteau, battait nerveusement sur la table une marche qui n'existait pas.

Le conteur avait fini. On le complimentait. Son récit avait produit un effet profond. Quelqu'un proposa de boire à ce brave, et déjà on levait les verres, lorsque Fissou dit brusquement :

— Attendez !

Il regarda le narrateur bien en face et, après avoir mordillé sa moustache :

— Pardon, monsieur, dit-il, alors, comme ça, vous étiez vraiment à la Moskowa ?

— Comment ! fit l'autre.

— Je vous demande si vous avez réellement essuyé le feu des Russes à la Moskowa. C'est assez clair.

— Ne viens-je pas de vous en raconter les détails ? commença le dîneur, qui se troublait un peu.

7.

— Dans quel corps avez-vous servi ?

— Dans l'infanterie.

— Le numéro du régiment ?

— Le 32ᵉ.

— Le bataillon ? La compagnie ?

L'autre balbutia deux chiffres.

— Avez-vous connu Renaudot ?

— Renaudot ?

— Renaudot, oui. Le capitaine Renaudot, l'avez-vous connu ?

— Oui... un peu... c'est-à-dire non...

Toute la table, stupéfaite, regardait l'inconnu qui devenait pâle après avoir été un moment cramoisi, et dont l'œil vaguement inquiet cherchait son chapeau accroché à une patère.

— Vous n'avez pas connu Renaudot ? Alors, vous êtes un farceur, et toute votre histoire de drapeau russe est une immense blague !

— Monsieur...

— C'est que c'est la mode maintenant de se faire passer pour un dur-à-cuire. Vous, militaire ! Allons donc ! Si c'est un titre, sacrebleu ! laissez-le donc à ceux qui ont acheté le droit de le porter en se faisant trouer la peau, fendre le crâne et abîmer les os de rhumatismes.

— Mais savez-vous, répliqua l'étranger en se levant, que vous m'insultez, et que je suis chez vous, descendu à votre auberge pour me faire servir, non pour me faire sermonner ?

Le malheureux n'avait pas plutôt dit ces mots que ses voisins, qui connaissaient Fissou, le forcèrent à se rasseoir en le tirant vers sa chaise par les basques de son habit.

Pâle de colère, l'œil étincelant, Fissou s'était redressé sous l'insulte et en face de l'insulteur:

— Tu as dit, blanc-bec!... Qu'est-ce que tu as dit! Allons, voyons, répétait-il avec fureur, aie le courage de le redire, si tu n'as pas les foies blancs!

Fissou avait pris une bouteille, et, la tenant par le goulot, la balançait sans savoir ce qu'il faisait, avec un geste effrayant.

— Baissez-vous, dit quelqu'un à l'homme au drapeau qui, plus blanc qu'un mort, se tenait coi, n'osant plus bouger. L'homme baissa le front jusqu'à embrasser son assiette tandis que la bouteille allait se briser contre la muraille, salissant le papier peint qui représentait la prise de Saragosse, et noyant de vin les voltigeurs de Lannes.

— Ah! je ne suis qu'un aubergiste! disait Fissou. Eh bien, pékin, je te fais cadeau de tout ce que tu as bu et mangé chez moi ; mais, tonnerre ! tu me rendras raison de l'insulte, et je te tue net, demain matin, ou je te flanque au lit pour six mois !

— Faites-lui des excuses, allez, répétait le voisin de l'homme au drapeau.

— Des excuses, jamais de la vie ! s'écria Fissou qui entendait. Allons, qu'il choisisse ses témoins. Taverjon (c'était le vieux compagnon de Lazare), Taver-

jon, arrange cela. Pour demain. Aubergiste ! Il y a
donc de sots métiers ? Je te le ferai voir que tu n'as pas
été à la Moskowa, conteur de sornettes !

Il fallut plusieurs heures pour l'apaiser. L'homme
au drapeau se résigna à la rencontre. On devait se
battre à sept heures du matin ; mais lorsque les témoins de l'adversaire de Fissou entrèrent dans la
chambre, ils la trouvèrent vide. Le lit n'était pas
même défait. Le héros de la Moskowa, qui n'avait
qu'une valise, avait trouvé prudent de s'éloigner avec
elle d'une auberge où l'aubergiste entendait si peu la
réplique. On sut le lendemain qu'il était allé attendre la diligence de Périgueux sur la route de Saint-
Yrieix.

— Quand je vous le disais ! fit Lazare à ses hôtes,
à l'heure du déjeuner. Des clampins qui se donnent
pour des grognards ! Il est parbleu bien parti sans
payer. — Bah ! ajouta Fissou, je lui aurai rempli le
ventre, au lieu de le lui crever ! Voilà tout. C'est aussi
humiliant pour lui, et c'est plus hygiénique. Je ne
veux pas la mort du pécheur. — Passe-moi la salade,
Taverjon.

Taverjon ne ressemblait guère à Lazare Fissou. Il
était gros, solide, haut en couleur, trapu, l'air comi-
quement féroce. On ne le voyait jamais hors de chez
lui que strictement revêtu de cette tenue correcte des
militaires en bourgeois. Sa longue redingote, empri-
sonnant son torse, faisait des plis disgracieux, et les
boutonnières qui s'attachaient sur son ventre énorme

semblaient toujours près de craquer. On avait des
inquiétudes profondes à contempler cette masse de
chair ainsi ficelée, et ce visage rouge, où roulaient
apoplectiquement des yeux sortant de l'orbite et couverts de fibrilles rouges. Le cou, puissant, mal à l'aise
dans un col énorme, était brutalement serré derrière
la nuque par une large boucle ; le carcan montait jusqu'aux oreilles, dont les lobes carminés retombaient
sur le cuir des deux côtés de la tête, comme deux
grains de groseille ; et la peau faisait sur le col un
bourrelet de graisse qui accentuait davantage ce problème posé par les railleurs de L... : Étant donné l'é-
paisseur de l'ex-sous-lieutenant Taverjon et la largeur
de ses vêtements, expliquer comment Taverjon peut
entrer dans son gilet de flanelle.

C'était peut-être par un restant de coquetterie que
Taverjon se sanglait et se bouclait ainsi. Il avait été,
au temps jadis, un des beaux sous-officiers de l'armée. Nul ne portait comme lui l'uniforme des chasseurs. L'Empire n'avait laissé libre que la manifesta-
tion des mollets et des pectoraux. Taverjon en profita.
Ses muscles tendaient à faire éclater les étoffes four-
nies par le gouvernement. L'uniforme pouvait se vanter
d'être bien porté. A Vienne, autour de la cathédrale,
quand Taverjon traînait son sabre sur le pavé de Sant-
Stephans-Platz, les petites grisettes aux bras blancs
rougissaient jusqu'aux épaules en le regardant. Le
Prater avait dû compter ses victimes. Mais l'âge est
plein d'irrévérence, il s'était diverti à caricaturer l'A-

pollon, transformant le colosse en mastodonte. Taverjon se sentait étouffer. « C'est étonnant, disait-il parfois,
comme je gonfle. » Il s'empâtait. Cette transformation
le remplissait de mélancolie. Mais ce qui le navrait
davantage, c'était la chute de ses cheveux, qu'il avait
eus superbes et qui n'étaient plus solides qu'aux tempes et à l'occiput.

— Ces gaillards-là fichent le camp comme des Autrichiens, disait-il avec colère.

A quoi Fissou répondait en riant :

— Que veux-tu ? l'hiver approche. C'est la chute
des feuilles.

Cette perspective de l'hiver ne réjouissait pas Taverjon. Aussi bien, il luttait contre l'avenir avec énergie.
Il se condamnait à l'étouffement pour conserver la rec-
titude de sa taille. Jamais supplice chinois ne fut plus
inhumain que celui que s'infligea, durant des années,
le bellâtre en retraite. On ne doute pas qu'il n'eût
crevé comme un ballon qu'on crève, s'il n'eût mis des
entr'actes à ses tortures volontaires. Rentré chez lui,
Taverjon, qui tenait, au dehors, à garder son prestige,
se mettait à l'aise, se reposait, soufflait et s'évasait en
liberté. Sa fille (Taverjon avait eu, dans ses campagnes, une fille qu'il avait élevée, payant sa pension de
loin et l'adorant sans la connaître), l'attendait toujours
avec un grand verre d'eau vinaigrée et des sels, en cas
d'apoplexie. Dès qu'il rentrait, elle le faisait asseoir,
lui détachait avec peine ce terrible col qui le guilloti-
nait, et lui passait de l'eau sur le front et les tempes

Alors, Taverjon enlevait ses habits trop étroits, se glissait dans une robe de chambre à ramages jaunes, plantait sur son oreille droite une calotte de velours brodé, s'enfonçait dans un vaste fauteuil, qui craquait d'aise sous le large dos du maître, et, tout en fumant sa pipe, tournait les feuillets, un peu fatigués, des *Victoires et conquêtes*. Souvent il s'interrompait, regardait son feu, et dans les pétillements de la flamme, dans ces cassures un peu fantastiques de la braise, il lui semblait revoir quelque chose du passé. La chanson du bois trop vert, le craquement des branches sèches berçaient la rêverie du gros homme, qui, après avoir évoqué bien des images rouges de sang ou noires de salpêtre, tant de choses lointaines, évanouies avec la fumée du canon, laissait retomber sur ses yeux ses paupières grasses, les relevait, les fermait, luttait contre le sommeil et s'endormait enfin en ronflant pacifiquement.

C'étaient là ses plaisirs d'hiver quand il n'allait pas chez Fissou jouer au billard pour se faire maigrir, ou aux dominos pour se distraire. Le printemps et l'été lui réservaient des joies plus douces. La maison qu'habitait Taverjon, à dix pas de l'auberge de Lazare, donnait sur un petit jardin dont l'ancien soldat avait la jouissance. Les beaux jours venus, le sous-lieutenant retraité ne quittait point ce coin de terre. Cet homme au poignet solide, et qui avait, au temps jadis, si galamment fendu les crânes, adorait deux choses, comme un ours aimerait une étoile : les femmes et les fleurs.

L'âge lui défendait de cultiver les intrigues nouvelles :
il s'en consolait en faisant la cour aux violettes. Ce
n'était point le soldat laboureur, fort à la mode à cette
époque, c'était le soudard jardinier.

Il allait et venait dans ce jardin, comme un immense
phalène pansu. Ses larges mains, aux gros doigts ve-
lus, chiffonnaient agréablement la collerette des marguerites. On le voyait, en bras de chemise, un chapeau de paille sur le front, ses larges bretelles brodées
d'emblèmes militaires soutenant son pantalon à la
houzarde, arroser, bêcher, greffer, s'éponger, souffler et s'interrompre de temps à autre pour chanter
quelque romance de son bon temps sur de la musique
de Plantade ou de Dalvimare.

Tout en jardinant, il fumait. Il fumait sa pipe préfé-
rée, celle qu'il appelait la *pipe du Prussien ;* un souvenir de Lutzen. Vers la fin de la bataille, Taverjon
avait fendu la tête à un soldat de la landwehr, qui ne
voulait pas se rendre, et comme c'était l'heure du repos, il s'était couché, tenant en manière de dragonne
la bride de son cheval par la main. Au milieu de la
nuit, il y avait eu une alerte. Taverjon s'était réveillé,
et, comme il allait remonter à cheval, voilà qu'il aperçut, dans la nuit, un point lumineux, une lueur de
charbon qui avait comme des soupirs d'haleine. Pauvres faibles soupirs qui allaient s'affaiblissant, s'éteignant. Taverjon s'approcha. C'était un homme couché
de son long, le dos appuyé contre un arbre, et qui
fumait.

— Vous avez de la chance, vous ! dit Taverjon. Pouvez-vous me passer du tabac ?

Dans l'ombre, l'autre fit un léger mouvement, et,
d'une voix faible, avec un accent allemand très-pro-
noncé :

— Non, dit-il, pas de tabac, mais si vous voulez ma
pipe...

Il la tendit à Taverjon.

— Ce n'est pas de refus, l'Alsacien, dit le chasseur.

Le lendemain, au matin, il voulut regarder celui
qu'il appelait l'Alsacien. C'était un Prussien, le soldat
de la landwehr qu'il avait sabré la veille. Un pauvre
garçon de vingt-cinq ans, blond, avec des yeux *wer-
giss-mein nicht*. Pour endormir sa douleur, pour se
griser, comme avec du haschich, peut-être par su-
perstition ou par souvenir, le blessé avait voulu, dans
un dernier effort, fumer et laisser sa vie partir avec la
fumée. Taverjon se pencha vers lui, le toucha. L'homme
était froid.

— Coup de sabre bien appliqué, fit le chasseur. Pas
de chance. Bah ! je garderai la pipe ! Belle porcelaine
et une tête de femme peinte là-dessus. Une blonde, un
portrait. Farceur, va ! ajouta-t-il en donnant un dernier regard au cadavre qui, les cheveux collés par le
sang, les yeux ouverts, semblait sourire.

Jamais Taverjon ne fumait de meilleures pipes que
dans la pipe du Prussien. Il l'avait entre les dents,
tout en passant la revue de ses roses, et il ne la reti-

rait que pour fredonner *Bocage que l'aurore, Vivre loin de ses amours* ou :

> Un jeune troubadour
> Qui chante et fait la guerre
> Revenait chez son père,
> Rêvant à son amour.

Ces romances soulignaient, pour Taverjon, les souvenirs de guerre, comme le trémolo de l'orchestre accompagne les scènes de mélodrame. Il les aimait si fort, qu'il avait voulu faire apprendre à sa fille la harpe, instrument cher à ses oreilles charnues. Mais la jeune fille, comprenant qu'elle serait ridicule, avait refusé. Elle était fort intelligente, charmante et bonne. Son père avait voulu l'appeler Méloé, du nom de l'héroïne de Marmontel, dans les *Incas* (un livre qu'il avait lu, par hasard), mais elle préférait qu'on la nommât Claire.

Aussi Taverjon trouvait qu'elle n'avait point de goût.

Claire marchait sur ses dix-huit ans, comme on dit, ou plutôt elle marchait avec ses dix-huit ans. Elle était grande, bien faite et brune. Taverjon regardait parfois avec mélancolie la chevelure superbe de sa fille, en se disant qu'il avait eu justement ces cheveux-là.

Il prétendait que Claire avait une nature essentiellement aristocratique.

— Quoi d'étonnant à cela? disait-il parfois avec de discrets clignements d'yeux. Si je vous nommais la duchesse à qui je dois une bonne fortune et une belle fille...

Taverjon eût été bien embarrassé de la nommer. La vérité est que Claire était l'enfant d'une vivandière, que le sous-lieutenant avait retrouvée, vers 1820, veuve, et tenant à Paris un débit d'épiceries dans les quartiers pauvres. On s'était reconnu ; on avait parlé des étapes de 1813 et 1814 ; on avait renoué les propos interrompus par la défaite, et Taverjon avait trouvé la bonne femme un peu mûrie par six années, mais toujours appétissante. Claire était née, et la vivandière, emportée par une péritonite, était morte après avoir eu à peine le temps de l'embrasser. C'est alors que Taverjon, qui battait le pavé depuis la Restauration, avait repris le chemin du pays et s'était établi à L... auprès de Fissou, à qui parfois, lui montrant Claire qui grandissait :

— Un fameux parti pour ton neveu, disait-il. La fille d'une duchesse ! Il aura de la chance, le petit Martial !

Et Fissou, au risque de se fâcher avec Taverjon, qui ne plaisantait pas, répliquait :

— Tu ne te corrigeras donc jamais, toi ! On la connaît, ta duchesse ! Thérèse Fernand ! Je sais. Elle valait bien toutes les duchesses de la terre, la pauvre fille qui vous ramassait les amis sous les balles et faisait le coup de feu avec nous, en brave femme et en

bon garçon. Mais tu avoueras qu'elle n'était pas duchesse. Et si Martial, en grandissant, ressemble à son
oncle, il se moquera de cette noblesse absente comme
d'un zeste de citron. Ce qui n'empêche pas que je ne
le plains guère d'avoir sur la planche une fillette comme
mademoiselle Taverjon !

— Tu ne le plains pas ! Je crois bien, des yeux
pareils, où en as-tu vu ? Moi-même, Fissou, j'en ai
bien vu ! je n'en ai jamais vu de cette taille-là. Sacrebleu ! et pourtant quand je pense à toutes les malheu-
reuses... En Autriche, en Espagne, à Moscou... Et les
Françaises, je n'en parle pas ; j'en ai vu, je puis le
dire, de toutes les couleurs et de toutes les conditions. Eh bien, vois, l'homme n'est jamais content, j'ai
une douleur.

— Laquelle ?

— Je n'aurai jamais vu se réaliser un de mes rêves :
j'aurais voulu (cela me tenait au cœur) j'aurais voulu
une sœur de charité.

— En costume ?

— Oui, en uniforme.

Lazare Fissou avait un autre rêve. Il se contentait
de souhaiter que son neveu Martial épousât la fille de
Taverjon. Martial achevait son droit à Paris, et les re-
cettes de l'auberge payaient largement ses droits
d'inscription. Une fois reçu avocat, il revenait à L...,
s'y établissait, s'y faisait inscrire au tableau, et y vivait heureux entre sa femme et les deux vieux amis,
qui raconteraient à tour de rôle leurs campagnes.

« Après quoi, ajoutait Fissou, je pourrai me faire signer ma feuille de route et partir. J'aurai fait mon temps. Les petits seront heureux. »

Les *petits*, comme il disait, avaient en effet le bonheur en perspective et comme à portée de la main; car ils s'aimaient. Ils avaient grandi ensemble, et, quoique ces amitiés enfantines ne s'épanouissent pas d'ordinaire en amour vrai, ils s'étaient senti peu à peu, à l'heure des affections inconscientes, tout naturellement attirés l'un vers l'autre. Ils se voyaient assez souvent, à toutes les vacances de Martial, et régulièrement s'écrivaient. Martial avait ainsi trouvé, en entrant dans la vie, ce que souhaite chacun de nous, la compagne dévouée de toute une existence. Et Claire avait rencontré dans Martial, non point son rêve, — elle ne rêvait pas, — mais le dévouement fraternel et saint, et cette assurance, — qui rend si fière une femme, — qu'avec celui-là elle serait respectée, estimée, protégée. Nul obstacle entre ces deux êtres, unis l'un à l'autre par une affection profonde, sans passion fiévreuse, chaste, dévouée, assurée par son calme même contre tous les dangers de l'avenir.

« Nous serons bientôt l'un à l'autre, » écrivait Martial à Claire.

Et Claire répondait, l'honnête et brave fille :

« Bientôt ! »

Leur humble roman ne connaissait ni traverses, ni chocs, et ce n'était ni Fissou, ni Taverjon, les inséparables, qui pouvaient entre eux apporter l'orage.

— Vois-tu, Taverjon, disait Lazare, notre amitié
nous survivra dans ces enfants.

L'histoire de ces deux hommes, enfouis ainsi au
fond de leur province, tient d'assez près à la grande
histoire pour être racontée.

On ne les voyait à L..., que vieux et usés, non pas
arrivés au port, mais bien plutôt rejetés sur la grève ;
et on ne savait demander à ces deux épaves du nau-
frage le secret de la tempête. Ils personnifiaient cependant tout un régime. Ils incarnaient le militarisme
tout entier. Ils étaient l'Empire ambulant. Ils pouvaient
vraiment passer pour la vivante personnification de la
force brutale, et leurs souvenirs étaient faits avec ce
qu'on appelle la gloire.

Dans ses dernières années, Lazare Fissou n'aimait
pas beaucoup à regarder dans le passé. Lorsqu'on le
priait de raconter, d'évoquer toutes ces choses évanouies, il éprouvait l'espèce d'hésitation instinctive
qu'il eût ressentie à descendre, par exemple, dans un
puits. Sait-on ce qu'il y a au fond de ces trous sombres ? Il hochait la tête comme un homme converti à
qui l'on parlerait de ses croyances passées. Il disait
volontiers (et c'était son mot) : « Demandez à Taverjon. » C'était interroger un muet. Taverjon n'avait
gardé de ses campagnes qu'un souvenir vivant, celui
de l'Empereur. Il racontait volontiers que Napoléon
avait un petit chapeau, une redingote grise, un cheval
blanc, et qu'il tutoyait les soldats en les appelant tous
par leur nom (ce qu'on ne verra plus après lui, disait

Taverjon); mais ses souvenirs n'allaient pas plus loin. Toute la philosophie de la guerre et du règne tenait pour lui dans la tabatière du grand homme.

Fissou n'était pas un grand clerc ni un puissant philosophe, mais il avait du moins le sens des choses et savait conter. Quand il se livrait, c'était merveille. On faisait cercle autour de lui, dans la salle à manger de l'auberge, et, debout, ses yeux noirs jetant des étincelles, il parlait, entraîné par ses souvenirs et ne s'arrêtait plus. Taverjon, retenant son souffle, qui ressemblait d'ordinaire à un mugissement, écoutait, baissait la tête affirmativement de temps à autre, ou disait de sa grosse voix en se frappant sur la cuisse : — Nom de nom !

II

— C'est en 1805, ma foi, disait Fissou, c'est le 14 décembre 1805 que nous partîmes, Taverjon et moi. Il y en avait encore d'autres du pays, des gars solides qui ont mangé de la neige en Russie et qui ne l'ont pas digérée. Il y avait Roche, Mauriac, le petit Chervin, des amis d'enfance. Nous avions joué ensemble au *pique-romme*, étant gamins. Maintenant il fallait jouer du bancal et de la baïonnette. Bah ! on était content. Tu t'en souviens, Taverjon ! Taverjon chantait tout le long de la route. J'entends encore sa chanson :

Un tissu de ses cheveux
Est le seul bien qui me reste!

On nous envoyait à Bourg, dans l'Ain, rejoindre le
régiment où nous devions être incorporés. C'était son
idée à l'*autre*, de mettre comme ça les *pays* dans le
même corps. Il leur disait ensuite, au moment où ça
chauffait : « Allons, mes Picards, en avant! » ou :
« Eh bien! vous n'êtes donc plus les fils d'Alsace? » Et
l'amour-propre est une chose si drôle (il y en a qui
disent si bête), qu'on se sentait comme poussé par les
épaules, et qu'on se serait fait hacher en attaquant des
batteries ou en enfonçant un carré.

En attendant, nous allions pataugeant dans la boue
de décembre, le long des grandes routes. Car, pour
prendre une voiture, il n'y fallait pas songer. On avait
dans sa poche, quoi? des sous, quelques pièces blanches, tout juste ce qu'il fallait pour payer les auber-
gistes jusqu'à Bourg. Après quoi le gouvernement se
chargerait de nous nourrir. Je marchais sans mélancolie, ne laissant derrière moi personne. Soldat, autant
valait cet état qu'un autre, et j'étais du moins sûr d'a-
voir mon pain cuit. Il ne me déplaisait pas, d'ailleurs,
de tomber sur les Prussiens, que j'ai toujours détestés.
Je mourrai en les détestant. Mais tous n'avaient pas
mon humeur, et j'en voyais qui, pendant les étapes,
hochaient la tête ou traînaient le pied, ou encore se
détournaient pour essuyer du revers de la main leurs

yeux gonflés, qui restaient rouges. Taverjon les appelait, en haussant les épaules, *un tas de mauvicttes.*

Voilà qu'en route, à Aubusson, dans un cabaret où nous étions descendus, des dragons à qui nous n'avions rien fait s'amusèrent, en apprenant que nous rejoignions le corps, à nous demander si l'Empereur avait l'intention de faire la guerre avec des blanc-becs comme nous. C'étaient des égyptiens, des fameux qui avaient servi sous Kléber. Ils nous regardaient d'un air malin, en frisant leurs moustaches, et, assis à une table en face de la nôtre, trinquaient, tout en faisant du bruit avec leurs sabres. Je me sentais agacé, et je regardais Taverjon, qui n'avait pas encore un poil de barbe, mais qui caressait d'un air de mauvaise humeur une barbiche absente. Les autres pays, un peu pâles, se tenaient le nez dans leurs verres et ne bougeaient pas.

— Et où diable va-t-on vous incorporer? dit à la fin un dragon, un gaillard énorme, roux comme Judas, et large d'épaules comme un tonneau.

— Dans le 19e chasseurs à cheval, rien que ça, répondis-je.

— Des cavaliers, vous?

Il avait l'air de se moquer; sans doute il nous avait pris pour des fantassins : je vous demande un peu !

— Ça vous afflige, dragon? lui dis-je en me levant mon verre à la main, et en allant de son côté pour le regarder dans les sourcils.

— Ça ne m'afflige pas, dit-il, seulement un cavalier

doit être un gaillard. Es-tu bien sûr de boire le verre d'eau-de-vie que tu tiens là sans tousser?

On a son amour-propre et j'ai le mien plus que personne. J'avalai le petit verre d'un seul trait en lançant le liquide au fond de ma gorge, puis, sans rien dire, je pris la bouteille, et, le goulot sur mes lèvres, je bus encore en regardant mon escogriffe.

— A la bonne heure, dit Tavenjon. Après toi, Fissou; il faut leur prouver qu'on est des hommes !

Je posai la bouteille. J'étais un peu étourdi, mais très-fier. J'avais des envies de prendre le dragon par ses épaulettes et de lui demander :

— Eh bien, qu'en dis-tu?

— Allons, dit-il en se retournant vers ses camarades, les enfants s'émancipent. En voilà un qu'il faudra coucher : malade comme une grive !

Les dragons riaient, et leurs grosses moustaches inquiétaient de plus en plus nos compagnons, qui me disaient tout bas :

— Laisse-les donc! Ce sont des butors! Assieds-toi! Partons!

— Vous allez bien voir si je vais partir ! m'écriai-je.

Et me voilà, planté devant le dragon, décidé à me battre, et lui disant :

— Si c'est toi qui dois me coucher, tu n'as pas besoin de bassiner mon lit. Je n'y entrerai pas! Mais, prends garde, à ton tour, que je ne te fasse dormir sans traversin !

— Qu'est-ce qu'il dit? fit le dragon en se levant.

Il se dandina un moment, s'approcha de moi et voulut essayer de me prendre par l'oreille; mais, d'une poussée brusque, je l'envoyai rouler au bout de la salle, les bottes en l'air, son sabre d'un côté et son casque de l'autre. Les cavaliers, tous ensemble, s'étaient levés, et je me trouvais seul avec Taverjon et Roche (les autres se tenaient à distance), devant ces grands diables qui n'avaient pas l'air de vouloir badiner.

Pendant que le dragon se relevait, mettant son casque du mauvais côté, et la crinière lui tombant dans les yeux, j'avais pris une chaise en hâte, et, la brisant, armé d'un bâton du dossier, je me tenais là, prêt à la parade. « On va s'amuser! » disait Taverjon. Cet animal-là a toujours rêvé de plaies et de bosses. Il avait l'air gai comme un sansonnet, et il lui semblait déjà que les dragons étaient des Prussiens.

— Allons, vous autres, criai-je aux compagnons qui n'étaient pas bien rassurés, mettez-vous donc derrière la table!

Ils s'étaient armés de bouteilles, de couteaux, et, retranchés derrière les chaises, ils attendaient. Le grand dragon était déjà sur moi. Il avait sa latte, j'avais mon bâton. Je parais, je ripostais, je faisais le moulinet. Taverjon avait envoyé, en un clin d'œil, deux ou trois de ces messieurs s'asseoir sur le parquet.

Moi, je visais droit au casque, et, pendant que le dragon faisait mine de vouloir m'appliquer le coup de manchette tout en répétant :

— On ne se moque pas comme ça de Moulachard!

Je frappai droit, d'un geste rude, et mon homme
s'écroula brusquement, comme un taureau qu'on as-
somme.

Je le croyais mort. Ça me fit quelque chose là, dans
le ventre. Tuer son homme, c'est une affaire, et la
première fois, parole d'honneur! on est ému. Depuis,
j'en ai tant vu d'autres que je me suis joliment bronzé,
et, d'ailleurs, ceux que j'ai abattus n'étaient pas Français. Au surplus, rassurez-vous : Moulachard n'était
qu'étourdi. Ses camarades se jetèrent de son côté, on
le releva. Ils voulaient tous me transpercer; ils
disaient :

— Attends, canaille!

Moi, je répondais :

— J'y suis, j'attends. Êtes-vous prêts?

Mais quand ils virent que l'autre respirait, ils se
calmèrent, et il y en eut un qui vint vers moi, et, me
tendant la main :

— Tu n'es pas un clampin, l'amour! Enfourche le
poulet d'Inde et tu feras ton chemin, je ne te dis que
ça.

— J'y compte bien, répondis-je.

On signa la paix en buvant bouteille. Taverjon regrettait que la rixe eût fini sitôt. Les *pays*, eux, me regardaient avec admiration. J'avais grandi de vingt coudées
dans leur estime. Ce fut ma première bataille. Impossible d'ailleurs de quitter Aubusson sans avoir dîné
avec Moulachard, qui n'avait pas de rancune. Quand il

fut remis, grand festin : on mangea comme quatre,
on but comme dix. On se sépara en pleurant, on s'embrassa après avoir voulu s'égorger. Puis nous repartons
pour Bourg, nous doublons les étapes pour rattraper le
temps perdu, et, avec la fin de 1805, nous arrivons à
la caserne. Il était temps. Le régiment allait partir.

Mes états de service effectifs portent cette mention :
« Entré dans le 19e chasseurs, le 2 janvier 1806. »
Je me souviens du jour de l'an que nous passâmes,
Taverjon et moi, roulant des projets, et nous disant :
« Quand je serai maréchal de France!... » C'était notre
dernier jour de liberté. Aujourd'hui des pékins, demain
des soldats. Et quel avenir ! Des galons, des épaulettes,
des croix. A notre uniforme, des broderies sur toutes
les coutures. Nous en construisions des rêves ! En attendant, nous battions la semelle pour chasser l'onglée,
car il faisait un froid de loup. Hein ! mon pauvre Taverjon, comme il y a longtemps de cela ? Le bâton de
maréchal!... qu'il est loin ! Est-on naïf, nom de nom,
quand on est jeune !

Notre campagne de début fut la campagne de Prusse.
Rien de beau comme ça, mes enfants : coups de foudre
sur coups de foudre, un enfoncement général de
l'armée prussienne, une déroute de ces têtes carrées
que le diable en aurait pris les armes ; bref, au bout et
au-dessus de tout Iéna et Berlin. C'est ce qu'on appelle
travailler comme il faut.

La première fois que j'entendis les balles siffler, cela
ne laissa pas que de me causer une petite démangeai-

son. On a beau ne pas craindre pour ses os, on n'aimerait point à défiler la parade pour son début. Et puis, voir des gens avec qui l'on causait tout à l'heure, qui riaient et plaisantaient, avec des figures de prospérité, les voir étalés, là, à vos pieds, et les entendre tomber comme des sacs de blé, paf! c'est gai, si l'on veut, vous savez. Ce qui est étonnant, c'est comme un mort s'aplatit vite sur la terre. Il semble que le pressoir ait passé là. Oui, des pauvres diables qu'on aimait, qu'on connaissait, qu'on tutoyait, les retrouver ensanglantés et plats comme des punaises. Brr! c'est affreux! Après ça, quoi! on se fait à tout. Et on en voit bien d'autres!

Ce que j'ai vu de plus étonnant peut-être c'est la prise de Lubeck. Une jolie expédition. Après Iéna, Blücher, ce sacré gredin de Blücher qui devait nous repincer si bien à Waterloo, battait en retraite avec trente mille hommes, ni plus, ni moins, devant un corps de douze mille hommes tout au plus, le 1er corps, dont notre régiment faisait partie. Nous étions à peu près les seuls cavaliers, avec un régiment de hussards. Mais le prince de Ponte-Corvo nous dirigeait, et nous allions bientôt voir se joindre à nous le maréchal Soult, qui commandait le 4e corps, et le grand-duc de Berg avec sa cavalerie. Grand-duc de Berg, prince de Ponte-Corvo, on les appelait ainsi, quoiqu'ils ne fussent pas sortis, je vous assure, de la cuisse de Jupiter. Quelle manie, je vous le demande, de se blasonner, de se camper des titres comme ça, et de changer le nom que

vous a donné un honnête homme. Enfin, ces choses-là,
je m'en moque. Va pour le grand-duc de Berg et pour
le prince de Ponte-Corvo puisque prince il y a. Tout
cela réuni donnait une chasse aux Prussiens, qui
jouaient rapidement des jambes.

Il paraît que le Blücher aurait dû se jeter vers l'Oder
et rejoindre son roi! Mais ce farceur-là (c'est du feld-
maréchal que je parle ; on pourrait croire que c'est du
roi de Prusse) se figurait qu'il suffisait de s'enfermer
dans une ville pour y tenir tête aux Français, et nous
arrêter net dans notre élan. Or, il se trouvait sur sa
route Lubeck, une ville libre, une ville de commerçants,
de négociants, de gens paisibles, un territoire neutre
que tout le monde devait respecter, et qui se croyait
assuré contre les boulets et les bombes. Jamais ces
gens-là n'avaient tiré un coup de fusil sur personne. Ils
préféraient, et je ne les blâme pas, vendre leurs mar-
chandises, expédier leurs ballots et faire leurs affaires.
Blücher n'avait qu'à passer devant eux, à les saluer et
à camper plus loin. De cette façon, il évitait à ces bons
bourgeois un certain désagrément.

Vous croyez qu'il y songea ? Cet entêté-là fit tout
bonnement occuper Lubeck, et plaça son artillerie du
côté de Magdebourg, par lequel nous devions entrer.
Je crois même qu'en mettant en réquisition des fourrages et des vivres, il parlait aussi (les habitants me
l'ont conté) de réquisition en argent. Après tout c'est
la guerre, et l'on ne fait pas d'omelettes sans casser des
œufs. Nous, pendant ce temps, nous avancions. Au

matin du 6 novembre, — c'était un jeudi, j'ai de la
mémoire, — nous étions en ligne sur une des rives de
la Trave, une rivière qui coule devant Lubeck. Je suis
ferré là-dessus. Rien ne vous apprend la géographie
comme de faire campagne. Sur ce chapitre, j'en remon-
trerais à mon neveu Martial.

Bien. Nous arrivons. En un clin d'œil, les avant-
postes prussiens sont balayés, comme vous pensez.
Notre artillerie répondait aux canons allemands, et la
terre en tremblait sous nos pieds. C'est assez joli, je
vous promets, un bombardement. On n'y voit pas beaucoup, la fumée vous enveloppe, et on se croirait dans
une cave. Mais toutes ces détonations vous grisent ; on
a des envies de crier, de mordre la cartouche et de se
battre. Aux lueurs du canon, dans la fumée rougie,
on aperçoit, comme des ombres chinoises dans un
brouillard, les canonniers droits à leur poste, et les
servants penchés sur les pièces ; c'est superbe ! Notez que si Bernadotte avait voulu, lui qui était là, les
Prussiens en auraient bien vu d'autres. Mais il tenait à
ne pas effondrer tout à fait Lubeck. Il avait ordonné
qu'on ne décoiffât pas les fusées d'obus pour éviter
trop d'explosions et de malheurs. Et je l'entends encore crier au colonel Eblé :

« Nous avons assez de canons pour les Prussiens !
Épargnez la ville ! »

Il était à cheval, pâle et l'épée haute. A ce moment,
un clairon de voltigeurs qui se tenait en tête de sa compagnie, auprès de Bernadotte, tourne sur lui-même, se

cramponne au porte-manteau du prince, l'arrache dans
une crispation, et, glissant sur la croupe du cheval,
tombe net dans la boue, traversé par une balle. Bernadotte se contenta de sourire.

— Regarde-moi ça, Fissou, me dit Taverjon en me
montrant le futur roi de Suède, en voilà un qui n'a pas
froid aux yeux.

Il était midi. On se canonnait toujours, et Blücher
plaçait ses soldats dans les maisons d'un seul côté de
chaque rue, par poignées d'hommes qui devaient nous
accueillir avec des feux plongeants. Je vous demande
un peu si on est capable de s'arrêter pour ça! Nos
fantassins, baïonnette en avant, s'engouffrent par la
porte du Burg. La charge battait à vous faire danser le
cœur dans la poitrine, et je serrais le mors de mon
cheval, qui voulait déjà marcher en avant, les naseaux
ouverts à l'odeur de la poudre. Ce ne fut pas long. Les
Prussiens, chassés par les nôtres, débusqués, abandon-
nent le terrain. Mais une charge de leur cavalerie nous
repousse. Alors nous revenons à l'attaque, et les rues
sont balayées, mais là, avec une rapidité qui nous fait
honneur. Pendant que nous chargeons, que nous sa-
brons les fuyards, les fantassins entrent dans les maisons
et clouent les Prussiens aux murs, les flanquent par les
fenêtres, ou les poursuivent jusque sur les toits. On se
tiraillait derrière les cheminées, c'était un plaisir;
les tuiles, qui cédaient sous les pieds, tombaient sur
nos chevaux, et le petit Roche eut la tête fendue par
une grêle de briques.

L'armée de Blücher put se vanter, ce jour-là, d'avoir reçu, comme on dit, une poste forcée.

Tout cela était excellent, mais le terrible de la chose, c'est que les soldats, tout à l'heure fusillés par les Prussiens du haut des maisons, se croyaient tout naturellement, une fois vainqueurs, dans une ville ennemie, une ville prise, et, après avoir pénétré dans les maisons pour y combattre, y demeuraient pour piller. Je puis dire que là, pour la première fois, j'ai vu la guerre. On avait eu fini, vers les trois heures de l'après-midi, de nettoyer Lubeck des Prussiens qui s'y trouvaient. A partir de trois heures le sabbat commença, et on peut dire qu'il dura jusqu'au surlendemain. Trente-six heures de pillage ! Les hussards, la moustache en croc, avec leurs nattes maintenues par des grains de plomb, et leur uniforme de muscadins, avaient commencé à grimper dans les cambuses, sous prétexte d'y trouver de l'avoine pour les chevaux. On les entendait rire, crier, casser la vaisselle, et ils redescendaient avec des bouteilles dans les mains, et quelquefois leur sabre, — qui était rouge.

Le colonel Vincent, notre colonel, un brave homme, un vrai lapin, disait :

— Ces cochons-là ne savent donc pas ce que c'est que la discipline ?

Nous, il nous fait mettre en rang, sabre au poing, au milieu d'une grande place qui donnait à droite et à gauche sur des rues profondes. Il en sortait un bruit d'enfer. En regardant, nous voyons les habitants, qui

couraient çà et là, comme des âmes en peine, et des
grenadiers qui couraient plus fort en les poursuivant.
Je me disais : « Les camarades sont en train de s'amuser. Je plains les bourgeois du cru s'ils tiennent à
dormir tranquilles. » Taverjon frisait sa moustache et
me répétait, de temps à autre : « J'ai vu par les
fenêtres des petites blondes à qui l'on dirait bien deux
mots, en passant. »

Ce qui le contrariait seulement, c'est qu'il fallait demeurer là, fixes et immobiles. « Ah ! çà, mais, disaient
les mauvaises têtes, est-ce que Bernadotte va nous passer en revue, qu'on nous laisse ici comme en faction? »
Le colonel Vincent vous regardait alors ceux qui parlaient d'un œil chargé à balle ; mais, en campagne, les
officiers sont bien forcés de faire patte de velours. A la
fin, on nous laissa rompre les rangs, chercher du fourrage à notre aise et choisir des écuries, au hasard,
dans cette ville où tous tremblaient, pâles comme des
défunts. Alors, à Dieu va ! comme disent les marins,
les chasseurs se mettent à faire comme les hussards,
comme les grenadiers, comme toute l'armée, ils
entrent partout, pillent, cassent, font les cinq cent
mille diables, boivent le vin, embrassent les filles et
rossent les grands parents. Vive la joie ! On était là
pour s'amuser, on s'amusait. Je faisais comme les autres. J'entrais dans les maisons : vous ne vous figurez
pas quelles maisons ! des palais, mes amis, des palais
bourgeois.

Tout cela cossu, avec des dressoirs, des buffets, des

cuisines ! Je me croyais chez Gargantua. Ils sont tous riches à Lubeck, et je vous réponds qu'ils entendent la vie. Moi, j'ouvrais les armoires, je cherchais le vin du Rhin, je m'attablais et, leste, à la santé de l'Empereur ! pendant que Taverjon prenait la taille aux filles et me revenait rouge comme une braise, criant comme un sourd : — Vive la guerre, sacré nom de nom !

Voilà que, pendant que je mangeais tout seul (j'avais mis mon couvert moi-même), une porte s'ouvre. Je vois un grand vieillard, un vieux superbe, les cheveux blancs (on en voit comme ça sur les tableaux). Il avait à son bras une jeune fille de dix-huit ans à peu près, mince et qui tremblait comme la feuille. Ils étaient vêtus tout en noir, elle et lui. Ils s'avancent vers moi. Je me lève. Taverjon était là. Je me rappelle qu'il resta assis.

— Messieurs, me dit dans notre langue, sans accent étranger, le vieux d'une voix qui ne tremblait pas, vous êtes chez moi. Vous êtes Français et soldats, venez-vous ici en hôtes ou en pillards ?

— Comment ça ? fit Taverjon qui buvait.

Il posa son verre sur la table et porta la main à son sabre, instinctivement. Il n'avait entendu que le dernier mot.

— Tais-toi donc, je répondis.

Et poliment, saluant l'habitant — (après tout il avait raison, cet homme, il était chez lui) — je lui fis cette question à mon tour :

— Pourquoi me demandez-vous cela ?

— Parce que si vous êtes mes hôtes, tout ce qui

est ici est à vous, et je me mets, moi et ma fille, sous votre protection, tandis (et son œil s'allumait, sapristi), tandis que si vous êtes des pillards...

— Nous sommes de braves gens qui avons faim, et que la guerre a jetés chez vous avec un bon appétit et un bon cœur.

— Amis des dames, dit Taverjon en essuyant sa moustache.

— Vous êtes donc mes hôtes, fit le vieux. Il fit un signe à sa fille, qui prit sur un buffet une bouteille — je n'avais pas vu celle-là — et versa dans quatre verres du vin que nous bûmes en trinquant; mais un vin, un vin étonnant, un vin, mes amis, dont on se serait léché les doigts jusqu'au coude !

— Excellent ! je dis ensuite. Voilà une vigne à qui je ferai mon compliment. Vous accueillez les étrangers comme il faut, au moins, vous !

— Eh ! n'étions-nous pas prêts à vous ouvrir les portes de nos maisons? dit le vieux avec douleur. Mais, voyez, voyez ce que font les vôtres !

Et, brusquement, il ouvrit la fenêtre qui donnait sur la rue. La nuit était venue. De grandes flammes rouges, des lueurs de torches et des reflets d'incendie éclairaient cette large voie où trépignait une foule pleine de cris et de remous. Elle n'était pas haute, cette fenêtre. Nous pouvions presque toucher du doigt les bâches des voitures des chariots de l'armée, dont les voituriers fendaient la cohue en jurant. Des fantassins, des cavaliers allaient, venaient. Les pavés retentissaient d'un bruit d'armes. Ces lumières lugubres frappaient sur un casque, sur une lame de sabre, sur une baïonnette, et ces reflets d'acier ressemblaient à des éclairs en plein orage. Et des appels, et des hurlements, des bruits de vitres brisées, de meubles enfoncés, des cris de femmes, des refrains de chansons, et, dans ce concert de pillage et de massacre, un son de musique militaire, de musique gaie, notre musique des chasseurs (je la reconnaissais bien), qui jouait, làbas sur la place, un air de valse.

— C'est épouvantable, dit la fille du vieux, derrière moi.

Le fait est que je trouvais cela passablement sérieux.

Taverjon répondit :

— Que voulez-vous qu'on y fasse? Les soldats s'amusent.

— Mais tenez, tenez, regardez-les, les lâches, répéta notre homme en montrant du doigt, là, sous nos yeux, quelque chose de hideux qui se passait dans la nuit.

Des hussards (ils étaient quatre) tenaient un vieux, un pauvre vieux que je vois encore, maigre, avec une tête de juif, par les pieds et par les mains, et lui tordaient les poignets, et, comme il criait, il y en eut un (il était ivre, parbleu!) qui se mit à lui frapper sur le crâne avec un fond de bouteille cassée [1].

1. On ne m'accusera point de pousser à l'horrible. J'ai entre les mains certaine lettre de M....., membre de l'Institut,

— Qu'en dites-vous ? fit celui qui nous appelait ses hôtes. Ce sont des Français, ça !

— Canailles de gredins, m'écriai-je ; fais comme moi, Taverjon ! Tas d'assassins !

J'enjambai l'appui de la fenêtre ; d'un bond je fus dans la rue, et je tombai, sans tirer mon sabre, à coups de poing sur ces coquins de hussards, qui se faisaient bourreaux. Ils auraient pu m'assommer aussi. Mais Taverjon m'avait suivi. Ils dégaînent, nous en faisons autant, et voilà six cavaliers français qui se bûchent comme des sourds pendant que l'autre vieux, évanoui, restait étendu dans le ruisseau. J'envoyai, au bout de deux minutes, un coup de pointe dans une poitrine. On n'y voyait pas très-clair, et je reçus à l'épaule une riposte qui pouvait m'abattre le bras tout net, le bras gauche. La laine de l'épaulette, heureusement, amortit tout ça, et j'en fus quitte pour une espèce de paralysie momentanée, comme si j'avais été bâtonné ou cravaché. Je ne sentais plus mon bras, il pendait inerte le long du corps. Gredins de hussards ! Ils rompaient, notez-bien, et Taverjon et moi nous attaquions ferme. Je voulais, tout manchot

à Fanny de Beauharnais, lettre longue et circonstanciée, terriblement éloquente, où se trouvent, à propos de ce sac épouvantable de Lubeck, les 6 et 7 novembre 1806, consignés des faits plus atroces cent fois que ceux que rapporte Lazare Fissou. La guerre est une laide chose et fait comprendre la vérité de l'axiome : Il y a toujours dans l'homme une bête féroce mal domptée. J. C.

que j'étais pour l'instant, faire un hachis de ces animaux-là.

Tout à coup, on me frappe brusquement dans le dos,
entre les deux épaules. Je me retourne. C'était le mu-
seau d'un cheval qu'un officier supérieur poussait vers
nous. J'entends qu'il me dit :

— Les Prussiens ne descendent donc pas assez de
Français, que les chasseurs et les hussards se battent
entre eux à présent ? J'ai envie de vous faire conduire
au prévôt, tous tant que vous êtes !

— Venez-y donc ! dit un des hussards, celui qui
était ivre. Je te fends la tête, tout général que tu es,
tu entends !

Alors le général donne un coup d'éperon à son cheval, l'enlève rapidement, et tombe droit devant le hussard, cravache levée.

J'entends un sifflement, le sifflement de l'air déchiré,
et, avec une rapidité nerveuse, la cravache s'abat sur
la figure du hussard qu'elle coupe en deux. Il devait
saigner, je vous en réponds !

Puis, brusquement, l'officier disparut avec ses aides
de camp, disant d'une voix pleine de colère :

— Je te reconnaîtrai à cela, ivrogne ! Je m'appelle
Bernadotte.

J'ai su que les hussards ont caché leur camarade
jusqu'à ce que la trace du coup de cravache eût été
effacée. Sans cela, son affaire était claire. Il fallait voir
comme ces beaux porteurs de pelisses décampèrent
alors. Nous deux Taverjon, voilà que nous cherchons

ensuite à retrouver la maison du vieux brave homme
dont la fille versait de si bon vin. Ouiche! devine,
trouve dans tout cela, parmi les chariots, les blessés
qu'on transporte à l'hôpital, les soldats qui passent,
bras dessus bras dessous en chantant, les femmes qui
pleurent, les enfants qui crient, le roulement des caissons, l'obscurité, le trouble d'une ville où vingt-cinq
mille hommes font la bacchanale d'enfer. Qu'est-ce
que nous fîmes alors ? Nous passâmes la nuit, Taverjon
et moi, dans une église, bien à l'aise, ronflant sans pu-
deur, malgré les maisons qui brûlaient, les gens qu'on
assommait, et les soldats en gaieté qui ripaillaient au
dehors.

Il paraît que la nuit ne fut pas aussi tranquille pour
les Lubeckois que pour nous. Les voltigeurs et les
hussards s'en donnèrent. Comme nous sortions de notre dortoir, — le matin venu, — je vis, sur les marches de l'église, postés l'arme au pied, en tenue correcte, un détachement de grenadiers du 32e d'infanterie, qui semblaient attendre et surveiller.

Je bouclai mon ceinturon, et Taverjon bâillait encore, me répétant :

— Au lieu de dormir dans une église, je n'aurais
pas pu faire comme les autres, je te demande, et m'a-
muser un peu! Tu as toujours des idées saugrenues,
toi !

Alors je poussai Taverjon du coude, et lui montrai l'officier qui commandait le détachement. C'était
un *pays*, ni plus ni moins, un ami, un voisin, s'il vous

plaît, voisin de mon père, Renaudot, qui m'avait tant
de fois fait sauter sur ses genoux, quand j'étais petit
(il avait quinze ans de plus que moi) et qui était parti
le fusil sur l'épaule, un beau jour, en 92, j'avais sept
ans alors, pour suivre à la frontière les fédérés et les
volontaires.

— Sacrebleu, je dis, Taverjon, regarde, c'est Renaudot!

— Renaudot?

— Parfaitement.

Il entendit son nom, sans doute, car il se retourna
et nous regarda d'un air qui n'était pas mignon. Je le
reconnus bien; il était tel que ma mémoire d'enfant me le représentait, maigre, mince et mous-
tachu.

— Eh bien! dit-il en faisant deux pas vers nous,
qu'est-ce que vous avez à me dévisager, chasseurs?

— J'ai, répondis-je, que je vous regarde, mon lieutenant (je regardais ses épaulettes qui me faisaient
crânement envie). Voulez-vous un peu, s'il vous plaît,
me regarder à votre tour?

— Comment cela?

— Je vous connais et vous me connaissez, lieutenant. Je voudrais seulement savoir si vous avez autant
de mémoire que moi!

— Je ne te connais pas du tout. Comment t'appelles-tu?

— Lazare Fissou.

— Allons donc! fit-il avec un grand cri de joie ; est-ce possible! Toi! Lazare Fissou, de L...

— De L..., oui, lieutenant. Le petit Lazare à qui vous appreniez à crier : « Vive la nation ! » au faubourg Mont-Jovi. Vous ne m'aviez pas reconnu, pas vrai ?

— Comment te reconnaître ? Tu as une barbe, sa-credieu ! tourne-toi donc, tu es solide ! Et te voilà mi-litaire, chasseur ! Les camarades en ont fait de belles, cette nuit... Comment s'appelle ton camarade ? est-ce qu'il est du pays aussi ?

— Cyprien Taverjon ! Taverjon, dont le père faisait si bien les *gogues* et la *bréjaude!*

— Mais vous voilà deux de L..., à la fois que je re-trouve à Lubeck, dit Renaudot. Ce n'est pas l'embarras, il faut bien que toutes les villes fournissent leur con-tingent, et un rude, puisque les guerres continuent et que le sang ne finit pas de couler. Ah ! petit, je suis content de te revoir. Ça me rajeunit. Je ne suis pas un ancêtre, mais enfin j'avais dix-huit ans en 92. Et qua-torze ans de campagne, cela donne bien la quaran-taine à un homme de trente-deux ans.

Il me parla du pays, des amis, de ceux qu'il avait laissés là-bas, qu'il ne reverrait peut-être jamais. Beau-coup étaient morts. Il arrive tant de choses en peu de temps ! Orphelin de bonne heure, son père et sa mère étaient morts la même année, je m'en souvenais bien. Renaudot n'avait laissé à L... d'autre famille qu'un grand-père infirme, un vieux brave ouvrier qui avait perdu les deux jambes, prises dans une machine à la fabrique, brisées, broyées, et qui, espèce de tronçon humain, serait mort de faim sans le secours que, régulièrement, Renaudot lui envoyait sur sa paye.

— Je lui ai fait acheter à Pauviats une petite ferme. Il vit là, me disait Renaudot, sinon heureux, le pauvre vieux, du moins en paix. Il a la niche et la pâtée ; nous partageons ma solde. Au moins de cette façon, mon petit Lazare, je suis bon à quelque chose !

— Mais sur ma foi, monsieur Renaudot, vous êtes bon à tout.

Et je lui montrais son épaulette roussie et qui me paraissait superbe.

Vous savez que je n'avais pas alors le moindre galon.

Il haussa les épaules :

— Ça ? me dit-il, à quoi ça sert-il ? Je suis content d'être lieutenant à cause de la solde ; et, à cause de la solde encore, je voudrais passer capitaine. Le vieux pourrait, de cette façon, mettre un peu plus de beurre dans ses épinards. Mais quant à moi, vois-tu, Fissou, je fais le plus honorablement possible un métier qui me déplaît, et voilà tout !...

Je me rappelle toutes ces choses-là, comme si je les avais entendues ce matin.

— Votre métier vous déplaît ?

— Il me dégoûte ! Mais regardez donc, — tantôt il me tutoyait, tantôt il me disait vous — regardez ce qui se passe ici. Savez-vous que si notre 32e d'infanterie n'avait pas fait la police de la ville de Lubeck,

cette pauvre ville, mise à feu et à sang, serait peut-
être tout à fait égorgée? Je suis fier d'avoir pris sur
moi de dire au colonel : « Tirons sur les Français, si
les Français se comportent comme des pandours et des
Baskirs ! » Vous n'avez donc pas vu le spectacle de
cette nuit ? C'était épouvantable ! Des gredins qui dé-
fonçaient les tonneaux, qui faisaient des punchs dans
les rues, et qui allaient chercher des danseuses dans
les maisons de braves gens effarés ! Des voleurs qui
enfonçaient les boutiques ! Les voituriers, les goujats de
l'armée, toute la séquelle qui suit les corps d'armée
comme la vermine, faisant tapage et dévalisant les
boulangers et les marchands de victuailles en criant :
« Vive l'empereur ! » Non, il y a de quoi rougir jusqu'aux yeux : l'armée de Blücher n'est pas plus sau-
vage. Je n'ai pas fermé l'œil durant toute la nuit. J'ai
fait des patrouilles avec mes hommes. J'ai protégé
tous ceux que j'ai pu. J'aurais fait fusiller net, comme
des chiens, tous ceux que j'aurais vus pillant. Dix balles dans la tête d'un voleur valent mieux qu'un couvert d'argent dans la poche d'un homme. Je me sur-
prends à être sévère, sacrebleu ! comme un Russe,
quand je vois de telles saletés. Après tout, qu'est-ce
que vous voulez attendre de la guerre ?

Tu es soldat, Lazare, tu as raison, dans ce temps-
ci il n'y a pas d'autre moyen de faire son chemin. On
vit en tuant ou en apprenant à être tué. L'empereur le veut ainsi : un profond politique, l'empereur !
Depuis qu'il y a des soudards partout, il n'y a plus

de jacobins : c'est un système comme un autre.

— Vous êtes donc toujours républicain, monsieur Renaudot ? lui dis-je tout bas.

— Oh ! parle haut, va ! si c'est pour mes grenadiers que tu baisses la voix, ils me connaissent. Vois-tu, dit-il en me prenant par le bras, en marchant, quand on a eu sur le front, et il se frappait la tête, le coup de soleil de 89 et de 92 et qu'on a compris un peu ce que c'était que ça, on est et on demeure républicain. Tu étais trop jeune pour savoir ce qu'il y avait dans cette République qui naissait ! Tu te souviens de ces arbres de la liberté que nous plantions à L..., devant la municipalité, les femmes vêtues de blanc avec des rubans tricolores à leur ceinture, et vous autres, gamins, qui portiez à vos petits bonnets de laine des cocardes plus larges que vos oreilles ? Eh ! bien, nous nous sentions frissonner plus vivement que ces feuilles sur l'arbre aux mots de « République » et de « patrie ! » Aussi tu l'as vu, toi qui n'étais pas plus haut que cela, tu nous as vu partir en chantant, courir comme des fous, à la frontière, en avant, et déclarer la guerre aux rois et la paix aux peuples. Tu fredonnais déjà, sur les places de L..., l'hymne du citoyen Ad. Bay, et nous le répétions sous les balles autrichiennes :

> Jurons union éternelle
> Avec tous les peuples divers,
> Jurons une guerre mortelle
> A tous les rois de l'univers.

Je chante ça quelquefois, le soir, au bivac, ou sur

le lit de camp, pour m'endormir, et ça me fait faire
de beaux rêves ! Il est passé, le temps des rêves ! J'é-
tais parti pour la défense de la France, je suis resté
sous le harnais pour servir — quoi ? l'ambition d'un
homme. Ah ! tu te fais militaire aussi ? Eh bien ! n'oublie jamais cette première conversation avec ton vieil
ami Renaudot sur le pavé tout chaud du massacre de
Lubeck. Un beau métier ! J'aimerais mieux ramer des
choux au fond de l'Auvergne et ne jamais voir le pom-
pon d'un grenadier. Mais à quoi suis-je bon, dis-moi ?
Et que peut-on faire sous Napoléon Iᵉʳ, empereur des
Français et roi d'Italie? Vendre sa peau. Je l'ai vendue,
et je la vends tous les jours. Après ça, je suis bon de
me plaindre ! Le grand-père mange du pain là-bas,
c'est tout ce que je demande. S'il n'était pas là, le
pauvre bonhomme, je ne garderais pas longtemps cette
épée-là, mon petit Lazare, et je me reposerais de tant
de gloire qui me fatigue et de lauriers qui coûtent
cher, mais j'aime encore mieux trimer et rester sur
ma galère, et que le vieux vive toujours, corps infirme,
cœur intact, cœur d'honnête homme.

J'étais stupéfait en écoutant Renaudot. Il me semblait que j'avais affaire à un malade, et que le brave
homme avait la fièvre. Je trouve qu'il était bien dif-
ficile. Officier porté plusieurs fois à l'ordre du jour de
l'armée, jeune encore, après tout, son existence ne me
paraissait pas fort à plaindre. Je ne pus m'empêcher
de le lui dire, et (car après tout il avait l'épaulette, et
ce n'est pas parce qu'on s'est connu autrefois qu'on

doit plaisanter sous l'uniforme), en lui parlant, je l'appelai : « mon lieutenant. »

— Appelle-moi Renaudot, imbécile, fit-il avec une brusquerie qui attirait au lieu d'irriter. Est-ce que je te parle comme un officier parle à un soldat ? Les autres diraient peut-être que je n'observe pas la hiérarchie. La hiérarchie ! un bien joli mot que j'entends partout depuis 1804. Hiérarchie, je t'en donne ! Un simple volontaire tutoyait Marceau tout à son aise, et Marceau n'en était ni moins respecté ni moins aimé. Tu es toujours le petit Fissou pour moi, voilà ce que tu es, et je me dégonfle le cœur, car il crève aujourd'hui. J'en ai trop vu.

Quelle bande de pillards ! Voir le drapeau tricolore abriter ces canailleries-là, ça vous fend le cœur ! Qu'ils brisent les boutiques, enfoncent les portes, crochètent les serrures, battent les femmes, violent les filles et flanquent le feu aux maisons, en criant : « Vive l'empereur [1] ! » cela les regarde. L'em-

---

1. « Je reconnaissais à peine les gens qui s'offraient à moi : hommes, femmes, ressemblaient à des spectres. Quelques amis que j'allai voir n'avaient plus ni linge ni habits ; plus un meuble entier, plus un carreau à une fenêtre. On avait dépouillé l'un au nom de l'empereur. « Au nom de l'empereur, donne-moi ta bourse, ta montre, tes chemises… ta femme ! — *Tout ton argent ou je te tue !* » était la formule ordinaire, appuyée d'un fusil, d'un sabre ou d'un bout de pistolet. »

(Lettre de M...., membre de l'Institut, à Fanny de Beauharnais.)

pereur répond de ce qui se passe devant l'histoire,
puisque c'est lui qui continue ce beau métier de
faire s'entr'égorger les hommes. Mais le drapeau que
la République a inventé, le drapeau de Valmy, le
drapeau de Jemmapes, mon drapeau à moi, celui que
je suivais en chantant la *Marseillaise*, avec les fédérés chaussés de sabots garnis de paille, ce drapeau-
là, celui de l'Hôtel-de-Ville et du Pont-Neuf, flottant
sur ces scènes de massacre, tu ne comprendras
jamais, vois-tu, Lazare, la douleur que ça vous met
dans l'âme.

Sais-tu ce qu'ils ont fait, continuait Renaudot,
ils ont agi comme des *chauffeurs !* ils se sont soûlés
comme des portefaix ! Ils ont volé comme des bandits ! Quand je pense que j'ai vu, de mes yeux vu,
des hussards, des hussards français, habillés en femmes, et dansant dans les rues, verre en main ! Ces
animaux-là avaient pillé les garde-robes, et ils se
payaient une mascarade, là, gaiement, les pieds dans
le sang. Tu pourras en rencontrer dans les rues encore, enveloppés dans des châles, avec des fleurs à
leur bonnet et des pelisses de femmes sur leur
uniforme. Tas de galopins ! Non, vois-tu ça, toi,
des soldats avec des colliers de perles au cou ! C'est
comique, et c'est révoltant. Le général Maison, qui est
un brave homme, en pleurait de rage. J'ai vu, moi, un
vieux, qu'on fouillait, et qui se débattait comme un
beau diable. Autour de ses reins, un voltigeur (il n'é-
tait pas de la 32ᵉ) sent ou croit sentir une ceinture.

« La canaille a pris son or sur lui, dit-il. » On ouvre les vêtements. C'était le bandage d'une hernie dont souffrait le pauvre bonhomme ! Le voltigeur l'a appelé vieux filou et lui a plongé sa baïonnette dans le ventre. Oui, oui, c'est la vérité, ça ! Et tu crois qu'il n'y a pas de quoi devenir enragé ? Je donnerais dix ans de ma vie pour avoir un état, pouvoir gagner mon pain et celui du vieux en travaillant avec ces mains-là, et m'enterrer dans un trou, comme un ours. Mais va te faire lanlaire, je suis condamné à ce métier-là à perpétuité. Si je ne traînais pas le sabre, à quoi serais-je bon ?

— Ah ! çà, dit-il en s'interrompant, où donc est passé ce gros garçon ? comment l'appelles-tu, qui était là ? Berjon, Saverjon, Taverjon ? Je ne connais que ce nom-là.

La conversation, sans doute, n'intéressait pas beaucoup Taverjon. Il avait tourné les talons, et s'était mis à chercher je ne sais quoi dans cette ville. Le soir, au quartier (car on s'était à la fin organisé), je le retrouvai, tout triomphant, et il me raconta tout en chantant :

> Je t'aimerai, je chérirai mes chaînes,
> Tant que la rose aura sa douce odeur...

Une histoire de grisette, un amour arrosé de petit vin blanc, une historiette comme il lui en arrivait toujours ! Ce cadet-là, que vous voyez gros comme un muids (ne te fâche pas, Taverjon), était, il faut l'avouer aussi, joliment planté dans ce temps-là.

Il voulut m'emmener avec lui, le soir. La petite avait une amie. On cueillit une petite aventure, en passant. Histoire de se distraire un peu. La mienne s'appelait Kate, voilà tout ce que je me rappelle. Et les camarades n'en avaient pas fini avec les ennuis. Ce matin-là, qui était donc le 7 novembre, Bernadotte et le grand-duc de Berg étaient montés à cheval, et, à deux lieues de là, étaient allés donner une passe aux Prussiens. Le *bon* Blücher avait bien été forcé de capituler. Bien, voilà qu'on nous amène à Lubeck vingt mille prisonniers, ni plus, ni moins. On les campe, comme on peut, de tous côtés. On les caserne dans les églises, on les enferme dans les cimetières. Mais allez donc garder une foule pareille ! Ils enfoncent les portes, ils escaladent les murs, ils se répandent dans la ville, et, de leur côté, ils boivent, ils tapent, ils font une vie de polichinelle. Les Lubeckois devaient se demander, je parie, s'ils étaient en enfer.

Non, mais figurez-vous ces soldats qui, la veille, se tiraient des coups de fusils en veux-tu en voilà, Français contre Prussiens, Allemands contre Français, et qui maintenant étaient tous d'accord pour ouvrir les armoires des bourgeois, boire leur vin et caresser leurs filles. Après tout, puisque la ville était neutre, elle devait s'attendre à ça. Vainqueurs et vaincus, nous étions tous en pays conquis ; et Renaudot avait beau rager, les hommes sont des hommes, et les armées ne sont pas composées de rosières. Moi, ça ne me choquait pas tant que cela.

Il faut tout dire pourtant : lorsque nous quittâmes la ville deux jours après, que, le régiment défilant au petit pas, nous longeâmes un marais, près de la porte de Magdebourg, et qu'un camarade me dit, me poussant du coude : — Regarde donc, Fissou, en me montrant quelque chose, sur notre droite, je me dis à mon tour, comme Renaudot :

— Est-ce que nous ferions un vilain métier ?

J'avais vu... Je vivrais cent ans, je n'oublierai jamais ce tableau-là : un grand vieillard, tout blanc, superbe et courbé, ou plutôt cassé en deux, penché sur un cadavre de jeune fille. Figurez-vous ça, sous un ciel de novembre, et voyez d'ici une pauvre petite, pâle, de longs cheveux blonds qui traînent, pleine de boue et un corps qui ploie, à demi-nu, une gorge de jeune vierge, toute labourée d'égratignures, mordue, abîmée. Des ouvriers l'avaient retirée d'un marais, où des soldats ivres, des nôtres, l'avaient jetée après l'avoir tuée. Bêtes brutes, va ! Et le père regardait ce cadavre. Ah ! je n'ai jamais reçu de balle en plein cœur, mais quand je vis cet homme-là, il me sembla qu'on venait de me décharger un pistolet là, tout droit.

Je regardai Taverjon :

— Vois, mais vois donc !

— Quoi ?

Le vieux...

— Eh bien ?

— Mais c'est notre hôte !

— Oui, l'homme au vin. Il n'a pas l'air gai.

— Ah ! ça mais, b... d'âne, tu ne vois donc pas, m'écriai-je, qu'ils ont tué sa fille ?

Taverjon haussa les épaules ; mais, c'est égal, il ne trouvait pas cela gentil.

J'avais une heure auparavant serré la main de Renaudot, qui n'allait pas du même côté que nous. Quand devions-nous nous revoir ? Où nous retrouverions-nous ? et même nous retrouverions-nous jamais ? Il m'avait dit : « Bonne chance ! » Je lui avais répondu : « A revoir, lieutenant. » Et nous nous étions séparés, allant chacun de notre côté, au hasard des guerres.

Voilà ce que je me rappelle de ma première campagne et de la prise de Lubeck en novembre 1806.

III

Fissou reprenait :

Mes états de services portent que j'ai été fait brigadier le 13 avril 1811. C'est à la suite d'une affaire qui vaut bien la peine d'être racontée. Je ne vous embête pas, je suppose, à fouiller comme ça dans

mes souvenirs, comme je descendrais dans une cave ?
J'étais toujours au 19ᵉ chasseurs. Je ne l'ai jamais
quitté. J'ai vu Vienne, j'ai vu la Dalmatie, j'ai vu
la Russie, j'ai vu Berlin, j'ai fait avec lui les campagnes de 1806, 1807, 1808, 1809, 1812, 1813,
et j'ai été détaché sur la France en 1814, pendant
que les autres galopaient en Italie. Le colonel Vincent
m'aimait beaucoup. Je vous l'ai dit : c'était un franc
compagnon qui ne badinait pas toujours, mais qui
savait nous prendre par le bon bout. D'ailleurs, un
homme vaut un homme, et je ne me laisse jamais
traiter comme un galopin. Quand on fait son service
comme il faut, on doit vous respecter, c'est mon
opinion. Je ne dis pas qu'il faille prendre des mitaines pour vous parler, mais un peu de politesse ne fait
jamais mal.

Je me souviens qu'un jour, au commencement de
la campagne de Russie, pendant que nous marchions
dans ce satané pays, où les Russes avaient tout emporté, tout brûlé, nous avions faim... je ne vous dis
que cela ! On se serrait le ventre. C'est là d'ailleurs
toute la guerre. Se graisser les pieds pour pouvoir
marcher, et se serrer le ventre pour pouvoir jeûner,
voilà tout le secret du militaire. Les officiers étaient
comme les soldats, comme qui dirait en plein carême.
Les estomacs n'ont pas de grades, c'est une consolation. On fouillait les masures de fond en comble sur
la route, mais ces bêtes de cosaques n'y avaient pas
laissé un grain de blé.

Voilà que moi, tout en *fourgaillant* de côté et d'autre, sur le bord d'un petit bois, je fais lever, comme un vrai chasseur, un lièvre, qui détale, mais qui détale... Je prends un pistolet dans mes fontes, je tire sans viser beaucoup, l'autre fait la cabriole. J'éperonne mon cheval. Je vois mon lièvre étendu sur le côté, plat, avec son ventre blanc. Je descends de cheval, je l'empoigne, je reviens au camp, je me dis : « Mais, c'est une politesse à faire au colonel Vincent. Il y a beau temps qu'il ne se sera régalé comme il se régalera ce soir. »

Je vais droit à lui (j'étais alors simple brigadier) et je lui dis :

— Mon colonel, permettez-moi de vous offrir...

— Oh ! le beau lièvre, dit-il comme ça en ouvrant de grands yeux, des yeux d'affamé.

— C'est précisément ce lièvre que je vous apporte, mon colonel. Le gaillard pèse assez lourd. Il vous fera un bon civet.

— Un civet ! ah ! sacrebleu, Fissou, voilà une bonne idée ! Mais c'est la manne que vous nous apportez. Eh bien ! mon brave, vous viendrez manger votre lièvre avec moi et mes officiers, ce soir.

— A votre table, mon colonel ?

— A ma table, je crois fichtre bien, puisque c'est vous qui nous invitez !

— Merci, mon colonel.

Le soir, à six heures, heure militaire, j'arrive à la

petite baraque où le colonel couchait. On avait mis une nappe, rien que ça ! Les officiers, étaient là, se léchant d'avance les moustaches à l'idée qu'ils allaient manger mon lièvre. Mais vous croyez peut-être qu'ils me remerciaient ? Ils faisaient les malins et causaient entre eux, laissant là le brigadier dans son coin. J'étais vexé. Heureusement le colonel vint à moi et dit, en me faisant asseoir au moment où l'on se mit à table :

— Messieurs, voilà le chasseur à qui nous devons le festin de ce soir !

Il y en eut qui dirent : « Ah ! ah ! » d'autres qui me firent un petit signe d'amitié ; d'autres qui froncèrent les narines. Je vous demande un peu si je ne valais pas qu'ils répondissent : « Merci, Fissou. » Mais je n'étais pas un gaillard à me laisser traiter par-dessous la jambe. Je pensais comme ça : « A table, il n'y a pas de grade. Égalité sur toute la ligne. Je m'en vais tailler ma bavette comme les autres. J'en ai d'autant plus le droit que c'est moi qui fournis le gibier. » Et quand la conversation s'engagea, ma foi ! je me mis à parler tout comme un autre. Il aurait fallu voir toutes ces épaulettes regarder mes pauvres galons de brigadier et les relever du nez. Bavarder avec mes chefs ! Ils trouvaient sans doute que j'avais un toupet de commissaire. Je vis le voisin de droite du colonel cligner de l'œil et lui faire des signes. Je n'avais pourtant pas dit de bêtises, mais je devenais trop familier, il paraît. Le colonel Vincent me regarda.

— Fissou, dit-il, mon ami, tenez-vous à votre place !

— A ma place ! Comment cela ?

Mais c'était une leçon qu'il me donnait là, devant tous les officiers, et cela parce que j'avais parlé comme les autres. Je me levai tout droit. Je posai ma serviette, et je dis :

— Vous avez raison, mon colonel, ma place était au camp, à manger mon lièvre, non avec les supérieurs, mais avec les camarades. Et j'y vais !

J'avais dit cela comme il faut, d'un ton sec. J'étais furieux. Mon col me gênait. Je croyais que j'allais étouffer. Comme je tournais les talons, le colonel Vincent, qui comprenait tout ça, me dit :

— Où allez-vous ? Restez, Fissou !

Je continuais à marcher.

— Fissou, je vous ordonne de rester !

— Puisque c'est un ordre, mon colonel, je reste.

Je ne dis plus un mot pendant tout le repas, mais je m'étais promis de ne plus porter de lièvres à des paroissiens qui se moquent comme cela de vos prévenances. Tout ça pour vous dire qu'il faut joliment être circonspect dans l'armée, et que les officiers se croient quelquefois d'une autre pâte que les autres.

Si j'ai gagné l'épaulette, ce n'est pourtant pas à moi seul que je dois cette bonne fortune, mais encore à tous ceux qui, combattant avec moi, se sont fait tuer, hacher, crever. Pour un qui arrive, combien restent en chemin ! L'épaulette de l'un, ça représente les dévouements et les souffrances de tous.

Pour en revenir à mes galons de brigadier, que j'étrennais presque au moment de *l'histoire du lièvre*, c'est à la suite de *l'affaire du rideau* qu'on me les avait donnés. Une rude affaire !

Nous avions devant nous un corps de l'armée prussienne que Napoléon voulait éviter, afin de prendre l'ennemi par derrière. Il désirait se mettre en marche sans que personne soupçonnât ses mouvements. Pour cela, il envoyait un régiment — un régiment de cavalerie est plus commode — masquer la vue de ses manœuvres, et derrière il marchait, levait le camp, faisait tout ce qui lui semblait bon.

Cette fois-là, le régiment désigné était le 19ᵉ chasseurs.

Nous savions où nous allions. Nous le devinions, et je me vois encore, à cheval, allant à cette affaire-là.

C'était le matin. Le régiment marchait lentement, se déroulait comme un long ruban noir sur la route. On entendait ce bruit piétiné que font les fers des chevaux en frappant la terre. Dans ce brouillard de la matinée, ce n'était pas gai. Nous étions à demi transis sous nos manteaux. Notre respiration rendait humides nos moustaches. Un farceur disait : Gare aux engelures ! Mais nous n'avions pas envie de rire.

Ces pauvres chevaux eux-mêmes baissaient la tête,

comme si on les eût conduits à un abattoir. Leurs croupes luisantes fumaient, et au-dessus du régiment s'élevait une espèce de brume comme celle qui s'échappe des ruisseaux à l'heure de la rosée.

Je ne disais rien. Je sentais que ça allait chauffer plus qu'à l'ordinaire. Je regardais là-bas le colonel Vincent, qui faisait la moue et fronçait les sourcils. Je dis à Taverjon, tout bas, pour que personne n'entendît :

— Attends-toi à du tabac, mon vieux.

— Tu sais que je l'aime, fit simplement Taverjon.

Il n'y avait peut-être que nous deux dans le régiment, nous et le farceur de tout à l'heure, qui eussions encore la parole.

Lorsque nous sortîmes d'un petit bois, à notre gauche, nous aperçûmes un mamelon qui se dressait et se déroulait devant une clairière assez vaste, qu'un peu de brouillard faisait paraître plus vaste encore. C'était sur ce mamelon que le régiment devait se masser et se ranger en rideau.

Ce qu'on appelle *rideau*, en terme de guerre, vous le savez, et c'est assez clair. Un corps de troupe se porte en avant et prend position, avec ordre de n'avancer ni de reculer, pour donner à l'armée qui est derrière le temps d'exécuter une manœuvre ou une retraite. On est là, immobile et exposé aux coups, forcé de ne pas riposter, cloué à son poste et à son devoir. Métier de soldat russe et non de soldat français.

Nous qui aimons à marcher à l'ennemi, à l'aborder de front, à le culbuter en deux temps, lorsqu'il nous faut demeurer ainsi alignés et fixes comme des statues on se sent fou et près d'éclater. Mais c'est la consigne !

L'armée, derrière nous, faisait ses préparatifs.

Nous étions en ligne. Je regardais devant moi, dans le brouillard, pour deviner si l'ennemi était loin. Les chevaux hennissaient et piétinaient avec impatience. Ils croyaient peut-être qu'on allait charger, les pauvres animaux ! Le colonel était justement près de moi. A un moment, son œil rencontra le mien. Il avait l'air furieux. Son regard voulait me dire, et me disait :

— Eh bien ! Fissou, nous allons être tués à bout portant, canardés ici comme des lapins !

Ce diable de Taverjon, à ma gauche, mâchonnait sa chique, tout en fredonnant sa ritournelle :

> Asile solitaire,
> Je viendrai, chaque jour,
> Te chanter, ma bergère,
> Mes désirs, mon amour.

Je me disais, moi : — Oui, va ton train, chante tes désirs, mon bonhomme. Il y a là-bas, au fond de ce brouillard, des particuliers qui vont joliment t'accompagner au refrain.

Il fallut bien attendre comme ça une heure, une heure au moins, la plus longue de ma vie, je vous

donne mon billet ! Peu à peu le brouillard se dissipa
(il aurait bien pu nous couvrir toujours), et alors, pas
bien loin de nous, qu'est-ce que nous apercevons?
Une batterie, ni plus, ni moins, les canons braqués sur
nous, et ceux qui avaient de bons yeux pouvaient apercevoir les artilleurs.

— Mes enfants, dit le colonel Vincent, nous ne
sommes pas ici à la noce, mais il faut faire son devoir.

Ces dix-huit ou vingt mots furent prononcés dans un
silence comme la prêtraille, dans les églises, n'en ob-
tiendra jamais. S'ils avaient eu l'oreille fine, les Prussiens eussent pu les entendre.

Un petit mouvement les suivit. Le régiment tout
entier sembla frissonner, et pourtant il n'y avait pas
de clampins au 19e chasseurs. On se serra les uns
contre les autres; — il semblait qu'on aimait à se
sentir les coudes. C'était comme une poignée de
mains avant le branle-bas. Le colonel Vincent mordait
avec fureur sa moustache, et Taverjon ne chantait
plus.

Les autres, ceux qui nous faisaient vis-à-vis, ces espèces d'Allemands, se préparaient déjà à nous tâter.
Une lueur, une détonation. C'était le premier coup de
canon. Personne chez nous ne bougea. Seulement, les
têtes se retournaient de droite à gauche et de gauche
à droite, et se regardaient. Toutes étaient pâles. Aucun
de nous d'ailleurs n'avait été atteint.

Les autres tirèrent encore. Nous entendions comme
un roulement au-dessus de nos têtes, et des feuilles

d'arbres tombaient en tournoyant sur nos épaules.
Mais point de morts ni de blessés.

— Ces imbéciles pointent mal et tirent trop haut, dit
le colonel Vincent.

Moi, je pensais :

— Pourvu que ça dure !

Ça ne dura pas. Parbleu, ces têtes carrées ne sont
pas plus bêtes que d'autres au fond. Voilà qu'ils corri-
gent leur tir, et baoum ! les boulets entrent dans
l'escadron comme en pleine chair. On oscillait, les
chevaux se cambraient, les hommes tombaient, se dé-
battant avec leurs montures dans des flaques de sang,
les vides se refermaient, on reprenait son rang, et,
derrière le rideau humain, les manœuvres continuaient
toujours.

Nous devions inquiéter les Prussiens, qui se demandaient, sans aucun doute, ce qu'il y avait derrière
nous. Un corps d'armée ou l'armée tout entière ?
Napoléon ou ses généraux ? Après nous avoir tâtés
pour savoir si nous chargerions leurs batteries, ou si
nous demeurerions là comme des piquets, ils nous ca-
nonnaient pour nous débusquer, nous chasser ou nous
démolir.

Cette fois, les canailles visaient bien. Ils faisaient
des trouées, des brèches ; ils vous emportaient hommes
et chevaux ; ils nous écrasaient ! Je m'attendais à avoir
mon compte. « Pourvu que le boulet me coupe en deux,
me disais-je, et ne soit pas assez bête pour m'emporter un bras ! »

Je dis que je pensais à ça; eh bien non, je ne pensais à rien, voilà la vérité. J'étais comme endormi. Cette fumée rousse devant moi, ces ronflements du fer, cette terre trempée de sang, ces tas de morts à droite et à gauche, ces jambes coupées net, ces têtes emportées ou aplaties dans la boue, je voyais tout cela et ne pensais pas. Je restais au port d'armes, le sabre collé à la poitrine, droit, stupide, et regardant tantôt Taverjon, tantôt le colonel.

Le colonel Vincent, blanc comme un linge, jetait, à chaque détonation, à chaque boulet, un regard sur son régiment, dont la batterie ennemie faisait une charpie, et je voyais de grosses larmes, — des larmes d'homme, je vous en réponds, — tomber lourdement sur ses joues brunes. Pauvre régiment, quelle bouillie !

Ceux qui restèrent (ils n'étaient pas nombreux) eurent des croix, des galons, des grades. Je fus nommé brigadier. C'était peu de chose, mais enfin, c'est le premier pas. C'est là que Taverjon fut décoré. Pourquoi? Personne n'avait fait plus que le voisin, mais les récompenses tombent comme la grêle, au hasard. D'ailleurs, je devais avoir aussi plus tard la croix et monter en grade. J'étais, je vous l'ai dit, brigadier au début de l'expédition de Russie, et maréchal des logis pendant la campagne.

Par exemple, si je devais vous raconter tout ce que nous avons vu là, Taverjon et moi, je vous tiendrais aussi longtemps que si je vous lisais les *Mille et une*

Nuits. La Moskowa, Moscou, le punch que nous faisions sous le nez des Russes, un punch qui devint un incendie, ce qui n'était pas régalant, tant de batailles et de fatigues !

C'est drôle, quand je pense à tout ça, mes meilleurs souvenirs sont ceux des journées de souffrance. Et il y en eut quelques-unes. Ah ! Napoléon eut joliment sur les doigts, avec sa grande armée et sa promenade militaire dans les glaçons ! Quelle idée de fou, aussi, d'aller s'*engarier* dans des pays d'Esquimaux comme celui-là ! Une débâcle solide, parlons-en !

Non, rien, quand j'y pense, ne peut donner une idée de cette route. Quelles journées longues, noires ! des journées d'enfer. La nuit, on faisait du feu comme on pouvait, brûlant des débris de maisons, des bois de lances, des gibernes, tout ! On demandait un peu de vie et de courage à ces feux, qui ne réchauffaient pas. On mangeait, en les trempant dans de la poudre, des morceaux de cheval, coupés d'un coup de sabre après quelque carcasse gelée.

On souffrait à crier, à se tordre. J'en ai vu tomber, j'en ai vu mourir ! Et, comme des corbeaux, derrière nous, les cosaques, sur leurs petits chevaux noirs, accouraient avec leurs cris de sauvages et, après avoir tué quelqu'un des nôtres, se sauvaient comme des hyènes quand on leur faisait face.

Je me souviens qu'un jour — j'avais mon cheval encore, un cheval des Pyrénées (ceux du Midi supportaient mieux le froid que ceux du Nord), une pauvre

bête qui m'a traîné tant qu'elle a pu. Je portais, derrière la selle, dans ma musette — vous savez, ce sac du
cavalier — un pain, un pain dur, que j'avais trouvé
oublié dans une ferme brûlée à demi.

Je sens tout à coup que la musette se détache et
tombe.. J'étais bien loin de l'escadron, qui marchait
pourtant lentement et que j'apercevais là-bas, se détachant en noir sur la neige. Je m'arrête. Je vois la musette à quelques pas de moi, j'éperonne mon cheval,
et, au moment où je vais descendre, trois grands diables de cosaques accourent, leurs lances en avant.
J'entends encore souffler leurs chevaux : je vois les
naseaux jeter leur buée. Je me crus perdu.

— Mon bon Fissou, je pensais, dis adieu aux amis,
voilà des godelureaux qui t'empêcheront d'aller bien
loin.

Ah bah! on n'est jamais perdu. Je n'avais qu'à
piquer encore ma bête et à fuir, et j'aurais très-bien
laissé la place à messieurs les cosaques. Il n'y a pas
de bravoure à se faire larder inutilement. Mais je
leur laissais donc en même temps la musette et le
pain?

Un pain gros comme la cuisse, ma nourriture pour
deux jours, avec pas mal de bouchées pour les camarades! Jamais de la vie! Je tire mon sabre, je le tiens
là, tout prêt à en jouer, la poitrine parée, et je m'a-
vance du côté des cosaques.

Ces sauvages-là s'étaient donné le mot, je parie. Ils
caracolaient devant la musette. Ils avaient peut-être

10.

faim, eux aussi. C'est possible, oui. Mais on vous en
donnera du pain, mangeurs de saindoux! En voilà un
qui pique vers moi; et, si je ne m'étais pas baissé, sacrebleu! il m'embrochait comme un poulet.

Sa lance avait passé à deux doigts de mon oreille, et
j'avais senti une espèce de frôlement. Mais le maladroit
était près de moi à présent. Je le regarde. Il comprend
que c'est fini. Je lui dis : « Imbécile! » et je lui fends
la tête; mais, là! je lui coupe le nez d'un seul coup. Et
va-t-en voir s'ils viennent!

Il en restait deux. La vue de leur camarade qui mettait un peu de rouge dans la neige les fait réfléchir. Ils
se tenaient à distance, mais ils criaient, ah! les gredins! Avez-vous entendu hurler le loup dans les bois,
par les nuits d'hiver? C'est étonnant, ça vous donne
froid. Eh bien, c'était ça.

Si je m'étais décontenancé, j'étais perdu, ou je per-
dais le sac de toile, le morceau de pain, la nourriture!
Leste, je me soulève alors sur ma selle, je pose un pied
à terre, là, et j'allonge le bras qui tenait mon sabre
vers la musette. Je voulais la piquer et l'emporter au
galop : ce n'était pas facile.

Mes deux boule-dogues aperçoivent le mouvement.
Ils s'avancent encore. Je fais le moulinet. « N'approchez
pas, espèces de brutes! » C'est qu'ils n'avaient pas peur!
Ils approchent. Je tape, et d'un coup sec, je casse la
grande diablesse de lance qui allait m'entrer dans le
poumon. En voilà un de désarmé.

Je me retourne aussitôt, et de bas en haut, brusquement, je frappe et j'enfonce mon sabre dans le corps du troisième. Voulez-vous que je vous dise ? Ça entrait comme dans du beurre. Pas un cri, rien ! L'homme se renverse, et je le sens glisser sur mon bras. Ses yeux me regardaient, de grands yeux tout bordés de rouge, et qui tournaient comme une toupie. Un soupir, un hoquet, et puis rien. Le cosaque est mort là, je puis le dire, sur mon bras.

Je retire mon sabre ; il me semblait que l'autre mougick allait me brûler la cervelle par derrière. Pas du tout. Il prenait du champ pour me courir dessus, sabre en main. Je t'en moque : en un coup de temps, j'enfonce ma pointe dans le pain, j'attire la musette, je remonte en selle, un coup d'éperon, et je file, en faisant au cosaque un pied de nez. Ramasse tes morts si tu veux, moi, j'ai mon pain et je le garde !

Ce fut la dernière journée de mon pauvre cheval. Il avait usé là tout son souffle. Pour rejoindre les camarades, il était poussif et geignait. Le soir, il s'abattit et se mit à râler. Il n'avait pas plus d'énergie qu'une lampe qui s'éteint.

Quand la bête fut morte, ceux qui avaient faim, sachant que la fatigue seule emportait ce pauvre cheval, voulurent en manger. J'étais là. Je dis d'abord : « Non, c'est mon cheval, personne n'y touchera ! — Personne, dit un voltigeur, et les corbeaux ? » C'était assez juste. Les soldats commencèrent. Moi, je n'aurais pas touché à ça pour une épaulette à gros grains. Je regardais cuire les morceaux de chair saignante et je me disais :

— C'est drôle ! une bête qui m'a peut-être sauvé la vie ce matin ! Sans elle, sans son temps de galop, je serais, qui sait ? là-bas, nu comme un ver...

Un animal de lancier polonais, pris de fringale, mordait déjà là-dedans comme un chien, et me disait en riant bêtement :

— Il était bon, votre cheval, maréchal des logis.

Moi, je dévorais le pain de la musette. Il était, dans toute sa longueur, traversé par une espèce de filet ou de ruban rouge. C'était la trace du sabre que j'avais retiré fumant de la poitrine du cosaque.

Notez que ces espèces de duels-là, il fallait les avoir tous les jours. On marchait lentement, et on avait tant d'ennemis, sans compter le froid, qui était leur gros major ! Et puis, encore une fois, je vous dis, nous crevions...

Nous crevions de faim. Il me semblait que mes boyaux vides s'entortillaient, et l'estomac avait des tiraillements de désespéré. J'étais maigre à faire peur. Taverjon, lui-même, mon bon gros Taverjon, avait l'air d'un spectre. On lui voyait les pommettes, et je parie que ses côtes se dessinaient en saillie, des deux côtés de sa poitrine. Ça lui a joliment passé.

Comment pouvions-nous marcher, ainsi exténués ? C'est ce que je ne vous dirai pas. Ça tient du prodige. Une mauvaise chenille comme l'homme, quelquefois une goutte d'eau l'abat. D'autre fois, ça vous a des énergies de lion.

On marchait, on allait, on se disait: « Au bout du chemin, c'est la France ! » Ah ! oui, la France, elle était terriblement loin, mes pauvres amis, et il y avait une trotte avant d'atteindre le clocher de notre paroisse de Saint-Michel. Malgré tout, les jambes allaient. On était remonté comme une mécanique.

On aurait marché comme ça dix ans ; seulement, tant pis pour ceux qui s'arrêtaient ou qui tombaient.

Les pauvres diables ! En a-t-on laissé là-bas dans la neige, glacés, perdus.

Tout homme fatigué, condamné à mort ! Ils se couchaient, voulaient dormir. On leur fourrait la pointe d'une baïonnette ou d'un bancal dans les reins pour les faire relever, comme un cheval abattu et qu'on fouaille. S'ils avaient l'énergie de se remettre sur pied, c'était bien. S'ils se recouchaient, on disait : « Tant pis pour eux ! » On emboîtait le pas, et c'était fini !

Je me rappelle un soir : nous avions quitté le Nakscha, où nous avions bivaqué dans une église, à cinq lieues de Bohr, et nous approchions de je ne sais quelle bourgade, Némotsa, Némonitsa, je m'embrouille avec ces diables de noms. Bref, c'était en deçà de Borisov ; et on nous disait : « Encore cinq ou six lieues, et nous passons la Bérésina, et nous laissons ce satané pays, et nous approchons. » Un soir donc, autour du maigre feu où nous mettions les mains tout près des charbons, quitte à nous brûler, Taverjon, ce bon Taverjon, qui avait marqué les étapes avec moi sans me quitter d'une semelle, Taverjon me dit : — Nom de nom !

la nourriture est décidément médiocre ! Je me fiche du froid, mais je voudrais bien avoir quelque chose à me mettre sous la dent !

— Gourmand ! est-ce que les camarades en ont plus que toi ?

Et j'essayais de rire, en désignant d'un signe de tête toutes ces faces pâles et allongées, creusées à faire peur, et qui se chauffaient stupidement comme nous.

— Il y a de si belles volailles à la Vallée ! dit alors un Parisien qui avait entendu. Des tas d'oies grasses, de chapons et de dindes. Et chez Poteaux, rue de la Fromagerie, en face de la halle aux poissons, quel balthazar on ferait là, l'ancien !

C'était un conscrit, presque un gamin, et qui trouvait le moyen de rire.

Il continuait comme pour se fiche de nous :

— Non, figurez-vous des bourriches du Maine, un tas de bonnes choses venues de la Basse-Normandie ! C'est là que j'en ai vu des faisans, des bécassines, des poulets, des perdrix rouges !

— Sacrebleu, veux-tu te taire, dit Taverjon qui mâchonnait un bout de vieux cuir. Tu ne vois pas que tu vas me rendre enragé !

— Eh bien ! Taverjon, m'écriai-je, il a raison, le petit. Je vois ça d'ici, moi, tout ce gibier. Écoute, on ne sait pas ce qui va arriver. Nous allons probablement laisser nos os dans ce chien de pays. Mais si j'en réchappe, Taverjon, je te jure une chose, c'est de te payer, au retour, un de ces dîners qui font craquer les bretelles !

— Allons, toi aussi, tu veux m'affoler ! s'écria Taverjon.

— Ah ! quel repas, mon vieux ! Tiens, à Strasbourg, des pâtés, deux, trois, dix, vingt pâtés ! Strasbourg, c'est la frontière. Comprend-tu ça ? des terrines jaunes : on ouvre ; c'est tout blanc ; de la graisse bien fine, bien douce ; ça nous rappellera cette sacrée neige. Et elle sent bon, cette graisse ! On l'enlève avec le couteau, qu'on enfonce dans le pâté. Ah ! quel fumet ! c'est douillet, c'est superbe. Des foies roses, des foies bruns, des choses divines ! Ça s'étale sur le pain comme de la confiture, ça fond dans la bouche comme un sorbet ! (Taverjon fermait les yeux en m'écoutant, et, sous ses moustaches rudes, remuait les lèvres comme un enfant qui tête.) Tu prendras seulement garde à une chose, tu entends, c'est de ne pas te donner d'indigestion !

— Une indigestion ! répondit Taverjon avec mélancolie. Tu badines !

— Je badine ; mais ça va-t-il ? Nous sommes rincés, plats comme des affiches et le ventre creux. Mais nous nous jurons de nous payer des pâtés la première fois que nous nous revoyons en France, est-ce dit ?

— C'est dit, des pâtés !

— Parole d'honneur ?

— Farceur qui s'en dédit. Ah ! quels pâtés !

— Un tas de pâtés !

— Pâtés de foie gras !

— Des bourriches !

— Des terrines !

Nos yeux s'allumaient, nous avions la fièvre. Je voyais, comme dans un rêve, des tables couvertes, des nappes blanches et de la nourriture pour tous.

— Ah ! les pâtés, Taverjon ; rien ne vaut les pâtés au monde ! C'est si bon, mon pauvre vieux, qu'en y pensant, tiens, je crois avoir dîné.

— En attendant, répondit-il, mâchons à vide ou dormons.

— Oui, oui, dormir. Moi, je vais dormir, fit une voix derrière nous, une grosse voix qui allait s'éteignant peu à peu. Et surtout qu'on ne m'éveille pas.... Je veux dormir jusqu'à Paris.

Je me retournai. C'était un dragon, un vieux dragon, haut comme une perche, la face couturée de blessures, et qui, enveloppé dans son manteau troué, son casque glissant sur l'oreille, fermait les yeux et se laissait doucement glisser à terre, dans la neige. Il était assis. Le feu des charbons lui éclairait en plein la figure, vraie tête de grognard, un bon, je vous en réponds, et qui, s'il avait froid aux pieds, n'avait jamais eu froid aux yeux. Le plus étonnant, c'est qu'il me semblait le reconnaître. Certainement j'avais vu quelque part cette face-là. Je cherchais, je regardais. Comme c'est drôle, les souvenirs ! Pourquoi m'amusai-je à penser au cabaret d'Aubusson, à ma première dispute de conscrit, à la rixe avec les dragons, à ce diable de malin qui répétait comme un chien qui aboie : On ne se moque pas comme ça de Moulachard !

Moulachard ! Le nom me revenait, après six ans, sans que jamais j'en eusse depuis lors prononcé une syllabe. Moulachard ! Et je me revoyais partant tout joyeux, avec des rêves plein la cervelle. Six ans passés seulement, et tout avait bien déchanté. Toujours est-il que c'était Moulachard que je retrouvais là. Je l'avais trop bien regardé autrefois, et comme on regarde quand on va tuer ou se faire tuer, pour ne pas le reconnaître. Il se laissait aller, le pauvre vieux, il s'abandonnait, il fermait les yeux. Le froid venait.

— Moulachard ! Eh ! Moulachard ! m'écriai-je en lui prenant le bras, le serrant à le faire crier, et le secouant comme un crapaud. Voyons donc, Moulachard, debout ; est-ce qu'on dort ?

Il ouvrit les yeux, des yeux troublés, et me regarda fixement.

— Oh ! il est parti, fit Taverjon.

Je secouais toujours mon homme :

— Un peu de moelle, sacrebleu, vous savez bien qu'on ne s'endort pas !

— Je veux dormir, moi, répondait le dragon.

— Ouvrez les yeux, je vous dis ! Vous voulez donc claquer comme un mousquet !

— Je veux dormir...

— Laisse-le régler son compte, dit philosophiquement Taverjon. Un de plus, un de moins...

Mais moi, c'est peut-être parce que j'avais manqu

lui fendre la tête autrefois, je ne voulais pas voir s'en
aller comme ça cet homme-là ! Je pris un morceau de
bois dans le feu, et du côté qui brûlait j'approchai le
tison des mains du dragon, du côté de la paume. La
brûlure, assez légère, lui fit faire un mouvement.
Il ouvrit les yeux, se rejeta en arrière, et dit d'un air
abruti :

— Qu'est-ce qu'on me fait ?

— On vous sauve, tonnerre de Dieu ! Allons, droit
sur les jambes et battez la semelle !

— Et pourquoi faire ?

— Parce que vous êtes fichu si vous restez là, vous
êtes un homme mort !

— C'est pour ça ? dit-il en souriant d'un sourire hébété, mais qui faisait mal (et cependant on
n'est pas sensible en campagne) ; si c'est pour ça, ah !
bien, ma foi !...

Il donna un tour à son manteau, dont il fit remonter
les loques jusqu'à son nez et se coucha, d'un mouvement, dans la neige.

« Eh ! bien, non, tu ne mourras pas là, toi ! je pensais. » Et, le ramassant, le prenant à bras le corps, je
le remis sur son séant, devant le feu. Un être trempé
comme ça, un solide, un homme en fer, et qui se laissait manier comme un marmot ! Le froid lui gelait déjà
les pieds, je parie. Il me regardait comme s'il eût été
soûl. Il laissait retomber sa tête sur ses épaules, il
disait toujours :

— Allez, laissez-moi ! laissez-moi !

— Mais, animal que tu es, m'écriai-je à la fin, tu ne
veux donc pas revoir la France ?

Il paraît que ça lui fit de l'effet. Peut-être aussi que
le feu le ranimait. Il releva le front, il se mit à pleurer,
à chercher une idée, à nous regarder, à dire encore :
« La France ! la France ! » Puis, après un moment :

— La France, dit-il, c'est vrai, là-bas... au diable...
Oui, mais encore marcher ! toujours marcher ! Je n'en
puis plus. Je suis bien là ! Et vous savez, après tout
qu'est-ce que j'irai faire là-bas ? Est-ce qu'on m'attend? On se moque pas mal de moi.

— Et la vieille, le vieux ?

— La payse ? dit Taverjon.

— Tout ça, fini, enterré. Je suis tout seul. Laissez-moi
tranquille. Je veux dormir. Patauger dans la boue, faire
le coup de feu, non, c'est trop dur à la fin. Je vous
dis que je veux rester ici ! Avec ça que la vie est gaie !
J'en ai plein le dos. Il me semble que je marche depuis
trente ans, moi ! Je veux me reposer... me reposer...
me reposer...

Pendant qu'il répétait son mot, l'engourdissement le
reprenait. Il refermait les yeux, il se courbait : à la fin
il tomba tout à fait, comme une masse, le nez dans la
boue. Il n'y avait plus qu'à baisser la toile. On ne peut
pas toujours passer son temps à relever les camarades.

Le lendemain matin, quand vint ce jour blafard qui
éclairait — si ça s'appelle éclairer — ces satanées
plaines blanches et ce ciel où l'on aurait dit qu'on
avait versé un encrier, Moulachard était froid comme

un verrou. Je me dis : — Après ça, il est peut-être plus heureux. Est-ce que je sais ce qui m'attend, moi ?

Nous nous mîmes en marche. Il paraît que tout n'allait pas pour le mieux du côté de la Bérésina. On avait espéré un moment que les Russes auraient la bonhomie de nous laisser passer. L'empereur les croyait loin, il se disait : « Nous allons traverser ça comme un ruisseau. » Je t'en donne ! Les mauvaises nouvelles courent vite dans l'armée, où il n'y a presque plus, on peut le dire, de chefs et de soldats, où tout est mêlé comme les boules de loto dans leur sac. On se racontait que l'empereur avait reçu une dépêche qui devait être grave, car il avait dit au général Dode de la Brunerie :

— Ils y sont !...

Pas un mot de plus, mais un regard comme il en avait, et, d'ailleurs, c'était bien assez. *Ils y sont*, ça voulait dire, *nous y sommes !* Ils y étaient si bien, ces chiens de cosaques, qu'ils nous tenaient à la fois de tous les côtés : Ttchitchakoff à gauche, là où est ma fourchette ; Wittgenstein à droite, vous voyez bien cela, et Kutusow sur notre dos, comme qui dirait là, derrière ma chaise. On ne pouvait pas être mieux pincé. Et une rivière gelée à traverser ! Pas plus de quatre cents pontonniers sous les ordres de ce brave vieux père Éblé, — celui que j'avais vu commander l'artillerie à Lubeck, devant la porte du Burg, — cinq ou six caissons pleins de clous et deux forges de campagne seule-

ment. Ils ne nous en construisirent pas moins, ces sa-
crés pontonniers, deux ponts superbes, en se flanquant
dans l'eau jusqu'au ventre, quitte à geler, travaillant
sous le feu des Russes, et chantant, pour se gargariser
le gosier une chanson en guise de rhum, *Veillons au
salut de l'empire.*

Ils ne chantaient pas à tue-tête, vous concevez bien,
parce qu'il ne fallait pas donner l'éveil aux Russes et
leur dire :

— Tirez-nous donc dessus, nous faisons un pont
pour les amis !..

Mais ils chantaient et ça les remontait. Il faut tout
dire : il y avait pas mal de républicains dans ces pontonniers, et le vieil air de 93 leur tintait aux oreilles
pendant que, dans l'eau gelée, ils travaillaient comme
des nègres. Ils se sentaient rajeunis, les pauvres diables. Moi, ces airs-là, ça m'est égal ; mais ils les aimaient :

> Veillons au salut de l'empire,
> Veillons au maintien de nos droits ;
> Si le despotisme conspire,
> Conspirons la perte des rois !

Quelquefois un glaçon affilé comme un rasoir, dur
comme une guillotine et charrié par le fleuve, coupait
en deux quelque chanteur ou le jetait à l'eau brusquement. Mais les coups de marteau, les outils, les poutres emboîtées allaient toujours, et la chanson continuait :

Plutôt la mort que l'esclavage,
C'est la devise des Français !

Le général Éblé regardait, la vieille moustache ! et écoutait. C'est pourtant à ces hommes-là que nous avons dû de n'être pas tous mitraillés ou emballés pour la Sibérie.

Vous savez comme on passa ce fleuve : deux ponts, l'un pour les fantassins et les cavaliers ; l'autre pour les chariots, l'artillerie, les trains d'équipage.

On se jette là-dessus au hasard. On se bousculait. Le canon grondait, on se battait de tous les côtés ; des poignées d'hommes arrêtaient et repoussaient des régiments russes, pour donner le temps à d'autres de traverser la Bérésina. On enfonçait des carrés, on sabrait des cosaques, on attaquait pour mieux se défendre, et on trouvait encore moyen de faire des prisonniers. Tout cela se passait sur la rive droite. Nous, nous attendions avec un tas de traînards et de malades, et, pendant que les cuirassiers se battaient, — le 7e cuirassiers, — les derniers débris de notre pauvre régiment de chasseurs se regardaient et disaient :

— Nous n'en sommes plus !..

Et nous nous chauffions autour des grands feux allumés avec des fourgons russes, des roues de canon, les débris du combat qu'on apportait de minute en minute, et qu'on jetait dans le brasier. Nous étions, on peut le dire, à l'arrière-garde, avec les malades, les femmes, tous ceux qui traînaient la jambe et qui geignaient depuis des mois. On voyait tous ces yeux qui brillaient de fièvre s'écarquiller à l'idée qu'on n'avait plus que quelques étapes à faire. On se croyait arrivé, une fois hors de la Russie.

Taverjon, qui ne rêvait plus que mangeaille, me répétait toujours, ce farceur-là :

— Des pâtés, hein ? Fissou ; n'oublions point les pâtés !

En attendant, on grignottait, mais on se serrait le ventre. Et là-bas, le charivari continuait. Les Russes peu à peu se rapprochaient, et maintenant leurs boulets allaient frapper sur les ponts et emportaient par files ceux qui s'y pressaient pour passer. J'étais philosophe, j'attendais. Nous voyions ces deux longues raies noires jetées sur le fleuve gelé, et où s'agitaient, en criant comme des fous, des milliers de gens, pâles, effarés, vêtus on ne sait comment, des fantassins, des cavaliers, des Bavarois, des Saxons, des Français noirs, sales, déguenillés, efflanqués, faits comme des voleurs. Quelle fourmilière ! Une armée de mendiants se précipitant vers l'autre rive. Les boulets entraient là-dedans comme un fer rouge en pleine chair. Pour les éviter, on se jetait à l'eau sur les glaçons, on se noyait, on se perdait. Si l'on s'était entendu, on aurait pu traverser les ponts avec ordre. Mais il n'y avait plus d'hommes dans tout ça, il n'y avait que des bêtes fauves. On aurait mangé le nez d'un camarade pour passer devant lui. J'avoue que la guerre ne vous rend pas doux comme des petits saints ; quand j'y pense, c'était dur. On se battait entre soi à coups de baïonnette, à coups de couteau pour marcher plus vite. Il y en a eu, on peut le dire, des assassinats. Je vois encore un marin de la garde (on avait envoyé jusqu'aux marins dans la Grande-Armée) repousser du pied une cantinière qui s'accrochait à sa jambe. Elle ne pouvait plus avancer sans doute. Lui, gigottait et jurait. Tout d'un coup il se dégage, envoie un coup de talon de botte à la dame dans la figure, entre les deux yeux, et s'éloigne. Vous croyez qu'on trouvait ça atroce ? Pas du tout. Il fallait bien tirer son épingle du jeu !

Pendant tout ce temps, je vous l'ai dit, nous nous chauffions. Il y avait avec nous huit ou dix mille paroissiens autour des feux. Le matin du 29, on vint nous dire : « A votre tour, les anciens ! Il paraît que Kutusow veut poursuivre l'armée, et le général Éblé a l'ordre de faire sauter les ponts. Tant pis pour ceux qui n'auront pas traversé le fleuve ! » Vous croyez qu'on bougea ? Rien du tout. Les traînards, les clampins, les malades se vautraient auprès des grands feux et ne voulaient pas les quitter. Entêtés comme des mulets, ils répondaient : « Nous sommes bien là. » Ils rappelaient Moulachard.

— Mon vieux, dit Taverjon, qu'ils fassent comme ils me voudront, je file !

Je n'avais pas envie non plus de rester en plan là. Les ponts devaient sauter à sept heures. Le vieil Éblé

pourtant nous donna jusqu'à huit heures, et tant pis
pour ceux qui ne se lèveraient pas ! Nous nous mettons en route. On se bousculait encore à l'entrée du
pont. Tous ceux qui sentaient bien que ça ne plaisantait pas voulaient passer. C'étaient presque tous des
Saxons. Voilà-t-il pas que ces gaillards-là trouvent joli
de me repousser quand je me présente !

« A chacun son tour, dit l'un d'eux avec son diable
d'accent. — Eh bien ! c'est mon tour, à moi. » Je
prends mon sabre, je cours sur lui. Je voulais lui
faire voir comment on se faisait respecter au 19e chasseurs ; mais au moment où je m'élance, je me sens
poussé par les épaules, frappé d'un coup de poing ou
d'un coup de plat de sabre, je n'ai jamais pu savoir,
derrière la nuque, et je tombe, étourdi, sur le rebord
du pont, la tête en avant. J'essaye de me rattraper aux
planches, je voyais à travers les fissures l'eau de la
Bérésina, au-dessous de moi, et qui coulait d'une façon
peu engageante. Mais, j'ai beau faire, on me passe sur
les reins, on me repousse, impossible de garder l'équi-
libre, et je me sens poussé, jeté, — je ne riais pas,
sacrebleu ! — au beau milieu du fleuve.

Quel bain, mes enfants ! On parle de bains froids. Je
puis me vanter d'en avoir pris un. Une fois là-dedans,
après tout, il ne s'agissait pas d'avoir l'onglée. Je me
mets à nager, va comme je te pousse. Je suis fort
comme un Turc heureusement. Je me dis : « Eh bien !
non, Fissou, tu ne seras pas noyé comme un petit chat
qu'on jette à l'eau. Ce serait trop bête. » Et je me dé-

battais de mon mieux. Quand je voyais venir à moi un glaçon qui pouvait me fendre le crâne, me couper en deux, ou m'étourdir et me couler à fond, je le guettais, et, d'un coup sec, je l'envoyais plonger et je le faisais disparaître. Il fallait très-souvent faire ça des deux mains, pif ! paf ! On aurait dit que je jouais du clavecin et que je tapais sur les touches, des touches d'une fraîcheur ! Je n'ai jamais vu la fille de Taverjon tapoter *Fleuve du Tage* sur son piano sans me rappeler la Bérésina.

Je n'étais pas des plus malheureux, puisque je sauvais ma peau. J'étais étourdi, j'étais gelé en arrivant au bord, sur la rive droite. Je me laissai aller ; je me couchai, et, crevé de fatigue, je me serais peut-être endormi là (c'est-à-dire que j'y serais resté), sans un bruit d'enfer, un bruit à réveiller des morts — on eût dit que les sept crampons du ciel craquaient — qui me fit sauter comme un carpillon. C'étaient les ponts, les ponts du général Éblé qui dansaient en l'air dans la fumée, et retombaient en une chute épouvantable. Un moment, je crus être devenu sourd. J'avais la tête grosse comme un moulin. J'entendis pourtant, j'entendis les cris, les appels, les plaintes de désespoir de ces satanés retardataires qui avaient voulu *mordicus* rester sur l'autre rive, et je voyais déjà, courant comme des corbeaux qui raseraient la terre, les cosaques qui les lardaient et les poussaient devant eux du bout de leurs lances.

La première idée qui me vint, ma première pensée fut celle-ci :

— Et Taverjon ?

Je l'avais perdu de vue tout à l'heure, dans le brouhaha, devant le pont. Je ne lui avais rien dit. Où était-il pendant qu'on me poussait dans le fleuve ? Avait-il traversé ? Était-il demeuré là-bas avec la queue de l'armée ? Ce pauvre Taverjon ! Les cosaques l'emmenaient peut-être. C'est alors que je me sentis seul, mais seul comme je ne l'avais jamais été. Jusque-là nous avions marché côte à côte, nous retrouvant toujours, avec les blessures et les mois d'hôpital pour entr'actes, mais enfin, certains de nous revoir, de nous donner une poignée de mains de temps à autre, et de nous dire : « Courage ! » dans le patois du pays. Maintenant, plus rien, plus personne ! J'appelai, et je cherchai dans cette foule de traînards qui suivait l'artillerie du maréchal Victor. Autant valait chercher une épingle perdue dans une meule de foin. « Tonnerre ! je me dis, je n'ai pas de chance ! » Il me semblait que Taverjon était là-bas, dans ce fleuve, noyé, roulé, gonflé ! Et il fallait s'éloigner, il fallait marcher. Nous n'étions pas au bout de nos peines.

Qu'est-ce que vous voulez ? Je me secouai, je me mis à marcher comme un perdu, pour empêcher mes vêtements humides de me geler tout à fait. Je suivais les autres ; j'allais, mais je me demandais maintenant si Moulachard et les milliers d'autres, restés là-bas comme lui, n'étaient pas plus chanceux que moi.

Je ne peux pas vous dire la suite de la campagne, n'est-ce pas? ce serait trop long, et tout ça se ressemble : Lutzen, Bautzen, Dresde. J'étais là, et j'en ai eu ma part. On se battait rudement, mais, voilà, on n'avait plus de chance.

Il faut dire que l'empereur l'avait joliment usée et fatiguée, la chance. A-t-on jamais vu tant d'entreprises ! Il y avait quelque chose de détraqué — ne te fâche pas, Taverjon — dans ce cerveau-là. Il fallait toujours, avec lui, aller, venir, courir, déchirer des cartouches et mettre le feu aux pièces. A force de faire tuer des hommes, on n'en trouve plus.

Donc, la girouette avait tourné. Ah ! la campagne de France ! Si on n'avait pas trahi ! — on dit qu'on a trahi, la vérité est que je n'en sais rien ; — si plutôt on avait eu toujours confiance comme autrefois, quelle dégelée ils recevaient tous, ces tas d'étrangers ! Je vous conterai ça un autre jour. Pour le moment, sachez qu'à la fin des fins, fin finale de tout — à la rentrée en France, le 19e chasseurs à cheval, colonel Vincent, après tant de misères, en était réduit à dix-sept hommes et trois chevaux.

C'est ce qui, je pense, s'appelle savoir se peigner.

IV

Pour ce qui est de ces derniers combats de l'empire,

voici ce que j'en sais, et cela n'est pas lourd. J'étais
hors de cause, comme on dit. Nommé sous-lieutenant
le 5 avril 1813, après la revue de l'inspecteur géhé-
ral, me voilà revenu et instruisant des recrues et les
conduisant au feu, pendant la campagne de France.
Mais j'attrapai mon affaire bien vite.

J'avais reçu là, au combat de Montereau, sur la tête
(la cicatrice se voit encore au-dessus de l'oreille
droite, tenez !) un coup de sabre qui m'avait arrangé
joliment. On m'avait donc mis, avec les autres blessés,
sur un bateau à charbon qui devait nous mener à Paris,
à l'hôpital. Je n'ai jamais rien vu d'aussi triste que ce
train de malheureux glissant lentement le long du
fleuve. Couché de mon long, la tête endolorie au moindre mouvement du bateau, je regardais toutes ces
figures pâles, enveloppées dans des mouchoirs, ha-
chées, saignantes. Il y avait trop de blessés. Nous
étions entassés, pressés les uns contre les autres.

Au milieu de nous allaient et venaient les chirurgiens, posant des appareils, pansant ou coupant des
membres. C'étaient des cris effrayants et une odeur qui
suffoquait. Les paysans, sur les rives, nous regardaient
d'un air terrifié. Quelques-uns nous apportaient ou
nous jetaient de la charpie, des confitures. Tous disaient : « Est-ce que les cosaques sont loin ? » Lorsqu'il y avait un de nos blessés qui mourait, on le laissait sur le sable de la rivière, on disait aux habitants :
« Enterrez-le, » ou bien, on le jetait à l'eau.

C'est comme cela que nous fîmes le trajet de Monte-

reau à Paris. Le bateau s'arrêta à la Rapée, au-dessus
du Jardin des Plantes. Il y avait, pour nous voir, une
foule énorme sur la grève, des ouvriers, des soldats
de la garnison, des invalides. Ils faisaient des brancards avec du bois et des matelas, nous versaient du
vin dans des verres, et, comme il pleuvait, des marchands de fruits, laissant là leurs boutiques, nous
couvraient de grands parapluies de cotonnade rouge.

Moi, je voyais tout cela à travers une espèce de
voile. Ma tête était vide comme un tonneau qu'on a
bu ; je sentais mes jambes flageoler et j'avais les yeux
troubles. Je m'évanouis comme une mauviette, en me
rendant à l'hôpital. Ce n'était pourtant pas loin : on
nous donnait tout un coin de la Salpêtrière. Mais j'é-
tais si las, si accablé ! Quand je me couchai dans ces
draps humides, il me sembla qu'ils sentaient bon.
Des draps, dormir dans des draps ; ce n'est rien,
n'est-ce pas ? Eh bien ! ça vous rend la vie, tout simplement.

Je serais certainement mort comme un chien, si le
bateau avait dû descendre jusqu'à Rouen. J'en avais
pris mon parti. Une fois à l'hôpital, je me sentis renaî-
tre. Les jours se passaient comme des heures. On était
nourri tant bien que mal, mais ces maigres bouillons
paraissaient des succulences après tant de jeûnes et de
nourriture de papier mâché. Mais voilà qu'un jour,
nous entendons, pas très-loin de nous, le grognement
du brutal.

On se canonnait, on se battait. Ces gredins de Prus-

siens étaient aux portes de Paris. On se bûchait au
Petit-Montrouge, à la barrière Clichy, aux Buttes Chau-
mont, partout. Qu'est-ce que nous faisons, alors ?
Nous sautons à bas de nos lits, nous demandons nos
habits, et, malades encore, nous voulons aller où sont
les camarades.

Les chirurgiens accourent.

— Vous êtes un tas de fous ! nous dit l'un d'eux.
Vous allez attraper des rechutes !

— C'est ça qui m'est égal ! allons, nos capotes et des
fusils !

Savez-vous ce qu'ils firent dans cet hôpital ? Ils
poussèrent les portes sur nous, ils nous enfermèrent
et nous mirent en cage comme des serins. Impossible
de sortir ! Je sais bien que nous n'aurions pas été bien
loin, car nous étions tous joliment faibles. Mais quelle
rage d'entendre gronder le canon, de savoir qu'on se
bat, que les Russes sont tout près, qu'on peut en descendre quelques-uns, et d'être forcés de rester tranquilles, dans un hôpital, en se rongeant les poings !

Le lendemain, d'ailleurs, ceux qui purent se lever
descendirent dans la cour. J'en étais. Nous avions pris,
pour nous couvrir, des camisoles, des draps, tout ce
que nous avions trouvé. La mascarade eût pu être
drôle, mais nous n'étions pas d'humeur à blaguer.
Nous regardions passer sur le boulevard, tête baissée,
les yeux rouges, leur bonnet à poil roussi et pelé,
leur fusil sous le bras, des grognards comme nous,
qui s'étaient battus la veille, et qui montaient du côté

de la barrière d'Italie, vers la route de Fontainebleau.

Nous avions tous le cœur serré et nos dents grinçaient. Nous leurs demandions : — Eh bien, les amis, qu'y a-t-il ? Ils ne répondaient pas, ou ils nous jetaient des mots qui nous faisaient monter le sang aux yeux : Capitulation ! défaite ! Il y en eut un qui, en passant, nous jeta une cartouche, en faisant comme ça, d'un mouvement d'épaules : Tenez !

Je me penche, je la ramasse. La cartouche était déchirée, et dedans il y avait... devinez... de la poudre ? Non, de la cendre ! Pauvres diables ! c'était avec ça qu'ils s'étaient battus du côté du *Père Lathuille*.

Non, je ne peux pas vous dire ce qui me prit en voyant cela. J'aurais mordu quelqu'un. Une heure après, j'avais une fièvre de cheval. J'étais presque guéri, et voilà que je faillis mourir de colère. Tas de canailles de traîtres ! Quand je sortis de l'hôpital, ils étaient les maîtres, et tout avait bien changé. Depuis une dizaine de jours, le comte d'Artois (d'où diable sortait-il, je vous le demande ?) le comte d'Artois gouvernait, et l'on disait que le roi — le roi ! ça me faisait rire — était à Compiègne.

Je ne connaissais point Paris.

Avant de repartir pour L..., je me disais : J'ai vu Vienne, j'ai vu Berlin, j'ai vu Moscou, je vais me payer encore cette capitale : c'est la mienne. Mais voilà : je ne marchais plus en vainqueur. J'étais ficelé à faire pitié. Au ministère de la guerre où j'étais allé, on m'avait demandé si je reprenais du service.

Reprendre du service, après tout, c'était tout simple. On a un état, on le garde : mon état c'était d'être soldat. Mais, sacrebleu ! être forcé de porter sur la tête une cocarde blanche, une hostie, un pain à cacheter, non, je ne pouvais pas. C'était plus fort que moi. J'aurais mieux aimé me faire cantonnier ou portefaix. Je répondis :

— Mettez-moi à la réforme, et n'en parlons plus !

Et je partis.

Il paraît que j'avais droit à quelques sous de demi-solde, gagnés depuis que j'étais à l'hôpital. Je réclamai : on me dit d'attendre.

— J'attendrai.

D'ailleurs, ces êtres-là, leur demander quelque chose, ça me faisait mal.

Je sortis. J'étais vêtu d'une capote de fantassin, qu'on m'avait donnée à la Salpêtrière, et coiffé d'un bonnet de police. Des pékins qui se dandinaient comme des muscadins, des nobles tout nouvellement revenus, me regardaient de travers dans les rues. J'aurais calotté ces ci-devant avec un plaisir, vous concevez ! Mais j'aimai mieux m'amuser de leur tenue, et j'allais à Coblentz ou au boulevard des Panoramas tout exprès pour voir de près ces mirliflors avec leurs pantalons cosaques, leurs demi-bottes, leurs gilets chamois et leurs redingotes qui traînaient.

Au café Anglais, au café Hardy, il y en avait un tas ! On les aurait envoyés dans le ruisseau d'un revers de main. Bah ! après tout, ils m'agaçaient moins que les

Prussiens, les Autrichiens et les étrangers qui se pava-
naient dans les rues. Ceux-là, les voir ici, les voir
chez nous, cela me faisait monter des sueurs. J'aurais voulu les tenir tous, les uns après les autres, dans
un petit coin.

Si vous saviez ! des godelureaux avec des plumes de
coq, des jambes de cerfs, ficelés comme des jambons,
rouges, verts, bleus, noirs ; des imbéciles de cosaques
avec des lances hautes comme les tours Notre-Dame et
laids comme des singes.

Et des fleurs de lys partout, des images du roi, du
comte d'Artois, de la duchesse d'Angoulème chez tous
les marchands de gravures. Les dessinateurs s'étaient
joliment dépêchés. Je parie qu'il y a des gens qui font
par avance, pour les vendre au bon moment, les portraits des gouvernements futurs. Je regardais ça avec
des envies de tout casser.

Il y avait déjà quelque temps que je rôdais, et
j'étais fatigué (pour un convalescent, c'était bête de
tant marcher), lorsque je me mis à penser que, ne devant plus rentrer à l'hospice, je n'avais ni à coucher
ni à manger. Cette idée-là me fit peur. Je m'étais vu
bien des fois dans cette situation en campagne, mais
je n'avais fait qu'en rire.

On trouve toujours à dévaliser quelqu'un et à emporter quelque chose. Mais voyez, moi qui, en pays
étranger, avec la mort sur la tête à tout moment du
jour et de la nuit, n'avais jamais été inquiet de ma
subsistance, voilà qu'en plein cœur de mon pays je

sentais un petit frisson me courir dans le dos tandis
que je me faisais cette question :

— Dis-moi donc, toi, où vas-tu manger? où vas-tu
dormir?

C'est que je ne me voyais plus dans mon milieu.
Sans mon cheval et sans les camarades, j'étais dépaysé
partout. J'avais été beaucoup plus à l'aise à Borodino
que sur le pavé de la rue Vivienne, où je me trouvais.

Je pensais à tout cela; le soir venait, les passants
rentraient, et je voyais s'allumer les boutiques. C'était
l'heure du repas. Je devais, en marchant, avoir l'air
crânement mélancolique, lorsque voilà qu'en passant
devant un magasin de comestibles je vis, arrêté devant
la vitre, un gros gaillard qui dévorait des yeux tout ce
qui s'étalait là, d'énormes jambons mayençais, des
petits pois luisants et d'un vert tendre, et de braves
asperges blanches de la taille de mon doigt, et qui
montraient leur pointe fraîche comme des bourgeons.

Je m'arrêtai tout à coup. Vêtu d'une longue redingote boutonnée jusqu'au menton (c'est le vrai vête-
ment) et coiffé d'un chapeau campé sur l'oreille (c'est
la vraie façon de se coiffer), le gredin de gourmand qui
était là, et qui dévorait des prunelles toutes ces jolies
choses, c'était, je vous le donne en cent, je vous le
donne en mille, c'était Taverjon !

Il n'y avait pas à en douter : Taverjon avec sa poitrine et son ventre et ses couleurs aux joues ! On serait moins solide qu'on s'écroulerait sur ses jambes
changées en coton dans ces moments-là.

Je ne pus rien dire; mais je me jetai au cou de Taverjon, et je le serrai de toutes mes forces, pendant que son chapeau roulait par terre. Savez-vous ce qu'il me dit, alors, cet animal-là? Il me dit :

— Sacrebleu! faites-donc attention, espèce de stupide paroissien!...

Parole d'honneur, voilà comment il m'accueillit en me revoyant. Mais je lui répondis :

— Ah! çà, imbécile! regarde-moi bien, tu ne me reconnais donc pas?

Je lui rends cette justice, il dit seulement ça :

— Lazare!...

Et, ma foi, il voulut m'étouffer. Oui, il me serrait tant qu'un peu encore il m'étouffait. Oh! il m'aime bien, tout gros qu'il est.

A ce passage du récit de Fissou, Taverjon interrompait, en disant de sa voix de tuyau d'orgue :

— Pas de mauvaise charge!

Fissou ne répondait pas, et continuait :

— Nous en eûmes pour cinq minutes avant de nous remettre d'aplomb. Le cœur me sautait. Je retrouvais Taverjon, et je n'étais pas fâché d'être certain de manger. Il me conta d'abord qu'il avait traversé la Bérésina en passant sur le pont; qu'il avait fait partie d'une colonne détachée du corps du maréchal Victor; qu'il était rentré en France par Kehl, bien avant moi; qu'il avait été provisoirement, le 19ᵉ chasseurs n'existant plus, incorporé dans un régiment de ligne, et qu'après avoir défendu Paris, il avait, en apprenant l'arrivée du comte d'Artois, le 12 avril, donné sa démission.

— Voilà pourquoi tu me vois en pékin, mon vieux, et pourquoi j'ai le temps de passer en revue les jambons de Bayonne ou de Mayence chez les charcutiers ! Quelle vie, hein, mon pauvre Fissou. Mais ! tonnerre ! il y a des consolations, puisqu'on se retrouve !

C'est la seule émotion que j'aie vue de sa vie à ce brave Célestin ; quand il eut fini de parler (nous allions bras dessus bras dessous du côté du Palais-Royal), je lui dis d'un air fin :

— Dis donc, Taverjon, te rappelles-tu ce que nous nous sommes juré, un soir, à Némonitzas, au bivac ? tiens, le jour où Moulachard est resté là. Il avait ses cinq cent dix-neuf lieues dans les jambes, le dragon, comme nous. Il avait le droit d'être fatigué. Te rappelles-tu ? nous avons juré...

— De nous offrir un repas la première fois que nous nous retrouverions en France; si je me le rappelle ! fit Taverjon, dont les yeux s'allumaient.

— Mais un repas superbe...

— Un vrai repas...

— Avec un tas de choses sur la table...

— Des pâtés !

— Ah ! les pâtés, les fameux pâtés !

— Eh ! bien, dit Taverjon, nous sommes en France, c'est l'heure du repas. Allons dîner !

Il avait dit cela d'un ton de commandement qui me rappelait Gouvion Saint-Cyr, cet animal de Taverjon. J'avais une confiance !

— Allons dîner, fis-je à mon tour. Où dînons-nous ?
aux Provençaux ?

— Chez Véfour !

— Ça dépend du fond de ta bourse, dis-je à Taverjon.

Voilà qu'il me regarde en souriant dans sa moustache.

— Comment ! de ma bourse ?

— De ta bourse, c'est clair. N'as-tu pas d'argent ?

— Moi ? me dit-il. Mais tu n'as donc pas vu ce que
je faisais quand tu m'as rencontré ? Je me plantais devant cette mangeaille pour essayer de me nourrir par
les yeux. Je n'ai pas un sou, mon bon Fissou, et je
crève de faim. Et toi ?

— Moi ? J'ai mal à l'estomac, et je n'ai pas un liard !

— Patatras ! fit Taverjon.

Il passa sa main sur sa moustache, fit la grimace, et
répondit simplement :

— Eh ! bien, marchons un peu et prenons l'air. Au
mois d'avril, le premier air de printemps, c'est souverain.

Je pensais :

— Si j'avais mon ceinturon, je pourrais le serrer autour de mon ventre ; bonne habitude ! ça trompe la
faim.

Mais j'étais si content d'avoir retrouvé Taverjon,
que j'avais oublié mon appétit : ce qui m'irritait, c'était
cette idée que nous aurions beau faire, beau demander, beau chercher, nous n'arriverions jamais à nous

tenir à nous-mêmes la promesse faite, et à découper ce pâté qui nous donnait des hallucinations, en Russie, là-bas.

Nous étions tellement perdus, tous deux seuls dans cette grande ville, deux soldats inutiles dont le drapeau même n'était plus là !

Coquin de sort ! je frappais du pied de temps en temps, et Taverjon jurait comme un sourd. Nous n'étions pas gais. Il n'aurait pas fallu nous marcher sur les cors, je vous en réponds ! Mais on dirait, sacrebleu ! qu'il y a des miracles pour les gars dans cette situation-là.

Nous n'avions pas fait cent pas sur le boulevard, en allant du côté de la Bastille, que nous rencontrions un *pays*. Eh ! parbleu, Renaudot, le capitaine, celui qui était entré avec nous à Lubeck. Rien d'étonnant après tout.

On avait tant fait de connaissances de 1806 à 1814, qu'on devait avoir pas mal d'amis ; seulement, mettre la main sur celui-ci, et une heure après avoir revu Taverjon, c'était trop fort. Cela me semblait trop fort, et c'était tout simple : Renaudot était à Paris avec sa compagnie de grenadiers de la garde.

Il me parut joliment vieilli. Il était maigre comme un clou, noir comme une taupe, tanné et l'air sombre. Ses sourcils se fronçaient. On voyait ses dents sous ses moustaches. Je le pris pour un enragé.

Nous nous mettons à causer. Il nous demande si nous avons dîné. Quelle question ! Nous lui disons notre affaire. On est assez franc dans ces cas-là. Et, d'ailleurs, pourquoi se gêner avec un *pays*? Nous aurions fait pour lui ce qu'il allait faire pour nous.

— Eh! bien, dit Renaudot, vous allez manger votre pâté, mes camarades! vous en mangerez dix si vous voulez! J'ai de l'argent! j'en ai beaucoup! Je suis furieusement content de vous trouver, vous!

Il parlait avec une voix qui me paraissait avoir quelque chose d'amer ou de souffrant. Il faisait beaucoup de gestes. Il avait les yeux allumés comme un homme qui a la fièvre.

Renaudot m'avait pris le bras et m'entraînait.

— Nous allons au Cadran-Bleu, n'est-ce pas? nous disait-il. On n'y est pas mal. Et puis, nous n'y rencontrerons pas de militaires. De bons bourgeois, ça vaut mieux.

— Comment, ça vaut mieux? dit Taverjon stupéfait.

— Je veux dire que nous serons plus seuls, fit Renaudot.

— Ah! çà! capitaine, lui demandé-je, est-ce que vous quittez le service aussi, vous?

— Tu vois bien que non, répondit-il en nous montrant son uniforme. (Il était en tenue des pieds à la tête.)

— J'avais bien remarqué ça, dit Taverjon.

— Je l'aurais mis avec plaisir dans une malle, reprit Renaudot, et j'aurais brisé cette épée avec bonheur. Servir les Bourbons, c'est un peu fort de café!

mais je n'ai pas le droit de condamner à mort l'autre
vieux, le grand-père, vous savez ! il aurait le droit de
me dire : « Je me moque de ces scrupules, moi, j'ai l'estomac vide. » Et voilà pourquoi j'ai gardé mes épaulettes.
Ne parlons pas de ça, puis, ça vous va-t-il ? allons au
Cadran-Bleu, et amusons-nous !

Encore une fois, je n'ai pas oublié une seule des paroles de cet homme-là. Je vous l'ai dit, il m'en avait
toujours un peu imposé, oui, à moi, Lazare Fissou,
qui n'ai baissé la paupière devant personne. En vous
contant cela, il me semble l'entendre encore, et je vous
réponds que je ne laisse de côté rien de ce qu'il
disait.

Nous arrivons au restaurant.

Renaudot demande un cabinet, prend un crayon,
écrit la carte, et, quand on nous apporte les huîtres :

— Vous me ferez le plaisir, dit-il au garçon, d'entrer
quand on vous appellera.

Nous nous mettons à manger, Taverjon et moi. Je
puis dire que je n'ai jamais avalé de potage qui m'ait
semblé aussi bon que celui qu'on nous servit. Renaudot le tournait et le retournait du bout de sa cuiller
dans son assiette. Il n'y touchait guère. Il n'avait pas
faim. Ce n'était pas comme Taverjon : ce gaillard-là
mettait les bouchées doubles, et ses joues paraissaient
gonflées comme un ballon. Je ne sais pas comment il
ne s'est pas étranglé vingt fois ! Après cela, à table, ne
me parlez que des convives qui ont bonnes dents et
bon estomac. A la fin, je dis à Renaudot, qui mainte-

nant battait une marche sur la nappe avec son couteau :

— Vous ne mangez pas, capitaine ! Qu'est-ce que
vous avez, voyons ?

— Je ne mange pas, fit-il en se versant un grand
verre de vin ; mais vous voyez, je bois. Ah ! mon petit
Fissou, si je pouvais m'étourdir et me *taper* un peu, je
n'en serais pas fâché. Je commence à m'ennuyer terriblement dans ce bas monde. Je fais un métier de galé-
rien, à traîner l'uniforme et à gagner ma vie comme
ça. Qu'est-ce que vous allez faire, vous, maintenant ?
Vous allez envoyer promener les Bourbons et rentrer chez vous soigner vos rhumatismes, n'est-ce pas ?
Vous le pouvez, parbleu ! vous êtes libres ! Mais moi,
quand je pense que j'ai au pied le boulet que vous savez, je deviens fou furieux ! Enfin, la vie est la vie. Le
pauvre bonhomme de grand-père ne peut pas aller
bien loin, malheureusement, et si la mort me le prend,
je donne ma démission et je vis à ma guise ; je tiendrai
les livres quelque part, je me ferai commis, n'importe quoi. Mais nous n'en sommes pas là, et plus le
grand-père est vieux, plus il faut le soigner. Oh ! ne
craignez rien, je suis riche, tenez, dit Renaudot en sortant de son gousset des napoléons qu'il nous montra.
Mais ça, ces pièces, ça me brûle : c'est ma solde. Servir le roi, servir un roi ! pour un jacobin, les amis,
vous avouerez que c'est un peu dur !

— Aussi, dit Taverjon à travers deux bouchées,
pourquoi être jacobin, capitaine ?

— Parce qu'on ne peut pas se refaire, parce que je mourrai dans la peau d'un entêté. Qu'est-ce que vous voulez ? Je sais ce qu'ils valaient, ces hommes-là. J'ai vu Saint-Just et le petit Levasseur (de la Sarthe) aux armées, et je vous garantis que nos maréchaux ne leur ont jamais monté à la cheville. Ils avaient une arme dont ni Lannes ni Lefebvre n'ont usé : l'idée! Vous n'avez pas l'air de comprendre ce que c'est que ça, Taverjon, l'idée? Eh! bien, c'est ce qui a sauvé nos frontières et fait la France. Et quand on a vu ces gens-là, quand on a tant versé de sang pour l'abolition de la royauté, être capitaine sous un Bourbon et lire des choses comme celles-ci dans les gazettes... tonnerre!

Il avait tiré de sa poche un journal, et, avec une ironie qui était énergique, je vous en réponds, il lisait, haussant les épaules, la proclamation de Louis XVIII, datée de Saint-Ouen, 2 mai, et qui venait de paraître.

— Non; mais écoutez ça, disait Renaudot : « Louis, par la grâce de Dieu, roi de France et de Navarre! » Roi de France! Un roi, je vous demande un peu, après Danton, après Robespierre! par la grâce de Dieu! Si ça ne sent pas le clergé et le moyen âge! Et la Navarre, elle est loin pour toi, la Navarre! C'est risible. « A tous ceux qui ces présentes verront, salut! » Salut! si ça te plaît, je reste couvert! « Rappelé par l'amour de notre peuple au trône de nos pères... » Allons donc, l'amour de ton peuple! dis plutôt les lances des cosaques et les baïonnettes des Prussiens! « Éclairé par les malheurs de la nation que nous sommes destiné à gouver-

ner...» Gouverner! Être gouvernés par un Bourbon! Ça
ne vous fait rien, ça, à vous? à toi, Fissou? à vous, Taverjon? Moi, j'aurais envie de casser ces assiettes!

Je dis :

— Je suis comme vous, ça m'attriste!

Taverjon répondit, en frappant sur la table :

— Vive l'empereur!

Puis il se leva, alla droit à la fenêtre, sa serviette
passée dans son gilet, une main sur l'espagnolette,
prêt à ouvrir.

— Qu'est-ce que tu vas faire?

— Crier : Vive l'empereur! à la foule qui passe, ça
me soulagera!

— Ah! oui, l'empereur, fit Renaudot, en hochant la
tête, c'est celui-là qui est cause de tout!

— Lui? Napoléon?

Les yeux de Taverjon étaient rouges comme de la
braise. Il avait assez gentiment bu.

— Capitaine, reprit-il, je ne souffrirai pas qu'on dise
devant moi un seul mot du petit caporal.

Et il se serait fâché réellement. Je fus forcé de lui
dire :

— Le diable t'emporte, Taverjon! est-ce qu'on ne
peut plus parler entre amis?

Mais je comprenais bien un peu ce que Renaudot
voulait dire. Et puis, cet homme-là, si dur à cuire et
que je voyais ému avec des larmes qu'il écrasait dans
ses yeux, ça me remuait.

— Parbleu, disait-il, faut-il avoir inventé la poudre

pour comprendre que l'empereur laisse la France plus
bas percée qu'il ne l'a prise? Si nous avons l'inexpri-
mable bonheur de posséder encore les Bourbons, c'est
à lui seul que nous le devons. Si vous tenez à l'en remercier dans vos prières, lieutenant Taverjon, vous
êtes libre !

Taverjon ne disait rien, mais il marronnait tout bas,
et si l'autre n'avait pas été capitaine, je suis bien certain qu'il se serait fâché.

— Moi, continuait Renaudot, je ne peux pas m'empêcher de me dire que voilà une révolution qui a été
faite pour nous ramener les souverains, les vexations
et toutes les espèces de censures. Car je ne crois pas
un mot de ce qu'il dit dans sa proclamation. Vous concevez bien : il s'en moque comme de ça, le gros bonhomme. Et me voilà, moi, après avoir pioché, bûché,
marché, forcé de crever de faim ou de servir des gens
que je déteste. Une jolie vie que la vie militaire! j'aurais dû me faire casser la tête avec le général Mallet et
les autres, des dégoûtés qui ne trouvaient pas non plus
la situation bien adorable. Passez-moi le rhum, Taverjon. Merci. Allons, il serait plus brave d'en rester là et
de se faire sauter le caisson. Eh! bien, Fissou, quand
je te disais que tout n'était pas rose dans le mariage
avec la gloire!

Je baissais la tête à mon tour, je pensais que le capitaine n'était pas tout à fait un sot, lorsque Taverjon,
que la conversation ennuyait, se mit à chanter de sa
grosse voix, le *Jeune Troubadour* :

12.

Gages de sa valeur,
Suspendus en écharpe,
Son épée et sa harpe
Se croisaient sur son cœur.

— Vous avez raison, chantons ! dit Renaudot. Je suis triste comme un bonnet de nuit. Tant pis pour moi, après tout, si je sers Louis, dix-huitième du nom. Est-ce que ça regarde les amis ! Eh bien, que dites-vous du pâté ?

Nous l'avions enfin mangé ce bienheureux pâté, ce pâté problématique, qui, tout à l'heure, fuyait devant nous comme un perdreau qui se lève du sillon. Il nous parut succulent. Il faut tout dire : il était arrosé de tant de misères ! Je revoyais, en le mangeant, la satanée Bérésina et tous ses glaçons. Taverjon roulait de gros yeux. Il dévorait; il était aux anges. Il s'en *gavait* voilà le mot. Quand je pense à ce pâté, rêvé là-bas en Russie, payé à Paris par Renaudot, et à la façon dont tout ça a tourné, je deviens réellement *tout chose*, et je réfléchis.

Le pauvre Renaudot n'avait pas beaucoup touché à ce pâté-là. Il ne devait pas toucher à un autre.

Ce qui me reste à dire est dur à raconter. Ah ! les camarades ont fini drôlement ! Après tout, ils ont fini comme ils ont pu, et ce n'est pas leur faute s'ils n'ont point tous défilé la parade sur l'oreiller et dans la plume comme des canards. Renaudot avait donc gardé son grade. Je vous demande un peu si on pouvait le blâ-

mer et s'il pouvait se blâmer lui-même! Un infirme à
nourrir, c'est un devoir. Mais les républicains, c'est
comme ça : c'est plus exigeant que les autres ; et même,
quand ils font des bêtises, ils les payent cher. Renaudot
nous avait prêté, à Taverjon et à moi, de quoi coucher
à l'hôtel, vivre un ou deux jours, et il nous avait promis de nous trouver assez d'argent pour que nous
pussions payer la diligence de Paris à Limoges. D'abord
nous avions fait des façons. Mais lui, bon enfant, nous
avait dit :

— Allons donc, entre pays ! je vous trouverai ça,
vous dis-je. Et puis, vous ferez bien de quitter Paris
rapidement. Des étrangers et des royalistes, ce n'est
pas gai à voir. Vous me rendrez le prix de votre voyage
sur votre solde, que le ministère de la guerre sera bien
forcé de vous payer, un jour ou l'autre.

C'était convenu. Nous allons nous loger, avec Taverjon, *hôtel de la Jussienne*, rue de la Jussienne. Renaudot devait nous y retrouver ou nous y écrire. Il
était retourné à la chambrée, et voilà précisément que
le lendemain se trouva le jour fixé pour la rentrée du
roi à Paris. Le matin il faisait un temps superbe, par
parenthèse, un temps de mai ; les bruits de tambours
et de clairons, le murmure de la foule passant dans la
rue, tout le grand orchestre d'un jour de fête nous ré-
veille. J'ouvre la fenêtre. Ces satanés Parisiens n'avaient-
ils pas mis leurs draps de lit à leurs croisées pour les
faire flotter comme des drapeaux blancs? Je vous demande un peu ! Les trottoirs étaient encombrés, et de

temps à autre un cri partait qui me faisait l'effet d'un coup de bâton sur la tête : Vive le roi !

— Vois-tu, mon vieux, dis-je à Taverjon, si tu veux faire une chose bien faite, nous ne mettrons pas la semelle dehors, nous fermerons les carreaux et nous resterons là en tête à tête à fumer notre pipe.

— Entendu, répondit Taverjon. Si je sortais, j'en casserais un ou deux de ces muscadins. Et tu n'aimes pas les querelles.

—Je ne les déteste certainement point ; mais à quoi nous servirait de nous fâcher ? Ils sont trop !

Et nous voilà fumant, fredonnant, et nous amusant comme deux croûtes de pain derrière une malle. Notez que les cris du dehors nous arrivaient très-distinctement, quoique les fenêtres fussent refermées. A la fin, impatienté, je pris mon chapeau : « Autant voir de près la mascarade ! — Autant vaut la voir, dit Taverjon. » Nous sortons : sur les quais, une foule immense. Un monde fou, joyeux au possible, des robes blanches, des rubans au chapeau, des fleurs de lys, vous vous figurez ça ! On aurait dit que Paris faisait sa première communion. J'enrageais, sacrebleu ! et je faisais exprès d'écraser sous mes talons, de temps en temps, le bout de la botte des freluquets qui s'égosillaient à répéter : « *Vivent nos rois légitimes !* »

Au coin du quai de la Mégisserie, la foule était compacte encore. Une espèce de gamin, un chanteur des rues, jouant du crin-crin, chantait à haute voix sur l'air de la *Carmagnole* une chanson que les assistants,

des voltigeurs de l'armée de Condé, des fournisseurs
du nouveau régime reprenaient en chœur au refrain :

> Bonaparte était empereur,
> Bonaparte était empereur,
> Maintenant il est décrotteur,
> Maintenant il est décrotteur !
> On lui fera cirer
> Les bottes des Anglais !

A ce moment, Taverjon, qui tenait à la main une
badine, se mit à rouler des yeux qui signifiaient ce
qu'il voulait faire. Il allait cravacher le chanteur en
pleine figure, mais là, devant tout le monde. J'étais
aussi furieux que lui, mais plus prudent, et je lui saisis
le poignet en lui disant :

— Pas de bêtises, tonnerre ! Tu vas nous faire échar-
per inutilement !

— Ah ! les gredins, les polissons !...

— Parbleu ! mais attends donc. On les retrouvera.

A ce moment, de l'autre côté du quai, les schakos
s'agitaient au bout des fusils, les mouchoirs volaient
en l'air : on criait, on se bousculait sur le passage de
la voiture royale. Des gens montaient sur les chaises,
sur des échelles ; des femmes levaient leurs enfants
au-dessus de leurs têtes. Les acclamations couraient
le long de cette foule comme une traînée de poudre.
On était si las de se donner des coups avec l'Europe
entière et de se saigner à blanc pour l'empereur, qu'on

croyait que ces rois-là rapportaient la poule au pot
dans leur valise.

Nous avions pu nous rapprocher. J'avais le cœur
serré, et Taverjon jurait et pestait dans sa moustache.
Moi, que voulez-vous ? je regardais. Un gros homme,
dont les joues, aux cahots des roues, dansaient comme
de la gelée, arrivait, traîné dans une calèche à huit
chevaux. On ne voyait, au-dessus de son corps énorme
(Taverjon est un sylphe à côté), que sa large face qui
riait.

C'était le roi Louis XVIII. La duchesse d'Angoulême
était à ses côtés. Devant lui le prince de Condé ; et, à
cheval, près de la voiture, un grand sec qui devait être
Charles X, caracolait avec un autre cavalier, qui devait
être le duc de Berri. Tout ce cortège passa comme un
éclair.

J'avais pourtant vu et bien vu. Derrière marchaient
les généraux avec la cocarde nouvelle à leur chapeau,
qui arboraient, deux mois auparavant, la cocarde tricolore. Puis, venaient des vieux de la vieille, des grenadiers de la garde, des grognards qui marchaient d'un
air sombre, les sourcils froncés et des plis à la lèvre.
Pauvres soldats forcés d'escorter ce souverain qu'ils
n'aimaient pas, pauvres diables couverts de blessures,
et que la foule regardait avec défiance, comme si leur
uniforme eût été un uniforme étranger !...

Quand tout ça fut fini, quand les voitures, les
cavaliers, les bataillons eurent disparu du côté des
Tuileries, — restés cloués à notre place, Taverjon

et moi, nous nous regardâmes en hochant la tête.

Est-ce que cette lanterne magique, aperçue ainsi, était une réalité? Est-ce que nous avons bien regardé? Est-ce que tous ces cris de : « Vive le roi ! » qui nous parvenaient de loin encore, nous les entendions vraiment? Il y avait de quoi être navré, et, nous prenant le bras, nous nous remettons à marcher dans les rues, nous disant :

— Eh bien ! mon vieux, la farce est jouée ! Nous ne sommes plus bons à rien maintenant, vois-tu, à rien ! à rien !...

Je peux dire que ce fut là une des mauvaises journées de ma vie. Elle n'était pas finie, d'ailleurs. Nous rentrons à l'hôtel, nous demandons si le capitaine Renaudot n'est point venu, si personne n'a apporté de lettres pour nous. Pas de nouvelles, point de lettres.

Nous allons au café Lemblin, où les amis de la violette se rassemblaient, comme vous savez. Il était, je vous le garantis, dans une jolie fermentation. Les vieux lascars qui étaient là ne parlaient de rien autre chose que d'aller crier : « Vive l'empereur ! » au pied de la colonne Vendôme.

D'autres voulaient aller crever la paillasse, comme ils disaient, à ce M. de Maubreuil qui avait attaché la croix de la Légion d'honneur à la queue de son cheval et l'avait traînée ainsi dans la boue du boulevard. D'autres encore parlaient de provoquer en duel tous ceux qui portaient une fleur de lis ou la croix de Saint-Louis.

Taverjon se mêla à ces gaillards-là. Mais voilà qu'au milieu de la discussion quelqu'un, — c'était le colonel Bourguignon, du 2ᵉ cuirassiers, — entre tout pâle et dit :

— Vous ne savez pas ? Il y a un capitaine de grenadiers, des grenadiers de la garde, qui est arrêté...

— Arrêté ! Pourquoi ?

On avait fait silence. Les bols de punch flambaient ; on les laissait flamber. La nouvelle était assez grave : est-ce que le nouveau gouvernement allait emprisonner les vieux soldats ? Je ne sais pourquoi j'étais plus anxieux que les autres. Un capitaine de grenadiers !

Je regardai Taverjon sans dire un mot. Il ne comprit pas ce regard-là, mais il signifiait pourtant bien clairement : — Je parie qu'il s'agit de Renaudot ?

— Colonel (je dis au colonel Bourguignon), qu'avait donc fait ce capitaine ?

— Il a fourré son sabre dans le ventre d'un de ses hommes.

Tous se regardaient stupéfaits, ne comprenant pas.

— Quand cela ? demandai-je.

— Aujourd'hui.

— Et il s'appelle ?...

— Je ne sais pas son nom. Mais c'est un brave. Les soldats criaient : « Vive le roi ! » Il a tué net le premier qu'il a rencontré à la portée de son sabre. Une leçon pour les autres, nom d'un nom ! et « Vive l'empereur ! »

Le café tout entier retentit de la même acclamation.

J'avais déjà pris Taverjon par le bras, et, l'entraînant dans le Palais-Royal :

— Cent sous contre cent francs que c'est Renaudot qui a fait ça, lui dis-je.

— Renaudot ?

— Un capitaine de grenadiers, une tête brûlée qui est capable de crever quelqu'un de cette façon, en connais-tu beaucoup, toi ? Rappelle-toi l'exaltation, la fureur du capitaine, avant-hier. C'est Renaudot, j'en suis sûr... Allons à la prison militaire. On nous laissera peut-être bien passer.

— Ah çà ! mais Fissou, dit Taverjon, sais-tu que si c'est Renaudot, son affaire est claire ? Fusillé...

— Oui.

— Ça commence à être moins gai, Paris, répliqua Taverjon.

A la prison militaire, justement je trouvai un ancien, un compagnon de la Moskowa, Berthaut, un bon garçon. Il commandait le poste, et je lui dis rapidement :

— Vous avez un prisonnier, un officier... un homme qui a tué un soldat d'un coup de sabre ?

— J'ai ça, oui.

— Ah ! Et son nom ?

— Renaudot, le capitaine Renaudot.

— Eh bien ! tu vois ? dis-je en me tournant vers Taverjon.

Taverjon ne répondit pas, mais il frappa du pied et dit seulement : Nom de Dieu !

13

— Allons, je pensai, en voilà un qui a sa feuille de route signée !

Je regardai l'officier bien en face, et je lui dis très-sérieusement :

— Camarade, Renaudot est un ami à nous. Il va avoir son compte demain, ou après. Le conseil de guerre ne l'épargnera pas. Nous partons pour le pays où le vieux Renaudot, le grand-père, attend. Ce n'est peut-être pas la consigne, mais je vous supplie, camarade, de nous laisser rapporter à ce vieux-là le dernier embrassement de son petit-fils.

— Oh ! oh ! fit Berthaut. Je ne sais pas si je dois... Bah ! vous ne le ferez pas évader ?

— Je le ferais si je pouvais, mais est-ce qu'on s'évade ?

— Venez, dit-il.

Il appela un voltigeur qui tenait une lanterne, marcha devant nous, et nous conduisit, à travers des corridors, jusqu'au cachot du capitaine.

— Seulement, dit-il encore, j'entrerai avec vous.

— Entrez.

La porte ouverte, Renaudot, qui se promenait, les bras croisés, la tête sur la poitrine, à la lueur d'une chandelle de résine posée sur une table, à côté d'un petit livre, redressa le front et nous regarda. En nous reconnaissant, il poussa un cri et nous tendit les bras.

— Vous ? disait-il. Ah ! ça fait du bien de se retrouver ! J'allais vous écrire. Tenez (il nous montrait un bout de papier à côté du livre), j'avais commencé la lettre. Je tenais à ce que les quelques sous qui me restent fussent remis à qui de droit. Mais je ne m'attendais pas... Ah çà ! comment avez-vous obtenu un laisser-passer ?

Je montrai Berthaut, qui faisait un signe, lui aussi, et semblait dire :

— Ne parlez pas de ça : allez toujours !

Renaudot lui tendit la main et dit lentement :

— Merci, mon officier !

Je le contemplais, moi, Renaudot, je l'admirais. Son calme, sa froideur, l'apaisement de tout son être m'étonnaient. Je n'étais pas bien sûr que ce fût le même homme que j'avais vu si irrité, furieux, au *Cadran-Bleu*. Il s'aperçut peut-être de cet examen, devina ma pensée, car il me dit :

— Tu me trouves changé, petit ! Oui, n'est-ce pas ? C'est que c'est fini. Les nerfs sont détendus, la colère est passée. Ça ne pouvait pas durer. Quand elle est trop longtemps dans cet état-là, la machine craque. Je vous disais l'autre jour que ma tête bouillait, que c'était à en devenir fou ou à se brûler la cervelle. J'aurais mieux fait de faire ça. J'ai tué un homme !

Tué du coup, reprit-il s'animant peu à peu et nous regardant tour à tour Berthaut, Taverjon, le voltigeur qui tenait la lanterne et moi, tué d'un coup de sabre. Regardez-moi bien ! qu'est-ce que je suis ? Un assassin, pas autre chose. Ah ! c'est qu'aussi bien la patience a des bornes. On perd le sens, le cerveau s'engorge, un mouvement de colère, et... et voilà.

Figurez-vous qu'on nous avait mis, en haie, sur le passage du roi. Ordre de demeurer tranquilles, en attendant Sa Majesté. Il fallait voir mes hommes, de vieilles moustaches, des gaillards qui ont arpenté la Russie avec nous ; il fallait les voir, la tête basse, comme un régiment qui remet les armes à l'ennemi ! Au quartier, il y en avait qui refusaient de marcher. Je disais, moi : « Que voulez-vous, les enfants, c'est le sort ! il faut bien du pain à l'homme. A notre poste puisqu'on nous paye ! » Et ils avaient marché, gais comme un enterrement. Nous étions près des Tuileries, sur le quai. Je me tenais là, en tête de la compagnie, sabre en main, regardant les gens qui passaient. J'en entendais qui disaient : Ceux-là sont les grenadiers de Bonaparte. J'avais envie de leur répondre : Imbéciles, je suis soldat de la France, et ça m'a rapporté grand-chose de risquer ma peau pour elle ! Mais je renfonçais les paroles et je fermais les yeux pour ne point voir les drapeaux blancs qui clapotaient aux fenêtres et les élégantes avec leurs bouquets de boules de neige à la main. C'est égal, c'était ce qu'on peut appeler la fin d'un rêve ! Tout ce que j'avais aimé, tout ce que j'avais défendu, tout ce que j'avais espéré, la liberté, la République, tous mes espoirs de jeune homme tombaient à terre et se brisaient comme une bouteille vide. J'avais mal là : il me semblait qu'on m'avait mis un poids de cent livres sur la poitrine. Comprenez-vous ça ? j'étouffais, j'avais envie de pleurer !...

Si je comprenais cela ! Mais Renaudot exprimait là

tout ce que j'avais ressenti et souffert tandis que passait le cortége. Il me semblait qu'il parlait pour moi, et je revoyais cette foule bête, j'entendais ces vivats, je buvais deux fois la même amertume.

— Pleurer ! continua le capitaine ; eh bien ! oui, j'aurais pleuré ! pleuré de rage ! Ce peuple, ce même peuple, ces bourgeois criaient vive le roi, après avoir crié à bas le roi, vive l'empereur, vive Robespierre et vive la Convention ! les mêmes, notez bien, les mêmes, toute la horde des satisfaits et des amis du soleil levant : race de valets ! Je sentais mes tempes battre et j'avais une fièvre de cheval. De temps en temps je regardais mes hommes. Ils ne bougeaient pas. L'arme au pied, immobiles, ils attendaient et ne riaient guère. Je les plains aussi ceux-là. Pauvres diables ! Tout à coup, un grand mouvement se fait dans la foule, un de ces remous que vous connaissez. Un aide de camp passe au galop, le commandant crie : Portez armes ! c'était donc le roi qui venait ? Les hommes exécutent le mouvement. J'entends ce bruit régulier des fusils qui se meuvent ensemble : les baïonnettes étincellent au soleil, au-dessus des têtes. De loin, une musique nous arrive, jouant un air que je reconnais ; c'est : *Vive Henri IV !* Tout s'agite; nous nous sentons poussés par la foule qui veut se précipiter du côté des calèches. J'étais si furieux, que je commande de refouler ces pékins-là à coups de crosse. Oh ! ces cocardes blanches partout, ce bruit, cette joie, ces cris ! Je tenais mon sabre à deux mains par la lame et je le tordais comme si l'on m'eût commandé de rester immobile pendant un assaut.

Eh! tous les assauts du monde au lieu de cette souffrance! des canons! une batterie! mais faire la haie devant un Bourbon! Tonnerre! Je n'y voyais plus, je devais avoir les yeux gros comme des biscaïens. Tout mon sang était à ma tête. « Vous n'êtes pas à la noce, capitaine, me dit alors quelqu'un dans l'oreille, sacrebleu! ni moi non plus! » Je me retourne : c'était Giraud le sergent. Il avait sur les joues des larmes grosses comme le pouce. Je lui réponds, moi : « Avalons ça jusqu'à la lie. Oui, mais c'est dur! pauvre Giraud, va! »

Tout à coup — ah! voilà où j'ai perdu la tête — les voitures arrivent : de loin je les vois venir; toute cette foule part comme un feu d'artifice : Vive le roi! vive le roi!

Je me mordais les lèvres jusqu'au sang. J'essaye de chanter, en moi-même, pour m'assourdir, une chanson du bon temps. Ah! bien, oui!

Ces cris, ces atroces cris, je les entendais toujours! Vive le roi! vive le roi! vive le roi! Il faudrait les avoir entendus comme moi pour comprendre combien profondément ils m'entraient au cœur. Cette fois, vraiment, ma raison se perdait, s'égarait; je voyais rouge, je n'étais plus à Paris parmi des Français, j'étais au feu, devant l'ennemi, dans la fournaise du combat. Je sentais la poudre.

Je voulais, je demandais des balles, ma main serrait convulsivement la poignée de mon sabre. Vive le roi! Je tremblais de rage, et je voulais crier aussi, mais

crier à tous ces gens : *Lâches et niais!* Vive le roi ! Les
voitures s'avançaient. Je me disais : Je ne les verrai
pas, je détournerai la tête. Au moment où la calèche
du roi était en vue, un soldat, un des miens, un méchant drôle qui eût baisé la botte crottée de l'empereur
pour avoir la croix, un grenadier de ma compagnie,
un être que je tutoyais, devant lequel je me serais jeté
pendant une affaire pour lui éviter une blessure, un de
mes soldats, à moi, sort des rangs, met au bout de son
fusil son bonnet, et s'écrie, dominant le bruit, d'une
voix ardente, comme pour défier la compagnie tout
entière, restée morne à son poste, à son rang : Vive
le roi ! vivent les Bourbons ! Je l'entendis, le murmure
des compagnons qui suivit ce cri, je l'entendis, comme
s'il venait du fond d'un écho. J'étais déjà en plein cauchemar. Sans savoir ce que je faisais, fou furieux, je
me jetai sur le soldat et le saisis par le collet :

— Ah ! tu vas te taire, toi! m'écriai-je.

Il tourna sur moi des yeux stupéfaits, que je vois
encore, se dégagea et, avec un grand cri :

— Vive Louis XVIII ! dit-il encore, vive la cocarde
blanche !

Je vous l'ai dit, j'avais mon sabre à la main. Je ne
répondis qu'un mot :

— Canaille !

Je serrai davantage la poignée de l'arme et je frappai. L'homme fit un demi-tour sur lui-même et, la
lame dans le ventre, tomba sur le nez aux cris de la
foule.

On l'avait ramassé avant l'arrivée du cortége. Moi, stupide, sans rien voir, je demeurais là, devant la compagnie, pétrifiée, et qui semblait n'avoir rien compris à ce qui venait de se passer.

On porta l'homme à l'ambulance, ou dans une boutique près de là. Il me semble entendre encore sa plainte, qui était déjà un râle. Je dis alors : « Je l'ai tué ! qu'on m'arrête ! » Ma compagnie voulait me défendre et, la baïonnette au bout du fusil, me disputer aux soldats qui s'avançaient. Mais la vue de ce sang m'avait subitement rendu la raison. Toute cette colère, amassée depuis plusieurs jours, et qui aboutissait à un meurtre, s'était, comment dirai-je ? fondue. Je dis à mes grenadiers :

— Laissez faire. On me jugera.

Et je suivis les soldats, n'ayant plus qu'une pensée : Que deviendra le vieux, maintenant ?

Il deviendra ce qu'il pourra. A la garde du sort ! J'ai fait mon devoir jusqu'au bout. Si la misère ne vous talonne pas trop vous-mêmes, camarades, ne l'oubliez pas, voilà tout ce que je vous demande. Moi, j'ai cette chance de n'avoir plus besoin de rien. Douze balles dans la tête concluent bien des choses. J'aurais regretté seulement de ne pas avoir serré des mains amies avant d'en finir. Vous m'apportez et me tendez les vôtres, c'est bien. Maintenant, en route. Les paquets sont faits.

J'étais assez ému, — c'est facile à comprendre, — pendant que Renaudot parlait. Demandez à Taverjon

s'il ne se sentait pas, lui aussi, les paupières humides.
Lui, froid et résolu, pliait déjà une lettre où il avait
glissé un billet de banque, toute sa fortune.

— Vous enverrez ça à qui vous savez, ou vous le
porterez vous-mêmes. Tu me le promets, Fissou? Et
il me restera encore de quoi fumer quelques pipes.
Pas assez, il est vrai, pour me faire enterrer; mais on
n'a besoin que des six pieds de terre où l'on jetait les
amis, nus comme des vers, après la bataille. Il ne faut
pas trop demander.

— Capitaine, dit Berthaut, en interrompant Renaudot, une poignée de main à vos amis. J'ai pris sur
moi de les conduire ici. Mais il est temps de se séparer.

— Il n'est si bons amis qui ne se quittent, fit Renaudot en souriant sous sa moustache grise.

Il me prit les mains et, me les serrant fortement :

— Un joli métier que le nôtre, n'est-ce pas, petit ?
Allons, ne m'oublie pas ! Adieu. — Adieu, Taverjon,
dit-il encore.

Nous étions là comme des enfants, sans pouvoir
nous séparer les uns des autres. Nous nous tenions
embrassés. Il me semblait qu'en me prenant Renaudot, on me prenait un parent, un frère aîné. Ce fut
lui qui nous repoussa.

— Adieu, dit-il encore.

Sa voix était grave, pleine de sanglots qu'il étouffait.
Je dis à Taverjon, tout bas :

— Viens, allons, viens !

Et sans nous retourner, tête baissée, nous sortîmes.

13.

Jusqu'à la porte de la rue personne ne parla. Seulement, au moment de nous quitter, Berthaut nous
dit :

— J'ai fait ce que j'ai pu, camarades ; vous le
voyez.

Je lui serrai la main à la lui briser :

— Merci, Berthaut.

Et nous partîmes.

Quelle nuit nous passâmes dans la petite chambre
de l'hôtel de la Jussienne ! Taverjon s'en souvient ! Je
me demandais ce qu'on pourrait tenter pour sauver
Renaudot, pour fléchir les juges. Mais non, Renaudot
était condamné d'avance. Il n'avait frappé, dans cet
accès de délire, ce soldat que pour étouffer dans sa
gorge le cri de vive le roi, qui s'en échappait. Il y
avait double crime, et Renaudot était perdu. On parlait déjà beaucoup de l'affaire dans Paris. L'ex-garde
impériale, qui avait fait jusqu'ici le service des Tuileries, avait été brusquement renvoyée dans ses casernes. Le coup de sabre de Renaudot venait d'effrayer
les conseillers du nouveau roi, et, prudemment, ils
éloignaient ces entêtés et ces incorrigibles, — dont
nous étions, je suis fier de le dire !

On ne fit pas attendre Renaudot. Les Bourbons
étaient pressés de donner à l'armée un châtiment
comme exemple. Le conseil de guerre rassemblé,
Renaudot, qui ne se défendit pas, fut condamné à
mort. Nous attendions dans la rue la sentence. Elle ne
nous surprit pas, vous concevez, il n'y en avait pas

d'autre à attendre. On s'habitue à tout ! Taverjon dit :
Ce sera pour demain. Nous passâmes la nuit, au coin
du feu, à parler de lui. Mais le matin, nous étions là-
bas, dans cette plaine de Grenelle où l'on fusillait,
plaçant les condamnés le long du mur. Nous le vîmes
passer. Il était pâle et fier. Nous lui donnâmes le dernier salut, le salut d'adieu dans un regard.

Il paraît (car je n'ai pas voulu le voir tomber) qu'il
est crânement mort. Nous avions tourné le dos, nous
nous éloignions lentement, lorsque la détonation nous
arrêta net, nous clouant à notre place. Impossible de
faire un pas. Taverjon était livide.

— Eh bien, dit-il, c'est fini ?

— Oui !

— Mort !

— C'était un homme.

Et, tous les deux, là, les deux amis, nous attendions
que le peloton repassât. Il venait assez vite. On avait
enlevé le corps et on l'emportait d'un autre côté.
Les soldats étaient blancs comme des linges. L'officier
avait les yeux rouges et marchait d'un air de mauvaise
humeur. Tout ça comprenait bien que ça venait de
faire une mauvaise besogne.

Je demandai au sergent :

— Il est bien mort, au moins ?

— Cette idée ! répondit le sergent. Il est mort comme on devait s'y attendre. Le capitaine Renaudot !
point de bandeau : Il a voulu regarder la mort en face
et l'appeler lui-même. Il a commandé le feu. Il a crié :

Vive la Rép... Eh' bien! oui, vive la République!
acheva tout bas le sergent; et il est tombé. C'est
moi qui lui ai donné le coup de grâce. Je crois bien
qu'il était mort, mais, après tout, on ne sait jamais.
J'ai pressé la gâchette, et le crâne a sauté. Cela valait
mieux, en somme; car je crois me rappeler qu'il remuait encore un peu les jambes. Vous savez... des
tressaillements... Voilà une sale corvée finie. — Pauvre bougre!

Nous voulûmes voir l'endroit où ils avaient fusillé
le capitaine. Il y avait encore sur l'herbe des morceaux de cartouches qui fumaient et de la cervelle
chaude.

Lorsque Fissou, qui racontait ces histoires depuis
des années sans y changer un *iota*, s'arrêtant, faisant
le même geste aux endroits marqués par la tradition
de son récit, arrivait à ce dénoûment, il n'était pas
rare qu'il demeurât absorbé pendant quelques instants,
comme un homme qui rêve. Puis il secouait vivement
cette mélancolie indiscrète, et il reprenait ou plutôt il
finissait avec une pointe d'ironie :

— Ce sont là tous les souvenirs que j'ai gardés de
ma vie militaire. Je n'ai pas vu Waterloo. On nous
avait expédiés, à ce moment-là, du côté de l'Italie.
J'avais rejoint, le 1er mai 1815, sur l'ordre du maréchal Davoust, ministre de la guerre, le 11e dragons.
Séparé de Taverjon, qui avait passé aux cuirassiers de
Milhaud, je m'ennuyais là et je broyais du noir.

Waterloo vint. On nous renvoya dans nos foyers, et

la vie commença un peu dure, je vous le promets,
pour tous ceux qui avaient porté l'uniforme sous l'empereur. C'était réglé. *L'autre* à Sainte-Hélène, nous
ici, nous avalions des couleuvres d'une jolie grosseur.
Lui, ça le regardait. Après tout, à qui la faute ? Mais
nous, après avoir donné notre temps et notre sang au
service, nous nous trouvions mis au *rancart* comme
des chevaux de réforme. A L..., et dans la rue même
où nous étions nés, on nous regardait comme si nous
avions apporté la peste. Tu t'en souviens, Taverjon?
On était exposé aux railleries des godelureaux. Quand
on demeurait chez soi, on vous cassait à coups de
pierres les vitres des fenêtres ; on vous chantait, en
manière de charivari, les refrains de Désaugiers, de
Coupar ou de Gentil, sur la Saint-Louis, fête du roi :

> J'ons cueilli des fleurs nouvelles,
> Rien de trop beau pour Louis !

Et quand on passait on s'entendait appeler par des
gens qui riaient : *brigands de la Loire !*

Il valait bien la peine d'avoir avalé tant de neige en
Russie, et tant de boue pendant la campagne de France,
pour en venir là ! Héros de la veille, bandits le lendemain ; le lot n'était pas aimable. Nous avons tiré les
oreilles à plus d'un et percé quelques bedaines, il faut
bien tout dire ; histoire de se faire respecter des inso-
lents. Taverjon avait les épées à tricoter chez lui, et
quand un pékin ou un royaliste nous avait regardés

de travers, on décrochait ça, on allait du côté du champ
de Juillet, et à toi, à moi la paille de fer : on se donnait
proprement un coup de torchon. On se battait pour
un bouquet de violettes, pour une croix qu'on portait
sous sa redingote avec le portrait de Napoléon, on se
battait pour un mot, on se battait pour rien. J'y étais
toujours disposé pour ma part. Puis, un beau jour, je
me suis demandé si je ne faisais pas là un métier d'imbécile, et j'ai quitté tout pour les fourneaux. On peut
devenir aubergiste et demeurer ce qu'on est. D'ailleurs
le *neveu* grandissait, mon petit gars, Martial, et les
dents lui poussaient. A quoi aurais-je été bon si je ne
devais point lui laisser quelques sous après mon enterrement ? Ma pension vendue, j'ai acheté le *Lion-d'Or*
sur la route de Paris, et en avant la cuisine ! Seulement,
je réservais toujours une place à table et un lit au dortoir pour les anciens camarades qui passaient à L...,
tous assez pauvres, les souliers éculés, et nous trin-
quions à nos vieux souvenirs toujours jeunes, à Wagram,
à Lutzen, à Montmirail.

Taverjon nous aidait à vider les verres. Après
Waterloo, il était revenu, avec du plomb dans l'aile,
soigner ses blessures et se refaire de la graisse à L...
Nous étions assez heureux, je vous le jure, de nous
retrouver et de nous épauler dans cette ville natale
qui nous traitait en ennemis. Plus de parents, la mort
avait passé. Nous avions mis en terre le vieux Renaudot,
le brave paysan qui ne savait pas qu'on avait fusillé
son fils à Paris, et qui disait de temps à autre, en rece-

vant le peu d'argent que nous lui glissions dans la main :
« Il reviendra bientôt ; je voudrais bien le revoir. »
Un vieux de la bonne roche, ce vieux-là. Ensuite, cet
animal de Taverjon était venu, apportant sa fillette,
et disant : « La famille s'augmente ! je te présente celle
qui sera la femme de ton neveu ! » Tout ça a grandi pendant que nous vieillissions, et ces marmots, devenus
plus hauts que nous, nous repoussent joliment. Il faut
leur faire place. Je leur souhaite, pour le mal que je
leur veux, de filer le parfait amour le plus longtemps
possible et de vivre ici, sans se soucier d'autre chose
que d'être des braves gens et d'avoir de beaux enfants.
Est-ce que l'homme est né pour autre chose, et le
métier que j'ai fait de 1806 à 1814 était-il le comble
du bonheur ? Ouf ! n'y pensons plus. Mes enfants, vous
en savez maintenant autant que moi sur mes campagnes,
et Taverjon est là pour dire si j'ai menti. Allons nous
coucher.

Taverjon n'eût certainement pas démenti Lazare
Fissou, mais la conclusion de l'aubergiste, il faut bien
l'avouer, n'était pas de son goût. Le gros bonhomme
n'admettait guère qu'on pût regretter une seule minute
de cette existence soldatesque, de cette vie militaire,
qui lui apparaissait comme *la vie inimitable* d'un autre
Marc-Antoine. Cyprien Taverjon était, comme on dit,
à cheval sur les principes. Il ne souffrait pas qu'on
discutât ce qui avait toujours fait son admiration, et il
avait gardé, comme il vous reste une tache noire sur
la prunelle après la vision du soleil, la fascination de

l'empereur. Le regard de César avait pour toujours magnétisé cet inconnu, perdu dans la foule des prétoriens.

Que de fois Taverjon s'était emporté contre Fissou, lui reprochant sa tiédeur dans le culte napoléonien, absolument comme un prêtre fanatique accuserait un dévot d'indifférence religieuse ! Nulle autre idée ne germait sous le crâne chauve de l'ex-chasseur à cheval que cette admiration stupide d'un homme. Au 5 mai, tous les ans, régulièrement, comme les grandes eaux des parcs officiels jouent pour les jours de fête, Taverjon versait, sur la mémoire de l'empereur, des larmes abondantes. Il se laissait quelquefois emporter, dans l'excès de sa douleur, jusqu'à maudire la race anglaise tout entière, et à affirmer que Napoléon n'était pas mort, et que les journaux 'en avaient menti. — « Les journalistes, depuis le premier jusqu'au dernier, sont les complices d'Hudson Lowe. Est-ce qu'un homme comme cela peut mourir ! » Il revenait d'ailleurs à la raison, se rendant à l'évidence, et chantait avec attendrissement le *Cinq Mai* de Béranger. Cela le consolait un peu.

Sa fille Claire essayait, au surplus, de le calmer et choyait doucement sa manie ; elle avait fort habilement agencé l'appartement du grognard. Taverjon couchait sous l'image protectrice de l'empereur (Bonaparte passant le Saint-Bernard) accrochée au-dessus de sa tête. Couché, il apercevait Napoléon sur son rocher, gravure à la manière noire, où Napoléon, les

bras croisés, regardait mélancoliquement, au-dessus
de son front, voler un aigle. Le papier de la chambre
à coucher représentait Napoléon blessé à Ratisbonne,
tendant son pied nu au chirurgien. Le sujet était répété
quatre-vingt-deux fois. Taverjon n'eût pas donné cette
imagerie pour un tableau de Velazquez. Sur la muraille, pointillés par les mouches, deux bas-reliefs en
plâtre s'étalaient représentant, l'un un grenadier de la
République allumant sa pipe à l'encensoir d'un enfant
de chœur, avec cette inscription : *En Italie;* l'autre,
un voltigeur couché dans un confessionnal, avec cette
étiquette : *En Espagne.* Cela portait bien sa date et
montrait l'idée voltairienne en marche dans le havre-
sac des troupiers d'alors. On ne se plaindra pas du
moins de cette propagande.

Mais le chef-d'œuvre de cette chambre rayonnait
sur la cheminée. Là se faisait sentir la main d'une
femme, unie à la piété du vieux soldat. Sous un globe,
posé sur un socle doré et orné d'une inscription, se
dressait une statuette de l'empereur en porcelaine
peinte. Claire avait disposé ce Napoléon nouveau d'une
façon telle, qu'émergeant d'une boîte en carton semée
de larmes d'argent, il eût l'air de sortir du cercueil.
Un fond de gloire, en paillon découpé, mélangé de
feuilles de laurier en papier luisant, complétait la petite apothéose. L'inscription lapidaire du socle, mêlant
le respect intime à l'adoration, disait nettement : « *Il
sortira des limbes et ressuscitera pour se faire reconnaître de ses apôtres. Au Petit Caporal, le père du*

soldat, son sous-lieutenant reconnaissant, Cyprien Taverjon, du 19ᵉ chasseurs. »

La pauvre Claire était spécialement chargée de l'entretien de cet autel, comparable aux petites chapelles que dressent, dans un coin de leur appartement, les vieilles dévotes, pour la plus grande gloire de Jésus. Taverjon ne contemplait jamais la splendeur de sa cheminée sans un petit mouvement d'orgueil, mélangé d'émotion. Il adorait sa fille, parce que Claire, douce, charmante, soumise à cette lourde volonté despotique, semblait trouver un plaisir dans ces soins attentifs, qu'elle regardait comme des devoirs.

Ce qui d'ailleurs faisait patienter Claire, c'était la perspective prochaine de ce mariage avec le neveu de Fissou, Martial Huguenin, qui ne pouvait manquer de revenir bientôt à L..., muni de son diplôme et prêt à gagner sa vie en plaidant. Les deux jeunes gens s'aimaient, on le sait, d'une affection sincère et profonde. Point de révoltes romanesques contre la nécessité qui condamnait Martial à travailler loin de Claire, contre une destinée qui les séparait ainsi. On patientait, on attendait, on espérait et on s'aimait. Seulement, sur un petit calendrier qu'elle serrait dans un tiroir, Claire comptait les jours que Martial devait passer à Paris, et, chaque soir, toute joyeuse, elle en effaçait un sous une ligne d'encre.

Fissou lui disait parfois, lui frappant sur la joue :

— Patience, tout arrive. Tu verras même, quand tu auras des cheveux gris comme moi (et ça viendra, ne

fais pas la moue), tu verras que tout arrive trop vite.
La vie avait depuis longtemps inventé la vapeur.

Sans doute, tout arrive, mais ce n'en fut qu'une joie
plus grande, lorsqu'arriva chez Fissou la lettre de Martial Huguenin, qui disait : « Je suis avocat, et je pars
pour L... On va s'embrasser. »

— Je tue le veau gras, dit Lazare Fissou.

— Je mets mon grand uniforme, dit Taverjon.

Claire ne dit rien, mais elle se regarda longtemps
dans son miroir, quoiqu'elle ne fût point coquette. On
tient après tout à savoir si la laideur ne vient point
par indiscrétion ou par hasard. A cette heure même,
Martial Huguenin quittait le chemin de fer qui l'avait
conduit jusqu'à Orléans, montait en diligence sur la
place du Martroi, et, s'endormant, rêvait qu'il poussait
déjà la porte du père Fissou, et qu'il pressait Claire
Taverjon dans ses bras.

On fit flamber de beaux feux à l'auberge, on égorgea bien des poulets, on déterra, dans la cave, plus
d'une bouteille au col cravaté de toiles d'araignée, pour
fêter l'arrivée de Martial. Le jeune homme était avocat,
il avait brillamment conquis son titre. On reconnaissait, dès une première causerie avec lui, un esprit
alerte, un peu trop mordant, se dépensant en fusées,
en gamineries à la Camille Desmoulins, mais un fond
solide et sûr, de la science sous des saillies. Il fallut
(le père Fissou l'exigeait) qu'il racontât son examen, et
par le menu, qu'il répétât son discours, qu'il donnât,
mot pour mot, une seconde représentation de sa thèse.

— Il parlerait deux heures, ce gamin-là ! disait Fissou avec admiration.

Ce qui stupéfiait Taverjon, c'était le latin intercalé par Martial dans son discours. Et pourtant — la tradition bonapartiste l'exigeait — Taverjon n'aimait pas les avocats, les *avocassiers*, c'était son mot.

Martial Huguenin était enchanté de conter aux braves gens ces menus détails de l'existence parisienne des cours de droit, des examens. Il savait que Lazare Fissou en était tout glorieux, si glorieux, qu'il avait proposé à son neveu de donner un grand dîner où Martial réciterait sa thèse au désert (Martial avait refusé). Mais il avait hâte de se trouver seul avec Claire, pour échanger quelqu'une de ces paroles banales qui semblent aux amoureux plus profondes et plus charmantes qu'une pensée de Pascal, et qui le sont aussi. Un gazouillement d'oiseau vaut toutes les strophes d'un poëte. Un moment vint où Taverjon, qui avait vaillamment bu à l'avocat nouveau, tomba littéralement de sommeil sur sa chaise, les mains sur la nappe et le nez dans son assiette, pendant que Fissou, qui commençait à sentir près des tempes une migraine assez forte, à cause du petit chablis dont il avait arrosé ses huîtres, se levait, ouvrait la fenêtre, et mettait son front au vent pour le rafraîchir.

Sans dire un seul mot, les jeunes gens se comprirent, avancèrent leurs chaises du côté de la cheminée, et les voilà causant, babillant de ces mille riens qui sont le bagage des amoureux, égrenant le chapelet des

fiancés, aussi prévu que les questions éternelles aux
marguerites des champs. Ils n'avaient, au surplus, elle
et lui, rien à se dire. Depuis l'enfance ils s'aimaient.
Ils allaient être unis ; ils n'avaient plus qu'à faire des
rêves ! Une maison pour eux seuls, tout près de l'Ar-
chevêché, un jardin qui donnait sur la Vienne. On dî-
nerait sur la terrasse, en été. L'hiver, on recevrait
peu de monde, mais de bons amis : on danserait un
peu, tandis que Taverjon et Fissou joueraient aux dominos, dans un coin. Claire voulait accompagner partout son mari, même au Palais, pour l'entendre. Elle
souhaitait des procès terribles, pour que Martial les
gagnât ; car il les gagnerait, elle en était sûre ! Ainsi
causant, ils faisaient des rêves et perdaient terre, et,
les mains dans les mains, ils se regardaient et se sou-
riaient. Une espèce de grognement douloureux de Taverjon les éveilla. Le bonhomme, se soulevant sur sa
chaise, roulait des yeux égarés dans un visage rouge
comme braise. Claire poussa un petit cri et se précipita vers son père, disant à Martial : « Donnez-moi
de l'eau ! »

— Allons ! il étouffe encore, dit Fissou en se retournant. Il a trop mangé.

Claire faisait déjà sauter le bouton de chemise qui
étranglait Taverjon, et Martial versait du vinaigre sur
le crâne du sous-lieutenant.

Le malheureux Taverjon soufflait comme un phoque.
Maintenant il était cramoisi. Cet énorme ballon apo-
plectique semblait littéralement près d'éclater. Tout se

calma fort heureusement, et Taverjon s'alla coucher,
en répétant avec colère :

— C'est encore mon prussien de sang qui me
travaille! Cosaque de sang! Il me jouera quelque
mauvais tour !

Le lendemain, il n'était plus question de ce malaise.
Taverjon avait seulement le globe des yeux injecté et
la conjonctive éclatante comme un rubis.

— Il fera bien, pensait Fissou, de marier ces enfants-
là le plus tôt possible.

Martial Huguenin n'eût pas demandé mieux. Il voulait à L..; faire son chemin, et défendre au barreau
les idées qu'il apportait de Paris. Nulle force plus grande
pour un homme décidé à la lutte qu'un foyer où il se
vient reposer et réchauffer. Martial avait beaucoup
fréquenté, dans sa vie assez laborieuse d'étudiant, les
chefs du parti opposant. Il avait rencontré et coudoyé
les Marrast, les Flocon, les Godefroy Cavaignac, les
Ribeyrolles. Dans la collection de la *Réforme*, on re-
trouverait même, en cherchant bien, de petits articles,
fort substantiels, signés de son nom. Il était allègrement entré dans la mêlée. Mais, décidé à servir la
cause de la démocratie, il était d'avis qu'on pouvait
fort bien lui être utile en province, et que pour dire
une vérité, le barreau de L... valait le barreau de
Paris.

Il n'éprouvait donc pas, comme tant d'autres pro-
vinciaux qui ont respiré l'air de la Seine, la nostalgie
du boulevard ou du Pont-Neuf. Il voulait se fixer à L...

et y vivre, et ne pensait assurément point, en accep-
tant cette demi-obscurité, faire un sacrifice. Il était
réellement trop résolu et d'une humeur trop saine
pour croire que la province est un exil pour l'homme
de talent. « Que d'exilés, en ce cas, disait-il, s'il n'y
a que Paris au monde ! le laboureur du Nivernais ou
le bûcheron d'Auvergne, qu'est-il donc, en vérité, si
l'avocat de Toulouse ou l'écrivain de Bordeaux est une
victime ? »

Martial Huguenin était déjà précédé, parmi la jeunesse libérale de L..., d'une petite réputation. On savait qu'il s'occupait de politique, et les bien informés
ajoutaient qu'il avait écrit dans les journaux. C'en
était assez pour qu'on retînt et qu'on aimât son nom.
Quand on apprit qu'il revenait avec le titre d'avocat, et
qu'il devait se fixer à L..., les jeunes gens résolurent
de lui offrir un banquet. Ce n'était pas un banquet so-
lennel, mais une réunion intime où l'on causerait.
Lazare Fissou eût bien voulu y prendre part, mais la
chose se passait entre avocats, entre jeunes contemporains, presque entre confrères.

Il fallut, au dessert, que Martial, bon gré mal gré,
répondît à un toast et portât une santé. On parlait justement beaucoup alors de la tentative de Louis-Napo-
léon, qui venait d'essayer de soulever une garnison et
de renverser le gouvernement. Martial, tout en répondant au toast, fit d'abord une allusion à l'aventure, et
profita de l'incident pour dire son mot sur Napoléon.

L'histoire du premier empire n'était pas alors bien

connue et par le menu, comme elle l'est aujourd'hui.
On n'en savait guère que la légende. Chacun avait travaillé au poëme devenu populaire : Béranger qui chantait l'habit gris, Quinet qui vantait Arcole, Victor
Hugo qui célébrait la Colonne après Émile Debraux.
C'était alors une hardiesse de tenter ce que plus d'un
de ceux-là a fait depuis et de réagir. Mais Martial avait
pu causer à Paris avec Godefroy Cavaignac ; et le parallèle que l'auteur d'*Une Tuerie de Cosaques* établissait constamment entre Kléber et l'empereur l'avait
frappé profondément.

Il réédita, le verre à la main, et pour ses auditeurs
un peu surpris, les deux portraits largement esquissés
par le publiciste : le général qui meurt victime de son
devoir, le conquérant qui tombe victime de son
ambition. Il fut vraiment éloquent, vraiment viril. La
tentative du neveu donnait de l'actualité à l'attaque
contre l'oncle. Martial eut, comme on dit, un succès
vrai. On en parlait beaucoup, le soir même, dans les
salons ; on en parlait, le lendemain, au café et à la
Préfecture.

Vers six heures du soir (c'était en été), Fissou vit
arriver, en manches de chemise, Taverjon qui venait
de quitter son jardin.

Le gros homme roulait des yeux furibonds, et sur
son front, couleur de homard cuit, coulaient de larges
gouttes de sueur.

Du plus loin qu'il aperçut Lazare, il lui dit :

— Eh bien ! ton neveu en fait de belles... un joli
monsieur ! Parlons-en !...

— Mon neveu ? dit Fissou. Quel neveu ? Martial ?

— Parbleu ! tu n'en as qu'un. Ah ! parlez-moi de
Paris, on en rapporte une éducation soignée !...

— Mais, enfin, qu'a-t-il fait ?

— Voilà. Tu connais Clavard, Clavard du 37ᵉ de
ligne, Clavard qui habite Saint-Yrieix, un vieux de la
vieille encore... Il se trouvait ici hier. Il entre au café,
il entend parler de ton neveu. Sais-tu ce qu'il entend
dire ? Que ce polisson-là s'était permis, dans un dîner,
de dire tout haut, en faisant un discours (je t'en donnerai, des discours !), que Napoléon, tu entends bien,
le Petit Caporal, l'homme du destin, enfin, sacrebleu !
Napoléon était un tyran et un être à jeter aux chiens !...
Oh ! oh ! celle-là est bleue. Il ne plaisante pas, Clavard.
C'est lui qui, un jour qu'on insultait devant lui, en
plein café, un petit buste en plâtre de l'empereur, dit
à ceux qui faisaient ça : « Vous ne recommencerez pas
ou je l'avale et vous après !... » Et il voulut avaler le
buste, oui, l'avaler, pour le soustraire aux injures. On
a dit qu'il était soûl, pas du tout. On lui ôta le buste
des mains. Il avait déjà le petit chapeau dans sa
bouche : on aime l'empereur, ou on ne l'aime pas.
Moi, j'en aurais fais autant. Voilà donc Clavard, quand
il apprend l'équipée de ton neveu, qui ne fait ni une ni
deux, qui dit : « Je vais corriger ce monsieur-là et le
mettre sur le flanc, mais, là, d'un bon coup d'épée. »

— Clavard ?

— Clavard.

— Qu'il touche donc à un cheveu de Martial, celui-là, dit Fissou en relevant la tête, je lui coupe le nez !

— Il n'y touchera pas, fit Taverjon d'un ton bourru. Il était venu me voir. Je lui ai dit que la chose me regardait. Je l'ai engagé à repartir. Il est reparti. Mais nom d'un nom ! tu crois que ton neveu portera ça en terre ? Insulter l'empereur !... Comment, voyons, Fissou, ça ne te tourne pas le sang, cela ? L'empereur ! comprends donc, cet homme-là, cet homme qui m'eût dit : « Fais feu sur ton père ! Taverjon, » et que j'eusse écouté !...

— Voyons, dit Fissou, il faut s'entendre. Qu'est-ce que le petit a dit ?

— Un tas d'infamies.

— Parfaitement. Mais quoi ?

Taverjon regarda tout à coup Fissou d'un air stupéfait :

— Sais-tu, dit-il, que je te trouve bien calme ? On injurie ton empereur, et tu ne te sens pas bouillir d'indignation ?

— Non. Je voudrais savoir seulement...

— Tu sauras... veux-tu que je te dise, Lazare ? Tu sauras que ton neveu est un galopin. Je ne veux pas le tuer, comme Clavard, moi ; mais il serait là, vois-tu, il serait là, je lui tirerais les oreilles comme à un gamin. L'empereur ! est-ce qu'il l'a vu seulement ? est-ce qu'il l'a connu ? est-ce qu'il se doute de ce qu'était cet homme-là ? Un homme qui faisait renifler

à son cheval les obus qui tombaient devant lui, et qui
se moquait d'un boulet comme moi d'une chique. Et
ces petits messieurs font les malins ! L'histoire ! Mais
je la connais l'histoire, moi ! C'est nous qui l'avons
faite ! Note bien qu'il espère encore épouser ma fille,
ton neveu que le diable emporte, il l'espère encore,
je le parierais !

— Pourquoi pas ? dit Fissou.

— Pourquoi ? Parce que je ne la lui donnerai jamais,
tu entends, jamais ! Claire porterait le nom d'un gaillard qui n'a pas plus d'honnêteté que ça ? Claire, qui
adore Napoléon et qui époussetait encore sa statuette
ce matin, devant moi, sur la cheminée. Jamais, jamais, pauvre enfant ! Jamais ! Je ne veux pas la sacrifier !

Taverjon était dans un accès de fureur mêlé d'attendrissement ! Cinq minutes auparavant, il n'y avait en
lui que de la colère et un besoin violent de vengeance.
Il eût certainement frappé Martial. Maintenant, il
mêlait un peu de réflexion à sa fureur. Au surplus,
cette soudaine pitié ne lui apportait point de calme. Il
éprouvait seulement comme un serrement de cœur à
cette idée que Claire pût être immolée à un homme
qui n'adorait point l'empereur. Vainement Fissou essayait de le désarmer et de lui démontrer que certainement Martial n'avait point mesuré la portée de ses
paroles, prononcées, du reste, après boire :

— Est-ce que tu n'as jamais dit de bêtises quand tu
as eu un doigt de vin dans la tête ?

— Jamais, fit Taverjon, quand il s'est agi de parler de l'*ancien*.

La conversation des deux grognards devenait peu à peu une explication véritable, et tournait à l'aigre. Fissou prétendait qu'il ne fallait point pour si peu briser l'avenir de deux jeunes gens qui s'aimaient.

— Qui s'aimaient hier, c'est possible, interrompit Taverjon ; mais Claire le prendra en grippe, ton Martial Huguenin, dès qu'elle saura de quoi il est capable.

— Allons donc ! elle l'aimera toujours et tu la rendras malheureuse comme les pierres. Est-ce que tu connais ces cœurs de vingt ans ?

— Dis-moi tout de suite que je ne connais pas les femmes, dit Taverjon piqué au vif. Sacrebleu ! qu'est-ce qu'il faut donc avoir fait pour les connaître ? A Vienne, à Berlin, et partout, je leur ai assez gentiment chiffonné les collerettes. Je regrette qu'elle soit morte, celle à qui je dois Claire, la princesse, la marquise, tu sais...

— Oui, la cantinière.

— Quand je te dis la marquise !

— La marquise du tonneau de *schnick*, il n'y a pas à en rougir. C'était une vraie femme.

— Bref, je voudrais qu'elle fût là ! Elle te dirait si je connaissais les femmes. Mais j'espère bien, conclut Taverjon, que nous n'allons pas nous disputer, nous, des vieux amis, pour ton blanc-bec de neveu. J'ai dit ce que j'ai dit. Sans rancune, vieux. J'ai l'honneur de te saluer.

— Bonsoir, répliqua Lazare, pendant que Taverjon s'éloignait en chantonnant.

Le soir, Martial Huguenin trouva son oncle assis à sa table, et feuilletant à la lumière de sa lampe de vieux papiers jaunis, maculés, d'un blanc jaune ou bleuâtre, rayés d'accolades, couverts de signatures, avec des écussons et des inscriptions en tête de chaque feuillet. C'étaient les lettres de noblesse militaire du vieux brave, et chaque page salie et froissée lui rappelait une campagne, un grade, une blessure, un souvenir de douleur ou de gloire.

— Que faites-vous là, mon oncle? demanda le jeune homme.

— Tu vois, je roule ces papiers inutiles. Je les avais mis en ordre pour les déposer à la mairie, afin que les employés apprissent quel oncle tu avais. Ils sont *superflus*, je les serre, puisque tu fais du scandale contre l'empereur dans les dîners de jeunes gens. Moi, jusqu'à un certain point, je passerais par là-dessus : je m'en moque en somme, de la redingote grise. Mais Taverjon ne plaisante pas, et ton mariage est crânement compromis. Allons, tout ça ne servira pas encore, disait-il en feuilletant ses papiers.

— Comment! Taverjon?...

— Te refuse sa fille ; et, ma parole d'honneur, j'ai envie de te dire que tu n'as pas volé ce qui t'arrive !

— Pour avoir, l'autre jour, au banquet...

— Oui.

— Mais c'est un sot.

— Il est ainsi : à prendre ou à laisser.

— Je cours chez lui.

— Il te flanquera à la porte.

— Je lui parlerai, je verrai Claire. Est-ce que c'est possible que je ne l'épouse pas ?

Martial était déjà parti. Lazare Fissou, hochant la tête, regardait les papiers qu'il tenait encore. Toute sa vie était contenue là. Il se revoyait partant, chantant, joyeux, recrue nouvelle ; il se retrouvait au premier coup de feu, au premier galon, avec tous ses espoirs d'autrefois. Illusions perdues ! Il ne lui restait que des cendres, des paperasses signées de noms plus ou moins obscurs, la signature de Lorin, major, à côté de la signature du duc de Feltre ; des certificats de non-payement, des attestations de ses officiers, un tas de papiers qui ressemblaient à des billets tirés sur l'avenir, et douloureusement protestés.

Tant de fatigues, tant de peines, un dévouement de chien à la patrie : tout cela pour finir par tenir une auberge, se frictionner les jambes, gelées jadis, avec du baume opodeldoch, et économiser sou sur sou afin d'établir son neveu et de le rendre heureux !

— Encore m'a-t-il tout l'air de prendre le mauvais chemin pour égayer sa vie, songeait Fissou. Et tout cela, concluait-il mentalement, s'appelle la gloire ! Imbécile de Taverjon ! Renaudot était dans le vrai. Dieu vous bénisse, mon empereur !

Fissou renferma les papiers dans le tiroir où ils dormaient, poussa un large soupir, passa sa main maigre sur ses moustaches dures, et dit simplement :

— Ah ! si c'était à recommencer !

Pendant ce temps, Martial s'était présenté chez Taverjon. Le sous-lieutenant était rentré, puis ressorti, et Claire, demeurée seule, savait tout. Martial s'aperçut à ses yeux rouges qu'elle avait pleuré. La situation était grave, en effet. Taverjon avait été frappé au cœur. Le gros homme, atteint dans son admiration farouche, ne pardonnerait jamais à l'athée qui niait son dieu. Claire l'avait bien vu. Elle connaissait si bien son père! C'était un livre (un livre d'un format inquiétant) qu'elle savait par cœur. La qualité-maîtresse du grognard c'était l'entêtement.

— Qu'avez-vous fait, monsieur Martial ! disait Claire. Vous avez brisé notre bonheur d'un seul coup. C'est un enfant que mon père, mais un enfant terrible (féroce ! pensait Martial). Il aime ou déteste de tout son cœur. Vous saviez bien pourtant que le culte de l'empereur était sa vie. Je suis bien malheureuse. Je vous aime, et vous aime réellement, profondément, monsieur Martial. Être votre femme, quelle joie ! Tout est fini. Mais je vous jure du moins de rester fille, et d'attendre, en pensant à vous, la fin de l'orage. Et si l'orage ne passe jamais, je vous aimerai toujours !

— Vous êtes bonne, Claire, disait Martial en pressant ses petites mains. Aimez-moi, je vous adore !

Et, en la regardant, il avait envie de pleurer.

Il la quitta le cœur gonflé. Sans rien sacrifier de

ses convictions, il se reprochait maintenant d'avoir
atteint ce brave Taverjon en attaquant l'empereur,
comme un homme qui arracherait une touffe de gui
en voulant déraciner un chêne.

Martial était désolé. Il aimait profondément Claire ;
il avait depuis longtemps arrangé ce petit roman qui
menaçait de se dénouer si brutalement. L'idylle tournant à la rupture, c'était un écroulement véritable
pour le jeune homme. Il ne fallait pas songer cependant à fléchir Taverjon ni espérer de le convaincre. Le
sous-lieutenant s'était changé en bronze. Son irritation
l'eût rendu inflexible. C'était déjà beaucoup pour lui
que de laisser en paix l'iconoclaste qui avait touché à
son idole.

Les jours qui suivirent furent assez tristes. Martial
ne pouvait même plus maintenant voir la fille de Taverjon. Claire n'était point, il est vrai, prisonnière,
mais l'ex-chasseur à cheval la surveillait maintenant
avec une sévérité assez grande. Il demeurait au logis,
fumait des pipes, grognait, et quand il descendait au
jardin, il ordonnait à sa fille de le suivre. Elle tenait
son sécateur ou prenait l'arrosoir quand il était vide.
Quelquefois, comme la pauvre enfant soupirait, Taverjon la regardait bien en face, et lui disait :

— Qu'est-ce que tu as ? Tu penses encore à ce monsieur-là ? Tu sais que c'est inutile. Quand Taverjon a
pris quelqu'un en grippe, c'est fini !

Et, se remettant à l'ouvrage, tout en jardinant il fredonnait :

> Loin de toi, ma Félicie,
> Je sens que je vais mourir.

La voix était rauque : Taverjon improvisait sur les airs connus des variations anti-musicales, mais Claire n'en soupirait pas moins, et se disait que si elle ne mourait pas (car on ne meurt d'amour que dans les romans) elle souffrait pourtant comme elle n'avait jamais souffert.

— Note, Martial, disait Fissou avec colère, que cet animal de Taverjon est si tenace, qu'il ne sourcillerait pas devant sa fille malade et ne céderait pas d'une semelle. Le diable emporte les imbéciles !

Cet état de choses se prolongea pendant un long mois, qui parut interminable à Martial, et qui dura, pour Claire Taverjon, autant qu'une année. Un beau jour, comme Martial Huguenin contait l'aventure dans toute sa cruauté banale et bourgeoise à un de ses amis, Moricet, un camarade d'enfance devenu voyageur de commerce, toujours prêt aux farces et qui connaissait Taverjon pour avoir sauté sur ses genoux, et Fissou pour lui avoir entendu cent fois raconter ses campagnes, Moricet lui dit :

— Le bon Taverjon est une vieille bête, et il ne paraît pas facile à manier, mais tu as bien tort de te désoler ainsi. Rien de plus facile que de venir à bout des hérissons. Veux-tu te faire pardonner de ton futur beau-père, épouser sa fille, et nous amuser un peu par-dessus le marché ?

— Quelle idée ! dit Martial. Mais, comment ?...

— C'est affaire à moi. Je me charge de la chose.

Moricet faisait partie de cette race absolument in-
supportable et amusante qui s'appelle les *farceurs*. Il
n'avait pas son pareil dans les tables d'hôtes pour raconter des gaudrioles, fabriquer des chapeaux de gen-
darmes ou des lapins, en pliant sa serviette de certaines façons. Il escamotait aussi les bouchons de
liége, et, entre amis, mais dans la vie privée seulement, il avalait des étoupes.

Que de fois, à L..., étant enfant, il avait donné à
des enseignes de marchands des sens imprévus, en
effaçant, pendant la nuit, une ou deux lettres ! D'autres
fois, il se contentait simplement de tendre des cordes
à la porte des maisons. C'était une vocation. Ce type
semble avoir disparu depuis l'invention du gaz, et les
chemins de fer lui ont porté un coup terrible. Mais ne
nous y fions pas, le farceur est éternel.

Moricet s'amusait à sa guise de la badauderie humaine. L'occasion s'offrait d'obliger un camarade et de
blaguer un maître sot, il eût été niais de la laisser
échapper. Une heure après il avait trouvé l'*eurêka* du
problème, et, présentant un morceau d'écorce d'arbre
toute rugueuse, grise et ridée, à Martial :

— Tiens, lui dit-il, voici qui te vaudra la main de
Claire Taverjon.

— Ça ? dit Martial, qu'est-ce que c'est que ça ?

— Une écorce de saule.

— Je le vois bien, mais...

— Un morceau d'écorce que j'ai arraché tout à l'heure à un saule magnifique, dans le Jardin public : de Babylone ou saule pleureur, à ton choix, *salix Babylonica*, variété de la famille des salicinées, et qui fait très-bien en s'échevelant sur les tombes.

— Eh bien ?

— Comment ! tu ne comprends pas ?

— Je ne comprends rien du tout, dit Martial, qui regardait l'écorce d'arbre.

— Mon cher ami, répondit Moricet du ton d'un montreur de curiosités qui débite son *boniment*, ce morceau d'écorce que je tiens entre le pouce et l'index de l'air le plus naturel du monde, est tout simplement une relique sur laquelle ton beau-père (car il sera ton beau-père) versera des larmes avant ce soir. Ce morceau de saule, *salix*, etc., arraché au Jardin public, est ou sera un morceau du saule, désormais historique, qui abrite le sommeil de Napoléon Iᵉʳ, empereur des Français et roi d'Italie, dans l'île de Sainte-Hélène ! Voyons, dit Moricet, comprends-tu maintenant? Un capitaine de frégate (cherche son nom) t'a rapporté ça de Sainte-Hélène. Un morceau du saule de Sainte-Hélène, pour un grognard, mais c'est, pour un dévot, un fragment de la vraie croix. On irait à Jérusalem sur les mains pour en trouver un. Tu apportes cela en grande pompe ; tout ému, tu l'offres au Taverjon en courroux, il te regarde, il regarde cette pieuse écorce —*salix Babylonica*, qu'il ne faut pas confondre avec le *salix caprœa* (j'ai fait des études sur les petites éti-

quettes de bois au jardin), et s'il ne se jette pas dans
tes bras au bout de deux minutes en t'appelant son
enfant, je veux bien perdre mon nom de Moricet,
qui n'est pas beau, et auquel du reste je ne tiens pas
du tout.

— Es-tu fou? dit Martial. J'irais porter cela....
j'irais mentir... Tromper, même en plaisantant, c'est
indigne.

— Tu es stupide ! aimes-tu mademoiselle Claire,
oui ou non ? veux-tu, oui ou non, faire fondre la colère du Taverjon ? Je te trouve un moyen. C'est bête
comme tout les scrupules mal placés.

— C'est impossible; c'est de la folie ! D'ailleurs,
Taverjon ne croirait pas que cette écorce de saule....

— Il ne croirait pas ! fit Moricet. Il ne croirait pas !
Dans cet ordre d'idées, le bonhomme croira tout. Il
n'y voit plus clair. Tous les fakirs se ressemblent. Il
ne croirait pas ! Je parie lui faire avaler que mes bou-
tons de guêtre sont ceux que portait Napoléon à Long-
wood. Il ne croirait pas ! Écoute, je me charge de
l'affaire, moi, par amour de l'art ! Je lui porte l'écorce
en question de ta part. Et tu me diras ensuite s'il y a
une assez forte somme de crédulité dans une caboche
humaine....

Martial eût voulu retenir Moricet ; mais l'autre était
déjà parti. — Voilà, songeait Martial, une chose insen-
sée ! Ce plaisantin va me faire à jamais détester de
Taverjon, qui ne me pardonnera pas de l'avoir dupé ! Il
avait envie de courir chez le sous-lieutenant, de se

présenter devant lui malgré toute sa colère et de lui
dire : « On vous ment, on se moque de vous. Je suis
innocent de cette plaisanterie absurde ! » Et cependant,
instinctivement, Martial demeurait chez lui, laissant ce
duel ironique se livrer entre l'ironie audacieuse et la
colossale bêtise.

Une heure après, Maurice sautait au cou du jeune
homme, et lui disait :

— Embrasse-moi : je t'ai marié !

— Quoi ! comment ?

— Le sous-lieutenant t'adore ; il te pardonne ; il est
amoureux fou de ton saule, et je parie qu'il va te demander la main de cet arbre, *salix babylonica*, en
échange de la main de sa fille. La joie lui a totalement
détraqué la cervelle. Eh bien ! sceptique, eh bien !
toi qui doutais de mon moyen, eh bien ! Thomas, *vide
manus*, et qu'en dis-tu ?

— Je dis, je dis que j'ai peur, répondit Martial, que
cette bêtise monumentale de Taverjon et cette crédulité sublime pétrifiaient d'étonnement presque res-
pectueux. Si ce que tu me dis est vrai, si le sous-
lieutenant croit à cette impossibilité, c'est effrayant.
Le jour où il soupçonnera la vérité, il me brûlera la
cervelle !

— Il ne soupçonnera et ne saura jamais rien. Comment veux-tu ? Allons, prends ton chapeau, viens en
toute hâte. Ton beau-père t'attend. Ses bras sont ouverts ; va l'embrasser !

— Moi ?

— Toi ! Es-tu fou ? Épouse la fille, et tu auras des timidités ensuite, ou des remords, mais d'abord épouse ! C'est le meilleur moyen de calmer ta conscience ! Et ton mariage ressemblera au dénoûment d'une pièce de Molière. J'ajoute qu'avec une femme comme Claire, il ne lui ressemblera que par là.

Martial n'eut même pas la peine de se rendre chez Taverjon. Peut-être même ne s'y fût-il pas rendu, car la plaisanterie de Moricet lui semblait vraiment dépasser les bornes. Mais tout à coup la porte de sa chambre s'ouvrit, et Taverjon, rayonnant de joie, se montra sur le seuil. La porte encadrait avec peine ce colossal personnage, dont toute la personne, des pieds à la tête, jubilait.

Martial n'osait vraiment le regarder. Taverjon ne fit point tant de façons. Il attira le jeune homme à lui, le pressa à l'étouffer sur sa large poitrine, et lui dit :

— Tu peux te vanter de m'avoir fait la plus grande joie de ma vie, mon pauvre garçon ! Et tu ne venais pas m'embrasser après ça ! Mais tout est oublié, tu penses bien ! Viens dire bonjour à Claire et voir mon saule !

Tout en parlant, le gros homme avait des larmes dans les yeux.

Martial Huguenin comprenait en ce moment le sacrifice, l'adoration des apôtres pour le Christ, l'écrasement de ces êtres simples et vulgaires devant l'intelligence supérieure. Moricet lui répétait encore en lui poussant le coude : « Qu'en dis-tu ? » Et vraiment

Martial ne savait s'il devait rire du grognard, ou l'admirer.

Taverjon avait déjà placé l'écorce de saule sous le fameux globe de verre, aux pieds de la statuette de porcelaine dorée. Tandis que Martial, un peu confus, prenait les mains à Claire, le sous-lieutenant, assis dans son fauteuil, les mains croisées sur son ventre énorme, regardait cette écorce d'arbre avec attendrissement. Il fallut que Fissou vînt aussi la contempler. On évoqua bien des souvenirs. En regardant cela, tous les souvenirs des campagnes d'autrefois repassaient par la tête des deux vieux amis.

— Eh bien! disait Fissou, mon neveu est-il une canaille, espèce de trouble-fête que tu es, et lui donneras-tu ta fille?

— Plutôt dix fois qu'une, répondait Taverjon.

Martial était si heureux de retrouver Claire, qu'il n'osait vraiment éveiller Taverjon de son rêve.

— Laisse-le donc à son erreur, répétait Moricet. Il n'a jamais été si heureux. Tu ne veux pas briser son bonheur en brisant le tien?

C'était une raison, et Martial songeait à ce fou d'Athènes qui comptait les vaisseaux sur le Pirée et les croyait tous à lui. Nul ne le surpassait en richesse.

— Bah! se disait Martial. Ne le détrompons pas.

Claire, elle-même, avait été prise à ce mensonge. Elle trouvait pourtant bien étrange que ce capitaine fût arrivé de Sainte-Hélène tout juste à point pour dénouer cette difficulté, absolument comme au théâtre le *deus ex machinâ*. Mais, si l'on interroge et si l'on analyse le malheur, il est rare qu'on ne s'abandonne pas au bonheur sans se soucier d'où il vient, et comment il est venu. C'est un hôte trop rare, en vérité, pour qu'on se soucie de lui demander ses papiers. Claire, donc, ne voyait qu'une chose en tout ceci : c'est qu'elle épouserait le brave garçon qu'elle avait toujours aimé.

— Nous apprendrons l'exercice aux petits garçons, Taverjon, disait Lazare.

Le mariage fut célébré en grande pompe. Les grognards avaient mis, sans sourciller, leurs vieux uniformes. Comment Taverjon put entrer dans sa culotte de peau, devenue terriblement étroite, c'est une question que nul ne pourrait résoudre. Le fait est qu'il y entra sans trop de craquements. Lazare Fissou était encore respectable et fier sous la veste du chasseur. En le regardant, les plaisants n'eurent pas envie de rire. Le gros Taverjon seul était bouffon. Claire obtint de son père qu'il se déshabillât en revenant de la mairie. S'il avait gardé son uniforme jusqu'au soir, l'apoplexie eût été certaine.

Au dîner, — il y eut dîner à l'auberge, — Fissou raconta ses histoires, le sac de Lubeck, le régiment en rideau, le passage de la Bérésina et la mort de Moulachard. Taverjon l'interrompait, disant :

— Tout ça, c'est vrai comme la vraie vérité! et buvait un coup.

Martial, qui n'écoutait pas, regardait Claire, souriante ; elle semblait dire :

— Il faut les aimer ; ils nous aiment tant !

Au dessert, Taverjon fuma la *pipe du Prussien* et chanta deux chansons de suite, une romance de Chateaubriand et un cantique bonapartiste. On l'épaulait des deux côtés de sa chaise, car, debout, il chancelait comme un monument qui se serait lézardé. Lui, de sa grosse voix, emplissant la salle :

> Prêt à partir pour la rive africaine
> Le Cid, armé, tout brillant de valeur,
> Sur la guitare, aux pieds de sa Chimène,
> Chantait ces vers que lui dictait l'honneur.

Au dernier couplet, Taverjon remplaçait invariablement : *son Dieu, son roi*, par *son empereur*. Il avait chanté cela de ce ton sentimental qui lui était particulier, avec des grâces et des tendresses d'éléphant ; mais son grand succès fut l'*Empereur à Sainte-Hélène*, romance historique, paroles de M. F. Letellier, sur l'air du *Sonneur de Saint-Paul*. L'auteur faisait parler Napoléon lui-même, et Taverjon, les bras croisés derrière le dos, imitait pieusement le modèle et pleurait, tout en chantant :

> J'étais heureux avec ma Joséphine,
> J'aimais son fils, Eugène Beauharnais !
> Par sa bonté, cette femme divine
> Était aimée, adorée des Français !

Car de mon peuple, ah ! c'était bien la mère,
Ell' possédait esprit, candeur, vertus !
D'êtr' son époux, ah ! combien j'étais fier !
O mes beaux jours, qu'êtes-vous devenus ?

C'était alors, autour de la table, un tonnerre d'applaudissements. Taverjon devenait pâle, puis effroyablement rouge, laissait tomber des larmes dans son verre, et se rasseyait en frappant sur la table.

— Voyons, Taverjon, mon vieux Taverjon, disait Fissou, qu'est-ce que tu as donc ?

— J'ai qu'ils l'ont tué, j'ai que je voudrais manger des Anglais, nom d'un nom ! répétait Taverjon. Tu ne comprends pas ça, toi ?

— Oh ! beau-père, monsieur Taverjon, criaient ensemble Martial et Moricet, y pensez-vous ? un jour de noces !...

— Mais, sacrebleu ! suppose qu'on t'enlève Claire, toi, qu'est-ce que tu dirais ?

— Je ne me laisserais pas enlever, dit Claire en regardant son mari.

— C'est une supposition que je fais. Ce que tu ferais, Martial ? Tu casserais la tête à l'animal qui ferait ça. Eh bien ! mon empereur, c'est tout pour moi, c'est mon père, c'est ma fille, c'est...

— J'espère bien que tu ne boiras plus, toi ! interrompit Fissou en voyant que Taverjon perdait son aplomb et que sa langue s'embarrassait.

— Non, je ne veux plus boire. Je veux aller embrasser mon morceau de saule (Martial regarda Moricet qui ne broncha pas), je veux aller l'embrasser, je l'adore. Martial, tu es mon fils ! Tu m'as donné une relique ! Je veux aller embrasser mon saule. Viens embrasser le saule, Fissou !

Fissou s'était levé. Il prit le bras de Taverjon et le conduisit jusque chez lui ! Taverjon s'arrêtait de deux pas en deux pas pour crier : *Vive l'empereur !* Il se butait aux moindres cailloux, faisait des faux-pas, et Fissou lui disait :

— Mais tu es ivre, mon bon !

— Je ne suis pas ivre. Je suis heureux. Vive l'empereur !

— Bon. Crie à ton aise, va ! Quel gosier !

— Vive l'empereur ! répétait Taverjon d'une voix de cuivre. Il eût réveillé des morts.

— Ah ça ! dit Fissou, est-ce que tu crois m'humilier, par hasard ! J'ai un creux aussi : Vive l'empereur !

— Vive l'empereur ! reprenait Taverjon.

— Tout le monde avait du creux au 19e chasseurs. Vive l'empereur !

— Vive l'empereur !

— Vive l'empereur !

Ils titubaient, se soutenaient par miracle, et, roulant à demi, ils arrivèrent à la maison de Taverjon. Ce fut toute une affaire pour l'ouvrir. Taverjon prétendait qu'on avait changé la serrure.

— On ne l'a pas changée, répondit Fissou, mais

la vérité est qu'il y en a trois. Moi j'en vois trois !

La porte fut ouverte, par miracle. Les deux compagnons montèrent à la chambre de Taverjon. Au bout d'un moment, en contemplation devant l'écorce de saule, Taverjon fondait en larmes et disait à Fissou :

— Quand je pense qu'il est mort, j'ai envie de décrocher mon sabre et de me le passer au travers du corps ; et toi ?

— Moi, je suis plus calmé.

— Tu es tiède, Fissou. Tu es tiède. Vois-tu, tu ne l'as jamais aimé, toi, l'empereur. Un homme si grand ! Quel homme ! Non, mais quel homme ! En a-t-il tué, sacrebleu ! de ces canailles d'Autrichiens, de Prussiens, de Russes, de Cosaques, d'Espagnols, en veux-tu en voilà !

— Tout ça, dit Fissou philosophiquement, pour arriver à dormir avec ce saule-là sur la tête.

— Ne me dis pas ça, Lazare, vois-tu, sacrebleu ! c'est dégoûtant qu'il soit mort !

Le brave Taverjon eut un dernier sanglot, et, reprenant la pipe du Prussien, il l'alluma, disant à Fissou, en lui montrant la figure de femme peinte sur la porcelaine :

— Elle était tout de même gentille, la bonne amie de ce paroissien-là !

— Avec ça qu'elle doit être fraîche, répondit Fissou, depuis 1813 !

— Comme le temps file !

— Bah ! maintenant le petit est casé ; il a son pain cuit : nous pouvons claquer !

— Nous pouvons claquer, répéta Taverjon ; c'est vrai. Je voudrais pourtant avoir un petit-fils et l'appeler Napoléon !

Le vœu n'était pas irréalisable. Taverjon eut un petit-fils, et le marmot porta ce nom, en dépit de Martial, qui n'y tenait guère. Mais Claire était là ; elle avait supplié. L'enfant s'appela Napoléon. Il grandit sur les genoux du père Fissou, à l'auberge, et les deux vieux parfois disaient : Ça fera un joli militaire !

— En attendant, je suis bonne d'enfant, moi, répliquait Taverjon, qui berçait le nouveau-né.

Les premiers exploits du héros furent ses campagnes contre les moustaches des grognards. Il les tirait avec férocité.

Le père Fissou en pleurait de douleur, mais il ne bronchait pas. Quand l'enfant avait peur, Taverjon lui disait :

— De quoi as-tu peur ?

— D'Abd-el-Kader.

— Eh bien ! nom de nom ! tu n'auras plus peur. A l'avenir, je te ferai coucher avec mon sabre !

Et rassuré, en effet, le petit dormait dans son lit d'enfant, entourant de ses petits bras potelés et roses, comme il eût fait d'un jouet ou d'un chat, le grand sabre de cavalerie, où se retrouvaient certaines taches de rouille, qui pouvaient bien être du sang.

Ainsi vieillissaient les deux grognards, près de ce

ménage heureux, tandis que Martial luttait contre la
vie, et que Claire élevait son fils. Avec les années, la
taille des vieux compagnons se courbait bien un peu,
l'échine s'arrondissait cruellement : Fissou devenait
plus maigre et Taverjon plus rouge. Mais ils n'en continuaient pas moins régulièrement leurs promenades
aux heures militaires, sous les arbres du champ de
Juillet. Ils traînaient le pied, portaient la tête moins
haute, saluaient le *sexe* d'un geste moins sûr, mais
faisaient strictement la promenade d'ordonnance, et
ne variaient point d'un pas. Quand ils rencontraient
un gamin, Taverjon lui disait : — Mets-toi là, fixe,
alignement ! et il lui faisait faire l'exercice.

— Pourvu, murmurait quelquefois Fissou, que ça
ne lui serve pas !

Tous les ans, à la même date, ces deux débris s'en-
fermaient dans une petite salle à l'auberge, et seuls,
portaient, attendris, une santé inconnue.

C'était le jour anniversaire de la mort du capitaine
Renaudot.

Quant au 5 mai, jour de la mort de l'empereur,
Taverjon le passait à pleurer, et à dire que Welling-
ton était un drôle.

— Vieille grosse bête, ce Taverjon, disait Fissou,
mais bon cœur !

Fissou avait vendu son fonds, et Taverjon, peu à
peu, lui avait inoculé son goût du jardinage. Il soignait
aussi des rosiers, mais, quoi qu'entreprît son ami, il
ne put jamais, comme Taverjon, chanter la romance.

— Je ne suis pas un Elleviou, moi, disait-il.

Au nom d'Elleviou, Taverjon se rengorgeait et développait orgueilleusement ses pectoraux. Le bellâtre réapparaissait quand on grattait la ganache.

Dix ou douze années se passèrent, calmes, heureuses, presque souriantes, pour ces deux oubliés que soignaient leurs enfants. Puis un jour, Taverjon, pris d'un coup de sang — de son prussien de sang ! — tourna sur lui-même et mourut comme tué d'une balle. Point de cris. Un mot inachevé : « Mon emp... »

— Il a de la chance, dit Fissou, voilà la vraie mort : il n'a pas souffert.

Dans son testament, qui n'était pas long, Taverjon léguait le morceau d'écorce de saule (*salix babylonica*), rapporté de Sainte-Hélène, au musée historique de la ville de L...

C'est là que Fissou, dans les dernières années de sa vie, allait le contempler sous une vitrine.

— Ce n'est pas pour le saule, disait-il, mais vous savez, ce morceau d'arbre me rappelle Taverjon. Je vois l'endroit où il embrassait l'écorce, le pauvre lascar ! Il me semble qu'il va revenir, qu'il est toujours présent, et voilà ! Je l'aimais crânement ce gros animal-là, je vous en donne mon billet !

Martial Huguenin n'eût certes pas osé avouer à Lazare Fissou comment il avait trompé Taverjon.

Depuis cette simple aventure, qui date de vingt ans à cette heure, humble roman sans péripéties, qui vaut surtout par le rôle que ces deux hommes ont joué sous l'empire, Lazare Fissou est mort, l'auberge démolie, elle a disparu, emportée par un boulevard : Martial et Claire ont vieilli, et leur fils est devenu un homme. Mais le fragment d'écorce de saule est toujours sous sa vitrine, au musée de L... et fait l'admiration des étrangers.

Une inscription gravée sur cuivre constate que ce précieux souvenir est un don de « feu M. Cyprien » Taverjon, chevalier de la Légion d'honneur, sous- » lieutenant au 19ᵉ chasseurs à cheval. »

Moricet, toujours gai, malgré ses rides, disait l'autre jour, en parlant du morceau de *salix babylonica*, que les Guides enregistrent parmi les curiosités de L... :

— Croyez donc maintenant aux reliques et croyez à l'histoire ! Et c'est ainsi qu'on entretient tous les fétichismes : quelle duperie ! *Blagueurs et Blagués !* comme dit Gavarni. On me répondra : Il n'y a que la foi qui sauve. Mais je voudrais bien, pour répliquer au proverbe, compter un peu tous ceux qu'elle a perdus.

LE SOLDAT

— 1834 —

I

Savinien Raynaud était le fils de la mère Raynaud,
une brave femme, une ouvrière, travailleuse, honnête,
dure à l'ouvrage et qui vivait encore à Lyon; il y a
quelques années. Depuis longtemps le père Raynaud
était mort, lorsqu'en 1831, Savinien tomba au sort,
prit le fusil et endossa l'uniforme. On pleura de grosses
larmes, à la Croix-Rousse, dans le logis d'ouvrier
qu'habitait la mère Raynaud avec ses deux fils. Deux
beaux et forts garçons : l'un, vingt ans, élancé, nerveux, l'œil vif, brun, intelligent, hardi; l'autre, dix-
huit ans, blond, solide, d'épais cheveux frisés, une
barbe courant déjà sur ses joues grasses et saines,
l'air heureux, riant et fort. La bonne femme disait
parfois au plus jeune :

— Sais-tu à qui tu ressembles, André ?

— Oui, mère !

— Parbleu ! faisait-elle, je l'ai dit tant de fois. Eh ! bien, c'est que c'est vrai, tu es, tout vivant, le portrait de ton brave père, mon pauvre Jacques.

Les enfants ne l'avaient guère connu. A sa mort, l'aîné, Savinien, avait cinq ans ; mais on leur avait dit quel vaillant travailleur ç'avait été et quel honnête homme. Ouvrier tisseur, il n'avait jamais quitté son métier, et résolu, courageux, il avait donné sa vie à cette obscure tâche du producteur qui fabrique le luxe et le bonheur des autres. Il était fort aimé à la Croix-Rousse ; on le savait patriote. En juillet 1815, lors de l'occupation de Lyon par les Autrichiens, Jacques Raynaud avait voulu tenter contre eux un coup de main. La réaction légitimiste, qui devait multiplier ses cours prévôtales et faire fusiller Mouton-Duvernet au chemin des Étroits, n'avait pas eu d'adversaire plus implacable que cet ouvrier inconnu qui, tout haut, disait son avis et jetait ses protestations. Comment ne fut-il pas arrêté, inquiété, compromis, ainsi que tant d'autres, dans quelque accusation de complot ? La pauvre madame Raynaud eût été bien embarrassée de le dire. Elle avait, lorsqu'elle racontait à ses fils l'histoire de ces temps, coutume d'ajouter : — Notre-Dame de Fourvières avait pris votre défunt père sous son manteau, ça n'est pas possible autrement.

La mère Raynaud était dévote, ou du moins elle avait cette sorte de dévotion toute locale, cette foi superstitieuse en la Vierge qui n'est pas le culte italien, méridional de la Madone, mais qui est, en quelque sorte, une croyance toute lyonnaise, un goût du terroir. Au-dessus de son lit, Notre-Dame de Fourvières, en plâtre, jouait le rôle des dieux lares païens et veillait au bonheur du logis ; la statuette était entourée de branchettes de buis, qu'on remplaçait et qu'on brûlait tous les ans, le jour des Rameaux. C'était là, d'ailleurs, la seule façon dont madame Raynaud fût praticante. Jacques Raynaud, son mari, élevé dans les principes de philosophie de la Révolution, avait fini par lui passer ces petites faiblesses. Il respectait, par amour pour la chère femme, ce buis mort dont il eût volontiers allumé sa pipe.

— Ah ! disait-il, si toutes les dévotes te ressemblaient !...

Il ne laissa que peu de chose lorsqu'il mourut. Contre-maître, d'une intelligence rare, étonnant d'activité, sans nul doute, le vent de chance aidant, il eût fait fortune. La mère Raynaud le disait souvent. Avec les quelques sous mis de côté, elle put d'ailleurs élever ses enfants. Il y a à Lyon un admirable établissement qui s'appelle *La Martinière*. Un Lyonnais, Claude Martin, fils d'un tonnelier, jeté par l'aventure dans les guerres de l'Inde, au temps de Lally, et mort major général de l'armée anglaise, légua, en 1800, lorsqu'il mourut à Lucknow, sept cent mille francs à chacune de ces trois villes : Lucknow, Calcutta, Lyon, pour y bâtir et y entretenir un établissement d'éducation pu-

blique appelé *La Martinière*, en souvenir de lui. Ce
Claude Martin fut un original. Il ajoutait encore douze
mille francs de rente pour la libération annuelle de
Lyonnais détenus pour dettes. Son testament, écrit au
bord du Gange, et, plus tard, imprimé à Lyon, porte
que son corps sera salé, déposé dans un tombeau de
style gothique, construit d'après ses propres dessins,
et qu'on gravera cette épitaphe : « *Ci - gît Claude
Martin, né à Lyon en* 1732, *venu simple soldat dans
l'Inde et mort major-général.* » Le major-général serait, au surplus, depuis longtemps oublié, si le philan-
thrope n'avait éternellement sauvé de l'oubli ce nom de
Claude Martin.

On apprend, à la Martinière, tout ce qui donne des
idées pratiques et saines, la chimie, la physique, le
dessin. De cette école industrielle, des contre-maîtres,
des ouvriers habiles, des hommes en un mot sont sortis. Les fils de Jacques Raynaud furent élevés là. Madame Raynaud n'était pas ambitieuse. Elle voulait en
faire des ouvriers, de braves tisseurs, et surtout de
braves gens. Elle-même travaillait à de la couture.
Lorsque les enfants furent grands, les économies du
père étaient dévorées depuis longtemps, on était terriblement pauvre, mais on avait l'avenir devant soi, un
état, des bras, de la santé et du courage. Ne dit-on
pas que cela suffit ?

Savinien Raynaud, dans ce quartier lyonnais de la
Croix-Rousse qui est, en réalité, une ville à part, était
connu, aimé, et quand on apprit qu'il avait, comme

on dit, un mauvais numéro, plus d'un hocha la tête et la morale fut : « Pauvre madame Raynaud ! Elle l'aimait tant ! » — Après tout, répliquèrent quelques-uns, être soldat, ce n'est pas une affaire ! On n'en meurt pas !

— Pourquoi diable est-ce toi qui pars et moi qui reste ? disait André, tu es le Benjamin de la maman. Tu as plus d'intelligence que moi et j'aurais aimé à voir du pays !

— Les pays ne sont pas amusants à voir le sac au dos, répondait Savinien. Veux-tu un avis, toi ? Tu es un bon et brave garçon ; moi parti, tu travailleras pour deux. Tu aimeras la mère comme il faut. Tu deviendras un bon ouvrier et tu m'écriras souvent. Tant que je vous saurai heureux, je me sentirai guilleret et, la dette payée à l'État, — puisque ça s'appelle comme ça, —j'enverrai le schako aux orties et le fusil au diable, et vous tuerez le veau gras pour mon retour. Est-ce dit ?

Savinien essayait de rire, mais il était triste à en pleurer. Il n'avait pas songé à cela, qu'un jour il lui faudrait quitter la mère, le coin de terre où il espérait faire sa vie, bâtir son nid, aimer, être aimé, vieillir, et qu'on lui dirait : Va rejoindre, au bout de la France, des compagnons que tu ne connais pas et quitte pour sept ans cette ville, qui t'a nourri de son air, où tu as grandi, et cette femme qui t'a élevé, qui t'a nourri de son lait. Il avait des projets plein la tête, des rêves peut-être, mais généreux, jeunes, convaincus ! Que de choses ! Il parlait quelquefois, en riant, de perfectionner le métier du tisseur. Il voulait, demeurant ouvrier, devenir un artiste. Lorsqu'en 1829, le général La Fayette était passé par Lyon, acclamé des bourgeois et du peuple, Savinien Raynaud lui avait offert une écharpe tricolore tissée d'un seul morceau, chef-d'œuvre qu'on n'a refait à Lyon qu'une fois, lorsque Cochard a tissé le drapeau des États-Unis envoyé par la démocratie lyonnaise à la démocratie américaine.

L'écharpe de La Fayette était célèbre dans le petit monde des canuts. Les trois couleurs, en cette année, étaient encore proscrites. Offrir au général cette chose, et l'oser fabriquer, c'était, outre l'œuvre d'art, un acte de courage. Aussi, madame Raynaud en avait conservé un lambeau qu'elle montrait avec fierté, le soir, à la lampe, et qu'elle cachait soigneusement au fond de quelque armoire. C'était à la fois l'inquiétude et la gloire de la maison. De temps à autre les voisins venaient, se glissant chez les Raynaud comme furtivement, et disaient tout bas à la mère :

— L'écharpe, madame Raynaud, montrez-nous donc l'écharpe !

Et elle, avec un sourire heureux et un peu d'émotion, dépliait le morceau de soie, le montrait en tournant ses yeux autour d'elle et, comme les canuts disaient: C'est superbe! Est-ce tissé! C'est un tour de force!

— Ah! pauvre écharpe, répondait-elle, tu m'as causé bien des pleurs, tu m'as bien souvent empêché de dormir. Pour te tisser, Savinien travaillait la nuit, comme s'il eût commis un crime. A cause de toi, j'ai souvent craint pour mes fils. Mais je t'aime, pauvre cher morceau de soie, car je sais combien tu représentes de bonté, de travail, de temps et de courage !

Parfois elle embrassait le lambeau d'étoffe déjà ternie et plus d'une fois elle se hâtait de le replier disant :

— Allons ! cachons ça. Je l'abîmerais, je suis si bête ! Je pleurerais dessus.

Lorsqu'il fallut que Savinien quittât le pays, ce fut pour les Raynaud un vrai jour de deuil. La mère avait fait le sac de voyage de son fils, et, cette fois, vainement elle eût retenu ses larmes. André, gai d'habitude, type joyeux de bon vivant, était pâle comme un mort, serrait les dents et parfois se mordait les lèvres. Le conscrit, accoudé à la fenêtre, regardait au loin Lyon qui déjà, le soir venant, se noyait dans la brume au pied de la Croix-Rousse. Un silence morne, douloureux, qu'interrompait tristement un soupir de la mère.

Savinien partait pour Bayonne. On le conduisit jusqu'à la diligence. Madame Raynaud marchait avec peine et c'était Savinien lui-même qui la soutenait.

— Mon pauvre enfant, disait-elle, mon pauvre petit, si ton père vivait, tu ne partirais pas ! Nous pourrions t'acheter un homme. Il faut me pardonner, vois-tu, d'être obligée de te laisser aller. Ah ! les riches sont bien heureux !

— Te pardonner ? répondait Savinien. Quelle idée ! Avec ça que la plus frappée, maman, ça n'est pas toi ! Mais je reviendrai, va, et nous ferons aller le métier et prospérer la maison !

— Sept ans ! reprenait la mère.

— Eh bien qu'est-ce que c'est que ça, sept ans ? Ça passe comme une lettre à la poste. Nous serons tout étonnés quand ils seront finis et nous dirons : Tiens, déjà !

André prenait la main de Savinien et la serrait bien fort dans sa main robuste. Il comprenait tout ce que souffrait le frère et, pendant ce temps, madame Raynaud disait avec un soupir douloureux et profond :

— Enfin, pourvu que ces sept ans une fois passés, tu me retrouves à la même place !

— Demande ça à Notre-Dame de Fourvières.

— Ah! tu es comme ton père! Ne te moque pas de moi, va, je la prierai plus d'une fois pour toi.

Il fallut bien se séparer. Toutes les langues de la terre ont un mot navrant comme un glas pour exprimer cette idée du départ. *L'adieu* est partout mélancolique. Les baisers ont alors une saveur cruelle et il semble qu'on se détache de soi-même lorsqu'on s'arrache des bras qui vous tiennent embrassé. Il était nuit. La diligence partit brusquement, ses grelots sonnant, et les vitres sautant avec un grand bruit dans leur cadre de bois.

Savinien essayait de distinguer dans l'ombre, à la lueur des lanternes, ceux qu'il était ainsi forcé de quitter et qu'il n'apercevait déjà plus. Il avait, malgré se nature résistante et brave, une envie étouffante de pleurer. Ce grand bruit de carreaux, semblable à une fusillade continue que jetait la diligence en dansant sur

le pavé, l'irritait. Lorsqu'on fut sorti de Lyon, il se
sentit tellement seul — et pour la première fois de sa
vie — qu'il se demanda s'il rejoindrait son régiment
comme il le devait, ou s'il déserterait.

Sa feuille de route lui désignait Bayonne comme
lieu de garnison. On l'incorpora dans le 28e de ligne.
Cette vie militaire, dès le début, lui répugna. L'odeur
de la caserne, et aussi la nécessité de respirer, d'aller,
de venir, de penser, dans cette atmosphère étouffante, dans ce vide immense, lui donnaient comme
des colères. Il se sentait transformé en automate. La
chère et humble vie de la Croix-Rousse, le logement
d'ouvrier, la bonne soupe aux choux de la mère Raynaud, comme il regrettait tout cela ! D'ailleurs il fallait
se résigner. La discipline était là ! Le code militaire est
net et absolu. La personnalité humaine disparaît et
n'est bientôt plus qu'un numéro matricule. Il y a du
forçat dans le soldat, mais du forçat sublime. Et c'est
bien pour cela que tout homme est redevable à la patrie de ce service militaire, servitude s'il est le lot de
quelques-uns, devoir s'il est l'obligation de tous.

Savinien au surplus n'était pas un révolté. Il acceptait
le sort pour ce qu'il valait et sans trop faire la grimace.
Il se consolait comme il pouvait, traînant sa vie naguère
active dans l'ennui silencieux d'une ville de province,
suivant, en pensant au Rhône, les bords de l'Adour,
regardant les Basques, le soir ; jouer à la paume sur les
places et les fillettes passer, portant sur leur tête les
paniers de sardines fraîches ; souvent il s'étendait sur

les talus des fortifications, l'œil regardant le ciel, ouvrant les narines au parfum de foin coupé qui lui venait par-dessus les Allées Marines, et rêvant. Il restait là parfois jusqu'à ce que, la nuit venue, il entendît battre les tambours et sonner les clairons de la retraite. Alors, il se levait et regagnait la caserne tout en se disant :

— A cette heure, là-haut, ils allument la lampe et travaillent.

Il rentrait alors en compagnie de camarades qui, du bout du couteau, taillaient quelque baguette de noisetier et fredonnaient un refrain du pays, — pays breton ou normand, si loin d'eux maintenant.

II

Savinien trouvait, avec raison, que sa destinée valait bien celle des officiers condamnés à l'inaction dans la petite ville, bâillant ou plutôt fumant leur vie, jouant aux dominos dans quelque café triste, charmant les ennuis de la garnison en courtisant la dame de comptoir qui laissait quotidiennement évaporer la pommade de ses cheveux entre la cave à liqueurs et la boîte au sucre. Il se demandait à quoi pensaient ces hommes, les uns, jeunes, sortis des écoles avec le cerveau plein de rêves et condamnés ainsi à l'inactivité, à l'ennui quotidien, profond, opaque; les autres, vieux, habitués au harnais, et dont toute la pensée, toutes les chimères, toutes les idées tenaient dans l'*Annuaire*.

Mais comme il regrettait sa vie libre d'ouvrier canut au haut de la Croix-Rousse, le bruit du métier, les hautes maisons sombres et noires, qui lui étaient si chères pourtant, et les promenades à l'île Barbe et les baignades dans le Rhône !

— Après tout, se disait Savinien, André du moins a tout cela et, grâce à ce brave garçon, la mère peut se consoler !

André, lui, plus encore que Savinien eût répugné à être soldat. Il était né avec un esprit ardent, bouillant, la mâle décision du père Raynaud unie à une certaine gaieté, une verve qu'il ne tenait que de lui-même. Il s'était lié avec plus d'un chef du mouvement mutuelliste qui devait procurer, disait-on, par l'association, un bien-être et une certaine puissance aux travailleurs. Le droit d'association est un droit absolu qu'on dénie encore aux faibles. André fut initié à ces idées nouvelles et qui, à Lyon, gagnaient du terrain, par un tisseur du nom de Chaumerolle, un bon travailleur, pauvre et fier ; cet homme avait toujours connu la malechance sans jamais connaître la haine. Il disait souvent : — Nous, les pauvres, nous devons nous affirmer par le devoir et montrer qu'il y a plus de sacrifice encore parmi les petits que de colère. Le jour où l'on verra que nous avons plus de bonne volonté que d'envie, notre cause sera gagnée.

André acquit bien vite une certaine influence, parmi ses compagnons. Il s'amusait à tourner des couplets qu'on chantait dans les ateliers ; plus d'une fois il fournit des chansons politiques au père Mourguet, pour son théâtre de la Grande Allée des Brotteaux, aujourd'hui cours Mourand, et *Guignol*, ce personnage tout lyonnais, ce type en quelque sorte national, pétri de l'accent et de l'esprit du terroir, fredonna les refrains de Raynaud, comme Pasquin ou Marforio à Rome arboraient les épigrammes de quelque inconnu. André, comme la plupart de ceux de sa génération qui se sentaient entraînés vers les idées d'affranchissement politique et social, fit partie de la Société des droits de l'homme.

Il avait été mêlé à cette émeute de 1831, qui, triomphante, tint pendant plusieurs jours Lyon en sa puissance et sut faire respecter l'ordre et les propriétés privées. A cette époque, Savinien, inquiet, lui écrivait des lettres où l'aîné conseillait la prudence, et semblait parler au nom de la mère éperdue.

— Le fait est qu'avec ta tête, ta cervelle brûlée, disait madame Raynaud, je suis toujours sur des charbons ardents !

Elle souriait et disait :

—Bah ! Ma Notre Dame, dont tu te moques dans tes chansons, te protégerait, et cela me rassure !

André était un bon ouvrier ou plutôt un bon contremaître. Il avait, sous ses ordres, des tisseurs qui l'adoraient. Ils savaient tous qu'aux heures de danger, comme aux moments de joie, on pouvait compter sur lui. Chaumerolle disait de Raynaud :

— Il rit comme un clairon !

D'ailleurs, tout en s'occupant des intérêts des autres, André songeait aussi à son bonheur particulier, ou, pour mieux dire, à son devoir. Il voulait se marier. La fiancée était charmante, travailleuse, aimante et douce.

— La bonté, disait André, c'est ce qui est la force irrésistible de la femme. Un homme peut être mauvais ; il reste un homme. Mais une femme méchante n'est plus une femme. Elle doit changer de nom.

C'était la fille d'un voisin, qui occupait quatre ou cinq métiers. André l'aimait beaucoup et l'estimait davantage.

— Et puis, disait-il encore gaiement, elle a un joli nom : Marie ! C'est vrai, ça, je ne me marierais pas avec une femme qui aurait un vilain nom !

— Quel enfant tu fais! disait la mère.

— Enfant pour t'aimer, homme pour bûcher, répondait André, en livrant sa grosse tête blonde et frisée aux caresses et aux baisers de sa mère.

Presque à cette époque, vers la fin de 1833, les Raynaud, la mère et le fils, recevaient de Savinien une lettre où le soldat disait à peu près ceci :

« Ma chère mère, tu as bien raison de me gronder. Voilà près de quinze jours que je ne t'ai pas écrit. Je laisse passer le temps comme si je ne savais pas, par tout le plaisir que me fait une de tes lettres ou une lettre de mon frère, la joie que peuvent vous causer mes griffonnages. Il me semble vous voir décacheter l'enveloppe, ouvrir le papier, il me semble vous l'entendre lire ! Je vois la chose d'ici. C'est André qui déchiffre mon style. Il est debout, relevant sa bonne figure et riant, et tu l'écoutes, toi, assise, les mains jointes comme si tu faisais une prière et tout ébahie des belles choses que je vous raconte. Chère et vénérée mère, mon brave et bon André, je voudrais être auprès de vous et passer de l'un à l'autre pour tendre le front à la maman, et mettre deux bons baisers sur les joues de ce garçon de vingt et un ans, qui sera toujours un peu pour moi, son aîné, un gamin, — un gamin que j'adore.

» Et à propos, quand le marions-nous ? Maintenant que je suis sergent-major, c'est le cas de faire reluire les doubles galons au repas de noce. Parole, je voudrais voir André marié. L'homme est fait pour le coin du feu et pour le mariage. Isolé et garçon (vieux garçon, quelle sottise !) c'est une pousse inutile de gui sur un chêne. A quoi sert-il ? Établi, il peut être utile et, puisqu'il faut en somme que tout homme aboutisse à quelques pieds de terre et à une épitaphe, la meilleure inscription est encore celle-ci, dont on s'est tant moqué : *Bon fils, bon époux, bon père et bon garde national !*

» Je dis bon *garde national*, notez bien, quoique, au régiment, ou plutôt parce qu'au régiment on se moque assez volontiers des pékins qui endossent la tunique,

portent armes et jouent aux soldats. Je les admire, ces
gardes nationaux, qui prennent un fusil et s'en servent,
moins adroitement peut-être, mais aussi courageuse-
ment que nous. On leur reproche d'aimer l'uniforme et
de se redresser quand ils ont un schako sur le crâne.
Il en est qui se baisseraient alors pour passer sous la
porte Saint-Denis, à Paris. Ah! mes pauvres amis,
s'ils savaient combien est lourde à porter la livrée militaire, j'entends la nôtre, la vraie, ils ne se hâteraient
pas si joyeusement de la revêtir! N'allez pas croire du
moins que je sois malheureux. Un sous-officier tire
en somme son épingle du jeu et ne connaît pas un tas
de corvées qui m'ont terriblement lassé et ennuyé,
quand je suis arrivé au corps. Mais enfin on n'a pas
tous les jours des éclats de rire et le *métier* fatigue
plus que celui de Jacquard.

» Allons, si André veut être bien aimable, il me pré-
parera un foyer où m'asseoir, une belle-sœur à chérir
et des neveux à caresser. Puis, les sept ans finis, une
fois libéré, je l'imite, je me case, je donne des petits-fils
à la maman, et nous leur gagnons beaucoup d'argent,
si c'est possible, afin de leur acheter des hommes et
de les empêcher de *servir*.

» Un joli mot *servir*! C'est le vrai mot, il me fait l'effet d'une variante de domestique, seulement je sers
un être qui m'est passablement antipathique, qui me
donne des corvées désagréables et qui s'appelle
l'État. Heureusement que derrière l'État, il y a cette
autre chose adorée, vénérée, la Patrie! »

— Satané Savinien, dit André en riant lorsque la lettre fut lue, vois-tu ça, il a compris la chose ! Il me conseille de me marier ! Moraliste, va ! Mais c'est fait ! Mais ce sera fait dans deux mois ! Mais fais-en donc autant, militaire !

— Oui, oui, répondait la mère, moque-toi donc de lui. Il est si heureux, avec ça, le pauvre garçon. Je parie qu'il ne mange pas à son aise.

— Oh ! le pain de munition est bon, et Bayonne est une jolie ville !

— Sans cœur !

— Parbleu, tu sais bien que, si je pouvais acheter un *homme* à Savinien, ça serait chose faite ! Je ne raille pas, je le plains et je plains tous les porteurs de gibernes ensemble, les pauvres troupiers, qui font le plus dur de l'ouvrage ! Encore Savinien a-t-il eu la bonne fortune de ne point partir pour l'Algérie et de ne pas voyager au pays des Arabes.

— Pauvre fils ! Il n'aurait plus manqué que cela !

Une maladie de la fiancée retarda jusqu'en avril 1834 le mariage d'André Raynaud.

Pendant ce temps, il se faisait, à Lyon, et un peu partout en France, de Marseille à Lunéville, un mouvement qui devait avoir surtout pour foyer et comme pour centre, la Croix-Rousse. C'est là que bat vraiment le cœur de la France laborieuse. Nul coin de cité ne sent plus le travail, l'âpre, dur, incessant travail, le travail pauvre et résigné.

La Croix-Rousse, traversée, défigurée à cette heure

par l'ex-boulevard Impérial, la Croix-Rousse, la ville
des canuts, cité laborieuse, indépendante, vivant aujourd'hui de sa vie propre, avec ses boutiques de
coopération, ses boulangeries, ses épiceries, ses magasins et jusqu'à son Cercle d'ouvriers, dont les membres payent une cotisation minime et s'assemblent, reçoivent les journaux, lisent, discutent ; — cette laborieuse Croix-Rousse était plus pauvre alors peut-
être et plus triste. Cette population attachée, clouée au
métier, vivant dans ses grands logis froids, aux larges
escaliers de pierre, aux murs blanchis à la chaux, tout
le jour *tirant le bouton* et voyant aller et venir, avec
son perpétuel mouvement et son tic-tac monotone,
l'éternelle navette, ces travailleurs, dont la main rude
polit et use le bras du battant de la machine, gardaient
et gardent encore comme une expression de résignation triste. Dur métier, fatigant et, pis que cela, en-
nuyeux, uniforme, éternel. L'homme collabore avec
la machine; lui-même est machine. La tâche est toujours la même. Toujours le même mouvement et le
même bruit. L'ouvrier est comme lié à la bobine, à la
canette (d'où *canut*). La femme qui trie, qui divise les
fils, la « dévideuse » toute sa vie durant demeurera là, à
son labeur d'automate et gagnera sept à huit sous par
jour. L'ouvrier qui travaille dans la soie brochée fait
encore œuvre d'artiste et d'homme. Il voit le dessin
naître sous ses yeux, sous ses doigts. Mais le labeur
sinistre de « l'uni, » implacablement uniforme, est terrible. La volonté, la personnalité humaine semble s'ef-

16.

facer dans cette tâche ingrate et farouche. La pensée
s'use, semble-t-il, peu à peu. Le canut n'a point, comme
le tourneur en bois, l'ébéniste, cette espèce de lutte
avec la matière, cette sorte de vitalité de l'objet inerte
qu'on façonne et qui, mû par la vapeur, se transforme
entre les mains mêmes de l'ouvrier. Le ciseau creuse,
la main agit, le cerveau pense, le tournoiement du
bois qu'on semble pétrir envoie, comme dans un coup
de vent, de minces copeaux, de la poudre et de la
sciure au visage de l'homme courbé sur sa tâche,
mais agissant, du moins, palpitant, remuant, pensant.
Au contraire, le canut est lié à la monotonie sans fin
de sa tâche.

A cette époque, le mouvement républicain de la
Croix-Rousse et de Lyon était dirigé par deux journaux,
le *Précurseur* et la *Glaneuse*. Chaque numéro de la *Glaneuse*, aujourd'hui rare comme un Elzévir, sent la
poudre. Les ouvriers s'étaient réunis en association, la
Société des mutuellistes. Ils ne voulaient que s'occuper
de leurs besoins et de leurs droits professionnels. La
Société des droits de l'homme au contraire agissait dans
le domaine de la politique. Chose à noter pourtant, ce
devait être les mutuellistes qui dans un mouvement
futur allaient donner le signal. La question d'ailleurs
se posa entre ouvriers et fabricants, à propos de la
fabrication des peluches. La grève fut décidée. André
Raynaud et Chaumerolle avaient éloquemment parlé
dans cette réunion du 12 février 1834 où la suspen-
sion des travaux avait été votée. On ne les inquiéta

point cependant. D'autres furent arrêtés. Alors, parmi les ouvriers, la lutte fut résolue, lutte terrible, même à main armée. Dès février, on chercha des armes. Les malheureux croyaient qu'on résout quoi que ce soit avec de la poudre et du plomb. On ne fait croître que la haine, non le progrès.

— Ah çà! mais, que me dit-on, demanda un soir avec inquiétude madame Raynaud à André, vous voilà en grève?

— Ce n'est rien, répondit-il.

— C'est beaucoup. Je n'aime pas quand les métiers se taisent. Ce silence-là, ça sent la mort.

André, accoudé à sa fenêtre, regardait au loin la grande ville, les replis des deux fleuves, et songeait. La mort! Elle avait raison la pauvre femme. Combien à Lyon maintenant vivaient et qui allaient mourir! Et pourquoi? André se demandait si la lutte à venir, la guerre civile, n'était pas un crime. Plus vieux, il se fût dit: Certes, c'en est un.

— Eh bien! reprit la mère, et ce mariage?

— Marie est souffrante. Plus tard.

— Souffrante? Elle est fraîche comme une pomme d'api.

— Oui, dit-il, mais plus tard..... Après le combat, songeait-il.

Madame Raynaud hochait la tête.

Lyon était décidé à la résistance. Cette fois, l'autorité même souhaitait la bataille. Elle voulait tenir en pleine rue le parti d'action et l'écraser. Nulle idée

politique n'avait dirigé le mouvement de 1831, mais
à cette heure, en 1834, il s'agissait de la République
et le pouvoir n'ignorait pas qu'un délégué de la Société
des droits de l'homme devait ramener à Lyon Godefroy Cavaignac et Guinard. La loi sur les associa-
tions qui frappait les mutuellistes, la poursuite de six
ouvriers en soie, accusés de mener la grève, devaient
faire éclater toute colère. C'était le mercredi, le 9 avril,
qu'on devait juger les mutuellistes. La veille Chaumerolle alla trouver André Raynaud :

— Tu sais ce qu'on fait ? on se bat demain.

André le regarda de son air franc et gai, haussa les
épaules et dit :

— J'ai bien peur que ce ne soit une sottise ! Nous ne
sommes pas en force !

— Oui, je sais. Le comité des droits de l'homme est de
cet avis. Mais nous, nous ne voulons pas laisser condamner des compagnons innocents, nous voulons marcher.

— Eh bien ! dit André, on marchera.

— Viens à la maison chercher des cartouches.

André demanda un moment. Il voulait embrasser la
mère. Il était assez tard. La brave femme dormait. La
lumière de sa veilleuse éclairait faiblement, dans la
pénombre, sa tête calme et belle, posée sur l'oreiller.
En la regardant, André s'arrêta, hocha le front, se
sentit un peu troublé, puis, doucement, en marchant
avec précaution, il s'approcha d'elle pour l'embrasser.
Madame Raynaud fit un léger mouvement lorsqu'elle sentit les lèvres d'André sur sa face, elle ouvrit les yeux, et,

tout naturellement, sans crainte, avec un sourire con-
fiant d'enfant qui s'éveille sous une maternelle caresse,
cette mère s'éveilla sous le baiser de son fils.

— Ah ! c'est toi, André ?

— C'est moi, mère !

— Tu rentres te coucher ? Quelle heure est-il ?

— Il n'est pas tard, mère, répondit André. Dors.
Comme je regrette de t'avoir éveillée ! tu dormais si
bien !

— Eh bien, vois, je ne suis pas comme toi. Je te
voyais marié, heureux, et devine, je te voyais père avec
de gros petits enfants, qui m'appelaient grand'maman
et me tiraient les brides de mon bonnet. Allons, va
rêver de moi à ton tour, mon André. A demain.

— A demain, mère !

Elle avait pris la main d'André :

— Qu'as-tu donc ? dit-elle, en sentant que cette
main était brûlante comme aux jours de fièvre.

— Je n'ai rien, fit-il. Un peu de fatigue. J'ai beaucoup travaillé. Allons, maman, dors, je t'en prie. Adieu.

— A demain, dit-elle encore.

Il répéta, tout bas, un peu troublé, avec une envie
folle d'embrasser la pauvre femme bien fort, bien tendrement, bien longuement : « A demain, » et, sans faire
de bruit, glissant jusqu'à la porte, tournant la tête pour
voir si vraiment madame Raynaud allait chercher à s'as-
soupir, il disparut et referma la porte. Au lieu d'aller
à sa chambre, il gagna à tâtons l'escalier. Chaumerol[1]
l'attendait au bas.

— Allons, dit André, tout est dit. J'ai embrassé la mère. Nous pouvons marcher.

— Ça fait du bien, n'est-ce pas, fit Chaumerolle, ce baiser de l'étrier-là ?

— Ça fait de la peine, répondit André. Mais, bah ! l'important en ce monde, c'est le devoir.

Chaumerolle le conduisit à son pauvre logis. Dans une de ces hautes et noires maisons du vieux quartier, sous les toits, une femme maigre, rousse, les yeux cernés et pleins de larmes, déchiquetait un drap de lit pour faire de la charpie, tandis que deux petits enfants, pâles et chétifs, des enfants de dix ou douze ans, pliaient et roulaient dans du carton léger de la poudre à peine séchée. Une chandelle de résine fumait, éclairant tristement la chambre.

— Tu vois, dit Chaumerolle, fabrique de cartouches !

Les enfants s'étaient levés en apercevant leur père. L'aîné dit :

— Nous avons joliment fait de l'ouvrage !

André avait remarqué que lorsqu'il était entré avec Chaumerolle, la pauvre femme s'était essuyé les yeux.

— Qu'est-ce que tu as ? dit à sa femme Chaumerolle, qui avait aperçu le même mouvement. Est-ce que tu pleures ?

— Moi ? dit-elle en essayant de sourire. Pourquoi donc que je pleurerais ? Je ne pleure pas. Je fais mon tas de charpie. Oh ! je suis aussi brave que toi, mon homme !

Chaumerolle fit claquer sa langue contre son palais,

s'avança vers la chaise où la femme se tenait assise, et, l'attirant à lui en renversant à demi le siége, il pencha sa tête rude et noire sur le front de sa compagne de travail et, d'un ton de brusquerie franche et de cordiale gronderie, où l'on sentait des sanglots contenus sous la résolution :

— Ne te cache pas, va, ma pauvre Jeanne, et pleure ! T'as raison, tout ça n'est pas gai. Il faut jouer sa peau et risquer de laisser seul le petit monde qu'on aime. Mais à qui la faute ? Est-ce que c'est injuste, ce que nous demandons ? Non, n'est-ce pas ? Alors, comme nous croyons être dans notre droit, nous descendons dans la rue et à Dieu va ! En voici un qui a embrassé sa mère tout à l'heure. Moi, j'embrasse ma femme maintenant. Qu'est-ce que demain nous réserve ? Je n'en sais rien. Pleure donc à ton aise, ma brave Jeanne ; on ne doit fondre des balles et faire de la charpie qu'en pleurant. Et je voudrais que tout le monde les vît, ces larmes qui empêcheraient peut-être de faire couler le sang demain !

Les enfants s'étaient levés et écoutaient. La femme pleurait maintenant, sans se cacher. Ses larmes roulaient sur ses joues maigres, pâlies, sur ce visage fatigué qui avait dû être beau. André regardait et songeait à l'autre femme, à l'autre mère qui s'était rendormie et qui demain, au réveil, ne le trouverait plus.

III

Au régiment, Savinien s'étonnait parfois de la rapidité avec laquelle le temps passe. Un jour est long, une année est courte. Quelquefois, il s'étonnait lorsqu'il se disait qu'il avait quitté le pays depuis trois ans bientôt ! Quatre ans encore, et il serait enfin libre. On ne lui avait donné qu'un congé, mais il n'avait pu en profiter. Le régiment devait partir pour Alger : on se tenait prêt. On ne partit pas, mais on changea de garnison, et adieu le voyage à Lyon, le pauvre et cher voyage à la Croix-Rousse.

En avril 1834, le régiment où Savinien Raynaud était sergent-major tenait, venant de Bayonne, garnison à Grenoble. — « Je ne suis pas loin de chez nous, songeait Savinien ; en quatre jours j'embrasserais la mère et le brave André ! Mais je suis au diable, les pieds attachés, cloué ici. »

Et il laissait les jours passer, monotones, lents, lourds, allant de la statue de Bayard à l'Isère et de la rivière au fort, machinalement. Un soir, le régiment reçut l'ordre de se mettre en tenue de campagne et de quitter le lendemain la caserne. Il devait partir pour une destination qu'on ne disait pas et qui intriguait beaucoup les officiers. Deux batteries d'artillerie étaient aussi commandées. Chaque soldat avait reçu trois paquets de cartouches. Un général devait passer en revue les troupes. On apprit, peu à peu, car tout se sait, que des troubles étaient, comme on dit, imminents à Lyon, à Saint-Étienne, et que sans aucun doute le régiment marcherait. Savinien se sentit pris d'une inquiétude poignante. On allait le diriger sur Lyon. C'était à Lyon même qu'on devait envoyer le bataillon dont il faisait partie. Il allait se trouver obligé de marcher la baïonnette en avant et de faire le coup de feu dans ces rues où tout lui parlait d'autrefois, où il avait grandi, où tous le connaissaient, les jeunes hommes avec lesquels il avait joué, les vieillards qui l'avaient pris sur leurs genoux.

Le capitaine Couturier, un vieux de Waterloo, fier d'avoir été un brigand de la Loire, dogue inapprivoisé, vrai molosse de consigne et de guerre, lui dit en le voyant inquiet :

— Qu'est-ce que vous avez donc, vous, major ? Vous êtes triste comme un bonnet de nuit. Est-ce que ça vous taquine, de faire quatre étapes ?

— Non, dit Savinien, qui ne voulait pas répondre.

— Vous pouvez graisser vos souliers, vous savez, nous partons demain. Le colonel me l'a dit.

— Pour Lyon ?

— Pour Lyon.

On avait fait déjà sortir les troupes des casernes, puis, au moment de les faire mettre en marche, un contre-ordre était arrivé. Les soldats, au lieu de rentrer au quartier, campaient pour un jour dans le jardin public. C'était un spectacle comme un autre pour les habitants qui *venaient voir*. Une fumée claire, transparente et bleue montait des feux de bivac et se perdait, se volatilisait dans les feuillages verts des marronniers. Des soupes, dans des marmites énormes, bouillaient sur les foyers construits en hâte avec des briques rapprochées. Autour du bivac allaient et venaient les soldats, en manches de chemise, leurs bras nus sortant de cette toile bise et roide qui est d'uniforme. Les uns, coiffés de bonnets en papier, tournaient autour des marmites pleines ; d'autres, un mouchoir enroulé sur le front, goûtaient le potage du bout d'une cuiller énorme. Les chevaux, attachés aux troncs des arbres, broutaient des fourrages apportés en hâte. Des artilleurs allaient, venaient. On avait accroché des sabres, des gibernes, des tuniques, des shakos aux branches des lilas. Et un rayon de soleil, joyeux et gouailleur, frappait victorieusement sur ce camp improvisé, sur cet attirail belliqueux installé en plein jardin, en plein printemps.

Savinien regardait tout cela d'un œil morne. Il lui semblait que tous ces hommes étaient là armés pour une œuvre d'atroce destruction. Son imagination lui représentait déjà cette troupe montant à l'assaut de Fourvières et tirant au hasard dans les fenêtres de la Guillotière et de la Croix-Rousse. Il voyait la maison foudroyée, s'écroulant sous le canon. Il lui prenait des colères et des envies de désertion, désertion impos-

sible à cette heure. Un moment il eut un espoir. On
parlait de troubles possibles, non-seulement à Lyon,
mais à Châlons, à Saint-Étienne. C'est pour Saint-
Étienne, disait-on, que le régiment devait partir. Savinien se sentait soulagé, comme tiré d'un pas formidable. La joie fut de courte durée. C'était bien sur Lyon
qu'on marchait. Quatre étapes. En quatre jours, on
serait là-bas, au Rhône. Un dernier hasard voulut que
la compagnie de Savinien fît partie de l'arrière-garde.
Elle ne se mettrait en marche que le 6 avril. Peut-être, à
l'heure où elle arriverait au pays, tout serait-il terminé
et n'aurait-il pas, du moins, l'horrible abnégation de
faire feu sur des gens qu'il appelait ses amis et parmi
lesquels, sans doute, était son frère.

A Lyon, on se battait depuis le 9. Le 9 avril était le
jour fixé pour le procès des mutuellistes arrêtés. Le
matin toutes les rues étaient occupées par la troupe,
la cathédrale occupée militairement, le palais de justice cerné. Ordre de faire feu sur quiconque paraîtrait
dans les rues. Le plan de campagne avait été tracé la
nuit, MM. de Gasparin et Chégaray, autorités civiles,
n'hésitant point devant la bataille et le général Aymar
demandant à l'éviter. Des hommes avec des fusils
chargés dans les rues, c'est la lutte fatale. Un doigt
trop nerveux presse la gâchette d'une arme ; un coup
part et le combat commence. Il commença par la pro-
vocation de la police. L'histoire a démontré que le
premier coup de feu fut tiré par un agent. Alors l'insurrection éclata. Elle n'attendait, au surplus, qu'un

prétexte. Dans le quartier Saint-Jean, aux Cordeliers, rue Negret, au clos Casaty, à la Guillotière et à la Croix-Rousse, des barricades, un centre, des combattants. On se battit tout le jour. Six hommes, près du passage de l'Arque, se battirent contre deux compagnies.

Le lendemain, lutte nouvelle, mais plus terrible. Les soldats étaient furieux. Toute résistance opiniâtre énerve et excite les assaillants ; on oublie alors qu'on a devant soi des compatriotes et (la guerre civile a de ces inévitables horreurs) on les traite en ennemis. On bombarda, on fit, à travers les places, voler la mitraille. Les rues déblayées, on s'égorgea dans les maisons. Le mot fut dit contre toutes ces tueries par un homme, puni alors, qui résuma ses douleurs dans un cri : *Anathème !* Il s'appelait Jules Favre.

Savinien, avec l'arrière-garde, arriva à Lyon le soir de cette journée du 10. On avait quitté le printemps à Grenoble, on trouvait à Lyon presque l'hiver. Savinien approchait, le cœur serré, les lèvres blêmes, de cette ville où il était né, où il avait grandi. Lorsqu'il aperçut, de loin, les hauteurs de Fourvières, il sentit que ses yeux, gros de larmes contenues, se gonflaient sous ses paupières. Il avait peur, peur de retrouver, dans cette ville révoltée, le foyer vide ou dévasté. Il eût voulu s'arrêter, ne point pénétrer dans ces rues sombres, et pourtant il hâtait le pas, et, chaque fois qu'arrivait jusqu'à lui le grondement du canon, les soldats le voyaient tressaillir.

— Eh bien, Raynaud, disait le capitaine Couturier,

nous allons donc remettre vos Lyonnais à la raison?
Tas de fainéants ! On va leur flanquer des pruneaux à
discrétion. J'ai toujours aimé le mot de ce bonhomme
qui leur disait : Vous vous plaignez de n'avoir rien
dans le ventre. Eh ! bien, on vous y fourrera des
baïonnettes !

Savinien ne répondait pas, mais il avait des envies
d'assommer son capitaine.

— Brute ! murmurait-il tout bas.

Il était nuit lorsqu'on entra à Lyon. Les coups de
canon, qu'on entendait encore une heure auparavant,
s'éteignaient peu à peu. De temps à autre, dans le
silence lugubre de la ville, quelque coup de feu encore,
comme s'il eût parti seul. On devinait, dans cette nuit
sombre, dans cette ville qui se taisait, quelque chose
de terrible. Savinien sentait qu'il marchait vers une
épouvante. « Eussent-ils cent fois raison, se disait-il,
pourquoi les Lyonnais se sont-ils battus? » Les rues
par lesquelles il avait passé, désertes, sans traces de
bataille, sentaient pourtant le cadavre et la poudre, la
fumée de l'incendie et le sang de l'homme. Savinien
croyait faire un mauvais rêve.

La ville, occupée militairement, était lugubre. Sous
le ciel couvert, bas et neigeux, vrai ciel d'hiver en
plein printemps, des grands feux brûlaient, et, mornes,
accablés, pâles, les soldats se chauffaient autour sans
rien dire. Les muscles des visages fatigués semblaient
amollis par la lassitude. Ces hommes avaient les yeux
rouges et pleins de fibrilles sanglantes comme au len-

demain d'une insomnie. Les pauvres gens avaient fait avec une tristesse sombre leur devoir. Ils étaient accablés.

On fit arrêter et camper le détachement sur un des quais de la Saône. Il y avait là, vidant leurs bidons et mangeant près du feu de bivac, des voltigeurs du 7e léger, quelques-uns, le front enveloppé d'un mouchoir, d'autres déchirés, tous poudreux et sordides, tuniques dégraffées, cou nu, les shakos défoncés. Savinien, anxieux, leur demanda les nouvelles de la journée. Quelqu'un répondit simplement :

— Ah ! ça a chauffé.

— Encore si c'était fini ! dit un autre.

— Ils se sont bien battus ?

— Crânement. Nous aussi.

— Pauvres diables !

Savinien voulait savoir les endroits où la lutte avait été chaude, et si la Croix-Rousse était bien éprouvée. Il questionnait encore, essayait d'arracher quelque parole à ces soldats lassés, la plupart silencieux et qui, sans voir, avaient fait leur œuvre.

Un voltigeur lui dit enfin :

— Ça n'a eu rien de gai, mon major, je vous en donne mon billet. Des coups de canon, des obus, la fusillade toute la journée, un sacré tocsin que les insurgés ont sonné et qui était gai comme un enterrement, des maisons qu'on a fait sauter avec des pétards, le drapeau noir sur les églises et sur l'hôpital des fous, voilà Lyon. Nous avons enlevé pas mal

de barricades, tué pas mal de gens, perdu pas mal
de monde, et voilà. Nous n'en sommes pas plus avancés pour ça !

— On se battra donc demain encore ?

— A moins que les insurgés ne se rendent cette nuit.

— Ah ! bien, interrompit un voltigeur, va-t'en voir
s'ils viennent. Ils sont enragés. On voudrait bien les
épargner, mais ils tiennent à se défendre — et alors...

Savinien commençait à croire qu'il allait devenir
fou. Tout ce qu'il entendait, tout ce qu'il voyait, et
par-dessus toutes choses ce qu'il pressentait et ce qu'il
redoutait lui faisait l'effet d'un cauchemar atroce. Il
se disait que tout cela n'existait point, qu'il n'était pas
à Lyon, qu'on n'allait pas se battre, que son frère, que
la pauvre mère Raynaud ne couraient aucun danger. Il
regardait l'ombre, la nuit noire, et, les yeux fixés sur
ces hauteurs de la Croix-Rousse, où il ne distinguait
rien qu'une sorte d'immense nuée noire, il y cherchait
anxieusement la place aimée de la maison natale.

Autour de lui, les propos continuaient. Un lieutenant, qui revenait de causer avec le préfet, M. de Gasparin, donnait les noms des principaux chefs de
l'insurrection :

— Reverchon commande à Vaise, Despinasse à la
Guillotière. La Croix-Rousse a deux chefs, Carrier et
Gauthier.

— Ah ! fit machinalement Savinien, je les connais !

Nul ne dit plus rien. Mais un moment après, le commandant V*** prenait le capitaine Couturier à part :

— Vous avez des Lyonnais dans votre compagnie ?

— Oui, mon commandant.

— Je n'ai pas besoin de vous signaler le danger. Les mutuellistes comptaient que la troupe ne tirerait pas et mettrait la crosse en l'air. Les affaires du 31 les avaient mis en appétit. Inutile de vous faire remarquer pourquoi on a fait prendre les drapeaux à chaque régiment. Tout déserteur, tout homme suspect, fusillé sur place. Je vous dis ça parce que votre détachement est arrivé ce soir et que vous ne connaissez pas les ordres.

— Je les aurais devinés, mon commandant.

— Fusillez les déserteurs, fussent-ils sous-officiers, vous me comprenez ?

— Parfaitement, mon commandant.

Savinien n'avait qu'une pensée, écrire à sa mère, faire savoir à la pauvre femme qu'il était là, conjurer son frère de ne point combattre. Le matin, au petit jour, la plupart des soldats dormaient encore ; à demi couché il traça, s'appuyant sur son sac, d'un bout de crayon quelques lignes sur un lambeau de journal.

— Je trouverai bien quelqu'un qui portera cela !

On fut sur pied et en bataille avant le jour plein. On se tint encore près de la Saône une heure ou deux. Peu à peu dans la ville éveillée, les coups de feu, les bruits de vitres brisées, les sifflements de balles recommençaient. Savinien se disait :

— C'est peut-être ce coup qui tue les miens !

On amena à Savinien un enfant, un apprenti de dix

ou douze ans qui rôdait autour des soldats. Ce n'était pas un combattant, c'était un curieux. L'enfant ne tremblait pas d'ailleurs.

— Qu'est-ce que tu faisais là ? dit Savinien.

— Je regardais donc, dit-il, avec cet accent lyonnais, narquois et drôle.

— Et que regardais-tu ?

— Vos soldats, sergent.

— On n'a rien trouvé sur lui, dit un soldat et ses mains sont blanches ; pas de poudre aux doigts.

— C'est bien ; va-t'en, dit Savinien.

L'enfant dit :

— Merci.

— Non, reprit le sergent, reste !

L'enfant regarda Savinien de ses grands yeux bleus :

— Ah ! ah ! dit-il, c'est moins *cannant* (agréable) que de boire du vin de Mornant. J'ai donc fait quelqué chose ?

— Tu peux me rendre un service.

— Moi ?

— Toi ! Porte-moi cela à la Croix-Rousse chez madame Raynaud, veux-tu ?

— La mère à M. André ?

— Oui ! Tu la connais ?

— Je ne suis pas un *jeune bugne* (un petit imbécile). Je connais M. André, un bon *yône*.

— Eh ! bien, je suis son frère. Voyons, mon garçon, tu porteras cela, dis ?

— Je crois bien. Ah! vous êtes son frère! fit l'enfant étonné. Mais dites donc (et il s'approcha de Savinien pour lui ajouter tout bas) : il est de ceux qui se battent, lui !

— Tais-toi, dit Savinien, et va-t'en. Je te donnerai ce que tu voudras ensuite.

— Je ne veux rien du tout, je file ! Et si quelqu'un veut m'arrêter, je le dégrabole rapidement ! Si je connais la mère Raynaud ! Je suis de la Croix-Rousse. J'ai attrapé des *bardoires* (hannetons) dans votre jardin même ! Je suis le fils Méryon. Votre papier sera remis, je ne vous dis que ça !

Et l'enfant, saluant, s'éloigna, faisant une pirouette et chantant la complainte lyonnaise sur les événements de novembre 1831 :

> Le mercredi pitoyable,
> La troupe se retira.
> A deux heures la brèche s'ouvra,
> Nourrit des feux exécrables ;
> Contre la mort, tout du long,
> Le peuple prit position.

— Allons, pensait Savinien, André du moins ne se battra pas aujourd'hui.

Il écrivait à son frère :

« Demeure auprès de la mère. Les batailles civiles ne prouvent rien, et d'ailleurs il ne faut pas que l'un de nous risque de devenir Caïn. »

— S'il pouvait m'écouter ! se disait Savinien.

Il entendit le capitaine Couturier, qui venait du fond de la rue, dire :

— Qu'est-ce que ce crapaud que vous avez laissé partir ?

— Un enfant, capitaine.

— Un enfant ! Des mômes plus dangereux que de grands godelureaux. Il fallait écraser ça comme une punaise. On s'aperçoit que vous êtes Lyonnais, vous ! Vous ne voulez pas endommager l'habitant !

— Je ne veux endommager personne !

La voix du petit, chantant toujours l'air de *Fualdès*, continuait, en s'affaiblissant, sa complainte :

> L'on a vu le militaire,
> Animé par la boisson,
> Faire feu sur les maisons,
> Ce qui était arbitraire,
> Et le peuple a fusillé
> Deux ou trois qu'avaient pillé.

— Allons, nom de nom ! dit le capitaine, ce n'est pas tout ça ! Il faut attaquer les Cordeliers.

— Une église maintenant, je vous demande un peu !

— C'est là que l'insurrection résiste le plus rudement. Arche !

On se mit en route à travers une petite rue. Le canon grondait, au loin. La fusillade s'était rapprochée.

— Qu'importe, si André survit ! pensait Savinien.

IV

Cette église des Cordeliers, aux vitraux sombres,
vraie construction du moyen âge, temple d'une piété
farouche, glaciale, terrible, où le corps a froid, où le
cerveau soudain se sent comprimé, étouffé, depuis deux
jours était comme la citadelle, le quartier général de
l'insurrection. On y fondait des balles, on y fabriquait
de la poudre. Dans la pénombre de la vieille église,
des silhouettes bizarres s'agitaient autour des feux
qui renvoyaient aux murailles de pierre et aux vitraux à demi brisés les ombres mouvantes et presque
fantastiques des hommes armés de fusils. Dans une
des nefs on apportait, on étendait les blessés, que
soignaient les prêtres. L'homme qui commandait ici
était Charles Lagrange, naguère soldat, artilleur de
marine, à cette heure employé de commerce. De haute
taille, admirablement beau, l'œil ardent et fier, il pro-
tégeait autant qu'il commandait. La veille, parmi
les combattants, on avait découvert un agent de police;
celui-ci s'appelait Corteys.

Louis Blanc a raconté qu'au moment où on allait
fusiller cet homme, Lagrange s'avance, demande sa
grâce, la vie sauve. — « A mort, c'est un mouchard !
A mort ! s'écrie la foule, cette grande initiatrice des
méfaits. — Le peuple n'assassine pas, il combat, ré-

pond Lagrange. » Et comme sa volonté ferme de clé-
mence fait sortir de cette mêlée des paroles de défiance :

— Vous me croyez peut-être le complice de cet
homme ? dit Lagrange.

Il sort de l'église, se montre résolûment aux troupes, et lorsque les balles ont sifflé, lorsqu'une décharge
terrible l'a accueilli sans l'atteindre, Lagrange re-
vient et dit doucement :

— Suis-je digne de vous ?

Charles Lagrange devait plus tard connaître l'exil,
le dur et lent exil. La proscription l'avait jeté à La
Haye, comme une épave. Ils étaient trois républicains
de France qui, là-bas, causaient souvent de la mère-
patrie, tout en suivant le chemin qui de La Haye mène
à Scheveningue. L'un s'appelait Charras et sa tombe
est à Bâle. L'autre était Charles Lagrange et, parlant
de lui souvent, le troisième, Barbès, en montrant d'un
signe de tête l'endroit où est le cimetière, soupirait :
Lagrange ! Pauvre Lagrange ! Il est là-bas !

André Raynaud, sous les ordres de Lagrange, combattait aux Cordeliers. Il apportait dans cette lutte
son ardeur gaie, sa joie vibrante, sa résolution presque rieuse que la douleur seule de la séparation et des
adieux avait fait taire. Après trois jours de bataille, son
teint, presque rosé d'ordinaire, paraissait bruni et
bronzé. Des grains de poudre et de poussière couraient
dans ses cheveux crépus et dans sa barbe blonde. Il
jetait, dans la fureur incessante du combat, comme des

éclairs de gaieté mâle semblables à des accents de cuivre. On voyait ce grand et beau jeune homme dont le sourire montrait des dents blanches, saines, dont la personne tout entière était faite de charme, de bonté et de force, on le voyait, redressant son front de vingt ans, comme pour défier les balles. Il se sentait maintenant emporté, enivré par cette atmosphère capiteuse du salpêtre. Il oubliait tout ce qu'il laissait derrière lui, pour ne voir et pour ne défier que ce qu'il avait devant lui.

André passa la nuit du 11 avril dans l'église, allant des fondeurs de balles aux blessés, aidant les uns, soignant les autres.

Il disait à Chaumerolle :

— La fonte des balles ! comme dans *Robin des Bois !*

Le matin du 12, un homme vint, blessé au front, blessé au bras, qui dit aux insurgés :

— Tout est fini. Vaise est emporté. On fait sauter les maisons, et ceux qui sont pris les armes à la main, on les fusille !

— Eh ! bien, fit Chaumerolle, on nous fusillera !

André mangeait, assis dans un coin de l'église, un morceau de pain dur. Il se leva, dit à Chaumerolle :

— Partageons le dernier déjeuner !

Chaumerolle répondit, comme Jehanne à la barricade de Saint-Merry :

— A quoi bon manger ? Nous serons tous morts ce soir !

— Le plus drôle, dit André, c'est que c'est ici que

j'ai fait ma première communion. — il y a douze ans !
Il faisait un temps superbe. La mère était là qui pleurait, la pauvre femme. Elle croit, elle a foi. Si jamais
on m'avait dit que je reviendrais aux Cordeliers avec
un fusil...

Une détonation formidable et très-rapprochée lui
coupa la parole. On entendit passer, comme une pluie
de fer, une volée de mitraille, égrenant les vitraux et
brisant les sculptures.

— Ils ne sont pas loin, dit André.

— Allons, fit Chaumerolle, une poignée de mains,
Raynaud, et vive la République !

Il ouvrit ses bras nus à André qu'il serra rudement
sur sa poitrine noire. André prit son fusil dans un coin
et sortit.

On attaquait, à coups de canon, les barricades qui
défendaient l'église, dernier refuge des insurgés. Les
hommes, postés derrière les pavés, faisaient feu et
ripostaient en chantant. Un boulet renversait parfois
un tas de pierres croulantes sur le crâne d'un combattant qui tombait écrasé, la cervelle au vent. Les rico-
chets amenaient quelquefois ces boulets mourants
jusqu'au parvis des Cordeliers.

Les pompons jaunes des voltigeurs et l'éclat ser-
pentant des baïonnettes apparurent tout à coup derrière les barricades. La troupe attaquait maintenant à
l'arme blanche. C'était la dernière barricade.

Les insurgés jetèrent un grand cri, cri de ralliement
plutôt que cri de désespoir :

— Aux Cordeliers !

C'était le refuge suprême, l'endroit où, fortifiés, enfermés comme dans une citadelle, on pouvait du moins résister.

— Aux Cordeliers, dit André.

Chaumerolle répondit :

— Adieu !

Il monta d'un pas ferme sur les pavés croulants, ramassa dans le sang un drapeau noir déraciné dont une balle avait à demi brisé la hampe, et, brandissant l'étoffe aux plis de deuil, il se tint droit, au sommet de la barricade, tandis que les soldats escaladaient.

Chaumerolle n'avait plus d'armes.

Il faisait flotter le drapeau, comme s'il eût personnifié le droit, et il était prêt à le défendre comme un brave soldat défend le sien.

Un voltigeur, d'un coup de crosse, le repoussa.

Chaumerolle chancela mais resta debout.

— Voyons, dit un soldat avec une sorte de douceur triste, ôtez-vous donc de là !

Chaumerolle cria :

— Vive la République !

Une baïonnette s'enfonça dans sa poitrine et sortit, vermeille, sous l'épaule, trouant la chemise après la chair. Chaumerolle demeurait debout. Quand le soldat, d'un mouvement brusque, donnant un coup de crosse, retira son arme, l'homme chancela, et, de toute sa hauteur, tomba sur le tas de pavés, tenant encore ce drapeau dont les plis, rabattus par la chute, lui firent comme un suaire sombre et cachèrent un moment son visage.

Alors un sergent se pencha, releva l'étoffe et regarda avec émotion la figure du mort.

Chaumerolle avait, dans sa barbe noire, un sourire de colère, de menace et de fierté.

— Et maintenant, dit le capitaine Couturier qui commandait, enlevez-moi l'église! Allons, il le faut, en avant!

Savinien était là. Savinien marchait, suivait la troupe, ne regardant pas, ne voulant point penser, ne tirant point, souhaitant un coup de sabre, un pavé, une balle. Il allait, poussé, porté par le flot humain, par ceux qui, derrière, comme une irrésistible marée, le jetaient en avant. Il obéissait, comme on obéit dans les rêves, à l'obsession de cette chose formidable qui s'appelle la discipline. Il n'était plus lui-même, il était une chose sans nom, un numéro d'ordre, un caillou roulé par un flot qui avançait. Il se disait en lui-même : Est-ce que c'est possible? Est-ce que vraiment on se bat? Est-ce que je suis bien moi?

D'autres fois, il regardait, avec une sorte d'habitude ou de curiosité d'enfant, ce qui se passait, le blessé qu'on emportait, le compagnon qui tombait en tournoyant, la face dans le ruisseau, les canons, les civières. Il trouvait à cela il ne savait quelle horrible poésie, la poésie saignante et farouche d'une boucherie. L'odeur du sang le suffoquait, et, chose plus atroce, le grisait. Il se sentait, lui aussi, prêt à marcher, prêt à frapper, prêt à massacrer.

— Bête brute humaine! disait-il tout haut.

Lorsqu'on arriva devant l'église, les soldats un moment se massèrent, comme si ce temple clos, cette masse de pierres eût été crénelée. Les coups de feu pouvaient en sortir. Les Cordeliers avaient l'attitude muette d'un piége. Çà et là, devant les portes noires et fermées, sous les plaques de marbre aux inscriptions gothiques, des blessés se tordaient. Il y avait aussi des cadavres. Tout à coup, la troupe se précipita, sapeurs en tête, vers l'église. A coups de hache, à coups de crosse, on enfonça, on fit craquer et céder les lourdes portes fracassées. L'église apparut, noire, pleine d'ombres et se raya soudain de coups de feu. Les soldats hésitaient à se jeter là, tête baissée, et les pompons des shakos avaient déjà cette houle des troupes indécises.

— Tonnerre! cria Couturier de sa voix rauque, vous êtes donc des poules mouillées, des pékins ou des gardes nationaux?

Et il se jeta, sabre en main, en avant, sous le feu des insurgés.

Alors on tira, au hasard, dans l'église, sur les ombres mouvantes et comme dans le tas. Cette foule criait, et, maintenant, décimée, résistait avec rage. On tuait dans les chapelles latérales, on égorgeait sur le maître-autel. On traînait parfois un prisonnier à la lumière et on le clouait à coups de baïonnette sur les dalles du parvis. Les insurgés, jusqu'au dernier, chantaient la *Marseillaise*.

Écoutant cette clameur sinistre de tuerie, Savinien, devant l'église, attendait, comme pétrifié. Il regardait et ne voyait pas. Tout à coup, devant les Cordeliers, traîné par deux ou trois voltigeurs cramponnés à ses vêtements et qu'il secouait avec une force d'hercule, André parut, la chemise déchirée, la poitrine découverte et l'œil, son beau grand œil franc, plein d'éclairs de colère.

Savinien, pâle comme un mort, devint plus livide encore. Il voulut crier, il voulut courir. Il eut peur un moment de ne pouvoir rejoindre son frère. Ses jarrets pliaient. Il se sentait comme pris par cette terre où il y avait du sang. Ses jambes engourdies le soutenaient à peine. Il se jeta pourtant vers ces hommes.

Il sauta, d'un effort rapide, sur les voltigeurs.

— Laissez celui-là ! Ah ! ne touchez pas à celui-là !

André regarda Savinien, poussa un grand cri et, se dégageant cette fois, prit dans ses bras la tête de son frère et la baisa comme un enfant.

Les soldats égarés, effarés, regardaient, leurs baïonnettes en avant.

— Eh ! bien, qu'est-ce que vous attendez ? dit le capitaine Couturier accourant, l'épée brisée, une balafre à la joue et le sang tombant sur son hausse-col. Allons, une balle dans la tête à cet homme-là !

Savinien repoussa brusquement André, il avait entendu. Il s'agissait de son frère. Il dit au capitaine :

— Capitaine, ce n'est pas possible, vous ne ferez pas cela ! Vous ne savez donc pas ? C'est mon frère !

— Je m'en f... pas mal, dit Couturier, on n'a pas de frères qui flanquent des estafilades comme celle que j'ai à des capitaines de la ligne!

André, les bras croisés, regardait de ses yeux bleus le capitaine, qui jurait comme un furieux.

— Allons, avez-vous entendu? dit Couturier à ses soldats. Feu!

Savinien sentit passer en lui une colère terrible. Il *vit rouge*. Sa main crispée tenait son fusil. Il fit un geste et, la baïonnette en avant, il allait se jeter sur Couturier, lorsqu'un voltigeur, lui tordant le bras par derrière, lui arracha son arme, lui disant tout bas, suppliant:

— Major, vous allez vous faire fusiller aussi, major, je vous en prie! je vous en supplie!

Savinien criait:

— Ne le tuez pas! Ne le tuez pas! Malheureux, ne le tuez pas!

Il écumait. Des soldats l'entraînèrent sur un geste de Couturier. On le jeta dans une boutique qu'on referma.

André, de loin, répondit simplement:

— Adieu!

Il se planta devant les soldats et, découvrant sa poitrine, cette poitrine grosse et blanche de grand enfant blond:

— Voilà, fit-il.

Les soldats se consultaient, hésitants, regardant Couturier, attendant un nouveau mot d'ordre qui leur paraissait impossible à venir.

— Ah! çà, vous êtes donc sourds, nom de nom !
dit le capitaine. Je vous ai dit feu!

— Obéissez, dit André.

Et il tomba. Deux soldats avaient tiré. Une balle
avait frappé au ventre, l'autre avait ouvert le front.

— C'était là qu'il fallait tirer, dit André en montrant
son cœur.

Il devait horriblement souffrir, mais il souriait.

Un troisième coup de feu l'étendit roide. Couturier
dit :

— A la bonne heure !

La nuit fut sinistre pour la ville domptée. On n'entendait plus que les appels de sentinelles, des roulements de caissons, et quelque vague et triste rumeur
qui ressemblait au vaste gémissement de toute une
cité. Cette nuit, on ne ramassa même point les cadavres. On laissa les morts sous les maisons fumantes.
Des soldats portèrent, cependant, au haut de la Croix-
Rousse, dans une maison d'ouvrier, un corps qu'ils
laissèrent à une dévideuse, en lui disant :

— Madame Raynaud ?

La femme avait répondu :

— C'est ici. Je la connais.

— Eh! bien, voilà pour elle. C'est son fils.

Un lieutenant était allé trouver Savinien, Savinien
écrasé, abêti, pleurant, et lui avait demandé l'adresse
de sa mère.

— Pourquoi faire ?

— Vous devinez bien... Je n'étais pas là, Raynaud,

quand on a fait feu... J'aurais peut-être pu le sauver...

— Ils l'ont tué, répétait Savinien. Tué! Ils l'ont tué!

— J'ai fait relever le corps.

— Le corps? Ah! oui, le corps!... Il est mort, vous
dites, lieutenant? André, mort! La mère aussi en
mourra!... Je veux la voir à l'instant!

— Où demeure-t-elle, votre mère?

Savinien dit l'adresse.

— Vous la verrez demain, dit le lieutenant. Ce soir,
c'est impossible.

— Je la verrai pourtant de suite, je veux la voir.
Oui, je sais ce que vous allez me dire : la consigne,
la discipline! Sans doute. On ne peut pourtant pas
m'empêcher d'aller là-haut à côté de la mère. Je vais
m'en aller. Je veux embrasser la pauvre vieille femme
dont on a tué le fils. Je le veux, je vous dis que je le
veux, mon lieutenant. On me fusillera aussi après.

Il aperçut ses galons qui luisaient sur sa tunique et
fit, pour les arracher, un geste furieux :

— Mes galons? Je vous demande un peu! Je veux
les déchirer avec mes dents!

— Soyez un homme, Raynaud, dit le lieutenant, je
vous en conjure, soyez un homme. C'est la grandeur
stoïque du soldat de savoir obéir lorsqu'il défend la
loi. Le devoir a, certes, des côtés funèbres, mais toute
rébellion est coupable. Un geste, un mot vous envoie
en conseil de guerre; je sais que vous avez, à cette
heure, vous devez avoir l'appétit de mourir!

— Savez-vous ce que je ferai ?

— Et que ferez-vous ?

— Je casserai la tête à cet homme, je le tuerai !

— Vous ne le tuerez pas. Ce que vous dites là demeurera secret entre nous, Raynaud ; mais on vous condamnerait rien que sur une telle menace. Ils vous fusilleraient sous le drapeau. Et il faut vivre, vivre, entendez-vous, vivre pour votre mère, qui n'a plus que vous !

— La mère, c'est vrai, dit Savinien machinalement.

Il tomba dans une sorte de rêverie maladive et n'en sortit plus.

Le lendemain, il alla embrasser sa mère. Il traversa, sans rien voir, des rues aux maisons écroulées, avec des flaques de sang au milieu. Il monta ces ruelles sombres qui mènent par des pentes rapides à la Croix-Rousse. Les sentinelles lui demandaient le mot d'ordre, il montrait, sans répondre, un laisser-passer signé du colonel. Il avait l'air d'un mort qui marchait ; sa tête se ballottait sur ses épaules. Il avait des mouvements de lèvres nerveux, instinctifs, et disait des mots qui ne signifiaient rien. En route, il entendit des ouvriers, à l'œil sombre, qui maugréaient en l'apercevant.

— Je n'ai pourtant pas tué, soupirait-il.

Lorsqu'il arriva au logis, il s'arrêta. Il n'osait plus entrer. Des femmes, devant la porte, s'écartèrent de lui. Il songeait : Je leur fais peur !

Il monta. Une jeune fille vint lui ouvrir. Il se demanda pourquoi elle était là, ne devinant pas que c'était la fiancée.

— Madame Raynaud ?

— Elle pleure, monsieur, il faut la laisser pleurer !

— Dites-lui que c'est Savinien.

Un grand cri répondit à ce nom. La mère accourut. Elle avait vieilli de vingt ans. Elle embrassa son fils, ne put rien dire et s'évanouit. Puis, remise, elle prit Savinien par la main et le mena dans la chambre où le cadavre était étendu. Alors, avec un geste navré, sans force, désespéré, terrible :

— Tiens, dit-elle simplement.

Savinien ne répondit pas. Il prit la main du mort et la baisa.

— Il était parti, la nuit, disait la mère, la nuit, en me disant : Je vais dormir ! Il mentait. Il allait se battre. Quelle folie ! C'est là seule fois qu'il ait menti !. Comme je l'aimais ! et comme il t'aimait, mon pauvre Savinien ! Voilà comment nous devions le retrouver ! Ah ! ces journées de bataille, ces nuits de silence, ces coups de canon, ces coups de fusil, que cela a été long, méchant, cruel ! J'attendais. J'espérais. Quand j'ai su que tu arrivais, quand tu m'as écrit, je me suis dit : « Savinien est là ! Oh ! bien, il protégera André ! » Car je savais bien que les soldats seraient vainqueurs. — Et je priais, je priais, je priais ! Je me disais comme ça : Notre-Dame de Fourvières est mère, elle aussi ! Elle entendra ! Sais-tu ce que je lui avais promis ? Une

plaque en marbre, grande, avec des lettres d'or... J'é-
tais certaine qu'elle sauverait André! Ah! bien, oui,
tiens! regarde! ils l'ont tué! Elle l'a laissé mourir!

Les yeux de la pauvre femme venaient de rencontrer, au-dessus du lit, près du chevet du mort, cette
statuette de plâtre, sous laquelle depuis trente ans,
confiante, elle dormait; statue couronnée de buis qu'elle
regarda un moment avec une expression de doute, d'a-
mertume et de colère.

— Je l'ai priée, suppliée, celle-là! J'ai pleuré toutes
les larmes de mon corps! Est-ce qu'André ne pouvait
pas être sauvé? Est-ce qu'il avait mérité de mourir?
Est-ce que j'avais mérité de le voir mort? Mais elle
n'écoutait pas, vois-tu! Elle n'écoutait pas! Sotte bête
que j'étais! est-ce que Notre-Dame de Fourvières entend? Est-ce qu'elle existe? Pourquoi n'a-t-elle pas
sauvé mon fils?... Non, vois-tu, dit la mère comme
frappée, secouée d'une idée soudaine, non, elle n'existe
pas! non, là-haut, on n'entend pas les mères qui crient,
parce qu'il n'y a rien, parce qu'il n'y a pas de ciel,
parce qu'il n'y a pas de Vierge, parce qu'il n'y a pas
de Dieu!

Elle courut, affolée, au chevet du mort, prit la statuette de plâtre et la jeta à ses pieds, la brisant et
regardant les débris de ses yeux fixes; tandis qu'elle
tordait et cassait entre ses doigts les branches bénies
des derniers Rameaux.

Il y a aujourd'hui, à la Croix-Rousse, un vieil ouvrier

du nom de Raynaud, un vieux canut, brisé, pâle, maigre et chauve qui, travaillant dans l'uni, tire le bouton et, tous les jours, fait aller le métier sans dire un mot. Il vit tout seul, moins comme un ours que comme un chien. On l'aime, d'ailleurs, et on le plaint. On raconte sur lui de vieilles histoires. C'est Savinien Raynaud.

La mère mourut, lentement consumée, après les lugubres journées d'avril 1834. Les mères meurent de douleur. Savinien vécut, donna sa démission de sergent-major, et, avec le prix des pauvres meubles de la mère, il s'acheta un remplaçant. Ensuite il reprit le métier. Il travaille depuis trente ans, mais en homme dont la vie est brisée et qui n'a plus de but. Le tic-tac du métier, les mille fils qui vont et viennent, les cartons qui se déroulent, la trame qui s'accroche, absorbent tout ce qui survit en lui de flamme. Il parle peu. Lorsqu'on veut lui faire plaisir, pourtant, on lui demande des nouvelles de certaine écharpe tricolore offerte au temps jadis au général La Fayette.

Alors le vieux sort de sa poche un lambeau de soie jaunie et le déroule avec soin, comme on toucherait à une relique.

— C'était pas mal fabriqué, dit-il, avec un orgueil qui s'éveille... Ah! celui qui a tissé ça eût pu faire quelque chose dans sa vie, — mais à quoi bon? les hommes sont trop méchants. Et puis, perfectionner des métiers, c'est ça qui est inutile! Inventez donc des fusils, ça vaut mieux.

Le capitaine Couturier, commandant au 2 décembre, sur le boulevard Montmartre, devant la maison Sallandrouze, est mort colonel à l'assaut du Pénitencier de Puebla (Mexique).

———

L'INVALIDE

— 1869 —

Paris a, pour ainsi dire, ses banlieues et ses villes de province intérieures. Le quartier des Invalides est de ces banlieues-là. C'est un coin spécial de la grande cité, c'est une ville dans une ville. La proximité de l'École Militaire et l'éloignement du centre bruyant lui donnent à la fois l'aspect d'une sous-préfecture et d'une ville de garnison. Les bourgeois du quartier y saluent en passant les officiers du voisinage. On y vit retiré, oublié, recevant les *gazettes* du jour trois ou quatre heures après que le contenu en a été lu, relu, commenté et réfuté sur le boulevard ou dans le quartier Montmartre ; on y respire paisiblement, on y boit, comme à petites gorgées, un air moins épais que dans

18.

les rues centrales. On y est à la fois à la campagne et
à Paris.

Les rues, les boulevards, de ce côté, rappellent tous
des souvenirs de guerre et portent des noms de généraux, Cambronne, Chevert, Éblé, Oudinot ou La Tour-
Maubourg. Des cafés, des restaurants, des guinguettes,
des marchands de vins à la porte desquels des lauriers-
roses fleurissent dans leurs caisses de bois peint en
vert, des gargottes où l'on entend crépiter les fritures,
tout un petit commerce de nourriture vit là, côte à
côte, se faisant concurrence sans se ruiner. Les boulevards, larges et à demi déserts, sont occupés par des
terrains encore vagues, mais qui, de mois en mois, se
couvrent de maisons. On croirait retrouver les boulevards voisins de la Bastille, il y a vingt-cinq ans. Des
chantiers, des briqueteries, des fabriques, des plâtre-
ries. Çà et là quelques marchands de bric-à-brac,
vendant les détritus entassés de tout ce qui fut le luxe
d'un Paris éteint ou la gloire d'une époque évanouie :
habits de généraux ou d'académiciens, sabres de ma-
melucks, pendules aux ornements de sphinx, datant de
la campagne d'Égypte, baromètres dédorés et brisés à
demi, vieux livres dépareillés, vieilles gravures trouées
et déchirées, *études académiques* de rapins morts de
misère, shakos de voltigeurs du premier empire, capotes de soldats de Waterloo ou de figurants du Cirque.
Tout se coudoie dans un pêle-mêle poudreux et affli-
geant. Mais la vie est auprès de ces choses mortes. Des
enfants passent, jouant au cheval, se tirant la blouse ou

causant, leur panier de classe pendu au bras gauche.
Les longues rues qui partent de la place Cambronne —
la rue Croix-Nivert, la rue Cambronne — avec leur
physionomie populaire et laborieuse, leurs débits de
liqueurs, leurs magasins d'habillements, leurs épiceries, leurs blanchisseries, ne sont point sans garder un
je ne sais quoi de vigoureux et de hardi.

Le soir, en effet, tout ce quartier, paisible et silencieux durant le jour, s'allume et se met en joie. Les
rues sont animées, pleines de bruit et de chansons.
Derrière les rideaux rouges des marchands de vin, on
aperçoit des faces rubicondes, on entend s'épanouir de
gros rires bruyants, dignes des buveurs de Brauwer ou
d'Ostade. Les gamins jouent en pleine rue, et se traînent et se roulent dans le ruisseau, à deux pas des
voitures qui les éclaboussent. Les femmes, en camisole
blanche, accroupies devant les portes, causent dans le
crépuscule des soirs d'été. Les larges lanternes et les
enseignes transparentes des hôtels garnis forment, le
long de la rue, comme des éclairages d'illuminations.
Ici on loge à la nuit. Par les fenêtres ouvertes des
bals, la musique des quadrilles, le bruit des talons
battant le parquet, les rires des danseurs et les cris de
commandement du chef d'orchestre, arrivent au passant et forment de tous côtés un bruit bizarre, où tout
se mêle, le *couac* de la clarinette et le titillement grin-
çant du crin-crin, l'appel du cavalier seul et la note
aiguë de la valseuse dont la tête tourne, sorte de confusion plus musicale qu'harmonieuse, et qui grise

pourtant, et donne des envies de se joindre à la ronde, à cette joie brutale, tapageuse, assourdissante mais gaie.

C'est le quartier de Grenelle et c'est la promenade et le lieu de plaisir des invalides. L'hôtel où les vieux soldats ont trouvé asile n'est pas loin et on aperçoit d'à-peu près partout, de ces côtés, sa coupole.

De loin, le dôme doré scintille, avec ses ornements brillants, bruni sur les nervures, comme si toutes les misères que contient l'hôtel des Invalides s'épanouissaient, se sublimaient dans un nimbe de gloire. Le soleil accroche ses rayons à cette coupole élégante, à ces toits d'ardoises d'un noir bleu qui couvrent l'hôtel, puis redescendant, comme pour se jouer, vers le jardin de l'hôtel, il fait reluire les ciselures des canons de bronze qui semblent défendre le palais et s'allongent devant le large fossé rempli d'herbe. Canons, jadis grondants, aujourd'hui pacifiques. Les uns sont encore dressés sur des affûts, les autres gisent à terre, supportés par des soutiens de pierre. Quelques-uns ont gardé les éraflures des combats d'autrefois. Presque tous ciselés et sculptés comme des pièces d'orfévrerie, semblent plutôt des œuvres d'art que des agents de mort. Les inscriptions, les ciselures, les blasons de rois ou de margraves, les aigles couronnés se creusent élégamment ou se relèvent en bosse sur ces dos de canons apaisés. L'un d'eux, par une ironie funèbre, montre l'enlacement de deux corps amoureux près de la lumière d'où jaillissait le meurtre. Ailleurs un

long serpent de bronze s'enroule, se coule le long de
la pièce de bronze et glisse sa tête plate et sa gueule
ouverte à côté de la gueule du canon. Il y a des canons allemands et des canons anversois, des canons
d'Algérie et des canons de Chine. Deux obusiers pris à
Sébastopol semblent les garder, à droite et à gauche.

Les Invalides, qui vont et viennent, ne donnent pas
un regard à ces canons qui ont coûté tant de sang à ceux
qui les ont fondus et à ceux qui les ont pris. Des gamins
grimpent parfois gaiement sur ces colosses de bronze et
s'amusent à enlever les bouchons dans les gueules des
canons. Dans le jardin, les visiteurs circulent, suivant
les allées et s'arrêtant devant les parterres entourés,
sertis de verveine rouge et riante, jetant en passant un
regard curieux aux tonnelles latérales où quelque
vieux se tient assis. Des invalides passent, se traînant
sur leur canne, d'autres se brouettent eux-mêmes dans
quelque chaise mécanique de malade et toussent à
chaque effort fait pour tourner la roue. Placés en sentinelle, à l'entrée de la grille qui donne sur l'esplanade
ou à la porte de l'hôtel qui s'ouvre sur la cour d'honneur, quelques-uns tiennent un sabre à poignée de
cuivre, un de ces sabres qui ne semblent plus couper,
un humble briquet qui se dandine au bout d'une buffle-
terie jaunie, tapant de temps à autre la capote usée ou
le mollet défunt. Des cheveux blancs s'échappent en
mèches rebelles des casquettes de cuir à petite cocarde.
D'autres têtes sont chauves. Tout cela, tout ce monde
toussant et ridé, se traîne et va quelque part. On en

voit assis sur des bancs et qui prennent le frais, d'autres qui, dans un coin, lisent quelque journal à travers
leurs lunettes rondes. Ils semblent tous dispersés et
pareils à des fourmis hors de la fourmilière, fourmis
lentes et vieilles.

De tous côtés, quelque scène, quelque croquis à la
Charlet vous attire par la simplicité mélancolique. Là
un pauvre vieux, de sa main qui tremble, verse du *coco*
dans un verre. La cruche est lourde à son poignet sans
force. C'est un débitant de rafraîchissements. « A la
fraîche ! qui veut boire ? » Un autre vend des sucres
d'orge, des balles en cuir, des soldats en papier. Ainsi
ces pauvres gens font, comme ils peuvent, un peu de
commerce. Mercure après Bellone, eût dit un poëte de
leur temps. Et voilà ce que devient le héros. C'est la
gloire tombée en enfance, c'est le troupier devenu ganache, c'est le grenadier tonsuré et rasé ; peu de vieillards, beaucoup de vieux. Pour une tête énergique de
grognard, cent têtes abêties de malade ou de bonne-
tier retiré. L'âge a *chargé* à son tour. Et le cuirassier
de Milhaud ou le voltigeur de Lannes, le soldat de Saragosse ou de Smolensk est devenu, après avoir été
terrible, ce paterne personnage dont les petits enfants
ne rient point parce qu'ils en ont pitié.

La grande cour de l'hôtel, qu'on rencontre en entrant, la cour d'honneur au fond de laquelle se dresse
la statue de Napoléon Ier, cette cour est d'un couvent.
Les longues galeries, avec leurs murs peints à la chaux,
leurs plafonds traversés par des poutres, leurs enfon-

cements un peu sombres, les portes qui s'ouvrent, çà et là, comme des portes de cellules, donnent à l'immense hôtel l'aspect monacal d'une communauté. Il y a du corridor de Chartreuse dans cet asile de soldats. Sur des bancs, contre les piliers, les invalides causent, rêvent et se reposent.

A gauche, sur la muraille d'un de ces couloirs, — celui qui mène aux réfectoires — un artiste moderne a peint, d'une teinte un peu trop vineuse et comme à l'encre de Chine, les fastes de l'histoire de France. Depuis les druides jusqu'aux communes, à travers les massacres mérovingiens, les assassinats et le sang des premiers temps de l'histoire, on retrouve, groupés dans sa fresque sombre, les épisodes tragiques des époques quasi fabuleuses qui ont précédé les temps nouveaux. Un Charlemagne au regard pâle et bleu comme l'œil de Napoléon III (mesquine flatterie du peintre) trône au milieu de ces scènes de barbarie atroce, de ces égorgements de Francs et de Northmans. Les invalides regardent ces scènes d'autrefois, ces tueries oubliées, et ils hochent la tête d'un air qui veut dire : Bah ! nous en avons vu bien d'autres !

En longeant cette fresque qui aura son pendant, on rencontre trois portes surmontées d'une fresque nouvelle, représentant la *Guerre* et la *Paix*. La porte de face mène aux cuisines, celle de gauche au réfectoire des invalides, celle de droite au réfectoire de « *MM. les officiers.* » Ces longues salles de réfectoire ont (la comparaison nous poursuit) l'aspect claustral des réfectoires

de moines. Les rideaux blancs tombent le long des fenêtres et s'agitent avec de grands plis de suaires. Des
batailles de Louis XIV couvrent les murs. Ici, la fresque
de Van der Meulen montre des états-majors en habits
rouges assiégeant des villes représentées sous la forme
de plans, c'est Luxembourg, c'est Oudenarde. Les officiers caracolent et indiquent du geste aux mousquetaires les bastions qu'il faut prendre. C'est là que les
invalides mangent autour de leurs tables rondes. Les
officiers ont des nappes, un service d'argent donné
par Marie-Louise, et qu'on montre au public, en le faisant soupeser. Et la foule des visiteurs, fascinée par
cette argenterie, chante mentalement la louange de
cette impératrice qui donnait ainsi des huiliers de trois
cents francs et des plateaux de cinq cents. Près de
là, dans d'immenses casseroles polies, aux couvercles
d'un brun rouge, bout le potage gigantesque des pauvres vieux. Une vapeur saine et appétissante se dégage
du matin au soir de cette étuve. C'est la cuisine de
Gargantua, l'antre charmant de la mangeaille. On en
sort les papilles frémissantes.

Plus loin, sous l'horloge, à côté des petites portes qui
mènent, par des escaliers à rampes de bois, aux étages
supérieurs, à gauche, s'ouvre un débit de tabac, —
tabac et épicerie, dit une inscription, — et à droite une
cantine. Une indication apprend au public que *les
étrangers sont admis* à consommer. Le débit de tabac
et le café sont également minuscules. La marchande
de tabac, lunettes sur le nez, roule ses cornets et pèse

sa poudre brune d'un air majestueux. Au café, devant
de petites tables, les invalides *sirotent* doucement leur
gloria ou leur cognac. Un peu de verdure apparaît au
fond de l'étroite pièce où l'atmosphère est doucement
chargée d'une odeur rance.

On passerait des journées dans l'Hôtel, allant des
dortoirs aux chambres, de galerie en galerie, des couloirs aux dortoirs, et de l'église où dévident leur chapelet quelques vieux invalides pieux, à la bibliothèque
où de plus mondains lisent les *Victoires et Conquêtes*,
ou les tragédies de Voltaire. On montre au premier
étage la salle du conseil avec ses portraits de maréchaux, et de gouverneurs de l'hôtel, et les *curiosités*
historiques conservées ici : des feuilles recroquevillées
et jaunies, des rondelles de branches mortes, des plâ-
tras informes. Saluez : ce sont les reliques de Long-
wood. Sous un autre globe de verre est le petit boulet
qui a tué Turenne.

Le tombeau de Napoléon Iᵉʳ est placé sous le dôme.
Pour le voir, il faut longer l'Hôtel et entrer par la cour
Vauban.

La foule, aux jours fériés, se presse de ce côté et dé-
file autour de la chapelle. La grille a deux entrées : à
gauche ceux qui veulent voir, à droite ceux qui ont vu.
Il faut bien qu'en France tout soit réglé et ordonnancé
par l'autorité. De la grille à la chapelle, le double défilé
dure, ou plutôt durait pendant des heures. La légende de
Sedan a tué la légende de Waterloo. Lorsqu'on approche
de la chapelle par la vaste porte ouverte, on aperçoit va-

guement le rayonnement doré d'un autel et des colonnes qui étincellent. Des éclats de lumière font jaillir de ce fond d'église des reflets jaunes, et pierre, marbre et dorures, tout est enveloppé comme d'une buée lumineuse, d'un chaud rayon ensoleillé, d'une vapeur d'or liquide. La foule va et vient sous ces coupoles hautes, se heurtant à des mausolées superbes, épelant un nom çà et là, un nom historique, avec cette curiosité béate et cette admiration quasi religieuse qu'elle a pour les gens de guerre. Elle bourdonne, elle murmure, elle descend les marches qui conduisent à la crypte devant la porte de bronze, derrière laquelle est le tombeau de l'Empereur. Deux grandes figures colossales et mâles veillent à l'entrée du tombeau : l'une tient l'épée, l'autre le sceptre. Ces géants de bronze regardent devant eux de leurs yeux fixes. Ils semblent muets pour l'éternité, l'agrandissement et la personnification gigantesque de l'obéissance passive.

Mais c'est du haut de la chapelle, en se penchant comme sur un gouffre, qu'on aperçoit le tombeau de l'Empereur. Masse énorme de quartzite rouge de Finlande, reposant sur un piédestal de granit vert des Vosges. C'est bien la tombe d'un tel homme. La toute-puissance repose dans un colossal mausolée. Le sarcophage a la couleur rouge du sang pâli, le piédestal la teinte terrible du fer. Des drapeaux, accrochés au-dessus des victoires, s'inclinent encore, poudreux, avec leurs aigles à deux têtes criblés de balles ou leurs étoffes déchirées, devant ce fantôme de vainqueur.

Le nombre des invalides décroît. En 1818, la Restauration supprime la succursale d'Arras ; en 1850, la République présidentielle rend un décret contre la succursale d'Avignon. Il n'y avait plus à Arras, en 1818, que 998 pensionnaires ; à Avignon, 500 seulement. Au 1er janvier 1851, l'hôtel des Invalides qui, après les grandes guerres du premier empire, avait compté jusqu'à 20,000 militaires invalides, n'en avait plus que 3,200. Et depuis, le nombre a considérablement diminué. Presque tous les militaires mutilés, au lieu de chercher refuge aux Invalides, préférèrent jouir de leur pension de retraite chez eux, en famille, et bientôt, disait naguère M. de Goulhot de Saint-Germain au Sénat, l'institution des Invalides ne sera plus qu'une infirmerie militaire.

« Dès lors, ajoutait l'orateur, rapporteur d'une pétition relative aux Invalides (mai 1870), dès lors, on est porté à se demander s'il ne serait pas préférable que les hommes placés dans ces conditions fussent admis, aux frais de l'État, dans les maisons hospitalières de leurs départements. Ce classement aurait peut-être un double avantage : en premier lieu, il ferait revivre, chez les militaires ainsi rapatriés, les souvenirs et les sentiments de famille, que leur imposerait le respect humain qu'ils sont parfois enclins à oublier, inconnus qu'ils sont dans le milieu où ils vivent ; en second lieu, ils auraient plus de chance de se soustraire au désœuvrement qui est à la fois pour eux, dans l'intérieur de l'hôtel, une souffrance et un danger. »

Quant à l'Hôtel lui-même, en pareil cas, on y place-
rait, soit l'administration de la guerre, soit toute autre
administration de ce genre. Naguère, depuis la République, un membre de l'Assemblée nationale faisait à
Versailles une proposition analogue à celle que for-
mulait sous l'empire M. de Goulhot de Saint-Germain.
Tout ce qui pourra ramener à la vie de famille, au
foyer, au repos, le soldat mutilé, vaudra mieux, en
effet, que cette vie oisive, débilitante des Invalides,
existence hors le monde, en quelque sorte, et dont le
présent récit voudrait fournir un épisode.

On sort d'une telle visite le cœur plein d'une mélancolie profonde, et en se demandant si l'humanité
élèvera éternellement des temples à ceux qui la violent et la torturent, et si décidément elle n'a pas de
préférence folle et malsaine pour les carnassiers et les
bourreaux.

Ce qui frappe surtout, et ce qui comble d'étonnement, c'est le peu de mélancolie qu'a laissé tout ce
passé ou le peu de réflexion que suscitent ces spectacles quotidiens dans l'esprit des invalides qui vivent
avec de tels souvenirs et à côté de telles grandeurs.
Ces braves gens, vivant d'une vie végétative, n'essayent
point de mesurer le néant de ces choses ou de tirer la
moralité de ce qu'ils ont vu. Ils vivent, cela leur suffit.
C'est leur occupation de tous les jours. Épaves de tant
de naufrages, après avoir tant duré, ils ne songent qu'à
durer encore. Ils voient, chaque soir, se coucher une
journée comme ils doubleraient, chaque jour, un cap.

Sans redouter la mort, qu'ils ont tant de fois bravée,
ils essayent de lui faire faux bond le plus longtemps
possible. Ils ont été exacts à tant de rendez-vous ou
d'amour ou de guerre, qu'ils sont bien excusables de
chercher à manquer à celui-là !

Presque tous, d'ailleurs, ont un but dans la vie. Les
uns ont leur jardin, leurs fleurs, leurs fruits, la poire
qui verdit au bout de la branche luisante, la feuille flé-
trie qu'il faut arracher du pied de capucines; ou bien
ils ont en ville un état. Ils font des courses, s'ils sont
ingambes encore. Il en est qui portent des journaux
illustrés. D'autres, jadis, passaient la nuit auprès des
maisons en construction ou en démolition et veillaient,
leur briquet à la main, sur les décombres ou les instruments de travail. On les voyait parfois, assis auprès
d'un *brasero*, réchauffant leurs mains ridées ou dor-
mant les pieds étendus. Ils savaient et pouvaient encore être utiles.

Le métier n'était pas doux, pendant les nuits d'hiver, mais on le faisait. Après tout, qu'était cela auprès
de la Bérésina ? Les glaçons de Paris, comparés aux
glaçons russes, ressemblaient à des caresses.

II

Le froid était cependant atrocement vif, la nuit de décembre 1853, où le père Jacques Cœurdeloy, en faction devant une maison de la rue Neuve-Saint-Jean, surveillait les démolitions d'une maison bâtie près de ce chantier Saint-Jean, à côté duquel, paraît-il, habitait alors *Monsieur de Paris*, ou, pour parler comme la Dubarry, M. le bourreau.

La rue Neuve-Saint-Jean est devenue, depuis quelques années, la rue du Château, et toute cette portion des quartiers Saint-Denis et Saint-Martin s'est complétement modifiée par le percement de tant de boulevards. La rue de la Fidélité, par exemple, ne ressemble plus à ce qu'elle était, le marché Saint-Laurent a disparu comme la rue Neuve-de-la-Fidélité ; la rue Neuve-Saint-Nicolas et la rue Neuve-Saint-Jean ne forment plus qu'une seule rue, la rue du Château-d'Eau. A cette époque, ce coin de Paris, si voisin du faubourg Saint-Denis, gardait encore un caractère populaire et quasi désert, et ressemblait un peu à ce qu'est aujourd'hui le quartier Popincourt : des marchands de vins, des terrains vagues, un bal-concert où, certain soir, Rachel se risqua à chanter la *Marseillaise*, bal devenu café-concert sous l'empire et changé en club pendant le siége de Paris. Les rôdeurs de nuit, vers

1853, prenaient volontiers ces rues et ruelles pour points de ralliement, et le père Cœurdeloy devait faire bonne garde s'il ne voulait pas être surpris ou par le sommeil ou par les filous. Il allait donc et venait, s'agitant autour de son feu et fredonnant, pour se tenir éveillé, un air du pays limousin, son pays, qu'il avait bien des fois murmuré tout bas, pendant ses campagnes. Tout en se remuant pour chasser l'onglée, Cœurdeloy songeait que Noël approchait et qu'on allait faire réveillon à l'hôtel des Invalides, et un réveillon de bonnes vieilles gens qui ne vaudrait pas les réveillons du bon vieux temps, à Limoges, dans le faubourg Montmailler, ces réveillons de jeunesse, où l'on mangeait des *gireaux* et des *gogues* arrosés de vin blanc et suivis de châtaignes blanchies. Mais quoi! on prend ce qu'on trouve et c'est déjà beaucoup, songeait le philosophe Cœurdeloy, de trouver quelque chose.

Cœurdeloy n'était pas un mécontent. La vie ne lui avait pas été particulièrement douce ni clémente, mais il l'avait prise comme elle était venue. C'était un petit homme souriant, un peu joufflu, gras comme un moinillon et l'air peu farouche. Il y a de ces visages ridés qui gardent encore des apparences de visages enfantins. Il semble que la nature se plaise à de ces paradoxes, et donne à ceux qui vont finir la vie le sourire naïf de ceux qui la commencent. La naïveté et la douceur de Cœurdeloy étaient d'ailleurs proverbiales. Il était de ces soldats dont on dit, au régiment: *c'est une demoiselle!* et qui sont des hommes sous le feu.

Cœurdeloy avait d'ailleurs, à cette époque, un tic, une habitude, une affection qu'il gardait encore. Il se plaisait, aux jours de bataille, à jouer sur son flageolet des airs du pays. Il prétendait que cela donnait du cœur aux voisins. Au lieu de charger son fusil il jouait, et, lorsque les balles sifflaient, on entendait parfois, dominant la fusillade ou plutôt filtrant à travers, l'éclat de rire de son flageolet répondant : *Va-t'en voir s'ils viennent !* Il raillait le danger et s'amusait à dialoguer avec les tirailleurs. Un jour, son bataillon était lancé sur une batterie prussienne. Après avoir enlevé les canons, il reculait devant un retour offensif de l'ennemi. La voix des officiers, leurs ordres, leurs menaces ne pouvaient ramener au feu les voltigeurs mis en désordre, lorsque, à travers le bruit, un écho vient encore frapper leurs oreilles, un refrain, un refrain français joué sur un flageolet, ce refrain que chantait Napoléon Ier montant à cheval pour se rendre en Russie : « *Marlborough s'en va-t'en guerre !* » Ils relèvent la tête, ils regardent. Une poignée de Français disputaient encore un dernier canon à l'ennemi et, debout sur la pièce de bronze, Cœurdeloy, impassible et doux, jouait allègrement son air de flageolet. *Miron ton, ton, ton, mirontaine !* Cela suffit pour redonner du cœur à tous. Le bataillon s'élança et la batterie fut prise. Et qui l'avait enlevée, en réalité ? Cœurdeloy, *Mademoiselle Cœurdeloy.*

Le bonhomme avait fait ainsi, jouant du flageolet, les dernières guerres de l'empire. En 1808, à vingt-deux ans, en Espagne, il faisait danser les jolies filles

en leur jouant un air du pays. Ce son aigre et vieillot
du flageolet faisait rire les Castillanes, habituées à la
mélopée mâle des danseurs. Cœurdeloy faisait partie
de la division Dupont, qui capitula honteusement à
Baylen, capitulation dont rougissait la France avant
que ce mot sinistre prît, avec le second empire, une
signification autrement colossale et lugubre. Dupont
ne livra que 6,000 hommes. Cœurdeloy fut de ces
pauvres gens. Il fut emmené par le vainqueur et, durant la route, sous le dur soleil andalou, pour faire
prendre patience aux compagnons et leur rendre du
cœur, il joua du flageolet, et il faut avoir été captif
pour comprendre quelle intime poésie prend soudain
l'air le plus vulgaire, ainsi joué sous un ciel étranger.
Au clair de la lune a, de la sorte, fait pleurer bien des
gens. Cœurdeloy jouait *Marlborough*, jouait *Il pleut
bergère*, jouait même la *Marseillaise*, et les colonnes
marchaient, avançaient sur cette terre d'Espagne qui
brûlait les pieds. Les Espagnols laissaient jouer le
joueur de flageolet et marquaient aussi le pas sur ses
airs français. On interna les captifs à Caprera. Ils souf-
frirent là tout ce que des hommes peuvent souffrir. La
famine, l'isolement sinistre, la maladie, l'ennui rongeant, la vermine, tous les genres de mort à la fois.
Cœurdeloy souffrait comme les autres, mais il tirait
parfois ce petit morceau de bois jaune et, de son souffle épuisé, de ses lèvres sèches, il jouait. Il jouait toujours. Ses fredons ranimaient, réveillaient, sauvaient,
mouillaient les yeux et ranimaient les cœurs.

Il resta longtemps prisonnier. On le transféra sur des pontons anglais. Il souriait, puisqu'on lui laissait ce pauvre misérable flageolet, sa vie, sa consolation, sa poésie, à lui, et sa gaieté. Lorsque tomba l'empire, il n'avait point d'état. Il demeura soldat. Ce fut encore le flageolet qui lui fit paraître moins longs, moins lents, moins lourds, les jours pénibles de la caserne. Bref, il vieillit, il se rida et s'affaiblit, il se maria, il devint veuf, il demanda d'entrer aux Invalides, et toujours, comme un fidèle compagnon des bons et mauvais jours, son flageolet le suivit, le consola et adoucit le déclin de sa vie après en avoir charmé le printemps. Aussi Cœurdeloy, ne demandant rien, regrettant dans le passé, non pas ses ambitions ou ses plaisirs perdus, mais ses affections disparues, vivait reposé, tranquille, et quand on lui parlait de sa vie d'autrefois :

— Moi, disait-il, j'ai été quarante ans soldat, et je suis bien certain que je n'ai jamais tué personne. Je n'ai pas tiré un coup de fusil.

— Et qu'avez-vous fait pendant quarante ans ?

Alors Cœurdeloy découvrait ses dents nacrées, et, avec un bon petit rire narquois et naïf à la fois :

— Moi ? disait-il, j'ai joué du flageolet !

Il pensait peut-être à ces jours évanouis, tout en montant sa garde.

Rue Neuve-Saint-Jean, le froid était mordant, et Cœurdeloy, nouant son foulard par-dessus ses oreilles, et donnant, autour de son cou, un double tour à son cache-nez de laine bleue, glissait dans ses poches ses

mains garnies de mitaines et battait la semelle autour
de son feu de charbon. Certes, encore une fois, cette
gelée n'était rien, comparée aux froids noirs de la Russie, mais Cœurdeloy se disait pourtant qu'on était
mieux entre deux draps qu'en plein air. Vers deux
heures du matin, le froid se calma un peu, et, s'as-
seyant sur une chaise, l'invalide, tout en tendant au
foyer ses semelles de souliers, se mit à regarder dans
le brasier les charbons qui brûlaient. Peu à peu il se
sentit alors la tête alourdie, les paupières hésitantes,
et doucement, comme on glisserait sur une pente, il se
laissa aller au sommeil. On dit des enfants que leur
sommeil est celui de l'innocence. Le sommeil de ce
vieillard ressemblait terriblement à celui des enfants.
Petit, poupin, souriant vaguement à quelque rêve, le
père Cœurdeloy laissait pendre sa tête ronde sur son
épaule et ronflait doucement, mathématiquement, le
repos tranquille comme la conscience, par cette nuit
d'hiver où les étoiles scintillaient comme des éclairs au
fond du ciel glacé.

Tout à coup, — peut-être avait-il entendu du bruit?
— Cœurdeloy s'éveilla d'un saut, tourna la tête vers
un point invisible, dans l'ombre, et demanda : — Qui
va là? en portant la main à son sabre.

Personne ne répondit.

— C'est, pensa Cœurdeloy, qu'il n'y a personne!

Le feu du brasier était toujours ardent, et le vieux,
qui frissonnait un peu, s'y réchauffa en chantonnant
encore, machinalement, un air de son flageolet :

Baïsso te, mountagno,
Levo te, valloun,
M'empéchas dé véïré
Lo mio Jeannetoun.

Il fut brusquement interrompu par un cri, une sorte
de vagissement d'enfant, parti du point obscur où tout
à l'heure il avait entendu du bruit, et, dressant l'o-
reille, il écouta. A n'en pas douter, il y avait un enfant
là. Le père Cœurdeloy prit sa lanterne, l'alluma au
brasier, et, pas à pas, comme à tâtons, se dirigea du
côté d'où venait le bruit.

— Voyons, disait-il, qui est là ? Répondez donc, on
ne vous mangera pas !

— Imbécile que je suis, dit-il tout haut, avec ça que
ça peut répondre !

Il venait, à travers ses lunettes, d'apercevoir, éclairé
par la projection de la lumière de la lanterne, un enfant, enveloppé dans un châle tartan, et doucement
posé sur un tas de linges, à côté de sacs de plâtre que
les maçons avaient laissés là. L'enfant, tout petit, les
yeux clos, dormait profondément, avec de légers froncements de lèvres.

— Ah ! bien, fit Cœurdeloy, s'il n'y a que ce citoyen-
là pour voler les démolitions, il n'en emportera pas
lourd dans sa poche !

Il se pencha sur l'enfant, et la première chose qu'il
aperçut fut un petit papier piqué au tartan avec une
épingle à tête noire. Le père Cœurdeloy approcha le

papier de sa lanterne, et, lentement, lettre par lettre, épela ce petit billet :

Ce n'est pas moi qui me sépare de mon enfant, c'est la misère qui me l'arrache des bras. Je suis trop pauvre pour nourrir ce petit être ; trop pauvre ou trop lâche. Ma petite fille s'appelle Marguerite. Elle a treize mois. Elle est sevrée. Je la recommande au bon Dieu et je la confie au bon cœur qui la recueillera et qui la fera vivre, puisque son père a laissé là sa mère et que sa mère a peur de la voir mourir de faim.

La mère.

— Allons, bon, pensa Cœurdeloy, en voici bien d'une autre ! Une petite fille ! Une enfant trouvée ! (Il hocha la tête et se mit à rire.) Me voilà nourrice !

Et comme il ramenait un pan du châle sur la petite pour qu'elle n'eût pas froid, il crut apercevoir, dans l'obscurité, quelque chose comme une ombre qui se détacha de la muraille et qui s'enfuit en poussant, eût-on dit, un sanglot. Cœurdeloy s'élança. Il eut la conviction que la mère était là, attendait et guettait ; mais il eut beau courir, de ses petites jambes, il ne put rattraper personne. Il revint à son feu et à sa masure. La petite fille, qu'il tenait serrée contre sa capote, ne s'était pas réveillée.

— Comme ça dort, les enfants ! dit Cœurdeloy. Comme des anges ou comme des souches !

Puis il s'assit, mit la petite sur ses genoux et l'approcha du feu. Il la regardait, la trouvant jolie. Ces petites mains potelées, ces grosses joues duvetées, ce front sans ride, cette fleur de santé et de vie le charmaient. Il se disait que ceux qui ont des enfants comme cela et qui en font des hommes et des femmes sont bien heureux. Si sa femme lui eût laissé un petit être comme cela, qu'il l'eût choyé, élevé, adoré ! La petite dormait si bien ! Quelquefois, Cœurdeloy se penchait et l'embrassait en s'appelant tout bas : Vieille bête. D'autres fois il songeait à ces pantomimes des Funambules qui l'amusaient et où il aimait à voir Debureau faisant fonction de bonne d'enfants. Alors il riait et il se disait : C'est moi qui suis Pierrot maintenant. Mais, peu à peu, tout ce que cet homme gardait en lui de bonté, tout ce que la dure vie du soldat avait, non pas desséché, mais empêché de s'épanouir en lui, tout ce qui le sollicitait vers le foyer, le bonheur domestique, le repos, l'affection paternelle, calme, saine et sainte, tout s'éveilla en lui et se prit à lui murmurer, durant cette nuit, bien des choses. « La mère est partie... Je la confie au bon cœur qui la recueillera... Avoir une fille... ta fille, Cœurdeloy, ta fille à toi ! » Et tant et si bien que le jour, l'aurore glacée de décembre trouva l'invalide sur le chemin du commissaire de police, décidé à déclarer qu'il se chargeait de l'enfant abandonné !

Et il s'en chargea, et à partir de ce jour, ou plutôt de cette nuit, Cœurdeloy se sentit vivre. Il n'avait

jamais été si heureux. Le hasard avait fait que, né
bon, aimant, né père, en un mot, il avait été jeté à
tant de récifs, ballotté comme un morceau de liége au
bout d'un flot par tous les vents. La petite Marguerite
devint sa fille. Il ne rechercha point où pouvait se
trouver la mère et quelle était cette ombre qu'il avait
vue se glisser contre la muraille au moment où il avait
ramassé l'enfant. Il eût craint de rencontrer cette mère
et d'être forcé de lui rendre la petite fille qu'il adorait
déjà. Il la mit en garde chez des amis, des blanchis-
seurs qui habitaient Vaugirard. Il allait la voir grandir,
il lui apportait des bonbons, des bonnets, des jouets. Il
avait acheté une tirelire, et il y glissait, de temps à autre, quelque pièce blanche. Ce serait, plus tard, pour
Marguerite. Bref, le petit vieillard avait une famille
maintenant, une enfant, et il lui restait, comme il disait, *un prétexte pour vivre.*

Il ne semblait d'ailleurs aucunement près de mourir.
Le *père Cœurdeloy,* ainsi qu'on l'appelait (et il disait
gaiement : Mais oui, mais oui, je suis père, vous ne
croyez pas si bien parler), le père Cœurdeloy avait
bien près de soixante-quinze ans, mais, à coup sûr,
personne ne lui en eût donné plus de cinquante. Il
était, non pas momifié, comme certains vieux, mais
conservé dans une sorte d'ardeur et de jeunesse com-
parative. « Je suis leste, disait-il, comme un homme de
soixante ans. » Il lui restait toutes ses dents, de jolies
dents blanches qui éclataient dans son visage un peu
rouge et toujours rasé de frais, propre et sentant bon.

Il lui restait aussi tous ses cheveux, blancs, d'un blanc
soyeux et fin, et frisant légèrement au-dessus des
tempes. Ses yeux, d'un bleu déjà déteint et comme
passé, gardaient pourtant encore une vivacité singulière, et, derrière ses lunettes d'or, ils avaient parfois
des éclairs. Éclairs fugitifs, car tout dans cette physionomie saine et fixe de petit vieux tel qu'en peignit
Holbein, respirait le calme, une bonté à la fois souriante et narquoise.

L'ancien soldat, l'invalide ridé, mais pimpant, n'a-
vait rien, en effet, du sabreur et du traîneur de guêtres.
On eût dit un vieux maître à danser ou un professeur
d'écriture. Il était coquet, propret, tiré à quatre épin-
gles, et, très-souvent, sous sa capote, cravaté de blanc
ou encore de petites cravates bleu de ciel à pois; c'é-
tait quand il s'habillait pour aller voir Marguerite. On
disait alors en souriant aux Invalides : Cœurdeloy fait
le joli-cœur !

Et lui, sautillant, souriait en montrant ses dents
blanches.

Ses visites à Vaugirard étaient, en effet, ses grandes
joies.

Le reste du temps, il demeurait des heures entières
assis sur un banc, devant les tonnelles de l'Hôtel,
regardant devant lui l'esplanade où de jeunes soldats
en pantalons rouges faisaient l'exercice, les arbres des
avenues qui frissonnaient de sève au printemps et
dont le premier vent d'automne emportait, en les faisant tournoyer, les feuilles jaunies. Il regardait au

loin, là-bas, la profondeur, les quais à la couleur blanche et le palais de l'Industrie dont les vitraux, criblés de soleil, renvoyaient en l'air par une projection brusque, les rayons vigoureux comme ceux d'un foyer incandescent.

Jadis ces contemplations et ces calmes bains d'air lui eussent suffi, mais peu à peu des démangeaisons de sortir, des velléités d'escapades le prenaient; il s'acheminait vers Vaugirard, il montait voir la petite, il la descendait et la faisait marcher dans la rue. On disait, dans le quartier, que c'était un vieux brave qui élevait à ses frais l'enfant que sa fille avait eu d'un séducteur. Délaissée par le séducteur, elle s'était tuée, et le grand'père avait gardé la petite. Le peuple est le plus rapide des romanciers; il bâtit des scénarios compliqués autour des choses les plus simples. Lorsqu'on faisait allusion à cela, Cœurdeloy, se mettait à rire, puis il ajoutait :

— Après ça, un mirliflor, une pauvre fille, un enfant qui naît et un papa gâteau qui se trouve là, la vérité n'est pas si loin des cancans. C'est peut-être vrai, ce que les voisins disent.

Cependant les années passaient, s'abattant comme un poids accablant sur le front du vieillard et faisant au contraire, de l'enfant, une femme. Cœurdeloy disait, en la voyant grandir : Ça nous repousse ! — Mais il semblait qu'il ne se sentît point vieillir. Le bonheur est encore pour l'homme la meilleure eau de Jouvence. Le sourire va bien à toutes les lèvres et rajeunit les plus

âgés. C'est pourquoi le destin, qui semble haïr ce qui
est jeune comme il déteste ce qui est heureux, ne per-
met pas longtemps le sourire à deux humains et leur
demande bientôt des larmes. Un être heureux serait
éternel et l'universelle vie ne se nourrit que de la mort
individuelle.

III

Marguerite allait avoir dix-sept ans bientôt. C'était
une femme déjà et, comme on dit, bonne à marier. Le
père Cœurdeloy, qui n'était pas riche, avait voulu lui
faire apprendre un état. Il l'avait placée chez une modiste,
payant d'avance une petite somme pour qu'on lui fît
faire son apprentissage en l'exemptant des courses im-
posées d'ordinaire aux apprenties qui, leur carton sous
le bras, sont exposées aux mauvaises rencontres. Cœurdeloy n'étant pas satisfait de la maison en retira bientôt
Marguerite, se demandant ce qu'il en ferait.

— Bah ! ajoutait-il alors, elle grandit et s'épanouit
comme une rose, je n'aurai pas longtemps à attendre
pour la caser !

Et dans ses projets de mariage, il faisait des rêves
pour elle.

Elle pouvait prétendre, jolie fille comme elle l'était,
à épouser un bon parti !

Elle était grande, le teint pâle, légèrement ambré,

avec de grands yeux bruns et bons, des cheveux parta-
gés en bandeaux qu'elle enroulait derrière sa tète, enfonçant le peigne dans ces nattes profondes. Toute sa
physionomie était faite de *douceur* un peu triste et de
bonté souriante. Elle avait des regards d'une tendresse
profonde, un peu alanguis et charmants.

— Savez-vous, dit un jour à Cœurdeloy un invalide
facétieux, savez-vous, que c'est un beau brin de fille,
votre petite ?

— Je le sais, fit Cœurdeloy en se rengorgeant.

— Un morceau de roi !

— Oui, mais heureusement qu'il n'y a plus de rois,
dit Cœurdeloy qui se mit à rire.

— On l'épouserait bien tout de même.

— On ne serait pas dégoûté !

— Est-ce que vous me donneriez sa main, Cœurdeloy ?

— Sa main ? à qui ? à vous ? mon vieux Ragache !
Vous avez donc bu un coup de trop pour me faire des
questions pareilles ?

Et de bon cœur, il accentua son rire qui devint éclatant. L'autre ne répondit pas, mordit ses lèvres et s'é-
loigna en sifflant. Cet incident procura au père Cœurdeloy une journée de bonne humeur, et il s'en alla
raconter l'affaire à ses amis Jupille et Bimborel.

Ragache ne semblait pas fait, il eût dû le reconnaître,
pour prétendre à la main de la jolie fille. Mais il mesu-
rait son but à ses prétentions. Il avait bien près de soixante ans, mais sa vigueur, qui avait été jadis prodigieuse,

était grande encore, et il avait, comme il s'en vantait, le poignet solide. Autrefois il cassait facilement entre ses doigts un écu, absolument comme le maréchal de Saxe. Maintenant muscles et nerfs s'étaient terriblement affaiblis chez lui; mais lorsqu'il entrait dans ses colères et qu'il avait un verre de cognac de trop, Urbain Ragache était encore redoutable. Il était redouté d'ailleurs, comme tous les méchants. Les hommes n'aiment la bonté que d'une affection platonique; ils gardent pour la force seule, et surtout pour la force mise au service de la brutalité et de la violence, leur estime et leur respect. On savait qu'avec Ragache il ne fallait pas badiner.

Grand, maigre, comme taillé à coups de serpe en plein tronc d'un de ces bois qui semblent durcir en vieillissant, Ragache marchait toujours droit, en se dandinant d'un air de conquérant. Il portait sa casquette sur l'oreille, et ramenait en forme de volute au-dessus de ses oreilles une mèche de cheveux d'un blanc sale. De gros sourcils épais et drus se hérissaient au-dessus de ses paupières ridées. Des yeux gros, à la conjonctive sanguinolent, eroulaient leurs paupières grises dans des orbites cerclés de brun. Un gros nez empourpré, trié de fibrilles violettes, sortait de son visage maigre aux méplats durement sculptés, et laissait échapper de ses narines largement ouvertes des bouquets de poils qui rejoignaient une moustache blanche, rude comme une brosse de chiendent et légèrement teintée de jaune par les abondantes prises de tabac. Des lèvres minces

et un menton carré, assez souvent rasé de frais, com-
plétaient cette physionomie rude, mâle et antipathique
qu'un clignement d'yeux, une affectation de galanterie,
un sourire vainqueur et l'habituelle démarche du personnage rendait encore plus repoussante. Il y avait,
dans ce sec et dur vieillard, du soudard encore vert et
du Don Juan sexagénaire, deux types distincts fondus
en une personnalité douteuse et déplaisante.

Ragache avait, en effet, deux coquetteries à la fois et
deux vanités colossales : sa force à toutes les armes,
depuis l'épingle jusqu'au canon, comme il disait en
riant pour montrer ses dents dont l'émail était pourtant
usé, et ses succès auprès des femmes. Ce bretteur de
régiment avait été aussi, paraît-il, un séducteur. Il
avait fait les délices des Espagnoles, lors de l'expédition de 1823, et, après la prise d'Alger, il se vantait
d'avoir *apprivoisé* les premières Algériennes. Quant à
ses duels, il ne les comptait pas. Le plus terrible était
son duel au sabre de cavalerie avec le canonnier qu'il
avait presque fendu en deux, près du monument de
Desaix, dans l'île des Épis, devant Strasbourg. Lorsque
Ragache contait ce bel exploit, ses yeux gris petillaient
d'une flamme méchante.

— Il fallait voir, disait-il, la tête du canonnier. Une
pêche coupée en deux.

Comme après tout Ragache était brave, qu'il avait
servi longtemps, qu'il était couvert de blessures, il
avait pu, malgré sa réputation de mauvais coucheur,
obtenir d'entrer aux Invalides. Dans les premiers temps,

il avait apporté à l'hôtel ses allures cassantes et rageuses, et il parlait à tout moment de *décrocher le
bancal*. Le gouverneur songeait à le congédier. On lui
fit des observations assez vives, et comme il n'était pas
d'âge ni d'humeur à gagner sa vie facilement, et qu'il
trouvait bonne la soupe de l'hôtel, il baissa le ton, et
au lieu de mordre, le dogue se contenta de grogner.
Tous, sans en avoir peur, car le danger est un vieil
ami pour ces vieilles gens, tous les invalides eussent
préféré voir Ragache au diable, et subir le voisinage
de cet homme était dur; mais on se fait à tout, et c'est
l'inconvénient, la quotidienne douleur de cette vie en
commun que des coudoiements pareils, des rencontres
inévitables.

On vit là comme à bord d'un navire sans pouvoir
guère s'éviter, se rencontrant sous les tilleuls des jardins, sur les bancs de l'esplanade, près du poêle de
faïence, où autour de la table ronde du réfectoire. La
haine s'aigrit dans ces cœurs que la vie a desséchés
peu à peu et que l'âge a rendus presque tous secs
comme des éponges poudreuses.

Cœurdeloy, depuis longtemps, ressentait contre
Ragache une certaine répulsion instinctive qui n'était
point de la haine, mais qui pouvait y conduire. Peu s'en
était fallu aussi bien qu'au lieu de prendre en manière
de plaisanterie la demande du vieil Urbain, Cœurdeloy ne se fâchât un peu : il n'entendait pas rire au
sujet de Marguerite. L'espèce de petite rivalité, de
pique, comme on dit vulgairement, qui existait entre

les deux vieux, était née du hasard. C'est un jardin qui
en fut cause, un de ces jardins qu'on tire au sort entre
les invalides lorsqu'un des possesseurs viagers viennent à mourir. Le sort avait favosisé Cœur deloy
aux dépens de Ragache, et celui-ci lui en avait longtemps
tenu rancune. Ces jardinets, qui longent parallèlement
les deux petites avenues de tilleuls plantées devant
l'aile droite et l'aile gauche du palais, ces petits jardins
séparés par des palissades peintes en vert, par des
treillages ou des grilles ont perdu de leur physionomie
bizarre d'autrefois. Ils ne sont plus fantaisistes ainsi
que jadis, ils sont devenus graves comme l'époque
actuelle. On y voyait autrefois des curiosités et des
étrangetés, et les goûts de chaque propriétaire s'y
révélaient par l'arrangement plus ou moins original de
ses deux mètres carrés de jardin. Il y avait le jardinier napoléonien, dressant au fond de quelque grotte
tapissée de coquillages une sorte d'autel à Bonaparte.
Il y avait le céladon élevant sous une charmille un
temple secret à l'Amour et plus souvent encore à Bacchus. Un Cupidon en plâtre y voltigeait bouffi, ou, ven-
tripotent, s'y étalait quelque silène aux chairs plissées,
au-dessus de quelques pieds de réséda ou de pensées.
Des devises de mirliton inscrites sur quelque guirlande
de fer-blanc y faisaient songer à Cythère transportée à
Sainte-Périne. Et c'étaient des jets d'eau, des petits
moulins, des acrobates tournant avec le vent, quelque
chose comme ces jardins où les Hollandais, dans une
sorte de fantaisie asiatique évidemment rapportée du

Japon, ou de Java, multiplient les figurines, les animaux en faïence peinte ou en terre cuite.

Aujourd'hui, les jardinets ne sont plus que des jardins et quelques-uns même de fort jolis jardins minuscules, où les plantes grasses étiquetées dans leurs pots, les fleurs aristocratiques fraternisent avec les volubilis ou les capucines démocratiques. Jardins pleins d'ombre, de paix, de fraîcheur ; jardins qui font déjà songer à ceux qui ombragent les tombes, et où les pauvres vieux viennent se reposer ou lire, reçoivent leurs visites, causent et font sauter sur leurs genoux les enfants de leurs petits-enfants.

Les fleurs y grimpent le long des charmilles; les rhododendrons, les dahlias éclatent dans les petits parterres. Il y a , çà et là, des fruits, des abricots, du raisin, des prunes.

Mais le père Cœurdeloy, en fait de jardins, tenait pour le vieux système. Il aimait les bassins où rit le jet d'eau, la girouette qui tourne au bout de sa tringle, les statuettes et les poissons. Il était classique sur le chapitre jardinet. Que de fois Ragache, en passant devant les treillages verts, regardant Cœurdeloy en manches de chemise et arrosant ses fleurs, avait-il laissé échapper un grognement ou un quolibet !

— Un propre jardin ! disait-il. J'en aurais fait autre chose si le sort m'avait favorisé.

— Oui, mais voilà, répondait Cœurdeloy, le jardin m'est échu et je le garde !

À côté du jardin de Cœurdeloy, l'ami Jupille, pos-

sesseur d'un carré de fleurs, avait élevé un autel au
dieu du vin. Jupille qui, avec Bimborel, était l'*intime*
de Cœurdeloy, professait, dans son jardinet, ses sentiments bachiques. Au-dessus de la statue de Bacchus,
il avait appendu une pancarte écrite et enluminée de
sa main, contenant les principaux articles du *Code*
pénal des buveurs. C'était une de ces plaisanteries
comme en font les habitués de cafés de province. Mais
telle qu'elle était, elle avait fait rire, et Jupille en était
content.

La pancarte, collée sur un morceau de carton sou-
tenu par deux bouts de bois, autour desquels s'enrou-
laient des pois de senteur, s'étalait, peinte aux couleurs françaises, et attirait le regard des passants :

CODE PÉNAL DES BUVEURS

Manquer à la réunion, quand on boit, *prison,*
1 *an.*

Abandonner son poste au cabaret, *boulet,* 6 *ans.*

Achat de vinaigre pour mettre dans l'eau, *dé-*
tention.

Boire son verre en deux fois, *prison,* 6 *mois.*

Changer de vin s'il n'est meilleur, *prison, 2 ans.*

Avoir voulu détruire un ivrogne, *mort.*

Dormir à table ayant du vin, *boulet,* 2 *ans.*

Endurer la soif ayant de l'argent, *perpétuité.*

Être invité à boire et refuser, *travaux forcés,*
10 *ans.*

Vider son verre sous la table, *prison*, de 2 à 5 *ans*.

Boire sans rendre hommage à Bacchus, *prison*, 13 *mois*.

Ne pas sourire à l'approche d'une bouteille, *exposition*.

Réception d'une bouteille d'eau à table, *boulet*, 6 *ans*.

Rougir au nom d'ivrogne, *fers*, 20 *ans*.

Tambour qui quitte cantine pour battre aux consignés, *mort*.

Vider le verre de son camarade sous la table, *dégradation*.

Rendre le vin bu, *guillotiné*.

Fait en notre Palais des Plaisirs, l'an 8,000 de notre bien-aimé règne.

Le roi :

BACCHUS.

Ses ministres,

CHASSELAS, BOIT-SEC, et RUBIS-SUR-L'ONGLE.

Pour copie conforme, R...

En sa qualité d'ivrogne de méchante humeur, Ragache avait trouvé la plaisanterie stupide.

— C'est qu'il n'aime pas le vin, mais l'absinthe, et voilà tout, avait fait Jupille.

Et on n'en avait plus parlé.

Jupille, Bimborel et Cœurdeloy formaient un trio

qui n'aimait pas précisément Urbain Ragache. Ils le
rencontraient cependant assez souvent au cabaret de
la mère Madras, où les invalides se réunissaient d'habitude. Parfois, Cœurdeloy amenait avec lui Marguerite, que les vieux fêtaient en redoublant de rasades
et de *santés*.

Le cabaret de la mère Madras, que quelques-uns appelaient aussi *la mère Major*, était d'ailleurs un des plus
fréquentés et des plus bruyants de la rue Croix-Nivert.
L'enseigne, peinte en vert sur fond rouge, était
celle-ci : *A la Belle Obus.* Le peuple dit *une* obus (en
sous-entendant le mot *bombe*) comme il dit *une* omnibus (en sous-entendant le mot *voiture*). Un peintre
avait représenté sur un panneau assez grand et qui se
dressait, tenu par deux crampons de fer au-dessus de
la boutique, un obus colossal qui, en éclatant, laissait
apercevoir un grenadier de la vieille garde donnant la
main gauche à un zouave et la main droite à un chasseur à pied. Des flammes et des roses entremêlées
formaient une agréable guirlande autour des trois
guerriers. Dans un horizon couleur de soupe au potiron, on apercevait le légendaire *petit chapeau* sur-
monté d'une rayonnante étoile. Ce rébus attendrissant amenait des larmes aux yeux des grognards qui
fréquentaient assidûment le cabaret de *la Belle
Obus.*

La patronne de l'établissement, la mère Madras,
comme on disait, la veuve Madras, comme elle tenait
à être nommée, était une grosse, rude et forte femme,

le ventre en avant, les poings sur la hanche, la tête
haute, le regard droit et la voix arrosée de rhum. Elle
avait été cantinière. Elle avait, comme la vivandière
de Béranger, versé le rogomme en riant. Elle passait
alors pour porter, comme on dit, les culottes dans le
ménage. Madras, son mari, espèce de personnage silencieux et timide, rinçait les verres et servait la pratique, tandis que sa femme trônait au comptoir et regardait les beaux fils de la caserne avec des yeux doux.
Devenue veuve, elle avait quitté le régiment et s'était
établie rue Croix-Nivert, où d'anciens amis lui conser-
vaient leur pratique. Elle trônait là, à son comptoir,
entourée de bouteilles de kirsch, de cognac, d'anisette
ou de raspail qui, par leurs couleurs, faisaient comme
un nimbe autour du front de madame Madras. Elle
passait pour témoigner quelques bontés à ce grand
diable de Ragache, qui avait chez elle sa pipe accrochée à un râtelier spécial et ne réglait sa note tracée
sur une ardoise que de temps à autre. Mais nous devons peut-être négliger ces méchants propos.

Toujours est-il que, dans le cabinet du fond, cabinet
tendu de papier peint représentant, deux cents fois
répété, le groupe des deux grenadiers de Waterloo
répondant à un major anglais par le mot de Cambronne,
dans ce cabinet discret, Cœurdeloy, Poujade et Bimborel venaient souvent et, attablés en face d'une bouteille, buvaient, prisaient, toussaient et causaient d'autrefois.

Le plus vieux des trois était Poujade. C'était un

vieux sceptique, gouailleur, farceur, se *faisant des journées* à promener les étrangers dans l'hôtel, leur expliquant tous les détails avec une émotion qu'il n'avait pas, leur racontant des batailles auxquelles il n'avait pas toujours assisté, et s'attendrissant devant le tombeau de l'Empereur dont il disait, dans l'intimité : » S'il me reste encore la peau et les os, et encore » une jambe, par hasard, ce n'est pas la faute de ce » parisien-là ! » Bavard, amusant, tapageur, tel était ce petit vieux qui s'amusait, lui aussi, à faire poser le bourgeois et à blaguer le pékin visitant l'Hôtel.

D'ailleurs, probe et bon, sans méchanceté, sinon sans malice. Un rapin dans la capote d'un invalide.

C'est lui qu'on entendit longtemps montrer ainsi le tombeau de Napoléon :

— Espacez-vous. Très-bien ! Vous voyez à droite, le *dogme de la force*, à gauche, le *dogme de la force*. Otez votre chapeau. Vous voyez Bertrand, premier grand maréchal du palais ; Duroc, second grand maréchal du palais... Remettez votre chapeau !

Poujade, dans l'intimité, chantait le couplet comme un vrai goguettier, mais il le chantait en faisant la charge du refrain, et il était revenu de son amour pour la gloire : « On sait ce que c'est, la gloire ! disait-il. Une femelle qui vous fait des signes et qui vous renvoie avec une patte de moins ou une estafilade de plus, quand on a la bêtise de l'écouter. » Et il montrait sa jambe de bois dont il se servait depuis Montmirail. Aussi, rien n'était comique comme Poujade lançant au

20.

dessert les chansons que d'autres entonnaient de bonne foi et dont il faisait, lui, des bouffonneries amusantes. Tantôt c'était sur l'air : *C'est un luron*, le discours du maréchal Gérard au général Chassé, ou la prise de la citadelle d'Anvers :

Ces Hollandais croyaient sans doute
Par leurs obus nous repousser ;
Malgré forteresse et redoute
Nous avons su les renverser.
Qu'espérait-il, ce fort immense,
Contre nous vouloir *se lutter* ?
Malgré les efforts de Chassé
Fallut qu'il succombe à la France.

Et le refrain :

Il faut
Belge et Français
Vaincre le Hollandais !

Tantôt remontant plus haut, c'était le couplet sentimental sur la perte du grand Napoléon par la France.

A Waterloo, quand fut sa déchéance,
C'était à nous de jouer le grand coup ;
Vaincre ou mourir c'était le cri de France,
Il serait plus honorable pour nous ;
Quand il fit ses adieux à sa noblesse,
De le sauver encore on le pouvait.
De le revoir on désire, on s'empresse.
Fallait donc le conserver quand on l'avait [1].

1. *Chansonnier nouveau*, dont le dépôt est chez le sieur Aubert, rue du Plâtre-Saint-Jacques, 16, à Paris.

Poujade, au refrain, feignait de pleurer largement et sa grimace était à mourir de rire. Et voilà ce que l'âge et la vie avaient fait de cet homme, intrépide jadis, allant gaîment au danger, blessé dix fois, et qui maintenant raillait ses vieilles amours et ses vieilles chimères, comme tous ceux qu'a détrompés l'avenir raillent leurs illusions perdues.

Bimborel, l'autre ami de Cœurdeloy, moins âgé que Poujade, était aussi moins sceptique. C'était dans toute la force du terme le soldat, humble, timide, résolu, attristé, le soldat esclave de la consigne et du devoir. Il avait fait, depuis l'Afrique, jusqu'à la Crimée, toutes les campagnes. Au retour de Sébastopol, en débarquant, il s'était cassé le bras. Il était déjà vieux, ayant plus d'années de service qu'il n'en fallait et il entra aux Invalides. Il y avait, en 1869, treize ans déjà que Poujade et Cœurdeloy le connaissaient.

Bimborel mettait tous ses souvenirs dans ce terrible combat de la Macta, en Afrique, où il avait, avec ses compagnons du 66ᵉ, vu de si près la mort, une mort affreuse, la mort par la décapitation et le massacre. Il se plaisait à raconter, en hochant la tête, ces journées d'Afrique :

— Lorsqu'on quitta le champ du Sig, le 28 juin, sur trois files, avec le bataillon d'Afrique en tête et nous à l'arrière-garde, on ne se doutait pas de ce qu'on allait voir. L'émir Abd-el-Kader nous attendait (Bimborel l'appelait plus souvent *Abel-Kader*) et, ses fantassins allant en croupe avec ses cavaliers, il

nous attendait au passage sur des montagnes et caché
dans les bois. Ses *réguliers* (vous ne savez pas ce
que c'est que les réguliers d'Abd-el-Kader ? des mauri-
cauds jambes nues, tête rasée, avec de petits burnous
bruns en poil de chèvre),ses *réguliers* nous guettaient,
et quand nous arrivons, feu partout. Avec cela, des
feux d'herbe sèche qu'ils allument et la fumée qu'ils
nous envoient avec des balles. On était aveuglé, criblé,
canardé, assassiné. Les conducteurs des trains de
blessés coupaient les traits des voitures et les Arabes
égorgeaient les malheureux. On se défendait comme
on pouvait, mais la chaleur était celle d'un four chauffé.
On devenait fou. J'ai vu des camarades se déshabiller
et se mettre à danser, tout nus, devant les Arabes, qui
les *descendaient*. Je vous dis, on était fou, la tête perdue. Le soleil était écrasant. Sans nous et sans une
poignée d'artilleurs, tout était fini. Mais on chanta la
Marseillaise, on chanta, et en se dévouant et en se faisant tuer, on sauva les débris de la colonne; mais il y
avait des vides dans les rangs, et le général Trézel
ne riait pas.

Ainsi Bimborel avait laissé toute sa jeunesse et sa
vigueur dans cette terre africaine, et il aimait à y retourner en pensée. Sans être un rêveur, et préférant,
sans contredit, un verre de vin blanc à un sonnet, il
avait aussi ses heures de mélancolie, quand il songeait
à ces soirs de Constantine, aux rues d'Oran; aux petites juives avec leurs grands yeux veloutés, aux oran-
gers qui sentaient bon. Il était fier aussi de se rap-

peler ses campagnes, les rudes assauts de Constantine,
la retraite avec Changarnier, l'assaut avec Lamoricière,
Orléans et Nemours, Tlemcen avec Cavaignac, et
toutes ces courageuses campagnes qui devaient faire de
la première armée d'Afrique (l'armée d'Afrique avant
les bureaux arabes) une légendaire et intrépide
armée.

— Il ne faut pas croire, disait-il encore, que nous
nous soyons amusés non plus en Crimée. En faction,
la nuit, à dix mètres des Russes, on gelait. Il fallait,
le lendemain matin, casser la glace autour des sentinelles qu'on venait relever. Les pieds étaient pris.
Rude armée, je vous le promets. On parle des Prussiens. Ils ne gagneraient pas la bataille de Traktir et *re-
nâcleraient* devant ce siége où l'on mourait dans la
nuit.

— Quand nous sommes entrés à Malakoff, ajoutait
Bimborel, les jours où il était causeur, j'étais crevé de
fatigue. Il faisait nuit. Je vois des sacs, des sacs gris.
Je me dis : Voilà mon traversin trouvé ! Je me couche
dessus et, pas plus tôt couché, je m'endors. Ah ! quel
sommeil ! A poings fermés. Au petit jour, je m'éveille.
Ça sentait une odeur fade, j'avais mal au cœur ; je me
dis : Mais ce sont ces sacs, ils puent, ces sacs ! Je regarde, je crois bien qu'ils pouvaient puer ! C'étaient des
Russes, des cadavres de Russes tués la veille, et j'avais
couché et dormi là-dessus, moi, sans savoir. Ce
qui prouve que tous les lits sont bons quand on est fatigué !

Tel était ce trio de braves gens parmi lesquels Marguerite grandissait et qui l'aimaient, tous les trois, d'une affection vraie et quasi paternelle. Cœurdeloy n'en était pas jaloux. Tous ceux qui aimaient Marguerite, au contraire, il les aimait. La petite maintenant était demoiselle de magasin, rue du Faubourg-Saint-Denis, chez une mercière, une *payse* de Cœurdeloy, madame Sauviat, de la rue Manille. Cœurdeloy était assuré du moins que Marguerite, surveillée et choyée à la fois, n'avait rien à craindre. Aussi disait-il parfois, se frottant les mains :

— Allons, il ne s'agit plus que de trouver un parti à l'enfant, et je ne plains pas, je le dis d'avance, celui que je trouverai !

IV

— Cœurdeloy, dit un matin Poujade en se promenant sur l'esplanade, tu parles souvent de marier la petite. C'est très-bien. Mais es-tu parfaitement sûr qu'elle n'aime personne ?

— Qui ? Marguerite ? Aimer quelqu'un ?

— Ce serait donc bien étonnant ? Crois-tu que tout le monde a des *frimousses* comme Bimborel, toi ou moi ? Avant de chercher, consulte Marguerite. Je parierais qu'elle a un nom sur les lèvres et qu'elle rêve à une moustache plus ou moins frisée.

— Tu sais donc ?...

— Je ne sais rien du tout. Je présume. A dix-sept ans, ce n'est pas à Ragache qu'on pense, m'est avis. Interroge, tu sauras.

— Je suis bête, se dit Cœurdeloy, le fait est que Poujade a bien raison. Les fillettes savent quelquefois autrement mieux choisir que leurs parents le parti qui leur convient.

Il s'habilla, alla au faubourg Saint-Denis et demanda madame Sauviat. La mercière était enchantée de Marguerite. Intelligente, douce, dévouée, la jeune fille ne recevait que des éloges. On lui avait donné pour chambre la chambre de mademoiselle Sauviat, mariée récemment. Elle était là comme chez des parents. Cœurdeloy lui demanda si elle était heureuse, si elle souhaitait quelque chose. Elle ne souhaitait rien, elle se trouvait absolument heureuse. Pourtant, lorsque Cœurdeloy aborda de front, comme une redoute, la question du mariage, Marguerite rougit un peu, et lorsqu'il lui demanda si elle n'aimait pas déjà quelqu'un, elle se troubla visiblement. « Ce diable de Poujade, pensait Cœurdeloy, il avait deviné tout de même ! »

Marguerite avait, en effet, un secret qu'elle avait caché jusqu'ici au père Cœurdeloy, quoique ce mystère ne fût pas bien coupable. Elle passait, un jour, rue du Faubourg-Saint-Denis, au moment où un cheval emporté, traînant après lui un fiacre, se précipitait descendant la pente assez rapide qui va de la prison Saint-Lazare à la rue de Paradis-Poissonnière, et que les omnibus gravissent avec un cheval de renfort. En voyant cette voiture, ce cheval lancé au galop, on criait, on fuyait. Une *bonne* du quartier, portant un enfant, une Alsacienne, traversait en ce moment la chaussée, et ne paraissait ni voir le cheval ni entendre les cris. « Mais elle va se faire écraser, » dit Marguerite qui, avec madame Sauviat, étaient accourues à tout ce bruit sur le pas de la porte. La pauvre fille et l'enfant eussent, en effet, été renversés et écrasés sans un jeune homme qui se jeta brusquement, intrépidement aux naseaux du cheval, et l'arrêta net d'un effort puissant. La foule applaudit, entoura le brave garçon. Lui, souriait.

— Vous avez le poignet solide, lui dit quelqu'un.

— Il le faut bien, répondit-il, quand on n'en a plus qu'un !

Marguerite le regarda. Le jeune homme était manchot. Il lui manquait le bras droit. Elle vit en même temps qu'il portait à sa boutonnière un ruban double, le ruban de la médaille militaire et celui de la Légion d'honneur. C'était dommage. Le jeune homme était réellement charmant, beau d'une beauté mâle, brun, solide, les yeux francs et le regard profond.

Comme il allait s'éloigner, Marguerite remarqua qu'il était légèrement blessé au front, le timon de la voiture l'ayant peut-être un peu frôlé. Madame Sauviat le vit aussi. Elle fit entrer le jeune homme à son magasin, et Marguerite étendit un peu d'arnica sur un mouchoir de batiste.

— Allons donc, mademoiselle, disait-il, j'en ai bien

vu d'autres. Qu'est-ce que cette égratignure pour un mexicain comme moi !

— Vous avez été au Mexique ?

— Et je n'en suis pas revenu tout entier, fit-il en montrant d'un signe de tête sa manche droite repliée, cousue à son paletot.

Marguerite le regardait et se sentait prise de pitié pour ce jeune homme, brave, charmant et ainsi mutilé. Elle pensait que le père Cœurdeloy serait content de pouvoir le féliciter et lui dire qu'il avait bien agi.

Élevée dans ce milieu de vieux soldats et d'invalides, elle s'était accoutumée peu à peu à admirer par-dessus tout le courage militaire et à honorer les blessés des batailles. Le *pilon* qui servait de jambe à Poujade, les rhumatismes de Bimborel, la toux qu'avait parfois le père Cœurdeloy l'avaient depuis longtemps habituée aux infirmités humaines. Il y avait un peu en elle de la sœur de charité, qui ne s'effraye point devant un malade ou un amputé. C'est pourquoi Marguerite ne trouvait pas déplaisant, malgré le bras qui lui manquait, ce jeune homme dont la main virile venait de sauver la vie à deux êtres à la fois. Lorsqu'il prit congé de madame Sauviat, Marguerite le vit s'éloigner à regret. Il avait laissé son nom, André Fabreveyre ; il avait même laissé échapper qu'il était Limousin, né à Saint-Yrieix, comme Dupuytren ; et Marguerite était devenue toute rouge en disant : « Tiens, mon père Cœurdeloy aussi est Limousin ! » mais c'était tout. Elle eût voulu connaître l'histoire de ce passant, dont elle ignorait même l'existence une heure auparavant. Il est de ces sympathies invincibles qui feraient croire entre les êtres à une électricité latente.

Cette histoire d'André n'était pas bien romanesque ; la vie de ce jeune homme de trente ans était faite de devoir. Fils d'un petit épicier de Saint-Yrieix, il était tombé au sort et n'avait pu être racheté, quoique le père, *le vieux*, comme il disait, eût voulu vendre son fonds pour « acheter un homme. » Il était parti et, après un ou deux ans de vie de garnison, où il avait, en lisant, achevé l'éducation reçue jadis au lycée de Limoges, on l'avait envoyé au Mexique où, pendant plusieurs années, il s'était battu. Dans une des dernières rencontres avec les soldats de Juarès, il avait reçu une balle dans le bras et l'amputation avait été déclarée nécessaire. Elle avait réussi. Il était revenu en France et, après avoir obtenu une place de contrôleur au chemin de fer de l'Est, il espérait entrer dans les bureaux et il vivait dans cette espérance, apprenant le soir, tout seul, l'allemand et l'anglais. Le père Fabreveyre était mort, la mère aussi. André se trouvait donc seul au monde, seul avec ces espoirs qui, à trente ans, sont encore fleuris et comme parfumés, seul avec ses souvenirs, qu'il se plaisait à évoquer, quand il était seul et rêvait.

Un des plus terribles souvenirs d'André était celui-ci. Une nuit, sa compagnie, étant détachée pour donner la cuhasse à une bande mexicaine, s'était établie dans une *hacienda* abandonnée, pour y passer la nuit. On

s'était logé et couché tant bien que mal dans l'auberge, et on commençait à dormir, lorsqu'un coup de
feu traversa l'air, claquant avec un bruit sec, comme
un coup de fouet. C'était une alerte. Les Mexicains
entouraient la maison et comptaient surprendre le
poste. Les sentinelles se replièrent sur la hacienda et
chacun sauta sur son fusil. Le capitaine disposa en
hâte ses hommes autour de la maison, en tirailleurs.
La nuit était profonde, noire comme un ciel d'orage,
et, la fusillade éclatant de tous côtés à la fois, l'obscurité semblait littéralement rayée de flammes. Un
cercle de feu entourait le poste français, et si la compagnie n'avait pas eu le temps de se déployer autour
de la ferme, elle était prise dedans et égorgée comme
dans une ratière. Ordre avait été donné de riposter,
sans s'avancer trop sur l'ennemi.

— Laissez venir, avait dit le capitaine.

Les *chinacos* devaient être nombreux, car leur feu
était vif. André, tapi derrière un mamelon de terre,
entendait les balles bourdonner autour de son képi
comme des essaims d'abeilles : « Ça serait bête tout
de même, pensait-il, de mourir comme ça en pleine
nuit. » Il guettait les coups de feu et brusquement
tirait aussitôt sur la lumière, au juger, avec la froideur et le sang-froid d'un chasseur qui vise un perdreau. De tous côtés on ripostait. On se battit ainsi
pendant toute la nuit. A la fin André, étouffant sous
une chaleur torride, se mit, comme on dit, en manches
de chemise.

— Comment ! fit un soldat qui tiraillait à côté de lui, vous n'avez pas peur, mon fourrier, que ce blanc devienne un point de mire ?

— Que voulez-vous qu'on y voie quelque chose ? Il fait noir comme chez le loup.

— Et chaud comme chez le diable !

Cependant il fallait se battre ; André avait le gosier sec et faisait claquer sa langue contre son palais. La gorge serrée, il s'efforçait d'aspirer, dans cette nuit torride, un peu d'air frais.

— Vous n'avez pas votre gourde, vous ? disait-il à son voisin qui rechargeait son fusil.

— Non, fourrier. Mais si vous voulez, à dix pas d'ici, en vous glissant derrière les arbustes, il y a une flaque d'eau, et j'y ai bu.

— Y venez-vous avec moi ?

André se glissa, s'abritant derrière des herbes hautes, jusqu'à l'endroit indiqué ; son soldat le suivait.

Dans la nuit, au clapotement de l'eau sous leurs pas, ils reconnurent la flaque, et, se penchant, André ramassa un peu d'eau dans ses mains réunies en forme d'écuelle et but. Il trouvait à cette eau un goût saumâtre, étrange, un goût de fer, mais il buvait. Un je ne sais quoi de solide et de semblable aux grumelots de la colle lui passait parfois par la gorge, et cette eau devait être pleine de détritus d'herbes, peut-être de mousse verdâtre nageant dans la mare croupie ; mais sa soif était si intense, si affreuse, qu'il buvait encore. Son compagnon, buvant aussi, disait :

— C'est bon tout de même!

Puis il retourna à la petite ferme et passa la nuit à faire le coup de feu.

Le matin, les Mexicains étaient repoussés, et quand le soleil se leva sur ce champ resserré de combat, André, en allant vers la flaque d'eau, recula terrifié et ses cheveux se dressèrent avec horreur sur son crâne tandis qu'un haut-le-cœur atroce le secouait et le soulevait brusquement. O dégoût! Il y avait dans la mare un cadavre étendu, un cadavre de Mexicain au front ouvert par une balle et dont la cervelle nageait, hideuse, dans l'eau rouge comme du sang. Cette cervelle et cette eau, c'était ce qu'André avait bu, et quand il y songeait un frisson d'horreur lui revenait encore.

— Et voilà, disait-il, ce que c'est que la guerre!

Les sympathies, dans ce monde, sont le plus souvent réciproques, et si André avait fait quelque impression sur Marguerite, la jeune fille avait absolument séduit André. Il y songea longtemps, et plus d'une fois il passa devant le magasin de madame Sauviat pour la revoir. Du fond du logis de la mercière, Marguerite apercevait André et devenait rouge. Elle avait envie d'aller lui parler. Elle trouvait ridicule qu'il n'entrât pas saluer madame Sauviat. Un jour qu'en prenant son courage à deux mains il se risqua dans la boutique, Marguerite fut heureuse et tentée de lui dire : Merci.

Peu à peu, il s'était établi entre les jeunes gens un courant magnétique et ils ne se dissimulaient pas l'un à l'autre, par l'éloquence du regard, qu'ils se plaisaient et s'aimaient sincèrement. Maintenant Marguerite savait le nom du jeune homme et André connaissait la parenté de Marguerite. Lorsque le père Cœurdeloy eut flairé le secret, il l'obtint bien vite et Marguerite avoua tout. Elle tremblait que le petit vieux ne se fâchât. Point du tout. Au contraire.

— Eh! bien, mais, s'il est charmant, ce M. André, qu'il vienne me trouver, et si c'est un honnête garçon on lui donnera tes deux mains, quoiqu'il n'en ait qu'une!

Le lendemain, André se présentait à Cœurdeloy. Marguerite avait tout dit. Il venait faire officiellement la demande. Il séduisit le vieillard comme il avait séduit la jeune fille ; mais Cœurdeloy, qui, pour lui, eût été le plus insouciant des hommes, devenait pour Marguerite un calculateur effréné! Il trouvait que la *position* d'André n'était pas, disait-il, *suffisante.*

— Vous concevez, mon garçon, en élevant la petite, j'ai contracté vis-à-vis de moi-même l'obligation de la faire heureuse. La richesse, je m'en moque. On aurait beau être Rothschild, on ne mange pas deux fois, et quand on a de quoi vivre, cela suffit. Mais je veux au moins que Marguerite soit assurée de ne manquer de rien. Supposez que la maman, celle que j'ai vu filer le long des murs en 1853, revienne me réclamer sa fille un beau matin, je veux qu'elle puisse dire : « Eh! bien, père Cœurdeloy, vous avez joliment pris soin de son avenir tout de même. » Elle ne viendra pas, mais c'est tout comme. Mon garçon, le jour où vous pourrez me dire : J'ai trois cents francs par mois d'assurés, je vous donnerai Marguerite. Ainsi, piochez, travaillez.

— Ne craignez rien, monsieur Cœurdeloy, on travaillera.

Et André se mit à piocher, comme il disait, davantage. On lui avait promis, au chemin de fer, une place dans les bureaux. Avec sa double pension, il aurait bientôt atteint les 3,600 fr. par an qu'exigeait Cœurdeloy pour lui donner Marguerite.

André, de sa main gauche, s'exerçait à écrire et faisait, grâce à des efforts de volonté, des progrès étonnants. Son écriture, superbe au temps où il était fourrier et où il écrivait de la main droite, prenait, tracée de la main gauche, une tournure, une inclinaison de ronde et, s'il mettait plus de temps à tracer ainsi une ligne, les caractères y gagnaient singulièrement en netteté. Il ne désespérait point d'acquérir une adresse, — je ne puis pas dire une *dextérité*, faisait-il en souriant — qui lui permît d'être employé avec profit.

Il avait, il est vrai, parfois bien des mélancolies et des découragements.

Du haut de sa mansarde du faubourg Saint-Denis, André, fumant sa pipe, songeait à Marguerite, tout en regardant vaguement devant lui. Des toits recouverts d'ardoises et de zinc se détachaient, couronnés de petites cheminées de briques jaunes, sur le fond bleu d'un ciel d'été. Au-dessous de la fenêtre, sur le pavé bruyant du faubourg, des fiacres passaient lentement, des haquets, des camions chargés, et un roulement sourd montait jusqu'à la fenêtre où s'appuyait André. Il laissait machinalement ses regards aller sur les choses. En face de lui un petit tuyau de machine à vapeur lançait par jets rapides des bouffées de fumée blanche, tandis que d'une haute cheminée carrée sortait une fumée noire rabattue et dispersée par le vent. Au loin, dans un horizon noyé de brume apparaissaient des maisons, des toits, des cîmes d'arbres, des lambeaux de mamelons de terre, couverts d'herbe pelée, et deux clochers parallèles, blancs et élancés, se dressant sur les nuages. C'était Belleville, son église, ses buttes. André regardait cela, puis ramenait son regard sur les mansardes qui faisaient face à la sienne. Presque toutes les fenêtres étaient closes, à cause de la chaleur; une seule, ouverte, laissait apercevoir, entre deux rideaux blancs, une petite chambre tendue de papier à fleurs jetées, et devant la fenêtre, deux hommes en manches de chemise qui achevaient de déjeuner. L'un avait les cheveux blancs, l'autre était jeune. Des ouvriers l'un et l'autre. Une femme mince, pâle, frêle et charmante leur versait en souriant du café dans des tasses à filets d'or. Elle souriait à l'un et à l'autre, au vieux qui était sans doute son père et au jeune homme qui était son époux. Puis, quand elle avait fini, elle prenait au fond de la chambre, dans un berceau, un petit enfant qui criait, enveloppé de langes, et, le faisant sauter dans ses bras, elle se mettait à baiser ses joues rouges où le sang du nouveau-né courait à fleur de peau.— Dans une cage pendue à la fenêtre des chardonnerets chantaient.

André, regardant cela, se sentait pris d'une mélancolie profonde. Ces gens-là s'aimaient et ils étaient heureux ! Ils étaient libres ! Leur existence toute de travail avait aussi sa part de bonheur. Il souhaitait pour lui cette félicité tranquille, le coin de logis, ce nid sous les toits, cette tranquillité savourée ainsi, entre le brave père Cœurdeloy et Marguerite. Qui l'empêchait d'avoir cela bientôt ?

Tout arrive, a dit un philosophe pratique. Le jour qu'espérait André arriva. On le prenait décidément au chemin de fer de l'Est, on l'employait. Il avait enfin des appointements suffisants, il pouvait vivre convenablement, faire vivre Marguerite, élever ses enfants, s'il en avait ! Il courut aux Invalides. Le père Cœurdeloy l'écouta, sourit, lui tendit la main et dit :

— Tope, vous serez mon gendre !

Et Cœurdeloy hochait la tête à ce nom : mon gendre !

— Après tout, disait-il, elle est ma fille !

Cœurdeloy revint avec André, bras dessus bras dessous, jusqu'au faubourg Saint-Denis et on alla chercher Marguerite.

— Tiens, dit l'invalide, épouse-le ton André, puisque tu le veux !

On alla dîner dans la mansarde d'André. Et on dîna bien. Au dessert, Cœurdeloy chanta sa chanson limousine, puis il s'endormit sur un fauteuil. Les deux jeunes gens étaient à la fenêtre et regardaient, sans dire un mot, le crépuscule qui venait...

Un de ces crépuscules de la fin d'août où les soirs ont

déjà la mélancolie de l'automne. Le ciel prend des tons, non pas frileux encore, mais apaisés et comme assoupis. Des rougeurs calmées courent au couchant et s'unissent à des nuages d'un violet gris, d'un bleu sombre, étendus dans l'immensité grise comme un lavis d'aquarelle. Le haut des maisons s'incendie encore, les vitres ont des reflets roses, le crépuscule couvre les toits, l'horizon, d'une teinte bleuâtre encore vigoureuse mais attiédie et fraîchissante. L'air est plus frais, le soir plus rapide, et la lampe commence à s'allumer plus tôt. C'est le prologue de l'automne, c'est, dans un lointain pourtant rapide, la première vision de l'hiver.

André, accoudé là, ne disait rien et savourait ce moment de volupté sainte, lorsque doucement, tendrement, Marguerite lui dit tout bas :

— Nous nous aimerons toujours ?

— Toujours ! répondit André.

— Comme nous serons heureux !... Que vous êtes bon !

— Que vous êtes jolie !

— Mais toujours, n'est-ce pas ?

— Toujours !

— Que c'est beau cet horizon !

— Parce que vous êtes là !

— Flatteur. Ah ! si vous savez flatter, je croirai que vous pouvez mentir.

— Je ne flatte ni ne mens, Marguerite.

— Alors vous m'aimez bien ?

— Je vous adore.

— Je vais bien voir... Dites-moi quel jour vous m'a-
vez parlé pour la première fois...

— Un mercredi.

— C'est vrai. Je vois que vous m'aimez bien...

— Marguerite !

— Bien, bien, bien, bien ?

— Plus que tout au monde et pour toujours.

— Le joli mot ! disait-elle, et, les yeux fixés sur l'horizon, la tête appuyée sur l'épaule d'André, elle murmurait, doucement, tendrement, ce mot musical et sé-
duisant : *toujours !*

Puis elle ajouta :

— Ah ! comme mon cœur rit, André !

Il se pencha vers elle et, baissant jusqu'à ce front de
jeune fille ses lèvres, il demeura ainsi longuement la
tenant embrassée, elle heureuse d'une ivresse pure,
jusqu'au moment où Cœurdeloy s'éveillant dit :

— Allons, bon ! Il faut que je rentre ! Je n'ai pas de
permission pour ce soir !

Il serra la main d'André, conduisit Marguerite jusque chez madame Sauviat et prit en trottant le chemin
des Invalides.

Cœurdeloy annonça le lendemain à l'Hôtel qu'il
mariait Marguerite. « Bravo, dit Poujade, on boira
à la santé de la mariée ! — On dansera, ajouta Bimborel. » Cœurdeloy s'occupa de régulariser la situation légale de Marguerite. Aucun obstacle ne s'oppo-
sait à l'union des deux jeunes gens, et tout eût fini
sans encombre, n'eût été Urbain Ragache qui,

depuis qu'on avait parlé de ce mariage, était devenu plus désagréable qu'auparavant.

Le soudard, en effet, avait eu longtemps, comme on dit, des *idées* sur la petite. Il la trouvait de son goût. Lorsqu'elle venait à *la Belle Obus*, chez la mère Madras, il lui tournait galamment des couplets de mirliton :

> O jeune fille des amours
> Moi, je vous chérirai toujours !

Ragache tournait et, comme on dit, papillonnait autour de la jolie fille, mais Marguerite était véritablement trop honnête pour s'en apercevoir. Elle ne rougissait même pas quand cet homme en la regardant clignait ses paupières et souriait. Elle ne comprenait point. Lorsque la mère Madras, jalouse des attentions qu'avait Urbain pour « cette petite », risquait quelque allusion mordante, Marguerite répondait en toute sincérité : « Je ne sais, madame, ce que vous voulez dire ! » Cette candeur n'entendait rien ni aux galanteries de Ragache, ni aux grognements de madame Madras, elle ne comprenait rien à ces fureurs du vice vieilli.

Urbain Ragache était furieux. Il faisait payer à Cœurdeloy les dédains de Marguerite. Et le calme de la jeune fille n'était pas même du dédain. Ragache maintenant regardait souvent Cœurdeloy d'un air tantôt railleur, tantôt agressif. La plupart du temps Cœurdeloy ne s'en apercevait pas. Cela dépendait de ses lunettes. Mais quand Ragache en passant cassait un barreau de la clôture du jardin, ou faisait tomber les deux ou trois poires qui mûrissaient sur les poiriers, ou renversait l'arrosoir que Cœurdeloy avait rempli à la fontaine, quand il prenait ses airs narquois et sifflait en prenant le pas sur le petit homme, Cœurdeloy se sentait pris d'une envie folle de lui en demander raison. Il se calmait bientôt en se disant qu'après tout il faut bien souffrir en ce monde quelque chose des voisins grincheux, et que Ragache en avait bien fait d'autres jadis, lorsqu'il donnait des pichenettes sur le nez d'un invalide sans bras et tendait — on l'en soupçonne du moins — des ficelles dans les corridors pour faire trébucher les camarades. Et puis Ragache était farouche. D'un coup de sabre il pouvait tuer Cœurdeloy, comme il avait tué le canonnier, dans l'île des Épis. Et, depuis qu'il avait Marguerite auprès de lui, Cœurdeloy tenait à vivre.

Alors il se calmait. « Laisse-le donc tranquille, le Ragache, disait Poujade, moins on s'occupera de lui, plus il ragera. » Mais Bimborel hochait la tête et disait que celui qui adoucirait le matamore par une petite saignée donnée à propos rendrait un signalé service à l'Hôtel tout entier.

Ragache était hors de lui depuis qu'il savait que Marguerite épousait André, *un ébraté*, disait-il à la mère Madras qui, de son côté, voyait avec une violente jalousie les attentions de Ragache pour Marguerite. Un soir, Ragache vint à la *Belle Obus* dans un tel état de colère que madame Madras se sentit piquée au vif et demanda au grognard si c'était le mariage de la *petite* qui le *tracassait* ainsi :

— Pourquoi pas ? fit Ragache d'un air maussade.

La veuve Madras, rouge d'ordinaire, devint pourpre.

—Pourquoi pas ? Parce que vous pourriez bien avoir la politesse de ne pas me dire, à moi, quelles sont les poulettes que vous convoitez pour vos fredaines !

— Des poulettes ! mes fredaines ! Ah çà ! dit Ragache en frappant sur la table, je crois que je suis libre de courtiser qui je veux et de ne plus cultiver qui je ne veux plus !

— Vaurien, fit madame Madras, tu viendras encore boire mon vin blanc et mon vespétro, pour me dire après cela des sottises ! Eh bien ! on te l'arrangera, ta donzelle ! Ne crains rien ! J'ai des moyens de me venger !

— Fais ce que tu voudras, répondit Ragache en haussant les épaules. Misère ! Après tout, ce n'est pas moi qui la défendrai, cette chipie !

La vengeance de la mère Madras devait être féroce et lâche. Cette femme haïssait Marguerite comme la laideur déteste la beauté, comme la bêtise déteste l'esprit. Elle inventa pour la perdre une combinaison : un mensonge absurde, mais qui devait avoir d'autant plus de prise qu'il était plus brutal. La mère Madras savait par Ragache que Cœurdeloy avait donné rendez-vous à Marguerite au cabaret de la *Belle Obus*

pour aller de là à la mairie chercher des papiers. Sur
cette simple indication, elle établit son plan de campagne. Elle jeta les hauts cris, disant qu'on l'avait
volée ; que sa montre, suspendue à un clou derrière
le comptoir, avait disparu ; que Marguerite, l'avant-
veille, avait justement passé par là, s'était appuyée
contre le comptoir en attendant Bimborel et Cœurdeloy, qui portaient un dernier toast dans le cabinet
voisin. Et, tout en guettant l'arrivée de l'omnibus que
Marguerite avait coutume de prendre lorsqu'elle
venait retrouver Cœurdeloy rue Croix-Nivert, la
Madras répétait de tous côtés : « Ma montre ! Je sais
bien qui m'a volé ma montre ! »

C'était absurde et niais, mais c'était grossier et
facile à saisir. Une accusation de vol est brutale comme
un fait. Elle foudroie lorsqu'elle tombe sur quelqu'un.

Lorsque Marguerite arriva, elle trouva, sur le seuil
du cabaret, la mère Madras, rouge et furieuse, qui la
salua par cette interrogation jetée en plein visage :

— Ah ! c'est vous, enjôleuse ! Eh ! bien, dites donc,
s'il vous plaît, j'espère que vous allez me rendre ma
montre ?

— Quelle montre ? balbutia Marguerite stupéfaite
et qui devint rouge à son tour.

— Comment ! quelle montre ? glapit la mère Madras.
Elle a le toupet de me demander quelle montre !
La montre que vous m'avez prise donc, ma montre
à moi ; vous entendez bien !

— Une montre... moi ?... votre montre ?... répétait Marguerite écrasée.

La rue Croix-Nivert était pleine de monde et la foule, attirée par le bruit comme le papillon par la lumière, se massait, grossissait et faisait cercle autour de la porte. La mère Madras, debout sur le seuil, entre ses deux caisses de lauriers roses, montrait à tout ce monde Marguerite, pâle et qui tournait autour d'elle des yeux égarés.

— Qu'est-ce qu'il y a? qu'est-ce qu'il y a? disaient les commères.

— Il y a, répondait madame Madras parlant à la foule, il y a que cette petite malheureuse, vous la voyez bien, m'a volé ma montre, la grosse montre à répétition qui venait de feu Madras, un souvenir pieux, le souvenir de vingt années de félicité parfaite!

— Volé? j'ai volé? s'écria Marguerite, ah! vous mentez, madame, vous mentez!

Et, d'un mouvement brusque, irréfléchi, elle allait se jeter sur la mégère, lorsqu'elle sentit son sang se glacer et, livide, elle tomba évanouie dans les bras d'un ouvrier qui s'élança. On la porta chez le pharmacien, à côté! et la foule s'assemblait et grossissait, lorsque, au coin de la rue se montra, un mouchoir à la main, s'essuyant le front, le père Cœurdeloy.

Cœurdeloy, essoufflé, accourut, et quand il demanda de quoi il s'agissait, un maçon répondit :

— Ce n'est rien, c'est une rien du tout qui a volé une montre à cette grosse mère.

— C'est votre Marguerite, dit une voix méchante et rauque, la voix de Ragache.

Ragache était enchanté de l'invention de la Madras, il avait tout compris et tout approuvé.

Cœurdeloy leva les yeux sur l'invalide et dit :

— Comment ?

— C'est votre Marguerite qui est une vol... commença Ragache. Mais il n'acheva pas. Reculant un peu, se mordant les lèvres, furieux, le petit Cœurdeloy bondit et lança, comme d'un trait, sa main au visage de Ragache. Cette main s'abattit sur la joue grise du soudard et Ragache, étonné et étourdi, recula à son tour, tandis que Cœurdeloy répétait :

— Qui a dit que Marguerite était cela ? Canaille !

A son tour, Ragache voulut s'élancer. On le retint.

Tufille, d'autres invalides, qui étaient là, s'interposèrent.

— Tu sais ce que ça te coûtera, ça ! disait Ragache furieux. Tu le sais, espèce de potiron ?

— Oui, oui, je le sais, répétait Cœurdeloy.

— Je te tuerai comme le canonnier, je te fendrai en deux !

— Oui, oui, disait toujours Cœurdeloy, qui demandait déjà à la foule : « Où est ma fille ? où est Marguerite ! où est-elle ? »

On le conduisit à la pharmacie, tandis que Ragache disait à la mère Madras que le soufflet serait payé cher, et que la cabaretière lui versait un verre de cognac pour *le remettre*. Lorsque Marguerite, qui revenait à elle, aperçut Cœurdeloy, elle se jeta à son cou et se mit à pleurer à chaudes larmes.

— Pleure, ma pauvre petite, pleure, ça te fait du bien. Ne crains rien, ne crains rien; le père Cœurdeloy est là! C'est une vilaine femme la Madras, et le Ragache est un coquin. Pleure... Non, ne pleure plus, tiens, je t'en prie, ne pleure plus... Allons-nous-en....

Un gamin alla chercher une voiture place Cambronne, et le père Cœurdeloy y monta avec Marguerite. Il ramena la pauvre enfant faubourg Saint-Denis, puis, après l'avoir bien recommandée à madame Sauviat, il reprit, en fredonnant un air du pays, une chanson limousine de Foucaud, le chemin de l'Hôtel:

Tous les boulangers avaient juré...
Toû loû petiour vian jurâ...

Ce soir-là, André vint justement voir Marguerite. Quoiqu'elle se fût bien promis de ne rien dire, elle n'eut point la force de lui cacher ce qui était arrivé. Il devint vert de fureur en apprenant cela, et instinctivement ses yeux se portèrent sur la place de son bras absent: « Manchot! pensa-t-il. » Ce ne fut qu'un éclair; il songa bien vite qu'on peut encore souffleter et tuer un homme du bras gauche et il se dit que dès demain il ferait cela. Il promit cependant le contraire à Marguerite qui devina sa pensée. Puis il rentra chez lui et se mit à écrire. Il écrivit à Marguerite une seule ligne :

« C'est la seule fois que j'aurai menti et que je vous tromperai. Marguerite, je vais souffleter le lâche qui vous a insultée. » Le lendemain de bonne heure, il se dirigeait vers les Invalides. Lorsqu'il y arriva, il demanda Ragache.

— Sorti, lui répondit laconiquement un vieux appuyé sur sa canne.

— Ah ! Et le père Cœurdeloy ?

— Sorti, dit encore l'invalide.

— A cette heure-ci ?

— Sortis tous deux et ensemble, ajouta le vieux d'un air qu'il voulait rendre fin.

André recula brusquement et, se frappant le front :

— Mon Dieu, dit-il, ils se battent !

L'invalide ne répondit pas, mais il sourit.

André eut un effroyable déchirement de cœur. Le père Cœurdeloy se battant avec ce bretteur était perdu.

— Quel malheur ! dit tout haut l'ancien fourrier.

Il essaya d'obtenir des renseignements sur le lieu du combat, car il voulait à tout prix rejoindre Cœurdeloy, empêcher le duel et détourner sur lui la colère de Ragache. Il se mit à courir et à questionner de tous côtés en se répétant :

— Il le tuera, ce gredin-là le tuera ! Pauvre Marguerite !

Cœurdeloy se battait en effet. La veille, à peine arrivé à l'Hôtel, il avait prié Poujade et Bimborel de lui servir de témoins, puis il était allé demander au gouverneur la permission de se battre. Le général n'était pas là, mais le colonel V... était de service. Quand il entendit Cœurdeloy parler de duel, il se mit à rire, mais il ne rit plus quand le petit homme nomma son adversaire, Urbain Ragache.

Le colonel dit seulement :

— Vous tenez donc bien à faire casser *une vieille trompette* comme la vôtre ?

Puis, devenant brusquement plus grave et presque ému :

— Comment, Cœurdeloy, voyons, deux vieillards, deux êtres qui avez votre bière tout équarrie chez le menuisier, qui en avez fini avec la vie, on peut le dire, deux échappés de tant de batailles, vous voulez encore vous battre au bord du tombeau, après vous être tant de fois battus ?

— C'est justement, répondit doucement Cœurdeloy, parce qu'il ne nous reste qu'un lambeau de vie à user qu'il faut le garder sans taches, mon colonel ; quand on a vécu honnêtement jusqu'à nos âges, on peut bien partir un peu plus tôt pour ne pas risquer de finir mal ce qu'on a bien commencé.

Le colonel regarda fixement Cœurdeloy :

— Vous avez raison, dit-il. Faites comme vous l'entendrez.

Et, soupirant, il dit au vieux soldat :

— Au revoir, j'espère !

— Je l'espère aussi, mon colonel. Dans tous les cas, merci !

Ragache avait choisi pour témoins Tufille et Tabou-

reaux, deux *solides*. Les témoins avaient décidé qu'on
se battrait au briquet.

— C'est au sabre de cavalerie que j'ai tué le canonnier, dit Ragache, mais le briquet suffira cette fois.

— Très-bien, fit Cœurdeloy.

Il se coucha de bonne heure et dormit bien. A l'heure
ordinaire il s'éveilla. On ne devait sortir et s'aller battre
qu'après l'appel du matin, pour ne pas donner l'éveil à
l'Hôtel qui, de la base au faîte, savait pourtant ce qui
se préparait. L'appel terminé, le père Cœurdeloy rentra
au dortoir, inspecta ses hardes, posa un mouchoir sur
son lit et, y mettant sa croix d'honneur, sa tabatière,
sa chaîne d'or, sa montre et son flageolet (toute sa fortune), il le noua ensuite aux quatre coins et descendit
dans la cour d'honneur où Poujade et Bimborel l'attendaient.

— Là, dit-il alors en leur tendant le paquet, voilà
ce que l'un de vous deux rapportera à la petite s'il
m'arrive malheur aujourd'hui. C'est entendu ?

— C'est entendu, dit Bimborel.

Poujade prit le paquet et l'ensevelit dans la large
poche de sa capote.

— Maintenant, dit Cœurdeloy, allons-y. Il ne faut
faire attendre personne.

On se mit en marche doucement, Poujade clopin-
clopant, et Bimborel se plaignant de son asthme. Le
petit Cœurdeloy seul avait l'air allègre et décidé, il
redressait sa tête comme un coq redresse sa crête et
il y avait dans toute sa personne une expression de

résolution belliqueuse que lui donnait la pensée de se
mesurer avec l'homme qui avait insulté Marguerite.
Poujade, qui regardait le petit vieux du coin de l'œil,
étouffait de temps à autre un soupir et disait tout bas
à Bimborel :

— Ça fait pitié, Ragache va nous l'embrocher comme
une mauviette !

On arriva rue Lecourbe, dans le chantier qu'on avait
choisi. C'était un chantier de bois, où l'on pouvait facilement se dissimuler derrière les hautes piles alignées
au cordeau. Le portier, ami de Taboureau, autorisait
la rencontre. Les charretiers étaient partis pour livrer
des falourdes en ville, et l'intérieur du chantier était
assez éloigné de la rue pour que le bruit du fer et du
choc des sabres n'arrivât pas jusqu'aux rares passants.

Ragache et ses témoins étaient arrivés déjà, Ragache, le visage rouge, les yeux allumés, se promenait le
long d'une pile de bois, les mains dans ses poches. Le
père Cœurdeloy fut contrarié de n'être pas le premier
au rendez-vous ; il fit claquer sa langue contre son
palais et hocha la tête. De loin, Ragache, qui l'avait
aperçu, le regardait en fronçant ironiquement la lèvre.
Toute la physionomie brutale du vieux soudard avait
quelque chose de plus féroce encore que de coutume.

— Toi, tu vas avoir ton affaire faite, Tom-Pouce,
maugréait Ragache entre ses dents jaunes.

Instinctivement, en regardant ce grand vieillard
solide qui faisait de si longues enjambées et dont les
muscles du visage avaient des froncements sinistres,

Poujade et Bimborel songèrent au canonnier de Strasbourg et se dirent, chacun à part soi, que le père
Cœurdeloy n'avait pas longtemps à vivre.

— Je ne flanquerais pas quatre sous de sa peau,
avait dit la veille Tufille, qui devait le lendemain
revêtir pour la circonstance son vieil uniforme de
lancier rouge, au plumet dépecé et au drap rongé de
mites.

On se salua. Les témoins mesurèrent les briquets et
les tendirent ensuite aux deux adversaires. Ragache
avait quitté sa capote, son gilet et relevé sa manche
droite. On apercevait, par l'échancrure de sa chemise,
un peu de sa poitrine noire et velue, et les nerfs de son
bras droit se détachaient roides et tendus, gros comme
des cordes. Le père Cœurdeloy en manches de chemise
était tout simplement ridicule. Des bretelles à fond
rose brodées de lauriers verts — les bretelles que lui
avait ornées Marguerite — se collaient sur sa poitrine
rebondie et faisaient remonter jusqu'au milieu du dos
son large pantalon flottant. Il avait posé ses lunettes
d'or sur son nez et agitait un peu ses jambes comme
un homme qui sent comme on dit vulgairement, des
fourmis. Entre ce solide vieillard et ce petit vieux
pacifique le combat ne pouvait être ni long ni douteux.
Le pauvre Poujade en frissonna jusqu'à la moelle.

— En garde ! dit Bimborel.

Ragache se posa, le poing gauche sur la hanche, et,
après avoir salué, il tomba en garde avec la désinvolture
assurée d'un bretteur de profession, battant la terre du

bout de son pied et regardant son adversaire dans les yeux. Cœurdeloy doucement s'était mis en garde et attendait. Ragache brusquement attaqua, détendant son bras et portant à Cœurdeloy un robuste coup de tête, le coup qui avait fendu le crâne au canonnier. A ce geste, les témoins frémirent, sentant déjà que Cœurdeloy était perdu. Mais, par un mouvement brusque et ferme, Cœurdeloy, prenant la garde haute, prévint le terrible coup, et le sabre de Ragache vint se heurter à son sabre avec un bruit sinistre et des jaillissements d'étincelles. Le grand vieillard, furieux de la parade inattendue, laissa échapper un juron énergique, et Cœurdeloy demeura à sa place, solide sur ses petites jambes et prêt encore à parer.

Cœurdeloy éprouvait, en ce moment, comme une hallucination singulière. Il lui semblait que Marguerite était là, la pauvre Marguerite tout en larmes, la tête dans ses mains, telle que lorsque la mère Madras l'avait brutalement chassée devant tout ce monde. Il voyait la malheureuse enfant humiliée, frémissante, désolée. Assurément il la voyait, et cette vision lui rendait le pied plus sûr, la main plus ferme, le coup d'œil plus net. Et, au même moment, une sorte de chanson douce, naïve, charmante, la chanson du pays, jouée par une sorte d'invisible flageolet, lui riait doucement, tendrement aux oreilles. Il avait envie à la fois de pleurer et de se précipiter sur Ragache. La chanson lui disait: Courage ! et la vision lui criait : Venge-moi !

Tout à coup, après le coup de lame porté en tête,

Ragache envoya violemment un coup de pointe en pleine poitrine à Cœurdeloy. Sans un mouvement instantané, l'invalide était mort. Mais il opposa encore une parade nerveuse à cette furieuse attaque, et, tout à coup, instinctivement entraîné, poussé, emporté, il se fendit brusquement sans donner à Ragache le temps de se remettre en garde et, allongeant le bras avec colère, perdant presque pied en se lançant sur l'ennemi, il enfonça son sabre tout entier dans la poitrine de Ragache. La lame du briquet disparut jusqu'à la garde et la pointe sortit avec un flot de sang dans le dos de Ragache qui, debout, l'œil fixe, tenant encore son sabre de sa main qui venait de glisser le long de son corps, roulait des prunelles hagardes et se dressait, droit et roide comme un pieu.

Au moment où les témoins se précipitaient sur lui pour le soutenir, une bave rouge ensanglanta sa lèvre et sa moustache grise et il tomba de toute sa hauteur, avec un hoquet affreux et sourd.

— Nom de nom, dit Poujade, son affaire est faite !

— Mort, dit Taboureau.

Cœurdeloy regardait devant lui, les verres de ses lunettes brouillés par les larmes qui venaient à ses yeux, et il demeurait immobile à sa place avec des étourdissements dans les oreilles.

— Je l'ai tué ? demanda-t-il de sa petite voix, au bout d'un moment.

— Tué net, répondit Bimborel.

Poujade ajouta entre sa moustache :

— *De Profundis !*

— Sacré nom, dit Tufille, j'aurais parié le contraire !.

— C'est le premier, fit Cœurdeloy en hochant la
tête ; et ça fait un drôle d'effet tout de même. Brr !
Allons-nous-en ! J'ai besoin d'embrasser Marguerite !

V

C'est une vieille histoire, cette histoire qui date d'un
an. Elle a fait causer bien des gens dans le quartier des
Invalides. Depuis, Marguerite a épousé André. Cœurdeloy a quitté l'Hôtel. Il vit paisible maintenant, jouant
toujours de son flageolet et racontant, avec un certain
frisson, ce terrible duel avec Ragache. « Je n'aurais pas
voulu le tuer, » dit-il. Et Bimborel l'interrompt en
disant : « Le gredin ne l'avait pas volé ! » La mère
Madras a depuis avoué son mensonge. Elle a fait
faillite et depuis elle a disparu. Le cabaret de la *Belle
Obus* est fermé.

Poujade est encore à l'Hôtel. Il sert toujours de guide
aux étrangers. Lorsqu'il montre à présent le tombeau
de l'empereur, il se plaît à ajouter :

— Maintenant c'est fini de rire ! Le neveu a fait du
tort à l'oncle !

André s'est bravement battu pendant le siége. « Ce
n'est pas une raison, disait-t-il, parce qu'on est infirme
pour ne pas faire son devoir. » Il fut des gardes natio-

naux qui entrèrent à Buzenval. Cœurdeloy, de temps
à autre, lui dit :

— C'est bien, mais avec tout ça je ne vois pas venir
les petits grenadiers que j'attends. — Puis il ajoute :
Bah ! à bientôt ! — Mais quelle étrange chose tout de
même ! Si je n'avais pas monté ma faction rue Neuve-
Saint-Jean, il y a des années, j'aurais vieilli seul,
oublié, et fini comme une bête. Pas de famille, pas
d'enfant, la solitude et l'ennui, c'est le lot de l'invalide.
Voulez-vous que je vous dise ? Un soldat ne devrait
pas vieillir, il devrait finir un jour de bataille, un jour
de victoire ! Il y a quelque chose de plus triste que la
défaite, c'est la gloire qui se ride et qui tousse !

— Ce qui n'empêche pas, ajoutait Bimborel, que,
tout vieux et laids que nous sommes, nous avons fait
notre devoir en son temps et que nous avons aimé
quelque chose qu'on aime toujours et qui s'appelle le
pays.

Cœurdeloy ! Bimborel ! Quand je longe parfois
l'esplanade où tant de maux se traînent qui furent jadis des énergies, des dévouements et des courages, je
me prends à songer à tout ce qu'il y a de grand dans le
sacrifice, à tout ce qu'il y a de consolant dans l'honnêteté, et aussi à tout ce qu'il y a d'ironique dans la
destinée, et je salue avec un certain respect ces témoins
d'un passé qui fut héroïque et ces êtres qui tiennent au
sol comme si la glaise du cimetière les sollicitait déjà
et glissent lentement comme des escargots après avoir
rugi et bondi comme des lions.

Ce sont les derniers. Chaque jour ils disparaissent, ils meurent. Les feuilles jaunes ne tombent pas plus vite aux premières bises d'automne. Ils s'en vont. « On bat le rappel là-haut, disait le maréchal Soult. » Le cimetière Montparnasse garde leurs tombes. Et le dernier invalide des guerres de l'empire ira bientôt dormir là-bas, oublié, sans nom, auprès de la fosse commune.. Et c'est avec ces vieux qu'on bâtit des arcs de triomphe et qu'on grave sur la pierre ou le bronze des noms éclatants de victoires ! Braves gens ! Pauvres gens !

La gloire, la gloire, est-ce donc un mot ?...

LA VISION

— 1870 —

On amena, le soir du 21 décembre 1870, à l'ambulance du Grand-Hôtel, un officier qui avait été blessé le matin, à l'attaque du Bourget. Une balle lui avait brisé le genou. Il souffrait horriblement; mais essayant de dissimuler sa souffrance, en vieux soldat qu'il était, il se contentait de mordiller sa lèvre inférieure et un peu de sa barbiche. Lorsqu'on le descendit de la voiture d'ambulance pour le transporter dans un lit, il dit froidement aux hommes qui le portaient et dont chaque mouvement eût dû lui tirer un cri, tant sa blessure était douloureuse :

— Fâché de la peine, les amis, mais il faut bien avoir recours aux bras des autres quand on n'a plus ses jambes à soi.

On le coucha sur un lit. Il enleva lui-même sa tunique, son gilet, défit ses bretelles, mais arrivé au pantalon, les forces lui manquèrent :

— Non, c'est impossible, dit-il.

Et il s'abandonna aux infirmiers.

Il s'appelait Merlier. Il avait quarante-cinq ans. Il était commandant d'infanterie de ligne.

Dans sa vie, cet homme avait vu souvent la mort de près et senti passer sur sa peau le froid du fer ou le sifflement de la balle. Il n'avait jamais été blessé. En Italie, au Mexique, à Wissembourg, à Frœschwiller, il eût dû rester cent fois sur le carreau. « C'est une des plus belles chances de soldat qu'on puisse rencontrer, disait-on de lui au régiment. Pour tant de campagnes, pas une égratignure. » Le commandant Merlier avait, avec une poignée d'hommes, défendu une des dernières maisons de Reihschoffen et arrêté l'élan de la horde prussienne acharnée à la poursuite de l'armée vaincue. Après Sedan, honteux et furieux de cette capitulation lâche, Merlier, après avoir trépigné dans la boue de cette île de la Meuse où les Allemands avaient parqué nos soldats prisonniers, s'était, après avoir refusé de donner sa parole qu'il ne combattrait point contre la Prusse, échappé, au risque d'être repris et fusillé, gagnant la Belgique. De là, il était rentré à Paris par le dernier train venant du Nord, et il s'était rendu à l'hôtel du gouverneur de Paris. Il ne demandait pas un grade plus élevé, mais il réclamait le droit de commander, à Paris comme à Wissembourg, comme à Wœrth, un bataillon. Le commandant Merlier fut des plus intrépides en octobre, le jour de la sanglante tentative de sortie par la Malmaison et la Jonchère.

Le matin du 21 décembre, à l'attaque du Bourget, il fut frappé au milieu de la grande rue, pendant que son régiment se lançait bravement, poitrines découvertes, contre des murailles et des tirailleurs abrités. Par un prodige d'énergie, le commandant, tombé de cheval, se tint encore debout tandis qu'on sonnait la retraite; mais quand il voulut suivre ses fantassins, un éblouissement le prit, et, s'appuyant sur son sabre.:

— A moi, dit-il, mes enfants, ne partez pas sans moi !

Deux de ses hommes le ramassèrent sous une pluie de balles et le transportèrent à la suiferie, à droite de la route du Bourget. Les fusiliers marins avaient enlevé, quelques heures auparavant, la suiferie comme à l'abordage, la carabine en bandoulière et la hache à la main. Elle était à nous. On laissa là le commandant durant de longues heures. Un officier de mobiles lui avait donné sa gourde, et, de temps à autre, Merlier humectait ses lèvres d'un peu de cognac, mais sans boire. Il savait que l'alcool, loin de réchauffer, débilite et glace.

Des ambulanciers, se disputant l'honneur de soigner un commandant, arrivèrent au bout de quelque temps. Ces hommes faisaient partie d'ambulances rivales. Le commandant leur dit :

— Finissez de vous chamailler, et enlevez-moi, puisque je ne suis plus bon à rien.

On le coucha dans une voiture à côté d'un petit mobile de Paris, pâle, maigre, blessé à la poitrine, et

qui, pendant la route, chantonnait encore, d'un ton
narquois, comme pour braver le mal, ce refrain des
moblots de 1870, à la fois gamin et attristé :

> La Prusse aura son heure !
> C'est pas toujours les mêmes
> Qu'aura l'assiette au beurre !

Et le commandant se disait qu'on pouvait faire quelque chose de ces insouciants et de ces tapageurs. Merlier n'était pas depuis douze heures au Grand-Hôtel
que le chirurgien lui dit que la blessure reçue néces-
siterait l'amputation.

Merlier regarda fixement le docteur et dit :

— Il n'y a pas moyen de me sauver cette jambe ?
J'ai un fils au collège ; il me faut l'élever, et je voudrais bien n'être pas mis à la retraite et aux impo-
tents.

— C'est impossible, commandant.

— Notez que j'aimerais autant en finir que de me
voir forcé de me traîner comme un escargot avec un
pilon pour soutien.

— L'os est broyé, mon commandant, nous serions
impuissants à vous sauver si vous vous refusiez à l'amputation.

— C'est bon. Charcutez.

On lui proposa de l'endormir avec le chloroforme
pendant l'amputation. Le commandant se mit à rire :

— Vous me prenez donc pour un poulet ?

Il regarda, pâle, mordillant une cigarette de laquelle
il tirait de temps à autre une bouffée, il regarda l'opé-

ration, cette jambe tuméfiée qui était la sienne, ces instruments posés sur le linge blanc, ces aiguilles, cette charpie disposée en bourdonnets, et ce chirurgien qui, plus ému que lui, préparait toutes ces choses. Durant l'opération il ne poussa pas même un soupir, mais quand il vit ce moignon saignant, cette cuisse d'où s'échappait un sang noir, et dont les chairs semblaient palpiter, prises d'un frémissement nerveux tandis qu'on les recousait en recouvrant l'os blanc et coupé avec le lambeau de chair qui dépassait, il hocha la tête et dit :

— Infirme, va !

Au moment où on le rapportait dans son lit, un officier prussien, pâle, élancé, un lorgnon à l'œil et le bras en écharpe, entrait dans la salle. On venait de le faire prisonnier, et il avait la main droite brisée. Cette main était encore gantée. De sa main gauche, l'Allemand tenait sa casquette, et, froidement, il demanda à ceux qui l'escortaient « où était son lit. » Quelqu'un lui désigna un lit voisin de celui du commandant Merlier.

Celui-ci vit l'officier prussien jeter sa casquette sur le lit, puis tirer de sa poche un petit livre, de science sans doute, qui ne le quittait jamais, et qu'il jeta à côté de sa casquette, enfin s'asseoir et regarder à droite et à gauche pendant qu'on retirait son gant collé à la chair et qu'on faisait à sa main broyée un premier pansement.

Merlier entendit qu'on agitait tout bas, parmi les

médecins, la question de savoir si on laisserait le Prussien si près du commandant.

— Pourquoi pas? dit l'amputé en interrompant le colloque à voix basse; deux blessés ne sont plus ennemis.

A ces mots, l'officier prussien se retourna lentement du côté de Merlier, et, de cet accent légèrement gascon des Allemands qui parlent correctement le français :

— Vous vous trompez, monsieur, dit-il d'un petit ton impertinent, blessés ou bien portants, les Allemands et les Français ne peuvent jamais être amis !

Merlier haussa légèrement les épaules.

— Avec votre main en compote et ma cuisse rasée, dit-il, nous sommes propres et nous avons bien le temps de discuter ! Ne craignez rien, ce n'est pas l'amitié qui m'étouffera jamais pour les incendiaires de Bazeilles et les fusilleurs de femmes !

Le Prussien regarda Merlier et aperçut le képi de commandant suspendu à la tête du lit. Soit respect instinctif du grade (l'Allemand était lieutenant), soit dédain affecté, il ne répondit pas.

On offrit encore à Merlier de le transporter ailleurs, de donner un autre lit au Prussien. Le commandant ne voulut pas. Il promit de ne point s'emporter, d'être calme.

— Après tout, disait-il, tant que je pourrai manier un sabre ou tenir un revolver, je serai bon à quelque chose.

Pendant deux jours, l'amputation parut avoir réussi, mais, au bout de ce temps, des symptômes alarmants parurent. Merlier sentait vaguement, à une faiblesse plus grande et aussi à la façon dont on lui parlait et dont on parlait de lui, qu'il était perdu. Alors il se dit qu'il voulait au moins voir son fils et l'embrasser. Il n'avait pas voulu, jusqu'ici, qu'on dérangeât l'enfant, qu'on l'attristât déjà. Maintenant, il le fallait. Il demanda un capitaine de son régiment, Lavoine, un vrai soldat, esclave de la discipline et de l'amitié.

Lorsque le capitaine fut à son chevet, Merlier lui dit:

— Causons un moment. Mon cher, nous sommes battus, culbutés, perdus peut-être pour l'instant. Mais il faut savoir à quoi cela tient. Nous avons mérité nos défaites. Tous, depuis le premier jusqu'au dernier, nous avons abdiqué, nous nous sommes endormis sur nos lauriers, nous avons oublié que le patriotisme, l'esprit de dévouement, l'amour du drapeau sont des vertus pareilles à ces plantes qu'il faut arroser chaque jour. La vie nous était trop facile. Nous étions trop heureux, malgré nos plaintes. Je ne parle pas seulement de l'armée, de l'officier devenu faraud, du soldat devenu douillet, de tout ce monde à qui il fallait des londrès, du café et des sommiers doux, je parle aussi de la nation, du peuple, de la bourgeoisie, de l'ouvrier. Nulle nation n'était comme la nôtre envahie par le luxe au point d'en être amollie, et, avec cela, nous gardions le prestige de la grandeur conquise par nos aînés. Mais qu'était-ce que cette fausse grandeur et cette richesse d'apparence sans la liberté dans la loi et la virilité dans les mœurs ? Or, ces deux forces,

mâles et fières, étaient depuis longtemps dans le cof-
fre aux oublis. Confisquée, la liberté ! Ridicule, l'honnêteté ! Avec l'humeur gouailleuse que nous avions,
nous devions fatalement arriver où nous sommes venus. Notre armée, nos soldats perdaient, peu à peu,
comme le reste de notre France, l'âpre attachement
au sacrifice. Et les chefs ! Vous les avez vus à l'œuvre. Des héros quelquefois, des lâches souvent, des
incapables toujours. Qui s'est fait tuer dans cette campagne ? Comptez : Les soldats, puis, et surtout les bas
officiers, du sous-lieutenant au capitaine; il y a, je parie, dix pour cent d'officiers parmi les morts. Les jeunes gens ne pouvaient supporter le poids d'une défaite.
Débuter par Sedan, c'était dur. Alors, ils ont demandé
une balle à l'ennemi, et beaucoup l'ont trouvée. Moi, j'ai
fait antichambre avant de la rencontrer : de Frœchswiller
au Bourget, cinq mois passés. Mais quoi ! mourir bien,
c'est quelque chose, mais ce n'est pas tout, je dirais presque que ce n'est rien; il faut vivre et grandir, c'est la loi
du progrès, c'est la loi de tous, nations et individus. Or,
pour durer, corrigeons-nous. Le jour où nous aurons acquis la conviction de notre faiblesse, de nos défauts, de
notre mauvaise éducation, de notre vanité nationale et
privée, ce jour-là nous serons bien près de nous relever.
Je n'aurais peut-être pas vu ça, même en supposant
que j'eusse survécu à l'amputation. Mais d'autres le
verront, vous le verrez peut-être, vous, Lavoine ! Et
dans tous les cas, il y aura quelqu'un après moi qui le
verra. Écoutez, dit-il en tendant la main à son ami, il y

-a à Paris, au collége Chaptal, un garçon, — il a dix
ans, — que je fais élever là. Ma femme étant morte
jeune, le pauvre petit n'a jamais été bien dorloté. Mais
c'est un brave enfant et je mettrais ma main au feu
qu'il sera un homme. C'est à vous que je confie son
éducation, le soin de lui apprendre que je ne bou-
dais pas et le souci de lui conserver les quatre sous
que je laisse après moi. Je puis compter sur vous,
Lavoine ?

Le capitaine serra la main de Merlier. Il avait des
larmes dans les yeux. Le mourant souriait. « Allons,
dit-il, je vous remercie, mon ami. » Le lendemain, le
commandant, qui s'affaiblissait de plus en plus, demanda à voir son petit Georges. On amena le collégien,
tout ému, dans ce dortoir de moribonds. C'était un
enfant pâle et triste, l'air sérieux et bon.

Le commandant l'embrassa.

— Écoute, Georges, dit-il, j'ai attendu de te voir
pour mourir. Oui, je vais m'en aller. C'est fini. Tu ne
me reverras plus. Mais tu m'aimeras, mon petit Georges ? Je t'ai beaucoup et bien aimé, moi !

— Oh ! dit l'enfant, retenant ses sanglots, si bien
et tant que personne ne m'aimera plus comme ça !

— Tu n'en sais rien, fit le commandant. Tiens
(et il montrait le capitaine Lavoine), voilà quelqu'un
qui me remplacera. Respecte-le et obéis à tout ce
qu'il te dira !

Il prit la tête de l'enfant, à deux mains, et tout bas,
en l'embrassant :

— Tu t'appelles Merlier, comme moi, ne l'oublie pas, et sois un homme !

L'enfant répondit d'une voix lente :

— Oui, un homme... comme toi !

— Mais plus heureux que moi, dit le commandant, car Dieu te garde de revoir ce que nous avons vu depuis Wissembourg !

Il posa ses deux mains à plat sur son lit, fit un effort violent pour se redresser un peu et, s'adressant d'une voix bizarre, stridente, à l'officier prussien qui, assis sur son lit, de sa main gauche feuilletait un livre, selon son habitude studieuse :

— Monsieur, dit-il, oui, vous, là-bas, lieutenant, donnez donc votre adresse à ce petit, qu'il aille vous rendre votre visite !

L'officier prussien se redressa, à la fois étonné et ironique, et son regard pâle rencontra les yeux du petit Georges attachés et rivés sur lui.

Il essaya de sourire et ne répondit pas.

Une sorte de transformation soudaine s'était faite sur le visage du commandant. Il ouvrait ses paupières, il tournait et retournait sa tête qui, brusquement, avec un soupir, retomba livide sur l'oreiller.

— Mort ! cria l'enfant en se jetant sur ce corps amputé, est-ce qu'il est mort ? Et il régarda le capitaine en criant.

Le commandant Merlier n'était pas mort. Mais il ne devait pas, comme on dit, passer la nuit. Le soir, — l'enfant était toujours à ses côtés, — il appela doucement : Georges ! Georges ! Et regardant fixement son fis : Où es-tu ? lui demanda-t-il. Ses yeux ouverts ne voyaient plus.

— Je suis là, dit l'enfant effrayé.

A cette voix, un sourire de joie mâle souleva la moustache grise de Merlier.

— Je te croyais parti, fit-il. Tu es là, tant mieux.

Alors, il tendit à l'enfant sa large et vaillante main, où Georges mit sa petite main tremblante.

— Mon fils, dit le mourant d'une voix lente, fils de soldat, deviens soldat un jour. Et retiens mes paroles, retiens-les, car ce sont les dernières que tu entendras de moi. Sois le soldat de la patrie humiliée, qu'il faut venger, et de la France à refaire. Ne sers ni un homme, quel qu'il soit, ni un parti, ni une famille, mais une idée et une chose, la liberté et la République. Travaille, étudie, cherche, médite, apprends, et quand tu auras, toi et ceux de ton âge, rendu par la science, par le travail, par la force du droit, à la patrie sa grandeur, reviens alors frapper de ta petite main devenue forte sur la pierre où je vais dormir, et dis-moi trois mots, trois mots seuls, mais dis-les : *La revanche est prise !*

Le commandant Merlier prononça encore quelques mots que l'enfant seul entendit. Debout, l'officier prussien écoutait cette voix sépulcrale qui semblait déjà venir d'outre-tombe, pareille à une voix de prophète, et il lui sembla, dans une hallucination qu'il attribua plus tard à la fièvre, à l'ombre de la nuit, aux fantômes produits par les veilleuses vacillantes, il lui sembla qu'il voyait cet enfant grandi, menaçant, l'épée au poing et marchant d'un air résolu, en agitant son glaive, vers un grand fleuve, un fleuve immense, le «vieux père Rhin,» dont l'eau verte mugissait au loin.... Illusion, sans doute !

L'enfant, à genoux, les lèvres sur la main froide de Merlier, pleurait immobile.

Quant au commandant, il était mort.

Pour nous, hommes d'une époque de transition, d'expiation et d'une génération sacrifiée, ce vaincu qui venait d'expirer représentait la France d'hier; cet enfant qui priait, ce vengeur prêt à grandir, personnifiait la France de demain.

Paris, 4 septembre 1871.

FIN

TABLE

Clichy, imprimerie Paul Dupont, rue du Bac-d'Asnières, 12.

MICHEL LÉVY FRÈRES ÉDITEUR

DERNIERS OUVRAGES PUBLIÉS FORMAT GRAND

à 3 fr. 50 c. le volume

OCTAVE FEUILLET vol.
Julia de Trécœur.............. 1

GEORGE SAND
Nanon 1
Francia.................... 1

A. DE PONTMARTIN
Le Filleul de Beaumarchais...... 1

EDMOND PLAUCHUT
Le Tour du monde en 120 jours .. 1

C.-A. SAINTE-BEUVE
Nouveaux Lundis............. 13
P.-J. Proudhon.............. 1
Souvenirs et indiscrétions. — Le
cahier du Vendredi-Saint, 2e édit. 1
Pensées ajournées............. 1

AMÉDÉE ACHARD
Les Rêves de Gilberte.......... 1
Souvenirs personnels d'émeutes et
de révolutions.............. 1

ERNEST FEYDEAU
Le Lion devenu vieux.......... 1

HECTOR MALOT
Souvenirs d'un blessé — Suzanne. 1
Souvenirs d'un blessé — Miss Clifton. 1
Un Curé de Province.......... 1
Un Miracle................. 1

JULES NORIAC
Dictionnaire des Amoureux, 3e édit. 1

JULES CLARETIE
Le Roman des soldats.......... 1

COMTESSE DASH
L'Arbre de la Vierge.......... 1
Le Fils naturel.............. 1
Aventures d'une jeune mariée.... 1
Les Malheurs d'une reine....... 1

DUC DE BROGLIE
Vues sur le gouvernement de la
France, publié par son fils. 2e éd. 1

COMTE A. DE GASPARIN
La France, nos fautes, nos périls,
notre avenir................ 2

HENRI RIVIÈRE
Mlle d'Avremont.............. 2

ÉMILE DE NAJAC vol.
Théâtre des gens du monde...... 1

EUGÈNE MANUEL
Pendant la guerre. — Poésies.... 1

PAUL FÉVAL
Le Vicomte Paul............. 1

LUDOVIC HALÉVY
L'Invasion, souvenirs et récits... 1

A. TROGNON
Vie de Marie-Amélie, reine des
Français. 4e édition.......... 1

DRAPEYRON-SÉLIGMANN
Les Deux folies de Paris....... 1

P.-A. FIORENTINO
Les Grands guignols.......... 1

ÉDOUARD CADOL
Madame Elise................ 1

PAUL DE SAINT-VICTOR
Barbares et bandits — La Prusse
et la Commune, 4e édition...... 1

LE PRINCE DE JOINVILLE
Études sur la marine et récits de
guerre, avec carte 3

ALPHONSE KARR
La Queue d'Or, 3e édition...... 1
La Promenade des Anglais...... 1

JULES JANIN
L'Interné, 3e édition.......... 1

VICTOR HUGO
En Zélande, 3e édition......... 1

ALEXANDRE DUMAS FILS
Théâtre complet, avec préfaces iné-
dites 4
Affaire Clémenceau, 11e édition.... 1

AUGUSTIN THIERRY
Œuvres complètes, Nouv. édition. 5

CHARLES BAUDELAIRE
Arthur Gordon Pym. — Eureka (traduction d'Edgar Poe).......... 1

HENRI HEINE
Satires et Portraits.......... 1
Allemands et Français.......... 1

Clichy. — Impr. P. Dupont et Cie, rue du Bac-d'Asnières, 12.

www.ingramcontent.com/pod-product-compliance
Lightning Source LLC
Chambersburg PA
CBHW050745030726
47505CB00002B/402